MO HAYDER

Fille d'universitaires anglais, Mo Hayder est née à Londres. À 16 ans, elle part de chez ses parents et exerce divers petits emplois avant de se rendre, à l'âge de 25 ans, au Japon où elle réside pendant deux ans. Attirée par le cinéma d'animation, elle s'installe à Los Angeles pour y entreprendre des études de cinéma. De retour en Grande-Bretagne, Mo Hayder décide alors de se consacrer à l'écriture. Elle fréquente les milieux policiers, rencontre des médecins légistes, et met deux ans à écrire *Birdman* (2000) à partir de notes prises sur le terrain. Avec ce premier roman, elle fait une entrée très remarquée dans le monde du thriller et crée le personnage de Jack Caffery qui apparaît notamment dans *L'Homme du soir* (2002) – adapté au cinéma en 2015 sous le titre *The Beast* –, *Rituel* (2008), *Skin* (2009)... En 2006, elle est lauréate du prix SNCF du polar européen et obtient, la même année, le prix des Lectrices de *ELLE* avec *Tokyo*, puis publie *Pig Island* (2007). *Proies* (2010), qui marque le retour de Jack Caffery, a été élu meilleur roman de l'année par les Edgar Allan Poe Awards. Il est suivi de *Lames* (2011), *Fétiches* (2013) et *Viscères* (2015). Tous ses livres sont publiés en France aux Presses de la Cité et repris chez Pocket.

Retrouvez toute l'actualité de l'auteur sur :
www.mohayder.net

VISCÈRES

DU MÊME AUTEUR
CHEZ POCKET

DANS LA SÉRIE
INSPECTEUR JACK CAFFERY

BIRDMAN
L'HOMME DU SOIR
RITUEL
SKIN
PROIES
FÉTICHES
VISCÈRES

TOKYO
(GRAND PRIX DES LECTRICES DE *ELLE*)
PIG ISLAND
LES LAMES

MO HAYDER

VISCÈRES

ROMAN

*Traduit de l'anglais
par Jacques Martinache*

PRESSES DE LA CITÉ

Titre original :
WOLF

Pocket, une marque d'Univers Poche,
est un éditeur qui s'engage pour la préservation
de son environnement et qui utilise du papier fabriqué
à partir de bois provenant de forêts gérées
de manière responsable.

Le Code de la propriété intellectuelle n'autorisant, aux termes de l'article L. 122-5, 2° et 3° a, d'une part, que les « copies ou reproductions strictement réservées à l'usage privé du copiste et non destinées à une utilisation collective » et, d'autre part, que les analyses et les courtes citations dans un but d'exemple et d'illustration, « toute représentation ou reproduction intégrale ou partielle faite sans le consentement de l'auteur ou de ses ayants droit ou ayants cause est illicite » (art. L. 122-4).
Cette représentation ou reproduction, par quelque procédé que ce soit, constituerait donc une contrefaçon, sanctionnée par les articles L. 335-2 et suivants du Code de la propriété intellectuelle.

© Mo Hayder, 2014.

© Presses de la Cité, un département de place des éditeurs, 2015
pour la traduction française
ISBN 978-2-266-26469-3

PREMIÈRE PARTIE

En cueillant des fleurs de sureau le soir, près de Litton, dans le Somerset

Amy a cinq ans et jamais pendant ces cinq années elle n'a vu maman faire ça. Maman est devant elle dans la prairie, elle se tient tout drôle, comme si le bonhomme des *Indestructibles* l'avait congelée avec la glace qui lui sort presque tout le temps des mains. Elle est sur une jambe, le bras tendu, on dirait que quelqu'un lui a dit d'arrêter de courir et de rester sans bouger, comme une statue. En plus, elle a la bouche ouverte et son visage est tout blanc. Ce serait rigolo, si ses yeux n'étaient pas écarquillés et tout bizarres ; elle a cette tête quand elle regarde à la télévision quelque chose qui fait peur. Derrière elle, il y a une rangée de gros flocons de nuages blancs – comme dans *Les Simpson*, sauf que le ciel est un petit peu plus sombre pasque c'est presque la nuit.

— *Amy ?*

Au bout d'un moment, maman pose son pied par terre. Elle fait une drôle de petite danse sur le côté, on dirait une marionnette qui va tomber, et quand elle retrouve son équilibre, son visage change.

— AMY ?

Elle se met à courir, et en courant elle crie :

— Brian ?! Brian, je l'ai trouvée. *Brian ?* Viens, VITE. Je l'ai trouvée. Là-bas, près des arbres.

Avant qu'Amy ait pu dire un mot, maman la saisit et la soulève. Elle appelle encore papa, « Brian, Brian, *Brian* », et elle presse Amy contre elle comme le jour où elle a failli se faire écraser par un bus alors qu'elle allait traverser la rue. Maman, elle dit que c'est ce qui lui a fait le plus peur de sa vie, mais Amy pense que ça fait même pas *à moitié* aussi peur que le Puzzler dans *Numberjacks* sur CBeebies.

— Mais où tu étais ?

Maman la repose brutalement par terre, elle s'accroupit, lui passe les mains sur les bras et les jambes, rajuste sa robe bleue, remonte les mèches tombées sur son visage. Elle la regarde fixement, l'air inquiète.

— Amy ? *Amy*, ça va ? Tu n'as rien, ma chérie ?
— J'ai rien, maman. Pourquoi ?
— Pourquoi ?!

Maman secoue la tête comme quand papa dit une grosse bêtise.

— *Pourquoi ?* Oh, mon bébé, mon bébé.

Elle ferme les yeux, laisse sa tête tomber sur la poitrine d'Amy et la serre contre elle. Elle serre vraiment fort et Amy se sent écrasée, mais elle ne cherche pas à se dégager pasque ça pourrait contrarier maman.

— Amy !

Papa arrive en courant sur le chemin. La prairie est très grande, très verte, en pente, et tous les gens garés en bas sont sortis de leurs voitures et la regardent.

— AMY ?

Papa ne tient plus la boîte en plastique dans laquelle ils mettaient les fleurs qu'ils avaient cueillies, il a maintenant son téléphone à la main. Il a enlevé son beau pull, et sa chemise est toute mouillée et beurk sous les bras. Maman dit que c'est par là qu'il fuit quand il court trop vite, alors il a dû courir longtemps. Sa tête est comme celle de maman, toute blanche, et Amy a un peu envie de rire, pasqu'ils ont l'air drôles tous les deux, blancs comme des masques de Halloween, sauf que c'est dur de dire si papa est vraiment en colère ou vraiment triste.

— Où t'étais ? Qu'est-ce que tu *faisais* ?

Il crie vraiment fort.

— Combien de fois je t'ai dit de ne pas t'éloigner de nous ?

Il se retourne et crie aux gens des voitures :

— On l'a retrouvée ! On l'a retrouvée !

Puis il regarde de nouveau Amy. Il est en colère, vraiment en colère – ça se voit à ses yeux tout plissés.

— Ça fait des heures qu'on te cherche, t'as fait pleurer ta mère. C'est la dernière fois qu'on va cueillir des fleurs de sureau. La *dernière* fois.

— Brian, calme-toi. Elle a rien, c'est le principal.

— T'es sûre ?

Il pose une main sur l'épaule de maman et la pousse sur le côté pour pouvoir se pencher et scruter le visage d'Amy. Son regard monte et descend, observe chaque centimètre carré de sa peau.

— Tu vas bien ? Où t'étais ? T'as parlé à quelqu'un ?

Elle se mord la lèvre. Sa tête est toute chaude et lui fait mal. Des larmes perlent à ses paupières et coulent sur ses joues.

— Amy ? T'as parlé à quelqu'un, répète papa en lui secouant le bras.

— Seulement au monsieur. C'est tout.

Papa devient tout drôle aussi, ses mains ne sont plus gentilles, on dirait des griffes d'oiseau qui s'enfoncent dans la chair d'Amy.

— Le *monsieur* ?
— Oui.

La bouche de maman se met à trembler. Le truc de maquillage noir sur ses yeux a coulé et lui barbouille la figure.

— Brian, je t'avais bien dit qu'on ne devait pas rester dehors à cette heure-ci, c'est le moment où ils sortent – tous. Et on n'est pas loin de la Pente aux Anes. Tu te rappelles ? La Pente aux Anes ?

— Quel *monsieur* ? demande papa. Amy, explique-moi comme une grande fille, parce que c'est grave. Quel monsieur ?

Elle se tourne vers les arbres, tend le bras, mais au même moment elle découvre qu'il n'est plus là – le monsieur qui aime les chiens. Il est parti. Et il a dû prendre le petit chien, pasqu'il est plus là non plus.

— Il était vraiment gentil.
— Gentil ? dit maman. *Gentil ?*
— Le petit chien, il s'appelle Ours.
— Le petit chien ?
— Oh, pour l'amour du ciel ! s'écrie papa en se frottant le front. Y a toujours un petit chien. Toujours un foutu petit chien.
— Brian, *s'il te plaît*.
— C'est le plus vieux truc au monde : *J'ai un petit chien malade, viens dans le bois, je te le montrerai.* On l'emmène à la police, il faut la faire examiner.

Amy fronce les sourcils. Le monsieur n'a pas dit que le petit chien était malade, il ne lui a pas demandé de venir dans le bois pour le voir. C'est elle qui a trouvé le chien, avant de rencontrer le monsieur.

— Je veux pas d'examen, maman, je veux pas.
— Tu vois, tu lui as fait peur. Amy, écoute-moi...
Maman s'assied dans l'herbe, elle se tapote la cuisse.
— Viens là, mon cœur.
Amy s'installe sur les genoux de maman, elle s'essuie le nez du dos de la main, renifle le reste de la morve, c'est beurk. Elle voudrait que papa ne soit pas en colère, elle ne comprend pas pourquoi il est fâché, pasque le monsieur n'était pas méchant. Il avait l'air un peu bizarre, avec une grande barbe, comme un lutin, ou comme un père Noël à l'envers, pasque sa barbe était noire, mais il parlait très, très gentiment et il lui a fait une promesse, une promesse en se tenant par le petit doigt, et tout le monde sait que c'est des vraies promesses. Et autre chose, il l'a appelée Crocus, et c'est ce qu'Amy a aimé le plus – quand il lui a dit qu'elle était jolie comme un crocus. Pasque les crocus sont très jolis, y en a des violets, y en a des jaunes, et quelquefois y a les deux en même temps. Mlle Redhill, à l'école, elle dit que c'est la deuxième fleur du printemps, après que les perce-neige sont morts et retournés dans la terre.
— Amy, ce monsieur... il a été gentil avec toi ? demande maman.
— Oui. Et aussi avec le petit chien.
— C'était son petit chien ?
— Non.
— C'était le petit chien de qui, alors ?
— Je sais pas.
Elle porte un doigt à son nez, le cure pensivement. Elle se dit que ce n'était peut-être pas un petit chien pour de vrai mais un chien tout court : des fois, un grand chien est petit pasqu'il est jeune, et des fois un

chien est tout petit même s'il est vieux. C'est des histoires de races, y en a des petits et y en a des grands.

— Il est venu après que j'ai trouvé le petit chien. Je vous l'ai dit, non ?

Papa se redresse.

— Viens. Montre-moi où tu l'as trouvé, ce petit chien.

Maman laisse Amy quitter son giron. Elle lui tient la main tandis qu'elles se dirigent vers les arbres. Ça fait un peu plus peur dans le bois maintenant pasqu'il fait presque noir. Mais elle peut voir la chemise blanche de papa, et maman lui presse la main en marchant pour lui dire que tout va bien. Amy serre la sienne en réponse.

Amy conduit papa et maman à l'endroit où elle a trouvé le petit chien. C'est vraiment le soir maintenant, le bois est sombre et silencieux. Pas de petit chien. Le monsieur a promis de l'emmener là où il serait bien.

— J'étais ici, dit-elle. Et je mettais les fleurs dans la… Elle est là !

Elle tend le doigt vers la boîte Tupperware, la ramasse, la retourne pour montrer à papa et maman toutes les fleurs qui sont dedans. Les plus belles, pas avec plein de vers comme celles que papa a trouvées avant.

— J'étais ici, en train de cueillir les fleurs, et le petit chien est arrivé, il avait mal à la patte.

— Mal à la patte ? répète papa, qui regarde maman en haussant les sourcils.

— Oui, y avait du sang et tout. Et son maître était pas là, et le monsieur savait pas non plus qui c'était, son maître, et je disais « oh, le pauvre petit chien », et je voulais te l'amener, papa, pasqu'il avait pas de propriétaire...

— De *propriétaire*, corrige maman.

— De propri-é-taire, répète Amy. Et s'il en avait pas, il lui en fallait un, et j'ai pensé qu'il pourrait vivre dans notre maison, sous la cuisinière, pasqu'il fait bien chaud, là, et ça me fait rien de donner mon argent de poche pour lui acheter du lait.

Maman s'essuie les yeux et rit un peu. C'est bien, pasque c'est la première fois qu'elle rit depuis toute cette histoire. Elle serre Amy contre elle, plus doucement, cette fois.

— Il t'a pas touchée, hein ? Est-ce qu'il t'a demandé de faire quelque chose dont tu n'avais pas envie ?

Amy se suçote un moment les doigts, ils ont un goût d'herbe, de tige de fleur. Elle aurait bien voulu garder le petit chien.

— *Amy ?*

— Non. *Il a rien fait*. Il était gentil avec moi et il a promis d'aider le petit chien. C'est vrai, maman. C'est vrai.

Papa pousse un long soupir, ça fait un bruit comme un ballon de baudruche qui se dégonfle. Il secoue la tête, remet son téléphone dans sa poche et fait quelques pas, le dos tourné à Amy et maman.

— Hé ? crie-t-il. Hé ? Tu te ramènes, qu'on se parle tous les deux ? Tu veux aussi me raconter des histoires de petit chien, salopard ?

Un long, long silence et puis il revient, et c'est étonnant pasque maman ne dit rien pour le gros mot.

— Allez, on rentre – tu devrais être au lit depuis des heures.

Maman prend la main d'Amy et elles suivent papa qui retourne à la camionnette – la camionnette blanche qu'il conduit pour son travail. De l'ongle de son pouce, Amy essaie de gratter les taches vertes qu'elle a partout à l'intérieur des mains. A cet endroit, les fleurs de sureau sont toutes grosses, il paraît, c'est pour ça qu'ils sont venus là, et on peut en faire des boissons vraiment vraiment bonnes si on met assez de sucre, mais il faut que ce soit une grande personne qui le fasse, pasque ça devient très chaud. Si chaud que le doigt tombe si on le plonge dans la casserole. Avec du sang et tout.

Buttons, l'ours d'Amy, est à l'avant de la camionnette. Amy monte après maman, saisit Buttons et le presse contre sa figure pour sentir sa douceur pelucheuse. Lorsque papa met le moteur en route avec sa clé, Amy écarte sa ceinture de sécurité pour pouvoir se mettre à genoux, coller son nez contre la vitre et regarder en direction du bois. Maman ne l'en empêche pas.

Papa sort de la prairie et s'engage sur la route. Les ornières font sauter Amy sur son siège, mais elle continue à fixer les arbres. Elle se demande si le père Noël à l'envers trouvera le maître du petit chien.

Lorsque la camionnette s'éloigne et qu'Amy ne voit plus que la route, les autres voitures et les bâtiments qui défilent, elle se rassied et pose Buttons sur ses genoux. Il la regarde, il a le nez tout décousu et une patte abîmée, comme le petit chien.

— Maman, dit-elle quand ils arrivent au bout de la route, là où quelqu'un a bombé un Moshling sur le panneau, maman, quel mot ça fait quand Mlle Redhill écrit au tableau A comme abricot et I comme ici...

— A-I, tu veux dire ?

— Oui, et si après tu mets un D comme dada, un E comme euh et un Z comme zèbre ?

— A-I-D-E-Z ? Ça fait « aidez ». Pourquoi ?

— Aidez ?

— Oui.

— Et avec le N de noix, le O d'orage, le U d'utile et le S de serpent ?

— N-O-U-S ? Ça fait « nous ». Aidez-nous.

Maman regarde Amy avec un sourire intrigué.

— Pourquoi tu demandes ça ?

Amy se mord la lèvre. Il y avait quelque chose d'attaché au collier du petit chien. Un minuscule morceau de papier sur lequel on avait écrit à l'encre bleue. Il était tout déchiré et les lettres avaient bavé, on avait du mal à lire les mots. Sauf ces deux-là.

Aidez-nous.

— Amy ? Pourquoi tu demandes ça ?

Amy regarde le côté gauche de la tête de papa. Si elle parle encore de petit chien, il va se mettre à crier. Alors, elle secoue la tête.

— Pour rien, répond-elle lorsqu'ils s'arrêtent devant la maison.

Elle voudrait tant avoir un petit chien. Et d'autres parents. Des parents qui ne se mettraient pas en colère quand on leur dit des choses qui sont vraies.

— Pour rien du tout.

Plus tôt dans la journée : l'homme-cochon

L'homme-cochon. C'est ainsi qu'Oliver Anchor-Ferrers se voit. Tel un être tout droit sorti d'un bestiaire victorien. Deux mois plus tôt, les médecins de la clinique Mayo de Londres lui ont administré des médicaments pour fluidifier son sang. Ils ont écarté ses côtes avec des instruments en acier inoxydable, ils ont ouvert le péricarde et branché de multiples cathéters sur son corps, dérouté son sang vers des oxygénateurs à membrane qui se sont chargés du travail que son cœur aurait dû faire : fournir de l'oxygène à ses tissus et à ses organes. Son cœur, les médecins l'ont arrêté en injectant une solution cardioplégique pour provoquer une paralysie. Pendant près d'une heure, Oliver était mort sur la table d'opération. Après avoir enlevé les valves qu'il avait à sa naissance et les avoir remplacées par celles d'un cochon spécialement élevé à cette fin, les chirurgiens ont fermé l'aorte et entouré le sternum de fil de fer. Malgré son apparence – celle d'un homme parfaitement normal d'une soixantaine d'années –, Oliver Anchor-Ferrers est maintenu en vie par un morceau de chair étrangère qui tremblote à l'intérieur de son cœur. Il est moitié homme, moitié porc.

Le remplacement de valves est une procédure assez courante, une intervention pratiquée depuis des années – d'après lui, il doit bien y avoir quelques milliers d'hommes-cochons sur cette planète –, mais Oliver n'arrive pas à se sentir tranquille. Depuis le moment où il s'est réveillé à la clinique, il écoute son rythme cardiaque en se demandant s'il est lié à son cerveau et si la partie reptilienne chargée d'assurer sa survie a déjà décelé la présence d'un corps étranger. Depuis l'opération, il écoute toutes les nuits, étendu sur son lit, les battements sourds dans sa poitrine. Il se demande quel contrôle il a sur eux. Il se demande qui choisit de vivre – lui ou le cochon ?

Continue à battre, murmure-t-il parfois, *cœur de cochon, continue à battre...*

Oliver a soixante-quatre ans et sa fortune s'élève à plusieurs millions de livres. L'Angleterre est son pays natal, il y possède deux propriétés. Sa résidence principale, la dernière d'une rangée de bâtisses Régence, est située à Knightsbridge. Mais c'est dans sa résidence secondaire, où il se trouve en ce moment, une vaste maison victorienne juchée sur une colline des Mendip Hills, dans le Somerset, qu'il se sent le plus chez lui. Son fauteuil favori, vieux et dépenaillé, moulé à son squelette, est à sa place habituelle, au coin du feu. Oliver a l'impression d'avoir attendu des siècles de pouvoir s'y asseoir. Il a fallu près de deux mois aux docteurs de Londres pour lui donner l'autorisation d'aller à la campagne.

Il étend les jambes et se renverse en arrière, regarde autour de lui avec satisfaction. On n'a pas allumé de feu, c'est quasi l'été, et un panier de fleurs séchées occupe l'âtre. Tous les signes familiers d'une visite familiale sont cependant là. Les Anchor-Ferrers ont quitté Londres à l'aube, ils sont arrivés en fin de matinée et passent une première journée typique dans un aimable chaos. La maison est parsemée de provisions, de choses et d'autres que Matilda apporte de Londres : profusion de sacs d'épicerie fine, de paquets de traiteur, de boîtes de céréales et de jus de fruits. Seul ajout malvenu, son pilulier rose pâle sur l'appui de fenêtre.

Matilda, toute en couleurs et parfums, sort d'un pas pressé du cagibi à chaussures. Elle porte un tablier de jardinage bleu et rose, celui dont Kiran lui a fait cadeau il y a des années. Elle a attaché à sa taille une poche à outils en tissu imprimé à pois et Oliver remarque que, comme à son habitude, elle a effacé de son visage tout maquillage londonien. Plus de rouge à lèvres sang de bœuf ni de fond de teint, sa peau nue est couleur pêche. Ses lèvres ont retrouvé leur doux rose naturel semblable à de la pulpe de figue. Matilda a soixante ans et ses cheveux sont gris maintenant, mais sa peau est aussi claire qu'un ciel sans nuages et la lumière du jour fait toujours autour d'elle la même danse étrange que lorsqu'ils se sont rencontrés, des années plus tôt.

— Chéri…

Elle s'arrête et lui adresse un sourire qui exprime tout : amour, pitié, désespoir partagé d'en être arrivés là – à cette opération du cœur et aux médicaments dans des cases numérotées.

— Mamour, ça t'embête si je…

Elle veut aller au jardin. Cela fait moins d'une heure qu'ils sont arrivés et elle a déjà envie d'être dehors. Au cours des vingt-huit années écoulées depuis qu'ils ont acheté cette maison, elle a mis tout son cœur dans les fleurs, les arbustes et les plates-bandes. Il lui rend son sourire.

— Tu le dois, chérie. En fait, je crois entendre les plantes t'appeler.

— Tu te sens bien, tu es sûr ?

— Certain, je me sens parfaitement bien.

Matilda se penche vers lui, glisse une main sous sa chemise, presse sa paume calmement sur la cicatrice de la poitrine.

— Comment ça se comporte ?

— Convenablement.

— Pas de grondement ? Pas de grincements, de crissements ? Le docteur dit qu'il faut que j'aie l'oreille à l'affût, surtout des crissements.

Il pose ses doigts sur ceux de Matilda et appuie pour qu'elle sente les coups sourds dans sa poitrine.

— Bien, approuve-t-elle.

Elle prend un moment pour reboutonner la chemise, la lisse jusqu'à être satisfaite puis lui embrasse le dessus de la tête.

— L'infirmière Matilda est un dragon, prévient-elle, prépare-toi au régime. Bois ton thé, pilules dans trois heures. Et le gâteau sera prêt dans vingt minutes, donc je serai rentrée.

Elle quitte la pièce en cherchant un sécateur dans sa poche à outils. Oliver observe son dos droit, son profil raffiné. Personne ne soupçonne à quel point elle est tendre à l'intérieur. Tout comme personne ne peut soupçonner en le voyant qu'il a en lui des morceaux de cochon qui le gardent en vie.

— Ça va ?

Il lève les yeux. Lucia est assise sur la banquette de la fenêtre, dont elle a approché la table de cuisine, couverte de dessins, de poèmes et de magazines. Le soleil qui la baigne par-derrière fait luire les mèches colorées de ses cheveux noirs hérissés. Elle a la peau très blanche, les yeux si lourdement charbonnés qu'ils font penser à des trous sales et profonds dans sa figure. Elle l'étudie de son regard fixe et sombre, empreint de défi. Matilda et lui l'appellent « le regard de Lucia ». Lucia a beau avoir près de trente ans, elle se conduit encore en adolescente boudeuse.

— Oui. Pourquoi ?
— Juste...

Elle pousse un soupir d'ennui, hausse les épaules.

— Juste parce que je me sens obligée de demander. Pour être polie.

Elle se remet au travail et Oliver la regarde griffonner et se gratter la tête, s'absorber dans ses livres, tendre machinalement la main par moments vers la grappe de raisin noir posée devant elle dans un bol. Ourse, leur terrier, somnole sous la table, à moitié vautrée sur les pieds de Lucia. Ourse n'a pas du tout l'air d'une ourse, plutôt d'un petit ours en peluche aux oreilles de guingois qu'il a fallu tailler différemment pour les rendre parallèles. Elle est petite mais court comme le vent et les Anchor-Ferrers doivent l'attacher le premier jour de leur arrivée pour l'empêcher de filer droit vers le bois. De fait, elle porte un collier et sa laisse est coincée sous un des pieds de la chaise de Lucia. La chienne a la tête posée sur les chaussures de Lucia – des Doc Martens décorées de visages de trolls pastel, ridicules dessins pour enfants recouvrant ses pieds.

Oliver prend son thé et boit lentement. La couverture écossaise qui sent le moisi mais qu'il aime tant lui couvre les jambes ; l'odeur du gâteau de Matilda s'échappe du four et il garde un moment dans sa main le mug ébréché dont elle se sert quelquefois quand elle jardine. Il est orné d'une photo montrant les visages souriants de Kiran et Lucia entourant de leurs bras le vieux golden retriever qu'ils avaient lorsqu'ils étaient enfants. Un an plus tôt, il n'aurait pas bu son thé dans ce mug, il aurait été gêné par son sentimentalisme excessif.

— Oliver.

Matilda est réapparue sur le pas de la porte, le sécateur à la main. Son expression n'est plus calme mais alarmée. Aussitôt, la valve de porc se met à palpiter.

— Oui ? dit-il, sur ses gardes.

A sa table, Lucia lève le menton et regarde sa mère avec curiosité.

— Maman ?

— Oliver, répète Matilda, ignorant sa fille, tu as un moment ? J'ai à te parler.

— De quoi ? s'enquiert Lucia.

Au lieu de croiser le regard de sa fille, Matilda incline la tête sur le côté d'un air entendu pour faire comprendre à Oliver qu'elle veut lui parler en privé. Avec effort, il se lève, lutte contre la nausée à présent familière que chaque mouvement brusque suscite. Il empoigne sa canne et traverse la pièce du plus vite qu'il peut en sentant sur lui le regard de Lucia. Lorsqu'il arrive au niveau du cellier, Matilda pose un doigt sur sa bouche, lui prend le poignet pour l'entraîner hors de la cuisine.

— Je suis désolée, murmure-t-elle. Désolée de te faire ça, mais il faut que tu voies toi aussi. Sinon, je crois que je vais devenir folle. Je suis désolée.

Lui faisant signe de la suivre, elle sort par la porte de derrière. Il prend son sillage, conscient de l'air qui entre dans ses poumons en sifflant puis en ressort. *Continue à battre. Cœur de cochon.*

Dehors, le soleil est presque à son zénith et accable de ses rayons le sommet de la colline. Matilda glisse une main sous le coude de son mari pour l'aider à marcher. Ils avancent lentement. Malgré son emplacement – en haut de la colline, entouré de ciel sur ses quatre côtés –, le jardin ressemble plus à une série de pièces qu'à un espace découvert. Un sentier mène d'un jardin clos à un verger de noyers ; une ouverture dans une haie débouche sur un jardin de nœuds ; une grille s'ouvre sur trois parterres étagés reliés par un escalier à balustrade ornementée. On peut se promener dans ces diverses parties du jardin dans n'importe quel ordre, passer d'un enclos d'herbe haute oscillante, cloutée en été de fleurs de prairie, aux murs de pierres moussues du potager, où des pieds de rhubarbe géants jaillissent du sol telles des fontaines. C'est un labyrinthe, un labyrinthe et un monument à l'amour de Matilda. A son énergie.

Parfois l'œil décèle un point noir, semblable à une plaque de champignons. Ou à une grappe de microbes pathogènes dans une boîte de Petri. Ce sont les endroits où Lucia a saboté les arrangements de couleurs de Matilda l'une des nombreuses fois où elle est venue vivre avec eux. Elle se faufile dans le jardin, y plante en cachette des tulipes noires, des ellébores violacés. C'est sa façon de revendiquer une partie de la propriété, d'y imprimer sa marque. Cela rend sa mère cinglée, et dès que Lucia les quitte à nouveau, dès qu'elle semble avoir remis, fût-ce temporairement, sa vie sur de bons rails, Matilda se hâte d'arracher les plantes offensantes.

Au bas de la volée de marches, le terrain s'abaisse vers une série de taillis à demi enfoncés qui, de loin, ressemble à une corde à nœuds dans le paysage. Au premier taillis, Matilda lâche le bras de son mari et part devant. Il la suit à une courte distance en se soutenant de sa canne. Elle s'arrête vingt mètres plus loin, dans une petite clairière où un râteau est appuyé contre un arbre. Non loin il voit une corbeille jetée sur le côté, comme si Matilda avait été soudain interrompue dans son ramassage de feuilles mortes.

— Là, dit-elle en se tournant vers lui.

Elle a relevé sa chevelure grise et ses lèvres ne sont plus roses mais blanches. On discerne le bas de ses dents, là où commence la gencive.

— Là. Tu vois ce que je veux dire ? Ou je deviens folle ?

Le regard d'Oliver se porte sur les bouleaux argentés qui se dressent derrière Matilda. Il découvre ce qu'elle veut lui montrer et, un moment, il doit s'appuyer à un arbre pour garder l'équilibre. Tous ses muscles se mettent à trembler.

Ce n'est pas possible. Ce n'est *pas* possible.

La maison hantée

Matilda Anchor-Ferrers croit que la maison est hantée. Pas hantée au sens conventionnel, par l'esprit d'êtres morts depuis longtemps, mais par le souvenir partagé d'un événement qui s'est produit quinze ans plus tôt, quand Kiran avait seize ans et Lucia quinze. C'est aux yeux de Matilda la ligne de partage de leurs existences. Un événement qui a tout changé, sans espoir de retour. Il a eu lieu un jour d'été pas très différent de celui-ci. Dans un bois identique à ce bois-ci.

Lucia, en particulier, ne s'en est pas remise. Elle en a été profondément affectée et en porte encore la marque sombre, ce qui explique pourquoi Matilda ne lui a pas demandé de l'accompagner. C'est elle qu'il faut protéger du caractère incroyable de ce qu'elle a découvert parmi les arbres.

— C'était comme ça quand tu l'as trouvé ? demande Oliver.

Il se tient dans la clairière, une main plaquée contre le tronc d'un sureau pour se soutenir. Les effets de la marche rapide et du choc sont gravés sur son visage.

— Oui. Je ratissais les feuilles et...

Matilda s'interrompt, cherche ses mots.

— Je n'arrivais pas à y croire.
— C'est une pure coïncidence. Un hasard.
— Une coïncidence ? Quelle sorte de *coïncidence*, Ollie ?
— Un animal a dû les apporter, c'est juste un hasard si…

Il a un geste vague en direction des broussailles. Il s'efforce d'adopter un ton brusque, sûr de lui, mais il semble sur le point d'être pris de nausée.

— … si ça s'est retrouvé comme ça.
— Quel animal serait assez grand, assez fort pour faire quelque chose comme…
— Maman ?

Matilda se tait. Derrière Ollie, Lucia, tee-shirt noir et peau blême, se tient timidement au bord du taillis. Malgré la chaleur, elle a enfilé la vieille Barbour[1] de son père, qui flotte autour d'elle et lui arrive au genou.

— Papa ?

Oliver s'écarte de l'arbre et se retourne maladroitement.

— Lucia.

Il remonte péniblement le sentier en direction de sa fille, pointe sa canne vers elle.

— Je ne t'avais pas vue. Rentrons à la maison.
— Qu'est-ce qui se passe ?
— Rien, répond-il.

Il tend une main pour l'empêcher de voir, pour l'éloigner.

— Ce n'est rien. Retourne à ce que tu faisais.

Elle tente de le contourner, se démanche le cou pour regarder ce qu'il y a dans la clairière.

---

1. Veste en toile cirée à col de velours de style BCBG. *(Toutes les notes sont du traducteur.)*

— Je te connais, papa. Tu mens.

Matilda s'avance, essaie elle aussi de bloquer la vue de sa fille.

— Lucia chérie, tu veux bien retourner à la maison sortir le gâteau du four ? Il va brûler.

Mais Lucia a vu.

— Oh, dit-elle en portant une main à sa bouche. Oh, non.

Sa mère la prend par les épaules, la tourne de force vers la maison.

— Ecoute-moi. Fais ce que je te dis. Rentre et sors le gâteau du four. Ton père et moi nous occupons de tout. Ça n'est pas ce qu'on pourrait croire. D'accord ? *Lucia ?* D'accord ?

La peau autour de la bouche de Lucia a bleui. Au bout d'un long moment, elle hoche mollement la tête, fait un pas raide vers la maison, puis un autre. La tête penchée, elle marche d'une manière gauche, mal coordonnée. En la regardant s'éloigner, Matilda éprouve un pincement familier de culpabilité... comme si, d'une certaine façon, elle laissait tomber sa fille. Peut-être que toutes les mères sont comme ça et ont un enfant destiné à être un souci. Pour Matilda ce n'est pas Kiran, c'est Lucia, qui semble incapable de s'installer dans la vie. Elle a entamé plus de carrières que sa mère ne peut en compter – jouant un jour dans un groupe punk, dessinant le lendemain des vêtements pour une boutique gothique –, et quant aux petits amis, la rapidité avec laquelle elle en change donne le vertige à Matilda. Chaque fois qu'un boulot ou une relation tourne au vinaigre, Lucia revient en boitant chez ses parents pour lécher ses blessures. Elle vit de nouveau avec eux depuis deux mois. Il a fallu naturellement qu'elle soit là aujourd'hui !

Matilda lève les yeux vers la maison aux murs sombres en liais bleu local. Elle a quatre étages, y compris les vastes tours ajoutées par le deuxième propriétaire dans les années 1890, d'où son nom : les Tourelles. Seigneur, ils auraient dû la vendre quand tout est arrivé, pense Matilda. Mais il y a quinze ans, aucune propriété ne se vendait dans la région – impossible de s'en débarrasser. Les gens étaient superstitieux, ils avaient peur et rien n'aurait pu les convaincre de venir vivre dans le coin, surtout dans un lieu aussi écarté que les Tourelles. « *Combien de temps mettraient les services d'urgence pour arriver ici ?* demandaient-ils. Regardez cette allée – elle doit faire plus de huit cents mètres de long. Et le poste de police le plus proche se trouve à Compton Martin. »

Le bruit de Lucia ouvrant et refermant la porte de derrière troue le silence. Ni Matilda ni Oliver ne parlent. Quelque part un oiseau chante ; la brise agite les branches.

Finalement, une fois sûre que Lucia ne reviendra pas, Matilda se retourne et regarde la chose répugnante, recouverte par endroits de matière végétale et de terre. Elle est là depuis un moment, plusieurs heures, estime-t-elle à sa patine luisante. Elle sèche au soleil. Des mouches bleues s'y posent, certaines s'y attardent. Pour y pondre leurs œufs, suppose Matilda.

— Je crois qu'on se monte la tête pour rien, déclare Oliver en se frottant le nez.
— Tu crois ?
— Il ne peut pas être revenu, nous le savons bien.
— Vraiment ? Tu en es sûr ?
— Mais oui.

— Est-ce qu'on sait s'il n'a pas été libéré ? Moi, je ne me suis pas renseignée sur son compte, récemment. Et toi ?

Oliver grommelle qu'il a d'autres choses en tête. Qu'il n'a pas le temps de se préoccuper de prisonniers.

— Il ne peut pas être en liberté, j'en suis sûr. On nous aurait prévenus. Tout le monde en parlerait.

— Alors, tout va bien, concède Matilda.

Elle prend le râteau appuyé à l'arbre et se dirige vers la maison.

— Tout va bien et je te crois, naturellement. Mais je vais quand même appeler la police.

Le Bosquet de la Méditation

A près de vingt-cinq kilomètres à l'est de la maison des Anchor-Ferrers, le temps est plus agité. Des petits nuages se cognent et se poursuivent inlassablement dans le ciel. Le soleil brille et s'éteint, de soudaines averses localisées ponctuent la journée. Les chants d'oiseaux et les nouveaux verts acides de mai font vibrer la campagne du West Wiltshire. Dans un bosquet couronnant une colline par ailleurs déserte, près d'une centaine de personnes se sont rassemblées. Une femme de quarante-cinq ans environ, escarpins à talons aiguilles, minijupe et chapeau noir à voilette, occupe le devant de la scène sur une estrade festonnée. Elle semble retenir ses larmes tandis qu'elle adresse un discours aux journalistes en attente.

— Des tas de gens viendront ici rien que pour penser à leur vie et tout.

Elle ouvre les bras pour désigner le bosquet dans lequel ils se trouvent, les banderoles et les drapeaux, les tables de réception.

— Ici, ils pourront vraiment réfléchir à ce qui se passe dans leur vie, et du coup, la clinique et moi, on a décidé de l'appeler le Bosquet de la Méditation.

Ooooh, murmure la foule, admirative. *Clic-clac*, font les appareils photo.

— Ouais, le Bosquet de la Méditation. Et je tiens à remercier du fond du cœur tous ceux d'entre vous qui ont contribué à rendre ça possible. Ma fille aurait été très heureuse de savoir que d'autres retireront quelque chose de son sort tragique. C'est si beau de pouvoir donner quelque chose en retour.

Cette femme, c'est Jacqui Kitson. Deux années plus tôt, sa fille de vingt-deux ans, jouissant alors d'une petite célébrité, s'est aventurée hors d'une clinique de désintoxication située à moins d'un kilomètre du sommet de la colline. Abrutie par un mélange mortel de drogue et d'alcool, elle s'est finalement effondrée et a succombé à l'endroit même où se tiennent les journalistes. Son corps est resté plusieurs mois allongé parmi les feuilles mortes avant d'être découvert.

Jacqui Kitson a résisté à ce traumatisme. Au sortir de ce drame, elle a collecté quinze mille livres de dons, qui lui ont permis d'acheter ce bosquet au nom de la clinique. Ce sera un mémorial pour sa fille, un lieu où les résidents de la clinique apporteront leurs pensées et leur solitude. Une pagode en branches de saule tressées a été construite au centre de la clairière. Au niveau inférieur, des arches découpées abritent des bancs où les gens peuvent s'asseoir et contempler les plaines du Wiltshire.

Dix patients assistent à la cérémonie. En tenues variées – survêtements, jeans, casquettes de routier –, ils se dandinent d'un pied sur l'autre autour de l'estrade. Les directrices de la clinique sont également présentes : trois femmes en tailleur, toutes démangées par l'envie de parler aux journalistes. Seul un homme ne tient pas à faire partie de la célébration. Il se tient à distance, à l'écart de la mêlée, à un endroit protégé par de hauts bouleaux. Un endroit d'où il peut observer, sans participer.

Jack Caffery, commissaire adjoint à la brigade criminelle, a une quarantaine d'années. Il est là en service, pour montrer une présence policière, mais il fait tout pour demeurer éloigné de ce spectacle. Immobile, les mains dans les poches, il observe la foule qui s'attroupe autour de Jacqui Kitson. Elle sourit, hoche la tête, serre des mains. Pose pour être prise en photo avec l'une des directrices. Les deux femmes lèvent leurs verres et trinquent pour le photographe. C'est du thé vert, pas du champagne : la clinique est après tout un lieu où se mettre hors de portée de la drogue et de l'alcool. Lorsque quelqu'un demande à Kitson de s'asseoir dans la pagode pour une autre photo, elle s'exécute sans sourciller, les mains modestement croisées sur les genoux, le menton levé vers le soleil.

Caffery est un policier plein d'expérience, il a travaillé sur un grand nombre d'affaires parmi les plus notoires et les plus difficiles du pays. Il a vu des choses, beaucoup de choses, et il s'est retrouvé dans des situations qui l'ont mis mal à l'aise. Jamais pourtant il n'a eu autant envie d'échapper à quelque chose qu'à cette cérémonie.

Ourse

Les Anchor-Ferrers sont tous rentrés, ils ont verrouillé les portes et fermé les fenêtres dans une sorte de panique contenue. Lucia observe son père qui se tient dans le hall, la tête baissée. Il se sert d'un couteau à beurre pour ouvrir le téléphone sans fil et vérifier les piles, le front plissé parce que sa femme essaie d'appeler la police et, inexplicablement, n'arrive pas à obtenir la ligne. Le soleil qui passe à travers un grand vitrail éclaire son visage, des verts et des rouges aussi brillants que des bijoux quadrillent son expression et la rendent monstrueuse. Comme si la journée n'était pas déjà assez étrange.

Dans la cuisine, Matilda fait du rangement. Les sacs ont été vidés, le gâteau sorti du four et mis à refroidir sur une grille. De temps en temps, elle s'interrompt pour lisser le devant de sa tenue, presque comme si elle attendait des invités.

Sauf que ce ne sont pas des invités qu'elle attend, pense Lucia. Du moins, pas le genre qui vient manger du gâteau.

— Lucia, dit Matilda, va voir Ourse. Elle a besoin qu'on s'occupe d'elle.

Lucia regarde sa mère d'un air abasourdi. Elle a envie de répondre, mais rien ne sort de sa bouche. C'est comme si on lui avait injecté un anesthésiant : son visage, tous ses muscles sont figés. Ce qu'elle a vu dans le jardin est exactement comme il y a quinze ans. Exactement pareil, on ne peut le nier. Elle sait que cette ressemblance est *voulue* – et elle devine qui en est l'auteur –, mais maintenant que cette mise en scène s'est abattue sur elle, elle lui semble inattendue et fausse.

— Lucia ? Tu m'entends ?

Lucia cligne péniblement des yeux, tente de se concentrer sur le visage de sa mère, mais ne peut empêcher son regard de se porter au-delà, sur les taillis et le bois. Bizarrement, ce sont les arbres qui produisent le plus grand choc. Leur normalité. Le fait qu'ils n'aient pas changé alors que tout le reste est si terrible.

— Occupe-toi d'Ourse, insiste Matilda d'un ton exaspéré. *S'il te plaît*. Empêche-la d'aboyer, je ne m'entends plus penser.

Sous la table, la chienne rendue nerveuse par tout ce remue-ménage lance des petits jappements plaintifs et tire sur sa laisse, ce qui fait crisser les pieds de la chaise sur le sol. Lucia reprend ses esprits avec un sursaut. C'est en train d'arriver. C'est en train d'arriver vraiment.

Elle traverse la pièce sur des jambes de caoutchouc. La sueur trempe son tee-shirt. Ourse s'agite, tourne en rond, se prend dans sa laisse. Ils auraient dû se décider à lui implanter une puce électronique, ils ne seraient pas obligés de la garder attachée dans la maison. Il lui est arrivé de courir sur des kilomètres – une fois jusqu'au terrain de golf de Farrington.

C'est comme si elle avait toujours su que le mal est ici, alors qu'elle n'était même pas née quand les meurtres ont été commis, à la Pente aux Anes.

— Tout va bien, Ourse.

Lucia détache la laisse et soulève la chienne. Elle va s'asseoir sur la banquette de la fenêtre et presse le corps vigoureux de l'animal contre sa poitrine, s'efforce de le calmer en murmurant :

— Tout ira bien, je te le promets, tout ira bien.

La peur d'Ourse lui brise le cœur. Elle aime cette petite chienne plus que tout, et la plupart du temps, elle pense qu'Ourse est le seul être au monde qui tienne vraiment à elle. Malgré son silence et ses éternelles humeurs sombres, Lucia n'est pas idiote et pas grand-chose ne lui échappe. Elle sait parfaitement qu'elle n'a jamais été la préférée de ses parents, elle a passé toute sa vie dans cette certitude. Et quant à ce qui est arrivé quinze ans plus tôt… eh bien, elle ne s'en remettra jamais.

Hugo… Hugo.

Elle n'oubliera jamais Hugo, jamais. Depuis sa mort, le seul être qu'elle s'est risquée à aimer, c'est cette petite chienne.

La lumière

Il y a un hommage à la famille Anchor-Ferrers dans le grand vitrail qu'Oliver a fait installer vingt ans plus tôt au-dessus de la tribune des musiciens. Il les représente tous les quatre : Matilda, Oliver, Lucia et Kiran, debout devant un globe terrestre rétréci, nimbés de rayons de soleil mandarine et jaunes.

Oliver aime la lumière. Plus, peut-être, qu'il n'aime sa famille, pense Matilda. Il l'adore et la contemple à chacune de ses heures de veille. Les amies de Matilda font valoir que la lumière du jour, au moins, c'est gratuit, tandis que faire du golf, voler dans un monomoteur Cessna ou pêcher à la mouche au Pérou, c'est loin d'être gratuit et que Matilda devrait s'estimer heureuse. Néanmoins, elle a toujours été un peu jalouse de la lumière. Même les enfants lui doivent leurs prénoms : Kiran signifie « rai de lumière », et Lucia, pour les oreilles d'un grand nombre de gens, est trop proche de Lucifer pour être rassurant. Matilda n'en a jamais été tout à fait contente.

Sur le vitrail, la famille semble assujettie à la lumière et aux cieux. Le ciel, flamboyant de gloire, aurait pu être peint par William Blake. La maison, derrière eux, est censée être les Tourelles, bien que ce n'en soit qu'une piètre représentation maladroite, selon Matilda. Il n'y a pas de chien, ce qui constitue une erreur parce qu'il y a toujours eu un chien dans la vie de la famille. Et pas de jardin. Rien pour faire comprendre ce qu'ils sont. Pas de cueillette de fleurs ni de gâteau sortant du four.

Enfin, c'est idiot de se tracasser pour ça, parce que c'est en fait sans importance, pense-t-elle maintenant. Ollie se tient sous le vitrail et s'escrime sur le téléphone, dont les piles ont choisi ce moment pour être à plat. Lucia est blottie dans un coin de la fenêtre, Ourse affalée contre sa poitrine, et Matilda ne sait pas trop où se poser. Elle n'a rien fait de plus constructif qu'aller et venir nerveusement, déplacer des choses, essayer de mettre de l'ordre dans la maison. S'assurer à nouveau que les portes sont verrouillées et les fenêtres fermées.

— Vérifie encore la porte de derrière, suggère-t-elle à Lucia. Tire aussi le verrou d'en haut.

Lucia descend le bref couloir et on peut l'entendre fermer le verrou. Matilda ne se souvient pas si la porte de devant, dans le hall, a été fermée à clé, mais au moment où elle se tourne pour aller voir, quelque chose la fait s'arrêter net. Le cœur battant, elle fixe sur le sol quatre ou cinq gouttes d'une substance d'un rouge brunâtre en forme de longues larmes.

Elle s'agenouille, gratte la plus grosse de l'ongle de son pouce. La tache s'écaille sous son doigt. Matilda lève la tête, inspecte la pièce. La cuisine est immense, elle fait tout le côté de la maison et comprend un coin-repas, ainsi qu'une partie séjour avec une vaste cheminée. Tout est ancien et lui paraît aussi familier que les collines, mais il y a quelque chose qui ne va pas. Pas seulement là-bas dans les broussailles du taillis. Il y a *dans la maison* quelque chose qui n'est pas à sa place. Une odeur ? Une vague odeur étrange. Et ça ? Elle frotte entre pouce et index l'écaille rouge, qui se désagrège et pénètre dans le grain de ses doigts. Du sang ? C'est du sang ? Non, grand Dieu, non. C'est impossible, bien sûr. Elle va à l'évier se laver les mains. Il n'y a aucun lien entre ces gouttes rouges – qui peuvent être *n'importe quoi, absolument n'importe quoi* – et ce qu'elle vient de voir dans le taillis. Oliver a raison. Ce sont des parties animales apportées par un prédateur. C'est tout à fait normal et leur attribuer une autre signification relève de l'hystérie pure et simple.

Matilda se frotte furieusement les mains, se penche pour scruter, au bout du couloir, le hall où Oliver s'active toujours sur le téléphone. Pourquoi ça lui prend si longtemps ? Il ne faut que deux minutes pour changer des piles.

Il s'interrompt, tourne la tête sur le côté et la regarde fixement. Son visage est enflé par son traitement et il a au front une veine bleue qu'elle n'avait jamais remarquée. Comme si les chirurgiens lui avaient ajouté un vaisseau sanguin pendant l'opération.

Il brandit le téléphone et marmonne « Il ne marche pas », avec une expression signifiant : *Qu'est-ce que je fais ? Tout ça est vraiment en train d'arriver ?*

Matilda ne réagit pas : Lucia est de retour dans la pièce, il ne faut pas l'affoler. Mais à l'intérieur d'elle-même, Matilda hurle. Le téléphone de la maison est leur unique lien avec l'extérieur. Lorsque les médecins ont finalement accepté qu'Ollie quitte Londres, ils ont demandé s'il aurait aux Tourelles, endroit très isolé, un accès rapide à un hôpital, et Matilda a répondu qu'elle le conduirait en voiture à Wells ou qu'elle appellerait une ambulance. Il n'y a pas de réseau aux Tourelles pour les portables, mais la ligne terrestre fonctionne parfaitement. Ils n'ont jamais eu de problème. Jusqu'à maintenant.

Matilda a sur place une seconde voiture qui reste enfermée dans le garage et les clés se trouvent dans le bureau d'Ollie, de l'autre côté de la maison. La Land Rover, leur voiture de Londres, ils la garent dans l'allée. Ce sera plus rapide. Elle va dans la pièce où l'on accroche les vêtements d'extérieur, glisse les mains dans les poches de son ciré. Cherche les clés de la Land Rover et le téléphone portable – on a une faible réception au bout de l'allée. Elle prendra la voiture pour s'y rendre et appellera la police. Mais les clés ne sont pas dans son ciré. Peut-être dans son sac, accroché à la chaise du hall.

De retour à la cuisine, elle se fige. Assise sur la banquette de la fenêtre, Lucia, bouche ouverte, fixe avec une expression médusée deux hommes qui viennent d'apparaître sur le seuil de la pièce. Oliver se tient près d'eux et les considère avec stupeur, le téléphone oublié dans sa main. Derrière, dans le hall, la porte de devant est entrouverte.

Ces hommes portent des costumes gris sombre et ont tous deux la mine grave. L'un est courtaud, avec de longs bras, un visage semé de taches de rousseur et une chevelure brun-roux à la coupe militaire. Il a des lunettes à monture noire, une posture un peu gauche, et parcourt la cuisine d'un regard nerveux. L'autre est plus calme. Grand, le dos droit, il a un nez épaté, des yeux vert clair frangés de cils blonds. Ses cheveux blonds sont bouclés, mais il lui en reste si peu sur le devant que le sommet de son crâne est nu et brillant, comme celui d'un moine, et qu'il fait penser à Art Garfunkel jeune. Il tend une carte de policier.

— Madame Anchor-Ferrers ? Je suis l'inspecteur Honey et voici le sergent Molina. Désolés de débarquer comme ça chez vous, nous avons appelé par l'Interphone de la grille à l'entrée de l'allée, personne n'a répondu, alors on est montés à pied.

— Oui, répond Matilda d'un ton distant. Nous étions dehors, dans le jardin.

Le sergent Molina échange un regard gêné avec l'inspecteur Honey, qui toussote, remise sa carte dans une de ses poches. Sans sourire.

— Est-ce que nous pouvons vous parler ?

La maladie

Le commissaire adjoint Caffery est un homme plutôt séduisant. Taille moyenne, pas de barbe, des cheveux châtains coupés court. Comme il occupe un poste important dans sa brigade, il est souvent sollicité par les journalistes. Leur intérêt pour lui n'est pas réciproque, il les évite chaque fois qu'il le peut. Il n'a toujours pas appris à leur donner ce qu'ils veulent entendre, car il méprise les petits jeux et l'hypocrisie. Aujourd'hui, cependant, une journaliste l'a coincé avant qu'il puisse s'échapper et il est maintenant obligé de répondre à sa question :

— Qu'est-ce que cette cérémonie signifie pour vous et le reste du service ?

Il se penche légèrement pour parler dans le petit micro qu'elle tend vers lui et s'exécute avec rapidité et efficacité :

— Nous avons des sentiments mêlés. Bien sûr, nous avons été bouleversés par la souffrance de la famille et nous regrettons profondément que les recherches n'aient pas eu une conclusion heureuse, mais maintenant que nous voyons Jacqui reconstruire sa vie de manière si positive…

D'un geste, il indique la clairière où la foule est rassemblée.

— ... je peux dire que l'ensemble du service est ravi que la famille ait à nouveau une vie normale.

— Pensez-vous que Jacqui connaisse enfin l'apaisement ? On a retrouvé le corps de sa fille, mais on ne sait toujours pas exactement ce qui lui est arrivé.

Caffery regarde la journaliste fixement. Il déteste cette expression, « connaître l'apaisement ». Elle lui fait penser aux formules des politiciens dans les périodes de tension. Le voyant hésiter, la journaliste insiste :

— L'apaisement ? Elle l'a trouvé ?

— Je n'en sais rien. Je ne suis même pas sûr du sens de ce mot. Merci.

Il hoche la tête et, ignorant la question suivante, s'éloigne pour gagner le couvert des arbres, d'où il pourra observer ce qui se passe sans avoir à parler. Désarçonnée par sa grossièreté, la journaliste demeure un moment sans voix. Le voir se réfugier plus loin dans le bosquet ne l'incite pas à le suivre.

Caffery reste dans l'ombre, le dos appuyé à un arbre parce que aujourd'hui il a du mal à se tenir droit. Il est malade. Cela fait deux semaines qu'il est accablé par une migraine qu'aucun analgésique n'atténue. Il souffre d'insomnie, et les rares fois où il parvient à dormir, il rêve qu'on l'attache. Qu'il s'enfonce dans de la boue ou des sables mouvants. Il n'a pas consulté de médecin – il ne sait même pas qui est son généraliste[1] – et de toute façon aucun ne ferait un bon diagnostic. Sa douleur n'a pas de cause physique, il en est certain. Elle provient de quelque chose de plus

---

1. En Grande-Bretagne, on ne choisit pas son médecin.

profond, d'intangible, qu'il n'arrive pas à identifier. Il sait en tout cas qu'écouter Jacqui Kitson parler de sa fille rendra la pression dans sa tête plus insupportable encore.

Ayant apparemment renoncé à poursuivre Caffery, la journaliste s'est frayé un chemin jusqu'à Jacqui, qui, elle, est toute disposée à parler : elle dévide la même vieille rengaine sur son angoisse pendant les mois de disparition de sa fille, sa souffrance de ne pas savoir ce qui s'est produit. Les mains de Caffery se crispent dans ses poches à chaque phrase qu'elle prononce. Il est vrai qu'il en sait plus que quiconque sur la mort de la fille de Jacqui – c'est lui qui a dirigé l'enquête et il y a des aspects de cette affaire que personne ne connaîtra jamais, des tripatouillages qui ne seront jamais révélés. Ce n'est toutefois pas ce qui le trouble aujourd'hui. C'est quelque chose dans l'attitude de Jacqui, dont les paroles sont comme du papier de verre dans sa tête. Chaque fois qu'elle ouvre la bouche, la tension s'accroît sous son crâne.

Il s'écarte de l'arbre, fait quelques pas dans le bosquet, rien que pour bouger, sentir un peu de vie dans son corps. Mais ça ne marche pas. Il est fatigué. Terriblement fatigué.

Minnet Kable

Oliver est un scientifique, mais un physicien, pas un biologiste, et il n'est pas sûr de comprendre exactement ce qui se passe dans son corps. Il a remarqué que depuis l'opération ses pensées lui viennent plus lentement. Quelquefois, c'est comme être dans un rêve – comme si des gens lui parlaient d'une autre pièce. Lorsque la poignée de la porte de devant a tourné, que la porte s'est ouverte et que le plus costaud des deux flics a passé la tête dans le hall et l'a regardé, Oliver s'est efforcé de comprendre comment ils étaient arrivés là. Qui les avait appelés ? En tout cas pas lui, puisque le téléphone ne marche pas.

Ils disent qu'ils enquêtent sur un meurtre.

— Vous étiez ici toute la matinée ?

L'inspecteur Honey, le grand type au crâne chauve de moine, interroge Matilda, qui répond machinalement, d'une voix distante, comme si elle récitait un poème oublié qui lui serait brusquement revenu en mémoire.

— Non. Nous ne sommes arrivés qu'après 11 heures. C'est notre maison de campagne, nous sommes venus de Londres en voiture ce matin.

— Vous n'avez pas entendu les sirènes ?

— Non. Mais on n'entend rien ici en haut, nous sommes très isolés.

— La victime habitait juste en bas, dans la vallée, précise le policier en levant une main pour indiquer l'ouest. Pas loin de l'entrée de votre allée. La maison où le chemin débouche sur la grand-route.

— La maison jaune, vous voulez dire ? Celle au toit d'ardoises et aux murs jaunes ?

— Exactement.

— Mon Dieu, Oliver, c'est celle avec la parabole. Tu vois ?

Il hoche mollement la tête, peine encore à saisir la réalité de ce qui se passe. C'est une femme seule qui vit dans la maison jaune. Il ne connaît pas son nom, mais il l'a aperçue plusieurs fois. Une brune, la quarantaine, très attirante. Il se souvient surtout qu'elle porte un jean rouge et un blouson de cuir, comme quelqu'un de la ville, et s'obstine à maintenir son 4 × 4 au milieu de la route, comme si tout le monde devait se ranger sur le côté pour la laisser passer.

— Le meurtrier est entré… par la fenêtre du rez-de-chaussée. Elle était ouverte.

Le sergent Molina – le roux, celui qui ressemble à un homme politique, ou à un chanteur, Oliver n'arrive pas à se souvenir – pose les mains sur le dossier d'une chaise. Il a l'air sur le point de prononcer un discours longuement répété.

— Nous allons devoir appliquer la procédure, faire venir un officier de liaison qui vous expliquera quelques mesures de sécurité essentielles. Si c'est votre maison de campagne, cela vous sera utile de toute façon d'en savoir plus sur les fermetures des fenêtres et tout ça.

— D'abord, vous devez nous dire ce qui s'est passé, réclame Matilda. Et si vous avez arrêté quelqu'un.

— Avant d'avoir une identification formelle de la victime et prévenu la famille, nous ne pouvons pas donner de détails, argue l'inspecteur.

Oliver retrouve sa voix :

— J'aurais cru qu'on mettait plus de monde pour une enquête sur un meurtre – à plus forte raison si votre coupable est encore dans le coin. Un hélicoptère, peut-être.

— Nous avons envoyé un hélicoptère – vous ne l'avez pas entendu ?

— Comme l'a dit ma mère, on n'entend rien, ici, intervient Lucia, qui réussit à faire de sa remarque une attaque contre ses parents. *Rien du tout.*

— Nous demandons aux gens s'ils ont été victimes de cambriolages, si quelque chose a disparu. Vous avez une cabane de jardin ?

— Oui. Un garage, aussi.

— Ils ferment à clé ? Et vous avez vérifié aujourd'hui s'ils étaient fermés à clé ? On voudrait savoir si on vous a volé des outils. Un cutter, par exemple…

Un cutter. Un silence glacial s'abat sur la famille. C'est la confirmation. Ils savent maintenant que ce n'est pas un effet de leur imagination. C'est vraiment en train d'arriver.

Continuez à battre, enjoint Oliver aux valves de porc. *Encore un battement. Et un autre…*

— Vous pourriez au moins vous excuser ! explose Matilda, rouge de rage et de confusion. C'est pour ça que vous êtes ici ? Des excuses tardives ?

Honey ne répond pas, il semble dérouté. Du regard, il appelle son sergent à l'aide, puis porte ses yeux sur Lucia et Oliver.

— Désolé, je ne…
— Elle est passée où, la notification ? Le ministère public est censé nous prévenir si la peine de cet homme est révisée. Nous devons être informés s'il a été libéré.
— Pardon, « cet homme » ? Je ne…
— Parce que ma fille est vulnérable. Elle n'avait que quinze ans au moment des faits – *quinze ans*. Mon mari et moi avons les mêmes droits que la personne qui vous représente. Nous devions être avisés s'il sortait de prison, et personne ne nous a dit un mot !
— Madame…
— Regardez ma fille.

Matilda indique Lucia, assise sur le canapé avec Ourse, qui a décelé la tension et pousse des grognements menaçants.

— Regardez-la et dites-moi si elle ne mérite pas d'être prévenue. Et mon mari vient de subir une grave opération, ce qui fait que nous ne sommes pas vraiment prêts à affronter ce genre d'épreuve. Pendant ce temps-là, lui, LUI, il a des années-lumière d'avance sur nous, comme d'habitude. Il a coupé notre ligne téléphonique, ou il a fait quelque chose pour qu'elle ne marche plus. Alors, vous venez un peu tard. Nous aurions dû être avertis longtemps avant. Dix jours, minimum – mais non. Pas un mot. Et maintenant, *ça*…

L'inspecteur Honey lève une main dans un geste défensif.

— Ecoutez, je suis désolé, madame Anchor-Ferrers. J'entends votre colère et je suis disposé à y répondre, mais avant d'en connaître la raison, je ne peux rien faire.

Cela calme un peu Matilda. Bien que ses yeux ne quittent pas le visage du policier, elle s'éloigne de lui, lui donne un peu d'espace.

— Kable, marmonne-t-elle de mauvaise grâce.
— Kable ?
— Bien sûr ! Enfin, dites-moi que vous *savez* que je parle de Minnet Kable ! Il a été libéré, n'est-ce pas ? Et personne ne nous a prévenus.

Nouveau long silence. Oliver remarque que Lucia a fermé les yeux et il sait pourquoi. C'est la première fois depuis ces trois quarts d'heure de panique que l'un d'eux ose prononcer ce nom, bien qu'ils y aient pensé tous les trois. C'est comme dire tout haut le nom du diable.

Minnet Kable. Minnet. Avec l'accent sur la première syllabe. On ne prononce jamais ce nom dans cette famille.

Minnet est blanc, britannique, et les Anchor-Ferrers ne savent absolument pas pourquoi on lui a donné ce prénom. Rien dans les documents légaux n'explique cet héritage. Ollie, qui n'a pas grandi dans l'Angleterre multiculturelle d'aujourd'hui, est gêné d'admettre – même pour lui seul – que ce nom a une consonance gutturale. Comme un juron en araméen. Quelque chose qu'un démon proférerait dans un film. Et Kable est un démon. Quinze ans plus tôt, Minnet Kable a assassiné deux personnes. Dont l'ex-petit ami de Lucia, Hugo Frink.

L'inspecteur Honey tourne lentement les yeux pour chercher ceux de son collègue, comme s'il ne s'était pas fait sermonner, comme s'il attendait une réponse. Il plonge les mains dans ses poches et fixe un moment le sol.

— Oui, finit-il par lâcher. Je le reconnais, je n'ai pas beaucoup pensé à...

Il jette un nouveau coup d'œil à Molina.

— Tu ne te souviens sûrement pas de Minnet Kable. C'était avant que tu entres dans le service.

Le sergent a les yeux écarquillés, comme sous l'effet de ses pulsations cardiaques.

— Si, je m'en souviens. Bon Dieu ! s'exclame-t-il en passant un doigt à l'intérieur de son col de chemise. Tout le monde s'en souvient, non ?

Oliver secoue la tête d'un air résigné. Et on appelle ça la police moderne. Il a vu des services de police plus efficaces dans des pays du tiers-monde.

— Sérieusement, vous n'aviez pas pensé à Minnet Kable ?

— Non, admet Honey. Même si ça paraît évident, je vous l'accorde.

— Il faut qu'on vous emmène dehors, dit Oliver du ton le plus mesuré qu'il peut prendre. Il y a quelque chose que vous devez voir.

Le cerf

Tous les cinq – la famille et les deux policiers – sortent de la maison. Matilda ferme avec soin la porte latérale et glisse la clé dans sa poche à outils avant qu'ils ne s'engagent dans le sentier. Lucia accompagne ses parents. C'est contraire à la volonté de sa mère, mais la jeune femme a refusé de rester seule dans la maison. Elle a emporté Ourse, qu'elle serre si fort dans ses bras que la petite chienne peut à peine remuer la tête.

Il fait plus chaud à présent et le ciel est si clair qu'il est presque blanc, strié seulement de quelques minces traînées de vapeur qui dérivent lentement au-dessus de leurs têtes. Le terrain s'étire vers l'horizon sans une seule autre maison en vue, rien que des pylônes lointains et un flanc de colline couvert d'un patchwork de champs. C'est cette vue à l'infini, si différente de ce qu'ils découvrent à Londres de leurs fenêtres, qui a tant séduit Matilda au début. Maintenant, c'est ce qu'elle hait le plus.

Ils avancent d'un pas hésitant, Oliver ouvrant la marche. Il s'appuie sur la canne que les médecins lui ont recommandée. De derrière, Matilda ne reconnaît pas son mari. Il ressemble à un vieillard en pantalon de velours côtelé informe. Impotent et voûté. Bien loin de sa jeunesse.

Ils font halte et regardent autour d'eux. Des mouches s'envolent paresseusement, abandonnant à contrecœur leur repas comme pour reconnaître la présence d'êtres humains avant de se poser de nouveau et recommencer à se gaver.

Lorsque Matilda est arrivée seule dans le taillis, un peu plus tôt, elle a d'abord cru voir une sorte de décoration – une frise en papier découpé, une chaîne de ballons de baudruche dégonflés, accrochés presque délicatement. Il lui a fallu un moment pour identifier ce que c'était en réalité : des viscères.

— Nous espérions que ça provenait d'un animal, dit-elle.

— Vous pensez que c'est possible ? demande Oliver aux policiers avec une pointe d'espoir dans la voix. Un cerf, peut-être ?

— Un cerf ? J'en doute, répond l'inspecteur Honey à voix basse.

— Il y a dans le coin des chiens assez costauds pour faire ça à un cerf, arguë Oliver.

— Et accrocher leurs entrailles dans les arbres ?

Personne ne parle. Ils sentent tous l'odeur de pourriture. Pendant le peu de temps que les Anchor-Ferrers ont passé dans la maison, les boyaux ont commencé à puer. Le fascia blanc s'étire autour des sacs roses bulbeux, et le dernier repas pris par l'être, humain ou animal, dont ces intestins proviennent dessine des formes sombres derrière la paroi à demi transparente.

— Dément, lâche Honey, manifestement embarrassé. Complètement dément.

Il extrait un mouchoir de sa poche et s'essuie le visage.

— Il fait chaud, aujourd'hui, non ? reprend-il. Pour la saison.

Il replie son mouchoir en prenant son temps pour le faire avec soin ou, pense Matilda, pour se ressaisir.

— Ça pourrait être...

Il s'interrompt, carre les épaules, scrute l'horizon.

— Je mentirais en disant que ça n'a pas de rapport avec notre visite. Cela... cadre avec l'affaire sur laquelle nous enquêtons. Les blessures infligées à la victime.

Il range le mouchoir, écarte un côté de sa veste pour révéler une radio nichée dans sa poche de poitrine. Il passe les doigts sur l'appareil, semble sur le point d'appeler des renforts, se ravise, tire de nouveau son mouchoir et s'éponge la figure.

— Madame Anchor-Ferrers, commence-t-il d'une voix tendue. Est-ce que... est-ce qu'on pourrait retourner dans la maison ? Il fait une chaleur ! Nous avons dû laisser la voiture en bas et monter à pied toute l'allée. Je peux me permettre de vous demander un verre d'eau ?

Le chauffeur

Une averse balaie les champs du Wiltshire, arrose impitoyablement la colline et met un terme à la cérémonie. Le groupe se disperse, les gens courent se mettre à l'abri en tenant des cardigans et des sacs à main au-dessus de leurs têtes. Seul le commissaire adjoint Caffery s'attarde. Lorsque tous ont déserté la clairière, il reste un moment à observer les lieux. Les banderoles sont trempées, une odeur de terre et d'herbe flotte dans l'air. Le soleil réapparaît, mais la vue de la pluie qui s'égoutte du toit de la pagode lui sape encore plus le moral.

Finalement, il se retourne pour s'éloigner. Sa chemise est trop chaude et lui gratte la peau. Il ne se sent jamais bien en costume, bien qu'il soit obligé d'en porter un tous les jours, et il tire sur son col en marchant, dénoue sa cravate. Au pied du sentier, à l'entrée du parking, deux femmes l'attendent. L'une est Jacqui Kitson, un léger imperméable drapé sur ses épaules ; l'autre, également juchée sur des talons hauts et portant une robe moulante, est un membre de sa brigade : le sergent inspecteur Paluzzi. Elle tient d'une main un parapluie, appuie l'autre sur sa hanche. Elle ne semble pas du tout impressionnée.

Caffery fourre sa cravate dans sa poche. Sa tête palpite encore et il est sûr que la moindre conversation pourrait lui fendre le crâne en deux. Faire craquer cette chose qui s'est formée en lui ces derniers jours.

— Ça va ?

Paluzzi acquiesce.

— Qu'est-ce que je peux faire pour vous ? demande-t-il.

— Appelez le divisionnaire. Il suggère que vous raccompagniez Jacqui à son hôtel.

Pendant le bref silence qui suit, il sent que Paluzzi guette sa réaction. Elle sait que cette proposition ne le ravira pas.

— C'est tranquille, à la brigade, insiste-t-elle. Il ne se passe rien, il n'a pas besoin de vous. C'est histoire d'être aimable avec Jacqui et de montrer à la presse qu'on traite bien les gens.

Jacqui fait tinter ses bracelets et sourit, révélant une fine ligne de rouge à lèvres sur ses dents du haut.

— Vous en faites pas, je vous mangerai pas.

La main de Caffery trouve l'étui de métal lisse de sa cigarette électronique sous sa cravate. Il essaie d'arrêter de fumer, mais il sait que ce n'est pas dans ce genre de moment qu'il y parviendra.

— Il faudra vous contenter de ma voiture dans l'état où elle est, prévient-il.

— Pas de problème. Ça me rappellera le bon vieux temps.

En tant que responsable de l'enquête sur la disparition de la fille de Jacqui, il a passé beaucoup de temps en sa compagnie et n'a jamais été tout à fait à l'aise avec elle. En la conduisant à sa voiture, il sent le regard de Paluzzi sur lui. D'habitude, c'est une des collègues qu'il apprécie, elle est toujours de son côté, mais depuis peu elle se montre sarcastique. Elle lance des commentaires sur le fait qu'il n'est pas encore marié à plus de quarante ans. Elle a récemment divorcé et le bruit court dans les équipes qu'elle se sent seule et souhaiterait de la compagnie.

Tandis qu'il déverrouille les portières de sa voiture et en ouvre une pour Jacqui, Caffery a conscience des yeux de Paluzzi sur son dos. D'accord, pense-t-il. Mais ce n'est pas de mon côté que tu dois chercher.

La Pente aux Anes

Un ramier glousse doucement dans les arbres de l'autre côté des Tourelles. C'est le seul bruit. Les Anchor-Ferrers et les flics rentrent d'un pas pressé. Personne ne fait remarquer la soudaine atmosphère d'effroi qui semble maintenant émaner du bois environnant. Comme si quelque chose les observait, tapi parmi les arbres.

En chemin, le sergent Molina marmonne dans sa radio, qui émet des grésillements, rien de compréhensible. Lorsqu'ils parviennent à la maison, il reste dehors devant la porte latérale et attend une réponse tandis que les autres pénètrent à l'intérieur. Honey et Oliver vérifient les portes et les fenêtres du rez-de-chaussée. Sans trop savoir pourquoi, Matilda entreprend machinalement de faire du thé pour tout le monde. Elle chauffe la théière, fait glisser le gâteau de la grille sur une assiette. Pas le temps de le glacer – il faudra le manger comme il est. Elle le coupe et le pose sur la table. Puis elle se sent idiote d'avoir imaginé que manger serait approprié en de telles circonstances.

Lorsque Oliver et Honey reviennent, ils s'asseyent à la table. L'inspecteur prend des notes, Oliver l'aide à se rappeler les détails de l'affaire.

— Ça remonte à combien ? Quinze ans ? dit le policier.

Oliver hoche la tête.

— C'est pour ça que je ne comprends pas qu'on l'ait libéré si tôt.

— Nous ne savons pas s'il est libéré. Le système n'est pas parfait, vous savez.

— Je ne vous le fais pas dire, réplique Oliver.

Il semble redevenu ce qu'il était avant l'opération, aussi rageur et angoissé que Matilda. Il jette un coup d'œil à Lucia puis lui tourne le dos, s'accoude à la table et s'adresse à l'inspecteur dans un murmure que seule Matilda peut entendre :

— Vous comprenez, n'est-ce pas, que ma fille connaissait les victimes. Le garçon était... Hugo Frink était son petit ami... avant. Ils n'avaient pas rompu depuis longtemps quand c'est arrivé.

Matilda s'approche de la table et s'assied, les mains entre les genoux, fixe le gâteau tandis que son mari continue à parler d'une voix basse, monotone. La mort de Hugo lui revient en mémoire : les premiers coups de téléphone, la rumeur selon laquelle quelque chose serait arrivé à la Pente aux Anes, puis la confirmation, la venue de la police. Le lent déploiement des détails, d'allusions murmurées entre voisins aux faits froids, brutaux.

Hugo Frink venait d'avoir dix-sept ans. Grand, large d'épaules, les yeux verts, passionné d'aviron et de musique. Il vivait chez ses grands-parents, de l'autre côté de la vallée, pendant que ses parents étaient à l'étranger. Il avait fait la connaissance de Lucia à la fête de Guy Fawkes[1], dans un village des environs, et

1. Pendant laquelle on allume des feux de joie pour brûler en effigie Guy Fawkes, coupable d'un complot contre Jacques Ier.

ils étaient sortis ensemble pendant six mois. A la fin du printemps, Hugo avait rencontré une autre fille du coin et avait rompu avec Lucia. Si cela n'avait pas suffi à briser l'adolescente, son meurtre, quelques semaines plus tard, avait été le dernier clou enfoncé dans le cercueil. Elle ne s'en était jamais remise.

Kable était un malade mental, condamné de multiples fois pour une série de délits : incendie volontaire, abus sexuels, vol de voiture. Nul ne sait ce qui lui a fait franchir la ligne et devenir un meurtrier ce soir-là, ni pourquoi il a pris pour cible Hugo Frink et sa nouvelle copine, Sophie Hurst-Lloyd. Le crime a été commis à un kilomètre et demi des Tourelles, dans un secteur du bois situé au bout de la vallée, où les jeunes font maintenant du BMX. A l'époque, ce n'était qu'une zone non mentionnée sur les cartes, qu'on appelait la Pente aux Anes parce que quelqu'un y avait jadis élevé des ânes. L'endroit jouxtait la propriété des grands-parents de Hugo, mais il était trop éloigné pour que quiconque ait pu entendre les cris des adolescents. Kable a signé son acte en vidant les deux victimes de leurs entrailles. Il a tressé leurs intestins ensemble et les a accrochés aux arbres au-dessus des cadavres en leur donnant la forme d'un cœur. Exactement comme ceux découverts aujourd'hui dans le bois proche des Tourelles.

— Kable, dit Oliver, est un psychopathe. Complètement incontrôlable. Il ne montre ni remords ni peur.

L'inspecteur Honey se masse les tempes, comme si la monstruosité de la réalité dans laquelle il s'est aventuré venait seulement de le frapper.

— Désolé, s'excuse-t-il. Nous allons trouver pourquoi nous n'avons pas été informés de sa libération. Laissez-nous juste un peu de temps.

Il coule un regard vers la porte latérale encore ouverte. Molina se tient sur le seuil, le dos tourné, et parle dans sa radio d'un ton pressant.

— Vous les avez découverts quand ? demande Honey. Les… ce que vous venez de nous montrer.

— Un peu avant votre arrivée. Aller dans le jardin est la première chose que fait Matilda. Elle adore son jardin.

— Vous avez dû passer devant la maison jaune, en venant ici. Vous savez quelle heure il était ?

— Aucune idée. Vers les 11 heures ?

— Et vous n'avez rien remarqué d'anormal ? Pas de voiture inconnue garée devant ? Quoi que ce soit d'inattendu ?

— Non.

Quelques mesures de silence. Oliver attend que Honey lui pose une autre question, mais au lieu de l'interroger, l'inspecteur lâche brusquement :

— Je ne comprends pas pourquoi vous n'avez pas vendu cette maison. Vous ne trouvez pas que…

Il cherche ses mots.

— Je ne voudrais pas être grossier, mais il y a ici une atmosphère… Vous ne la sentez pas ?

— Si, intervient Lucia depuis la banquette de la fenêtre en levant la tête. Une atmosphère effroyable.

Matilda regarde sa fille. Lucia a toujours soutenu qu'elle détestait les Tourelles, même avant les meurtres. Elle est la plus émotive de tous les membres de la famille, elle l'a toujours été. Kiran, quant à lui… Kiran est tout le contraire. Alors qu'Oliver est du camp « culture contre nature » – tout enfant peut être façonné par la société pour devenir un citoyen productif et heureux –, Matilda a un avis totalement différent. Ayant élevé deux enfants, elle pense qu'à l'instar des planètes ceux-ci prennent leur orbite naturelle quoi qu'on fasse. On peut espérer les détourner légèrement de leur trajectoire, mais on ne les fera jamais faire demi-tour. Kiran est né avec un fond solide, clair, droit. D'emblée, il a su ce qu'il voulait du monde. Lucia lui est diamétralement opposée. Elle change sans cesse de direction, elle est incapable de garder un cap. La mort de Hugo n'a fait qu'aggraver les choses.

— Boss ?

Tout le monde se retourne. Molina vient d'entrer dans la cuisine et de fermer la porte derrière lui. De la sueur perle à son front.

— On a un problème.

Ce que veulent les anges

— Ma petite fille voudrait que je sois heureuse. C'était un ange, ma fille, à tous les points de vue. Et c'est encore mon ange, je pense. Elle veille sur moi de là-haut.

Assise à l'avant, Jacqui Kitson a les jambes croisées, le bras droit sur le dossier du siège, la tête tournée vers Caffery. Détendue et à l'aise dans la voiture du policier. Il garde les yeux sur la route, conscient de la proximité de cette femme, de la tache de rouge à lèvres sur ses dents.

— Je sais qu'elle veut ça pour moi, Jack. Elle veut que je sois heureuse. Qu'est-ce que vous en pensez ? Vous pensez qu'elle veut que je sois heureuse ?

— Je l'ignore.

Jacqui soupire et déclare :

— Moi, je crois que oui.

Elle décroise les jambes, abaisse le pare-soleil et examine son reflet dans le miroir. Elle découvre le rouge à lèvres sur ses dents, le frotte du doigt avec un petit bruit irrité. Puis elle relève le pare-soleil et reprend :

— Je sais pas pourquoi, un verre dans l'après-midi me remonte toujours le moral. Pas vous ?

Caffery aimerait bien boire un verre, mais pas avec elle. A l'odeur de son haleine, il devine qu'elle en a déjà pris un ou deux dans la matinée, malgré le thé vert destiné aux photographes.

— Y a pas un pub dans le coin ? insiste-t-elle. Un endroit tranquille ? Avec un toit en chaume ?

— D'un point de vue réaliste, il ne serait pas très approprié que je prenne un verre pendant le service.

Jacqui part d'un rire hoquetant.

— C'est pas VRAI ! *D'un point de vue réaliste, ce ne serait pas approprié ?* Vous êtes en mode professionnel, alors ?

— C'est mon boulot.

— Peut-être, mais quand vous dites ça, je peux pas m'empêcher de me demander ce que vous trouvez « approprié ». Rien qu'un petit verre avec moi ? Ça vous tuerait pas de vous montrer amical.

Caffery ne fait pas de commentaire. Jacqui flirte toujours avec lui. Comme le plus souvent elle est ivre, il parvient à s'en tirer sans trop de bagarre. Il calcule qu'il leur reste une heure à rouler pour arriver à son hôtel de Bristol. Un long moment à repousser ses avances.

— Allez, Jack, on est de vieux potes. Juste un petit arrêt buffet. Regardez tous les rades devant lesquels on passe. Y en a sûrement un qui doit servir un bon pinot.

— J'ai dit non et je parle sérieusement. Causons d'autre chose.

Découragée, Jacqui s'affale sur son siège, les bras croisés, la bouche tordue comme si elle s'efforçait de trouver une réplique spirituelle. Le silence se fait et se prolonge. Il y a si peu de circulation sur les routes que Caffery peut rouler vite ; les champs et les haies défilent de chaque côté de la voiture. Des nuages jouent au chat et à la souris au-dessus d'eux, s'écartent par moments pour révéler de grands pans de ciel bleu, vastes comme une cathédrale.

Bien que Caffery éprouve de la pitié pour Jacqui, il ne prendra jamais la direction qu'elle souhaiterait. Depuis toujours il a ce dilemme avec les femmes et cela contribue peut-être à l'état maladif qu'il ressent. Aux éclairs de rouge aveuglants, aux maux de tête et aux rêves de sables mouvants. Il n'a jamais réussi à trouver la solution. Il ne s'est jamais marié, il n'a pas eu de gosses. Toutes les maîtresses qu'il a eues étaient plus ou moins déjantées. Il n'y a qu'une femme avec qui il a imaginé que ça pourrait marcher. Elle est sergent dans la police. Ce n'est pas Paluzzi, c'est un autre sergent, qui dirige une équipe de recherche spécialisée à Almondsbury. Ils ont connu ensemble pas mal de choses, sur les plans professionnel et personnel. Pour une raison ou une autre, quand il se représente la fin de l'histoire, elle y figure toujours. Il ne le lui a jamais dit ni fait sentir par son comportement. Il ne sait pas trop pourquoi.

Il ne sait pas non plus si c'est la cause ou l'effet de la bombe atomique qu'il a dans la tête.

Jacqui se met à gigoter. Elle ouvre son sac à main, en tire un paquet de cigarettes. Elle prend un briquet en or, semble se raviser et laisse tout retomber dans le sac. Elle le referme, le presse sur ses cuisses, le tapote de ses ongles manucurés. Finalement, elle ne peut résister à son envie de parler :

— Je comprends pas. Vous avez pas d'alliance, vous êtes libre, alors c'est quoi ? La différence d'âge ? Vous avez combien ? Quarante ans ? Moi, j'approche de la cinquantaine. C'est pas comme si j'étais une sorte de *cougar*. Et même si je l'étais, où serait le mal ? Ou alors vous pensez que j'ai pas le droit d'être heureuse maintenant ? C'est ça ? Hmm ?

Caffery ne répond pas.

— Ouais ! s'exclame Jacqui. C'est *ça*. Vous pensez qu'au lieu de m'amuser je devrais me fringuer en noir et passer mon temps à pleurer. Croyez-moi, j'en ai eu ma part. Et vous, les gens comme vous, vous saurez jamais ce que c'est, alors me jugez pas.

— Vous croyez ça, Jacqui ?

— Bien sûr. Vous faites votre numéro d'âme charitable, mais vous savez pas. Pas vraiment. Personne ne sait. Les gens qui ont perdu quelqu'un l'ont vu mourir, chez eux ou sur un lit d'hôpital. Ils ont eu un corps à enterrer, un service funèbre et tout ça. Mais personne ne sait vraiment ce que c'est que la disparition de quelqu'un qu'on aime. Ce que c'est que de s'interroger, jour après jour – c'est l'enfer sur terre. On n'arrive pas à dormir. Vous le savez, ça ?

Caffery sent son cœur cogner lentement dans sa poitrine, il serre le volant à s'en faire blanchir les jointures.

— Jacqui, j'aimerais que vous arrêtiez, maintenant. Je sais parfaitement ce que c'est, alors, je vous en prie, ne me dites pas le contraire.

— *Pas du tout !* Vous en avez *aucune* idée. Personne ne sait. Chaque soir, vous essayez de dormir, vous fermez les yeux, mais c'est pas du vrai sommeil. Vous rêvez d'elle tout le temps, des images défilent dans votre tête – des choses horribles. Vous vous dites : Y a une piste qu'on a pas explorée, y a une personne qu'on a pas interrogée. Vous vous demandez : Elle est vivante ? Elle est blessée ? Elle est morte ? Ça tourne sans cesse dans votre tête, jusqu'à ce que vous vous demandiez si vous devenez folle et...

Une brusque sensation sur le côté du cou de Caffery. Un *pop* presque audible, comme si un vaisseau sanguin avait éclaté. Il écrase la pédale de frein, donne un coup de volant brutal pour arrêter la voiture sur une aire de stationnement. Il déboucle sa ceinture et se penche pour ouvrir la portière de Jacqui.

— Quoi ? s'exclame-t-elle.

Elle baisse les yeux vers le trottoir, les porte de nouveau sur Caffery, puis les promène autour de la voiture, déroutée par cette halte soudaine. Ils sont dans une rue banlieusarde de Keynsham où il n'y a rien. Pas d'arrêt de bus, pas d'immeubles. Juste une rangée de maisons et un marchand de journaux.

— Quoi ? Qu'est-ce qu'on fout ici ?

Couteaux

Le sergent Molina ferme la porte latérale à clé, va droit à l'évier de la cuisine, tourne le robinet et se penche, colle ses lèvres au métal et laisse l'eau jaillir directement dans sa bouche. Personne ne parle, tous l'observent. Oliver tire sur les manches de sa chemise pour faire pénétrer un peu d'air dessous, pour empêcher la sueur de lui picoter les aisselles.

— Alors ? s'enquiert l'inspecteur Honey.

Il s'approche de son collègue, appuie une main sur le plan de travail, se penche à demi pour scruter son visage.

— Qu'est-ce qui s'est passé ?
— Rien.
— Tu l'as vu ?
— J'ai vu quelque chose.
— Quelque chose ? Ça veut dire quoi ?
— Je veux pas en parler. Si ça ne te dérange pas.
— Si, ça me dérange.

Molina lève la tête, les yeux grossis par les verres de ses lunettes. De l'eau coule sur son menton. Oliver croit voir une ombre passer sur le visage du policier, mais le sergent se ressaisit aussitôt. Il se redresse, attrape un torchon et s'essuie.

— Qu'est-ce que tu as vu ? insiste Honey.

Lucia plaque soudain ses mains sur ses oreilles.

— Non, je vous en prie ! Je ne veux pas l'entendre.

— Moi, si, rétorque Honey, inflexible.

— Tu la traumatises, argue Molina. Tu comprends pas ça ?

Il tire la radio de sa poche et la jette sur la table.

— Marche pas. J'arrive pas à avoir quelqu'un.

Tout le monde fixe l'appareil, et Oliver, en particulier, trouve ça incroyable. Il s'y connaît en communications, il sait que ce genre d'incident est hautement improbable.

— Excusez-moi, mais votre système radio est tout nouveau. Il est impossible qu'on ne vous réponde pas. Normalement, il n'y a pas un seul endroit dans les îles Britanniques où on ne peut pas capter.

— Je sais – allez comprendre. Mais tout ça...

Molina a un geste impuissant en direction du taillis.

— ... c'est pas de la rigolade. C'est comme dans un film d'horreur.

Il s'humecte les lèvres et regarde Oliver.

— Où est votre téléphone ?

— Là, sur le plan de travail. Mais il ne fonctionne pas.

— Je vous demande pardon ?

— Ma femme vous l'a dit. Elle vous en a parlé parce que c'était étrange. Le téléphone de la maison en panne. Pas de Wi-Fi. Et on n'a jamais eu de réseau mobile.

Honey tire son portable de sa poche, l'examine, fronce les sourcils.

— Vous avez quel opérateur ?

— Orange. Mais aucun n'a de couverture, ici. Ça ne nous avait jamais posé de problème.

— Merde, grommelle Honey en remettant l'appareil dans sa poche. Vous avez fait installer un système d'alarme ?

— La ligne est coupée et d'habitude cela déclenche une intervention de dépannage. Je peux juste supposer que le système d'alarme a été trafiqué – sinon, nous aurions eu de la visite depuis longtemps.

Honey semble chercher ses mots. Oliver ne peut pas l'aider, il sourit cependant, satisfait que le policier prenne lentement conscience de la gravité de la situation.

— Le seul endroit où il y a du réseau, c'est à l'entrée de l'allée. Et encore, très faible.

Honey fait glisser la radio sur la table en direction de son sergent.

— Descends là-bas. Tu pourras appeler de la voiture.

Molina ne répond pas, il cligne rapidement des yeux derrière ses verres épais.

— Allô ? dit l'inspecteur en inclinant la tête sur le côté. Y a quelqu'un ?

Le sergent remue lentement les mâchoires, comme s'il mastiquait. Comme s'il tentait de trouver les mots appropriés.

— Désolé. Je suis pas sûr d'en avoir envie.

— Alors, on en est là, hein ? maugrée Honey.

Il repousse sa chaise et se lève, suivi par tous les regards. Oliver n'arrive pas à savoir s'il peut ou non faire confiance à ce grand type au crâne luisant. L'inspecteur récupère la radio, la met dans sa poche puis glisse une main sous sa veste. Un pistolet, pense Oliver, mais il se corrige aussitôt : Bien sûr que non. On est au Royaume-Uni, les inspecteurs ne portent pas d'arme. Effectivement, Honey tire de ses poches une paire de menottes et une petite bombe de ce qui doit être du gaz lacrymogène. Le moral d'Oliver s'effondre. Si Kable se cache quelque part dans la propriété, ce n'est pas une bombe lacrymogène et des menottes qui l'arrêteront. C'est un psychopathe. Rien ne l'arrêtera.

— Où est votre voiture ? demande Honey à Oliver.

— Nous la laissons un peu plus bas – il y a trop d'arbres autour de la maison. Pourquoi ?

— Je vais la prendre pour descendre à la grille d'entrée.

Honey va à la fenêtre, estime la distance entre la porte et le niveau intermédiaire de l'allée où la Land Rover est garée.

— Il y a un autre véhicule dans le garage, l'informe Oliver. Une petite voiture d'occasion, dont ma femme se sert pour faire les courses.

— Et le garage est… ?

Oliver indique la cour ensoleillée, derrière laquelle il se trouve.

— Pas très loin.

Honey pose les mains sur l'appui de fenêtre, se penche en avant et presse son visage contre la vitre. Regarde à droite, à gauche. Son attention est alors attirée par le bloc à couteaux posé sur l'appui, les manches noirs tournés vers le haut. Il tend le bras dans leur direction.

— Un cranté, un lisse.

Il regarde Oliver.

— Pardon, qu'est-ce que vous avez dit ?

— Prenez un couteau à lame lisse pour le coup initial, un cranté pour quand l'homme sera à terre, explique Oliver en hochant lentement la tête. La lame lisse pénètre plus facilement, elle le fera reculer, mais elle s'enfonce droit dans le muscle, ce qui ne l'achèvera pas. Un couteau cranté vous donne le meilleur rapport qualité-prix en termes d'hémorragie. Si vous êtes habile, vous pouvez faire de plus gros dégâts avec un couteau cranté.

— Comment vous savez tout ça ?

Oliver ne répond pas. Personne ne le regarde ni ne le croit même un instant apte à se débrouiller avec un couteau, parce qu'il est frêle et qu'il parle avec l'accent des classes moyennes, aucun de ces éléments ne plaidant en faveur de sa capacité à se servir d'un couteau. Il appartient aux classes moyennes depuis des années, c'est un fait, mais sa fragilité, l'atrophie progressive de ses muscles, est quelque chose de nouveau. Il se demande quelle impression il fait à cet homme en parfaite santé, qui a peut-être le crâne dégarni et luisant, mais qui est musclé, qui n'est ni voûté ni enrobé de graisse. Oliver se demande s'il révèle par son apparence les secrets de sa vie. Tout vieux et malade qu'il soit, il a vu plus d'horreurs en une heure à son travail que ce jeunot dans toute son existence.

— Faites-moi confiance. Emportez deux sortes de couteau. Vous ne le regretterez pas.

Honey marque une pause. Il regarde les couteaux, puis Oliver, puis de nouveau les couteaux. Il en choisit deux. Une lame crantée et une lame lisse, comme Oliver l'a suggéré. Il en met un dans la poche droite de son pantalon, l'autre dans la gauche. Bien vu, approuve intérieurement Oliver. C'est le meilleur choix compte tenu de toutes les considérations. L'endroit où il risquera le moins de se blesser s'il tombe, l'endroit où ils seront le plus faciles à saisir en cas d'urgence.

Les clés du garage et de la seconde voiture se trouvent avec toutes les autres : dans le bureau, au bout du corridor, sous la tourelle ouest. Oliver se lève et sort de la cuisine. Il se sent plus fort, comme si la colère et la peur avaient donné plus de largeur à ses épaules, plus d'énergie à son cœur de cochon. Il est dans le couloir lorsque Molina le rejoint.

— Je vous accompagne.

Oliver baisse les yeux vers la main du sergent, prête à lui soutenir le coude.

— Ça va. Je peux y arriver seul.

— J'en suis sûr. Je veux seulement savoir quelle partie du bois on voit de la fenêtre de derrière. On sait pas de quel côté de la maison il peut être.

La femme de la maison jaune

Ollie va avec Molina prendre la clé du garage et Matilda est plus que jamais incapable de tenir en place. Elle s'affaire à laver les tasses en feignant le calme. Quelques instants plus tard, le sergent revient – il a laissé Oliver chercher la clé – et se tient avec son inspecteur devant la fenêtre latérale. Les deux hommes se parlent à mi-voix, ils semblent estimer la distance qui sépare la maison du garage et discuter pour savoir qui ira prendre la voiture. Molina ne cesse de tapoter le carreau afin d'attirer l'attention de son collègue sur quelque chose qui se trouve à l'extérieur – hors de vue.

Honey hoche la tête. Il se tourne et, penché légèrement, tend le cou pour apercevoir par la fenêtre de devant l'endroit où l'allée dessine deux courbes serpentines juste en dessous de l'aire de stationnement puis disparaît pour descendre la colline jusqu'à la route. Il lève les yeux vers le plafond, demande à Matilda :

— Elle a des tourelles, cette maison ?
— Oui.
— On voit l'allée de là-haut ?
— Oui. On voit jusqu'à la grille.

— Vous pouvez m'y conduire ? demande Molina.
— Je vous y emmène, intervient Lucia.

Elle pose Ourse par terre, se redresse et tire les manches de son cardigan sur ses mains comme si cela pouvait les protéger.

— Venez. Par ici.

Ils sortent, laissant Matilda avec Honey. Elle le regarde un moment en espérant qu'il va lui tenir des propos rassurants, mais il continue à surveiller l'extérieur en faisant aller ses yeux d'un côté à l'autre. Elle essuie les tasses et les range, plie le torchon.

— Inspecteur, je ne voulais pas vous en parler devant ma fille, j'ai découvert des taches de quelque chose sur le sol. Ce n'est probablement rien, mais vous pourriez peut-être jeter un coup d'œil.

— Pardon ?

— Par terre – là. Surtout, n'y faites pas allusion quand Lucia reviendra.

Honey suit le regard de Matilda. Traverse la pièce. S'accroupit et touche du doigt les gouttes, les examine.

— Je ne sais pas. Ça peut être n'importe quoi.

— Vous êtes sûr que ce n'est pas du sang ?

— J'en suis à peu près sûr.

— A peu près ?

Il lève les yeux vers elle et déclare, solennel :

— Tout ira bien, madame Anchor-Ferrers. Je vous promets qu'il n'y a pas de quoi s'inquiéter.

— Vraiment ?

— Vraiment.

Matilda continue cependant à le fixer. Elle défait son tablier de jardinage, le lance sur la table. C'est plus une réaction à l'adrénaline qu'un geste d'irritation, mais il fait sursauter Honey. Il se relève et se met à aller et venir dans la cuisine, s'efforce de paraître détendu en faisant mine de s'intéresser à ce qui l'entoure. Avec admiration, il passe une main sur le dossier d'une chaise recouverte de tapisserie. Il examine un portrait à l'huile des enfants posé sur la cheminée et a un hochement de tête approbateur à l'égard de la collection de porcelaines de Sèvres sur le buffet gallois.

Puis, comme pour impressionner Matilda par sa décontraction, il s'arrête devant la table, fait glisser un morceau du gâteau sur une assiette. Il s'assied, commence à manger, avale chaque bouchée avec une difficulté évidente.

— Très bon, commente-t-il finalement en reposant l'assiette vide. Moi-même j'aime cuisiner.

— Vous croyez qu'il a réussi à s'introduire dans la maison ?

— Vous l'avez acheté ici ou à Londres ? Je trouve qu'il a le goût d'un gâteau londonien.

— Vous pensez qu'il a pénétré dans la maison, n'est-ce pas, monsieur Honey ? Ici même, dans cette cuisine. Ce qui veut dire qu'il se trouve probablement près de la maison. Tout près. Qu'est-ce que vous ferez si vous ne pouvez pas prendre la voiture ? De toute évidence, il a coupé la ligne du téléphone et neutralisé l'alarme. Et Dieu sait pourquoi votre radio ne marche pas. C'est peut-être aussi à cause de lui.

L'inspecteur s'approche de l'évier et tourne le robinet. Sans demander la permission, il saisit un verre sur l'égouttoir.

— Ça fait longtemps que je suis flic, dit-il tandis que le verre se remplit. J'ai commencé à vingt ans. Je ne sais même plus ce que c'est qu'être un civil. J'en ai vu, des choses, croyez-moi.

Matilda soupire. Elle se baisse pour attraper la petite chienne, se laisse tomber sur une chaise, enfonce son visage dans les poils de l'animal, exactement comme le faisait Lucia. Un réconfort.

— Excusez-moi, mais ce que vous avez fait avant ne m'intéresse pas.

— J'en ai vu, des choses, répète Honey, le dos toujours tourné à Matilda. Mais jamais comme ce que j'ai vu dans la maison jaune. Ce qu'il a fait à cette femme... C'est de la folie pure.

L'inspecteur avale l'eau d'un trait. Repose le verre dans l'évier, se retourne et adresse à Matilda un sourire d'excuse.

— Je ne cherche pas à vous faire peur, madame Anchor-Ferrers, mais j'ai jamais vu une telle atrocité. Il l'a ouverte ici...

Il pose un doigt sur son ventre.

— ... et il a tout sorti. Je me demande à quoi il pensait. A croire qu'il voulait la vider comme un lapin.

— Je vous en prie, ne...

Un bruit fort au-dessus d'eux interrompt Matilda, qui sursaute et lève les yeux.

— Tout va bien, assure Honey. Il n'y a que mon sergent et votre fille, là-haut.

Matilda fixe le plafond en silence. On entend des bruits de pas dans l'escalier – des pas précipités. Un moment plus tard, la porte s'ouvre et Molina entre. Il a ôté sa veste et retroussé ses manches de chemise, révélant ses longs bras presque simiesques couverts de poils roux.

— Tout va bien ? demande Honey.

— Rien en vue dans l'allée. Ni derrière la maison.

— Bien. C'est bon à savoir.

Honey sourit et poursuit d'une voix plus lente :

— Je racontais justement à Mme Anchor-Ferrers ce que Kable a fait. A la femme.

— La femme ?

— Tu sais, celle de la maison. J'expliquais comment il l'a ouverte, comme s'il voulait la vider.

Molina hésite. Il jette un coup d'œil à Matilda, regarde à nouveau son inspecteur, comme s'il ne savait pas quoi dire.

— Tu sais, la façon dont il l'a éventrée, insiste Honey.

— Oui, finit par répondre Molina. Oui. C'était moche.

Honey secoue la tête d'un air malheureux.

— Moche. Vraiment moche. Si vous voulez mon avis, il avait aussi l'intention de lui couper les seins.

Il pose brièvement les yeux sur la poitrine de Matilda.

— Il ne l'a pas fait, mais à voir la façon dont il l'a charcutée, on devine qu'il y pensait.

Matilda fait aller son regard d'un homme à l'autre. Elle a le cœur qui bat à grands coups. Quelque chose a changé, mais si rapidement, et en douceur, qu'elle ne parvient pas à savoir quoi.

— Où est Lucia ? demande-t-elle.

— Pardon ? dit Honey en clignant des yeux.

— Où est Lucia ? Ma fille. Elle est restée en haut ?

— Oui. Désolé, je n'y étais pas. Votre fille. Elle est forcément la fille de quelqu'un, bien sûr. Je m'en doute bien. C'est juste qu'elle est plutôt...

— Plutôt ?

— Vous ne la trouvez pas un peu vulgaire, madame Anchor-Ferrers ? Vous n'avez jamais pensé à son sujet « Oh, ça n'est pas très joli chez une dame » ? Cette allure dépravée ?

Le visage de Matilda se décompose.

— Où est-elle ?

Honey se tourne vers Molina et hausse les sourcils d'un air interrogateur. Molina semble réfléchir, écarte finalement les bras avec une expression peinée, comme pour dire : *Tu m'as piégé, là ! Qu'est-ce que je réponds ?*

Honey s'esclaffe.

— Molina, mon vieux, tu es sûr qu'elle n'a pas dit quelque chose comme « Je vais aider papa à chercher les clés de la voiture » ?

Ewan Caffery

Lorsque Jack Caffery avait huit ans – garçon ordinaire grandissant dans les quartiers sud défavorisés et surpeuplés de Londres –, son frère aîné, Ewan, âgé de neuf ans, a disparu. Un samedi après-midi, il est sorti du jardin de derrière de la maison familiale et s'est tout bonnement volatilisé. Personne ne l'a revu depuis. A cent cinquante mètres de la maison, de l'autre côté d'une tranchée ferroviaire longeant les jardins, vivait Ivan Penderecki, un pédophile vieillissant. Il ne faisait aucun doute qu'il avait joué un rôle dans la disparition d'Ewan, mais il n'a jamais été condamné. Il n'y avait aucune preuve. Absolument rien pour prouver ce qui s'était passé. Et surtout, pas de corps.

Quand Jacqui dit à Caffery qu'il n'a aucune idée de ce qu'elle a enduré, elle a tort. Complètement tort. Il a connu sa situation pendant la majeure partie de sa vie. A cette différence près qu'on a rendu à Jacqui le corps de sa fille, alors que celui d'Ewan n'a pas été retrouvé. Jusqu'à ce jour.

Il y a onze ans, le pédophile Ivan Penderecki s'est pendu. Non parce qu'il avait honte des nombreuses vies d'enfants qu'il avait détruites par ses penchants, mais parce qu'on lui avait diagnostiqué un cancer et qu'il était bien trop lâche pour affronter le traitement. Il sembla d'abord que la piste d'Ewan était morte avec Penderecki, puis Caffery découvrit les dossiers informatiques dans lesquels le vieux conservait ses photos pornos d'enfants. Elles étaient bien cachées, mais une fois que Caffery eut trouvé le code, elles permirent de remonter jusqu'au réseau pédophile auquel Penderecki appartenait.

Jack avait toujours su confusément qu'il y avait quelque chose de plus intelligent mêlé à la disparition d'Ewan. Un niveau de complexité dépassant les connaissances d'un employé de blanchisserie âgé de soixante ans. Penderecki avait forcément reçu de l'aide et Caffery était sûr que la réponse se trouvait quelque part dans ce réseau. Toutefois, le temps qu'il découvre ceux qui en étaient membres, un grand nombre d'entre eux étaient morts ou en prison. Il ne restait qu'une personne dont il pouvait suivre la piste : Tracey Lamb, une femme plus ou moins liée au réseau. Il se concentra sur elle, certain qu'elle savait où le corps d'Ewan reposait.

Il lui fallut quelques jours pour comprendre qu'elle le faisait marcher et qu'elle ne lui révélerait jamais ce qu'elle savait. La vengeance de Caffery fut rapide et impitoyable. Il la livra à la brigade de Scotland Yard chargée de la répression de la pédophilie – elle fut condamnée à passer le reste de sa vie enfermée à la prison Holloway, dans le nord de Londres.

Caffery sait maintenant d'où viennent ses rêves et ses maux de tête. Il a fallu le speech de Jacqui pour que la clarté se fasse.

— Descendez, dit-il. Descendez de ma voiture.
— *Quoi ?*

— Vous avez bien entendu. Je ne veux pas avoir à me répéter.
— Qu'est-ce qui vous prend ?
— Descendez, c'est tout.

Les doigts tremblants, Jacqui défait sa ceinture, saisit son manteau sur la banquette arrière et sort de la voiture.

— Et comment je rentre à mon hôtel ? Votre divisionnaire sera furax !

Elle extirpe son portable de son sac et le brandit au visage de Caffery.

— Je vais l'appeler, putain ! Et pis j'appellerai les journaux. C'est une honte, ce que vous faites, une honte…

Il lui claque la portière au nez et, sans mettre son clignotant, écrase l'accélérateur. La voiture jaillit sur la chaussée. Coups de klaxon, hurlements de pneus. Dans son rétroviseur, il voit Jacqui Kitson vociférer. Il l'ignore. Il sait où la vie l'emmène maintenant, et Jacqui ne pourra pas l'y suivre.

Un très agréable moment

Il y a eu un moment où tout aurait pu finir autrement – un moment où le sort aurait pu laisser Matilda empoigner le tisonnier de l'âtre pour se défendre. Ou se précipiter vers la porte de derrière et se ruer dans le jardin, où elle aurait peut-être pu s'enfuir vers le bois et atteindre finalement le village pour donner l'alerte. Mais ce moment est passé telle de la soie dans un anneau et, avant de se rendre compte de ce qui lui arrivait, Matilda s'est retrouvée menottée, assise par terre, les bras autour d'un pied de la table. Elle n'a même pas résisté. Le choc et la confusion étaient si grands dans son esprit qu'elle s'est exécutée quand Honey lui a ordonné de tendre les mains. Elle l'a laissé lui passer les menottes, elle s'est docilement assise sur le sol tandis que les deux hommes soulevaient la lourde table en chêne et reposaient le pied entre ses bras.

L'inspecteur Honey porte des chaussures magnifiques. Des chaussures de luxe. C'est stupide, mais Matilda fixe son attention sur ce détail et pense qu'un policier qui a de si belles chaussures ne peut leur vouloir aucun mal. Il doit y avoir une erreur, une explication.

Les deux hommes quittent la pièce. Aussitôt, Matilda essaie de glisser son dos sous la table et de la soulever afin de libérer ses mains, mais une traverse relie les pieds de bois et l'oblige à garder les mains au niveau du sol. Ses bras ne sont pas assez longs pour qu'elle adopte la position appropriée.

Dans un coin de la pièce, Ourse aboie de toutes ses forces. Elle a peur, elle veut protéger ses maîtres, et cependant elle n'est pas sûre d'elle-même. Elle semble sur le point de faire demi-tour et de déguerpir à tout instant. Matilda se contorsionne afin de voir ce qui se passe dans le couloir. Chaque fois qu'Ourse s'interrompt pour reprendre haleine, elle entend des murmures et des bruits de pas. Lucia ? Qu'est-ce que ça voulait dire, cette histoire d'aider son père à trouver les clés ?

Oliver entre, poussé par Molina. Les mains attachées derrière le dos, il parcourt la cuisine du regard, perd immédiatement tout espoir en découvrant Matilda menottée à la table. Il baisse les yeux. Secoue la tête.

— Ollie ? *Ollie ?* Qu'est-ce qui se passe ?

Molina presse Oliver contre la cuisinière et le force à entourer la poignée du four de ses mains. Avec une autre paire de menottes, il l'immobilise. Honey passe la tête par la porte.

— Attends, lui dit Molina, les lunettes de travers, la chemise tachée de sueur. Pars pas sans moi.

Il en termine avec Oliver, suit Honey dans le couloir. La porte se ferme.

— Ollie ? murmure Matilda d'une voix sifflante. Qu'est-ce qui se passe ?

Il ne répond pas. La tête baissée, il s'abandonne au désespoir.

— Réponds-moi. *Réponds-moi.*

Il se tourne lentement vers elle et la scrute par-dessus son épaule, révélant un œil morne et injecté de sang.

— Qu'est-ce qui se passe ? Qu'est-ce qu'ils *font* ?
— Je n'en sais rien.

Il secoue la tête et se détourne.

— Oliver – ça ne peut pas être la police. Pourquoi la police ferait une chose pareille ?
— Ils ne sont pas policiers.
— Ils sont quoi, alors ?
— Aucune idée.
— Tu as vu Lucia ?
— Non.
— Mais elle n'a rien, n'est-ce pas ? Elle n'a rien ?
— Je viens de te le dire – je ne sais pas.

Matilda le fixe des yeux. Depuis qu'ils se connaissent, Oliver a toujours été celui qui détenait les réponses. Quelle que soit la question, il a toujours une réponse. Excepté maintenant.

Elle regarde autour d'elle, totalement déroutée. La cuisine – l'endroit où elle se sent le plus chez elle – offre un décor différent. Oui, c'est elle qui a accroché ces rideaux à rayures multicolores. Elle a choisi la bouilloire rose assortie. Elle a garni les étagères peintes. Il y a au fond un pot en terre que personne ne remarque et dont elle a ôté le couvercle pour libérer un parfum de cannelle. Tout cela lui est familier et s'inscrit néanmoins à présent dans une réalité différente.

Une porte cogne contre un mur en haut, des pieds raclent le bois de l'escalier. Matilda tente à nouveau de soulever la table avec son dos. Elle parvient à la décoller du sol mais doit renoncer, c'est au-dessus de ses forces. Elle s'accroupit, pantelante.

— *Oliver ?* Qu'est-ce qu'on fait ?

Il jette un coup d'œil à la porte – les deux hommes sont de retour dans le couloir maintenant, ils conversent à voix basse.

— Fais ce qu'ils te diront, murmure-t-il à sa femme. C'est tout.

Il replie les bras sur sa cage thoracique, comme si l'endroit où les chirurgiens l'ont ouvert lui faisait mal.

— *Oliver ? Tu te sens bien ?* demande Matilda d'une voix à peine audible parce qu'elle a peur de la réponse.

Il marque une pause puis acquiesce de la tête.

— *Ta cicatrice ?*
— Ça va.
— Tu es sûr ?
— Oui.
— Tu n'as pas de vertiges, n'est-ce pas ?
— Non.
— Ils ne t'ont pas fait mal ?
— *Non.* Fais ce qu'ils disent et tout sera bientôt fini.
— D'accord.

Après avoir pris une longue inspiration, Matilda ajoute :

— Je t'aime, Oliver.

Les deux hommes entrent en poussant Lucia devant eux. La jauge d'espoir descend encore d'un cran dans la tête de Matilda.

Lucia est menottée elle aussi, son œil gauche est à moitié fermé, sa joue rouge et gonflée. L'un de ses pieds a perdu sa grosse chaussure et révèle une chaussette noir et violet. Elle marche en titubant, l'air abattue. Elle parle à l'un des hommes, mais ce n'est qu'une suite de mots confus, mal articulés. Matilda comprend que le bruit qu'elle a entendu en haut un peu plus tôt, c'était Molina frappant Lucia.

Oliver s'insurge soudain, outragé de voir sa fille dans cet état, et tire sur ses menottes.

— Ne vous avisez pas de lui faire du mal ! menace-t-il. Qui êtes-vous ? Qu'est-ce que vous faites ici ?

— Non, réplique Honey en riant. La bonne question, c'est : qu'est-ce que vous pensez, *vous*, qu'on fait ici ?

— Vous n'êtes pas de la police, intervient Matilda, revigorée par la révolte d'Oliver. Vous nous avez menti. Vous ne vous en tirerez pas comme ça. Vous savez qui est mon mari ?

Honey s'esclaffe de nouveau.

— J'*adore* quand les gens disent ça.

Molina entraîne Lucia de l'autre côté de la pièce et l'attache à la poignée du réfrigérateur. Dès qu'il la lâche, elle se jette en arrière, ouvrant grand la porte. Des bouteilles tombent, se brisent sur le sol, le frigo bascule en avant, tel un ivrogne sur le point de s'effondrer. Mais c'est un gros modèle américain et, malgré la violence des efforts de Lucia, il revient en arrière sur sa lourde base, éjectant de la nourriture, des boissons et de la sauce vinaigrette.

Ourse se remet à aboyer et Honey la saisit par son collier, la traîne par terre.

— Non ! s'écrie Lucia. Non !

La petite chienne se tord, tente d'enfoncer ses crocs dans le poignet de l'homme, mais elle n'est pas de taille. Honey la tire jusqu'au bas de l'évier puis, avec la laisse que Molina lui passe, il l'attache au robinet. La lanière de cuir, tendue, soulève presque l'animal du sol.

— Non ! Ne lui faites pas de mal, supplie Lucia.

Elle redouble d'efforts, se tortille et frappe la porte du réfrigérateur, avec pour seul résultat d'en faire jaillir d'autres aliments. Une brique de lait explose par terre en une étoile blanche.

— Lui faites pas de mal, espèces de salauds !!
— Lucia, ne lutte pas, conseille Oliver à sa fille.

Elle cesse de s'agiter et se tourne vers lui, haletante, les cheveux plaqués sur son visage. Elle semble sur le point de dire quelque chose, quand Honey s'approche d'elle et la regarde dans les yeux.

— Avance la tête, ordonne-t-il.

Il a enlevé sa veste et a défait les deux boutons du haut de sa chemise, ce qui permet à Matilda de voir qu'il a une poitrine musclée. Pas une poitrine d'inspecteur passant des heures derrière un bureau. Elle n'a rien remarqué de tout ça auparavant, elle se demande pourquoi.

— Avance-la, répète-t-il.

De la main, il force Lucia à baisser la tête, écarte les cheveux sur sa nuque. Un instant, Matilda pense qu'il va poser les mains autour du cou de sa fille, ou les glisser sous le soutien-gorge, mais il détache le collier. Il extrait le bijou de la chevelure, se tourne et le laisse tomber sur la table. Il enlève ensuite la montre et l'ajoute au collier.

Molina s'approche d'Oliver et lui fouille les poches, s'empare de son portable, des clés du garage et de son portefeuille. Il lui prend sa montre et ses lunettes, pose le tout sur la table.

Honey vient ensuite se poster devant Matilda.

— Baisse la tête, lui enjoint-il.

Aussitôt, il lui presse la nuque. Saisit son collier. Tandis que les doigts s'activent, elle regarde fixement les boutons de son corsage, la chair tendre qui presse le tissu. Une partie engourdie de son cerveau se remet lentement à fonctionner. C'est un cambriolage. Bizarre et cruellement compliqué, mais ce n'est quand même qu'un cambriolage. Ce sera bientôt fini.

Honey parvient à ouvrir le fermoir. Glissement froid de la chaîne sur le côté du cou, et plus de collier. L'homme s'accroupit, entreprend de retirer les bagues, ses mains chaudes et moites sur celles de Matilda. Il ne lui arrache pas ses bijoux, il fait lentement passer l'alliance par-dessus la jointure en donnant à la peau le temps de se plier sous le métal pour ne pas faire de mal. Matilda, muette, fixe ses propres mains comme si elles appartenaient à quelqu'un d'autre. Au-delà de ses doigts, il y a le tissu du pantalon de costume, et une fois de plus l'idée la traverse qu'un homme portant un vêtement si bien coupé ne peut pas vraiment être un criminel.

Il se relève et lance les bagues sur le tas grossissant. Molina explore le portefeuille d'Oliver, s'aide du pouce pour compter sans hâte les billets.

Finalement, lorsque les bijoux, les portables et l'argent de la famille ont été jetés au centre de la table, Honey accroche sa veste au dossier d'une chaise et tire d'une poche un sac en plastique froissé. Commence à le remplir.

— Bon, dit-il quand il a fini.

Il lève une main en un geste amical. Se retourne et sourit à chaque membre de la famille comme pour les remercier d'un très agréable moment.

— On y va. Merci de votre hospitalité, ça valait le coup. D'une façon un peu étrange, on s'est presque amusés. N'est-ce pas, monsieur Molina ?

— Si, répond le faux sergent. On s'est amusés d'une drôle de façon, monsieur Honey.

Molina va à la porte et l'ouvre. Honey marque un temps et, une main posée légèrement sur le ventre – dans la posture d'un bourgeois édouardien gardant une précieuse montre dans la poche de son gilet –, il s'incline et décrit un cercle de la main. Puis il se redresse et sort derrière Molina.

La porte se referme.

Suit un long silence. Ourse se tord en geignant, ouvre convulsivement les mâchoires comme pour avaler plus d'air, mais aucun des Anchor-Ferrers ne parle. Aucun ne sait quoi dire. Finalement, Lucia vide ses poumons et marmonne :

— Oh, mon Dieu, mon Dieu, mon Dieu.

— Ça va, toutes les deux ? demande Oliver d'une voix tremblante. Lucia ? Tillie ?

— Je vais bien, papa.

— Tillie ?

Matilda, elle, ne va pas bien. Elle est furieuse, elle regarde fixement la porte de derrière.

— Ils ne peuvent pas partir comme ça !

— Ils viennent de le faire.

— Ils n'ont pas le droit ! proteste-t-elle en secouant la tête. Ils ne peuvent pas nous faire ça. La porte n'est pas fermée à clé, il pourrait entrer et faire n'importe quoi. S'il les a vus partir, il va...

Sa voix meurt. Elle referme la bouche avec un claquement. Oliver la considère tristement.

— Minnet Kable, gémit-elle.

Oliver soupire, détourne les yeux. Matilda le scrute, interloquée.

— *Quoi ?* s'exclame-t-elle.

— Je ne crois pas que Minnet Kable soit là dehors, chérie. Je pense qu'ils ont fait tout ça pour nous effrayer.

— Tu veux dire qu'ils...

Le regard de Matilda va de la porte à la fenêtre donnant sur la cour, puis à celle d'où l'on découvre le taillis. Son cerveau passe d'une image à l'autre. Les viscères accrochés à l'arbre. La femme assassinée. Minnet Kable libéré de prison rôdant dans le bois.

— T-toutes... toutes ces *choses* ? Ils ont tout manigancé ?

— Oui. Je crois que c'étaient vraiment des entrailles de cerf.

Matilda a une longue expiration.

— Pourquoi ? Pourquoi faire ça ?

— Je ne sais pas. Il y a des types qui sont tout bonnement des malades.

— Mais c'est affreux ! Tout ce qu'ils ont *fait* !

Elle pense aux bijoux, aux bagues. Hugo avait offert à Sophie Hurst-Lloyd une bague qui a disparu – Minnet Kable l'a prise et on ne l'a jamais retrouvée.

— Alors, ils doivent connaître Minnet, ils ont été en prison avec lui.

— Tout va bien, maman. Nous avons de la chance qu'ils soient partis et qu'ils n'aient fait que nous voler, argue Lucia.

— Ce sont des malades mentaux ! Ils sont aussi mauvais que lui, ils l'imitent ! Il faut prévenir ! Ils vont recommencer, ils vont s'en prendre à quelqu'un d'autre et...

— Arrête, maintenant, maman, s'il te plaît. Je trouve que nous nous en tirons plutôt bien.

Mais Matilda ne peut maîtriser sa colère, malgré son soulagement de savoir que Minnet Kable n'est pas en train de rôder autour de la maison.

— Mon alliance – ils ont pris l'alliance que tu m'as offerte, Oliver.

— Nous la remplacerons.

— Pourquoi toute cette mise en scène ? S'ils voulaient juste nous voler, pourquoi se donner tant de mal ? Ils sont pires que Kable – *pires !*

— Je sais, convient Oliver. Mais ils sont partis, à présent. Ils sont partis.

Il tousse, change de position.

— Ils ont eu ce qu'ils voulaient et ils sont partis, ma chérie.

Matilda finit par se calmer. Ollie et Lucia ont raison, bien sûr. Ils ont de la chance de n'avoir été que dépouillés. Etre menottée à un pied de table n'est rien comparé à devoir affronter Minnet Kable dans les bois – ou se faire dépecer au cutter. Se faire éventrer et couper les seins.

Sauf que Matilda se rend soudain compte d'une chose. Elle se tourne vivement vers son mari.

— Quoi ? demande-t-il. Qu'est-ce qu'il y a ?

Elle secoue la tête. Elle a pris conscience d'un fait qui échappe encore aux deux autres. Ils sont tous les trois attachés, réduits à l'impuissance. Ils n'ont pas de téléphone. Ils pourraient rester comme ça des heures. Jusqu'au lendemain, même. Et Oliver doit prendre son médicament. Absolument, et vite.

La dernière piste

Après avoir laissé Jacqui Kitson braillant et jurant, Caffery roule un long moment. Il n'a pas de destination précise, il ne voit rien de ce qui l'entoure et finit par se perdre. Peu importe. Il roule pour rouler. Pour se donner le temps d'analyser ce qui se passe.

Son mal de tête a disparu et il comprend enfin d'où venait la maladie. Il n'arrive pas à croire qu'il ne l'ait pas saisi plus tôt. Peut-être a-t-il inconsciemment évité d'y penser. Ce que Jacqui a dit sur une dernière piste à explorer a libéré quelque chose dans sa tête. Quelque chose qui porte un nom.

Tracey Lamb.

C'est *elle* qui était la dernière piste de Caffery. Celle qui n'a pas été explorée pendant la recherche d'Ewan. Elle est morte deux semaines plus tôt, à Holloway. Lorsqu'il a appris la nouvelle, il s'est dit que c'était sans importance, qu'il avait clos ce chapitre de sa vie. Or, il voit maintenant que c'est important, bien sûr. Très important. La mort de Tracey Lamb a marqué la fin de ses espoirs de retrouver Ewan, et le début de sa maladie. S'il a peut-être tenté de se convaincre qu'il n'en était pas affecté, son corps lui disait le contraire.

Il se gare sur une aire de stationnement. Reste un moment à respirer lentement. Il tend la main, incline le rétroviseur afin de voir son reflet amer. S'examine d'un œil soupçonneux. Si Ewan avait vécu, il aurait la quarantaine et ressemblerait peut-être à ce que Jack est devenu. Pour une raison ou une autre, Jack pense plutôt qu'il serait plus lourd – plus costaud et plus grand. Il essaie d'imaginer Ewan se regardant dans un miroir semblable d'une voiture semblable et n'y parvient pas.

Il doit y avoir une piste qui n'a pas été explorée.

Tout s'est libéré dans sa tête et revient le hanter. Il ne peut pas renoncer, il ne renoncera jamais.

Il tapote le tableau de bord en réfléchissant. Par où recommencer ? Il a déjà fait tout ce qui était humainement possible. Il a retourné le monde entier pour chercher le corps d'Ewan. Il faut pourtant qu'il s'obstine. Que font les flics expérimentés lorsque la piste refroidit ? Ils reviennent au début et ils *revoient tout*...

Caffery attrape son téléphone et compose un numéro de Londres. Johnny Patel, un vieil ami. Il a pris sa retraite après trente années dans la police londonienne, il est maintenant détective privé spécialisé dans les affaires de succession, à Catford, dans le sud de Londres. Chaque jour, pendant des heures, assis devant un ordinateur, Patel cherche des extraits de naissance, des certificats de mariage et de décès – conception, union, disparition – afin de retrouver les héritiers légitimes de propriétés non réclamées. Du temps où Caffery était l'inspecteur de Patel à Sydenham, il fermait les yeux quand Johnny partait en douce de bonne heure, sachant, comme tous les collègues, que Patel se servait de son travail pour couvrir la liaison qu'il entretenait. Cet adultère a mal tourné, son mariage a fait naufrage, mais il a au moins gardé son boulot.

Il a une dette envers Caffery.

— Jack ! s'écrie-t-il. Justement, je pensais à toi.

— Comment ça ?

— J'essayais de me rappeler quand je t'ai vu pour la dernière fois. Y a dix ans, au pot de départ en retraite ? La fois où les deux filles se sont battues ?

— Aucun souvenir.

— Par terre – un vrai match de catch. Pas dans la boue, bien sûr, mais y en avait une en minijupe.

— Etonnante, cette capacité à se souvenir...

— Je sais. Pourquoi tu crois que j'étais tellement apprécié à la Met[1] ? Une mémoire de flic. Remarque, cette bagarre, c'était plutôt pénible à regarder. J'ai tout emmagasiné quand même – chaque seconde –, impossible d'oublier. Très traumatisant.

Caffery secoue la tête – certaines choses ne changeront jamais.

— Je ressens ta souffrance, vieux. Je la ressens comme un coup de poignard. Johnny, tu te souviens de Tracey Lamb ? Elle est morte en prison il y a quelque temps.

— Tracey Lamb, cette grosse pouffe. Shootée au pâté en croûte. A propos de grosses pouffes, on a fini par l'interdire, cette BD, *The Fat Slags*. Toutes les grosses pouffes du nord de l'Angleterre se sont unies pour proclamer que c'était une violation de leur droit à être grosses. Elles auraient dû fonder un parti politique, si tu veux mon avis.

— Il y a un moyen de savoir si elle a laissé un testament ?

1. La police londonienne.

— Absolument. C'est mon boulot.
— Ça prendra combien de temps ?
— Vingt minutes. Je m'en occupe tout de suite.

Caffery met fin à la communication. Il pose le téléphone sur son genou et regarde par la vitre les magasins devant lesquels il s'est arrêté. Leurs stocks, leurs affiches, leurs pubs – son cerveau n'enregistre rien de tout ça, il galope ailleurs.

Son téléphone vibre. Il le tourne vers lui, voit que c'est le sergent inspecteur Paluzzi qui l'appelle.

— Jack, Jack, vous êtes dans la merde, se lamente-t-elle. Pourquoi vous êtes incapable d'être aimable ?
— Je suppose que Jacqui a téléphoné.
— Oui, et je vous préviens : le divisionnaire va vous appeler d'une seconde à l'autre pour vous bouffer tout cru.
— Merci. Vous pouvez lui transmettre un message ?
— Tant que ça reste poli, soupire-t-elle. Uniquement des mots que j'utiliserais dans une conversation avec ma mère, d'accord ?
— Naturellement.

Il plonge une main dans sa poche, cherche la cigarette électronique.

— Dites-lui que je m'octroie un peu de repos. Je lui ferai savoir quand je reprendrai le travail.

Paluzzi inspire brièvement.

— Comptez pas sur moi pour lui dire ce genre de truc ! Vous savez bien la réaction explosive que ça provoquerait.
— Ouaip, répond-il en coinçant la cartouche entre ses genoux et en l'insérant dans le cylindre de la cigarette électronique. Mais c'est tout ce qu'il obtiendra de moi. Je ne répondrai pas à ses appels. Et s'il

s'inquiète de mon absence au sein de la brigade, demandez-lui pourquoi il m'a fait jouer au putain de chauffeur aujourd'hui.

— Vous aviez promis, pas de gros mots.
— Toutes mes excuses.
— Elles sont pas sincères.

Après un silence et un bruit de pas, Paluzzi revient en ligne et murmure :

— Trop tard, le voilà, il veut vous parler.

Caffery entend la voix étouffée du divisionnaire qui s'adresse à Paluzzi. Il n'a pas envie de savoir ce que son patron veut lui dire. Avant que le divisionnaire puisse prononcer un mot, Caffery coupe la communication et éteint son portable. Puis il se renverse en arrière sur son siège et tire une longue bouffée de sa cigarette électronique.

C'est la première fois qu'il se sent en paix depuis la mort de Tracey Lamb.

La maison sur la colline

Matilda est épuisée, elle tremble sans pouvoir se contrôler. Elle n'a cessé d'essayer de soulever la table sans y parvenir. Au seul endroit où elle peut placer son dos sous le plateau, il y a une entretoise de fer et le métal s'enfonce dans son épaule. Elle saigne déjà là où sa peau est lacérée.

Elle essuie à sa manche la sueur qui coule sur son visage et prend quelques inspirations pour se calmer, lève les yeux vers Oliver.

— Comment te sens-tu ?

Il secoue la tête, s'efforce de sourire.

— Ça va. Je te jure que ça va.

— Non, ça ne va pas, intervient Lucia. Regarde-le.

— Franchement, je vais bien, assure-t-il. Surtout, pas de panique. Paniquer, c'est ce qu'on peut faire de pire.

Matilda ferme les yeux. A un mètre d'elle, Ourse continue à gigoter et à geindre en tentant de se libérer de la laisse tendue par-dessus le bord de l'évier. Peut-être qu'en se tortillant elle finira par dégager sa tête, se dit Matilda. Et après ? Si les portes étaient ouvertes, elle filerait dehors, elle courrait loin, comme elle le fait toujours. Et quelqu'un la trouverait. Elle n'a pas de puce implantée, mais quelqu'un penserait sûrement qu'elle s'est perdue. Les gens de la région ne connaissent pas Ourse, pas comme ceux de Londres, mais un chien perdu, quelqu'un chercherait à savoir d'où il vient, non ?

Sauf que les portes sont fermées. Ourse ne peut pas sortir. Pas la peine d'y songer. Alors, quelle autre solution ?

Les Anchor-Ferrers ont une femme de ménage – Ginny Van Der Bolt – qui se rend toujours aux Tourelles la veille de leur venue pour mettre le ballon d'eau chaude en marche, remplir le frigo de produits de base comme du lait, du beurre, du pain, faire les lits, aérer et, d'une manière générale, s'assurer que la maison est prête à les recevoir. D'habitude, elle met des fleurs sur les appuis de fenêtre, sur la table. Pas cette fois, remarque maintenant Matilda.

Ginny vit à proximité et souvent, le deuxième ou le troisième jour après leur arrivée aux Tourelles, elle se fait un devoir de gravir la longue allée de la colline rien que pour les saluer et passer un moment avec eux, comme les gens d'ici ont le loisir de le faire. Elle leur apporte des œufs et des sections de rayons de miel provenant des ruches de la vallée, un plein panier de haricots d'Espagne, ou de hautes roses trémières coupées dans son jardin. Ginny arbore un sourire éblouissant de laitière blonde et Matilda ne peut penser à elle sans l'imaginer portant un tablier et une charlotte, faisant de petites révérences partout où elle va.

Elle leur rend généralement visite le deuxième ou le troisième jour, songe Matilda. Quelquefois le quatrième. Ou même le cinquième.

— Hé, dit Lucia, écoutez.

Matilda ouvre les yeux, tous les nerfs en alerte. D'abord, elle n'entend qu'un croassement lointain de corbeaux. Puis elle perçoit un crissement de gravier, dehors. Des pas. *Ginny ?*

— Par ici ! crie-t-elle. Nous sommes ici !

Nouveau crissement – sur le côté, cette fois, et toute la famille regarde la porte.

— Ici, dans la cuisine !

La porte latérale s'ouvre. Molina et Honey se tiennent sur le seuil. Le faux inspecteur sourit d'une oreille à l'autre.

— Vous ne pensiez quand même pas que c'était fini, si ?

Révision

L'endroit que Caffery appelle son foyer est un cottage humide et exigu au toit de chaume, perdu dans les Mendip Hills du Somerset. Les rideaux sont tirés – il était pressé quand il est parti ce matin. Il fait le tour de la maison pour les ouvrir, cherche de l'alcool dans le buffet. Il trouve une bouteille de scotch, se sert un verre. Il est 2 heures de l'après-midi, pas une heure pour commencer à picoler, mais aucune importance. Il ne va nulle part. Il passera le reste de la journée dans son petit cottage. Rien que lui et son engagement renouvelé tournant ensemble en rond dans cette baraque.

L'écran de la messagerie de son portable indique quatre appels manqués – le divisionnaire qui donne libre cours à sa rage. Caffery n'a pas envie de savoir. Cette urgence soudaine, cette clarté, cette obsession – c'est ce qu'il peut imaginer de plus proche de la liberté, et rien ne l'arrêtera, maintenant. Il efface les messages, avale la moitié du whisky d'un trait, emporte le verre sur le palier et lève les yeux vers la trappe menant au grenier.

Le grenier. L'endroit où finissent tous les souvenirs. Des années plus tôt, à Londres, il a travaillé sur une affaire dans laquelle le criminel – un pédophile particulièrement perturbé – s'était introduit chez une famille en se glissant dans le grenier par les combles de la maison mitoyenne. Depuis, Caffery a des problèmes avec ces foutus endroits. Et ce cottage, qui ne l'a jamais vraiment accueilli, abrite quelque chose de vivant dans son grenier. Un écureuil – il en est à peu près sûr –, qui le tient éveillé la nuit et dont il s'est promis de se débarrasser.

Avec la perche à embout caoutchouté qu'il prend sur son armoire, il pousse le loquet de la trappe et tire sur l'échelle. Elle glisse vers le bas en claquant, accompagnée de quelques touffes couleur pêche de matériau isolant. Caffery la secoue une ou deux fois pour s'assurer qu'elle est stable avant de monter.

C'est une très vieille maison avec des plafonds bas. Elle a été construite avant que cette région du Somerset soit asséchée, quand on n'y accédait qu'en barque, mais on l'a agrandie au fil des ans et cette partie est un ajout moderne. On y a installé la lumière, une simple ampoule nue de quarante watts, suffisante cependant pour éclairer les poutres et les solives. Tout au fond, sur un planchéiage temporaire, il a entassé les boîtes en carton qu'il a apportées de Londres. Tout sent le foin, la moisissure et les produits chimiques dont il s'est servi pour détruire un nid de guêpes, il y a quelque temps.

La tête baissée, il traverse le grenier d'un pas prudent, avançant de solive en solive. Dehors, l'après-midi est si calme qu'il entend la pluie dégoutter des arbres et le grondement lointain d'un avion. Cent tonnes de kérosène filant dans un ciel bleu cristallin à des milliers de mètres au-dessus des nuages.

Caffery trouve rapidement la boîte qu'il cherchait. L'écureuil en a rongé le carton, et une partie des notes qu'il a prises lorsqu'il enquêtait sur Tracey Lamb s'est répandue sur les planches. La boîte n'étant plus transportable, il lance la paperasse vers la trappe. Quand il en a vidé tout le contenu, il se fraie un chemin entre les chevrons, puis il fait tomber les feuilles par le trou, les regarde descendre vers le palier en flottant comme des particules de cendre géantes, certaines glissant le long des marches. Il descend à son tour, se sert de ses pieds pour guider la masse de pages vers le bas. Dans le vestibule, il se penche et porte des brassées de documents à la table de la cuisine.

Après une autre gorgée de scotch, il entreprend de ranger les feuilles par piles. Des rames et des rames de notes gribouillées et de rapports d'enquête. Le réseau pédophile de Penderecki s'est constitué avant l'époque d'Internet et n'a jamais atteint le caractère coordonné et international que beaucoup de gens imaginent quand ils pensent à un réseau pédophile. C'était un groupe peu structuré de criminels de moindre envergure et de récidivistes qui, en prison, passaient leur temps à échanger des fantasmes et à dresser des plans pour leur libération. La plupart d'entre eux savaient qu'ils finiraient par retourner derrière les barreaux, ce qui ne les rendait que plus déterminés à profiter au maximum de leur période de liberté. Ils se fichaient totalement du mal qu'ils faisaient. Ils avaient renoncé à leurs obligations envers la société le jour où ils avaient pris conscience que la société ne voulait plus d'eux.

Caffery a visionné chacune des cassettes vidéo sur lesquelles étaient enregistrées les scènes de violences sexuelles qu'ils avaient commises. Patel plaisante sur les images qu'il n'arrive pas à effacer de sa mémoire ; il n'y a aucune trace d'humour dans les images que Caffery ne parvient pas à effacer. Il a envoyé les cassettes au ministère public dix ans plus tôt, mais il n'a toujours pas réussi à en chasser le souvenir. Et là, parmi ces documents, au cas où il aurait un jour besoin de se replonger dans ces informations, se trouvent les notes qu'il a prises avant de remettre les bandes aux autorités.

Son téléphone émet un *ding* dans sa poche. C'est un mail de Johnny Patel.

Entendu parler de Derek Yates ? Il est le seul bénéficiaire du testament de Tracey Lamb – qui se monte apparemment à cinq shillings et six pence (monnaie ancienne, vieux.) C'est tout ce que j'ai pu dénicher pour le moment.

Derek Yates, pense Caffery en regardant l'écran. Derek Yates.

Ce nom se rattache à quelque chose dans sa mémoire, il n'arrive pas à se rappeler quoi.

Il demeure immobile un long moment, puis lâche soudain son téléphone et se met à fouiller frénétiquement dans la paperasse. Il s'arrête devant une feuille où sont inscrits des noms provenant des cassettes vidéo. Des membres du réseau pédophile de Penderecki dont Caffery n'a jamais remonté la piste. Certains d'entre eux sont suivis d'un point d'interrogation qu'il a tracé des années plus tôt, mais son attention est maintenant attirée par celui qui figure au bas de la liste.

Yatesy.

Yatesy ???

Il fait réapparaître le mail de Patel, le relit.

Entendu parler de Derek Yates ?

— Derek Yates, murmure-t-il au téléphone. Derek Yates. Pourquoi Tracey Lamb t'a-t-elle couché sur son testament ?

Des poulets morts

Apparemment, les poulets à qui on a coupé la tête continuent à courir dans la cour de la ferme jusqu'à ce que leur cœur s'arrête de battre. Comme si la force aveugle de leur instinct de survie suffisait à les maintenir en mouvement alors même que plus aucun contrôle ne s'exerce sur leur corps. Un peu comme le fantôme qui ne se rend pas compte qu'il est mort et persiste à se lever chaque jour, à se laver les dents et à peigner ses cheveux, à s'occuper de ses affaires. A se mêler encore aux vivants.

Oliver ignore si l'histoire des poulets morts est un conte de bonne femme, il n'a jamais vu de poulet décapité, il n'a pas grandi à la campagne. Ce qu'il a vu, en revanche, ce sont des gens à la tête coupée. Il a vu des gens mutilés de façons inimaginables – membres manquants, visages arrachés –, et ce qui l'a toujours frappé, c'est que les êtres humains présentent la même incapacité que les poulets à s'arrêter dans leur élan. A comprendre que les choses sont devenues graves. Les victimes d'accidents de voiture se disputent avec les équipes de secours, elles affirment qu'elles n'ont pas besoin d'aller à l'hôpital, qu'elles sont en retard pour leur réunion. Ne me mettez pas dans l'ambulance, protestent-elles, mon bras n'est pas cassé, mon œil n'est pas crevé, mon crâne n'est pas fracturé. Je vais bien, clament-elles, ce n'est rien, laissez-moi repartir. Il faut que j'assiste à cette réunion !

Les deux hommes, le nommé Molina et le nommé Honey, vont et viennent dans la cuisine, soulèvent nonchalamment un objet pour l'examiner, adressent de temps à autre un sourire à la famille, mettent le nez dans les placards comme s'ils venaient d'arriver dans une maison de vacances et inspectaient l'installation. Honey, le type dégingandé au crâne luisant de moine, soulève la poterie que la mère de Matilda leur a offerte à la naissance de Lucia et regarde dessous, comme pour estimer si elle vaut quelque chose – en argent ou d'un point de vue esthétique. Avec des gestes ostentatoires, il prend ensuite dans un tiroir une pile de serviettes bien repassées et les porte à la fenêtre pour les regarder à la lumière. Et cependant, comme les poulets, comme les accidentés de la route, Oliver, malgré ce que ses yeux et ses oreilles lui disent, ne parvient pas à ajuster son esprit à ce qui se passe.

Plus tôt, lorsque la situation a changé, quand Molina s'est tourné vers lui dans le couloir, poussant en avant sa tête d'orang-outang, et a pressé un couteau contre sa gorge, les pensées d'Oliver sont passées au ralenti. Comme Matilda, il avait intégré le fait que ces deux types étaient des flics, et il a dû faire un effort pour s'adapter à la révélation qu'ils n'étaient pas du tout de la police et que Kable ne rôdait pas vraiment dehors dans les bois. De même, il se refuse maintenant à renoncer à cette prise de conscience durement acquise, à voir que la situation s'est de nouveau retournée et que ces hommes ne sont pas de simples voleurs opportunistes. Ils sont revenus et cette histoire cache encore d'autres choses.

Oliver voudrait résister, c'est dans sa nature, mais il sent dans sa poitrine un léger tiraillement, là où les chirurgiens l'ont incisé. Il imagine cette cicatrice se rouvrant comme une fermeture Eclair. Il a pris la décision de ne pas se battre. Il connaît suffisamment les histoires de prise d'otages pour savoir que les meilleures chances des victimes de s'en tirer indemnes se situent dans les tout premiers instants. Le moment où la famille aurait pu résister est déjà passé.

Ourse se gratte furieusement à l'endroit où son collier la soulève du sol. Honey s'arrête, la regarde longuement, puis gagne le centre de la pièce. Ses mouvements ont un caractère théâtral, on dirait qu'il joue une pièce. Il y a, au-delà de ce numéro, quelque chose – une gêne, une nervosité, peut-être – qui effraie encore plus Oliver. Comme si Honey pouvait perdre sa maîtrise de soi à tout moment.

Lucia tourne le dos aux autres et garde le visage baissé, les épaules voûtées, l'attention concentrée sur ses mains menottées à la poignée du réfrigérateur. L'attitude qu'elle avait adolescente chaque fois que Matilda ou Oliver la réprimandaient. Elle se coupait du monde en se réfugiant dans sa chambre et en se plongeant dans un devoir scolaire quelconque pour fuir la situation. Oliver espère qu'elle y parviendra cette fois encore.

Lui aussi s'efforce de se concentrer sur ses menottes. Elles sont reliées par une chaîne, ce ne sont pas les Hiatt qu'utilise la police du Royaume-Uni, c'est un modèle américain. Très solide, très efficace. Il tente d'identifier l'entreprise qui les fabrique – Bianchi, Chicago ou Winchester – dans l'espoir que cela lui donnera un indice sur ce que sont réellement ces deux hommes. N'importe quoi pour éviter de regarder Matilda. Elle se situe toutefois à l'intérieur de son champ de vision. La partie inférieure de son corps. Sa jambe gauche sur le sol carrelé. Elle porte un pantalon en toile et de confortables chaussures de jardinage. Il se félicite qu'elle ne soit pas en jupe.

Honey s'arrête près de la table et suspend le sac en plastique au-dessus. Puis, avec un petit sourire, il le retourne. Le butin tombe, il le trie calmement, prend les billets provenant du portefeuille d'Oliver. Il les tient devant lui et les inspecte, comme une curiosité. Ce n'est pas une grosse somme, pense Oliver. Une centaine de livres, maximum, mais Honey en fait toute une affaire.

— Voilà qui suscite mon irritation, dit le faux inspecteur en plissant le front.

— Irritation ? répète Molina d'un ton mécanique de marionnette. Comment ça ?

— Je suis irrité que ces gens puissent nous prendre pour de la racaille capable de piller une maison.

— Piller une maison ? On n'est pas là pour ça.

— Bien sûr que non. Bien sûr que non. Les gens font trop de suppositions sans réfléchir.

Honey se sert de ses doigts pour déployer les billets en éventail.

— Regardez ça. Les gens ont pour l'argent une attirance fatale. Et il ne leur vient jamais à l'esprit qu'il peut facilement disparaître.

Il tire un briquet de sa poche, l'allume, le tient sous les billets. Au bout d'un moment, ils s'enflamment et il les laisse tomber dans l'évier, se recule pour les contempler pendant qu'ils brûlent.

— Qu'est-ce que tout cela signifie ? demande Oliver. Vous êtes des amis de Kable ? Vous le connaissez ?

Honey se retourne et pose sur lui un regard froid, un sourire étirant les coins de sa bouche.

— Kable ? Je le connais de nom – j'ai entendu parler de lui, bien sûr. Mais autant que je sache, il est toujours dans l'établissement de haute sécurité où on l'a enfermé. L'endroit qui lui convient le mieux, si l'on considère ce qu'il a fait à ces gosses. On ne peut faire ce qu'il a fait avec leurs entrailles, les accrocher aux arbres, et espérer s'en tirer. N'est-ce pas, monsieur Molina ?

— Non. Certainement pas.

— Mais pourquoi tout ça ? insiste Oliver. Quel est votre objectif ? Qu'est-ce que vous voulez ?

Honey lui adresse un sourire patient.

— Vous êtes malade, monsieur Anchor-Ferrers. Je vous en prie, ménagez votre souffle.

— Si nous ne savons pas ce que vous voulez, comment pouvons-nous vous aider ?

Honey réfléchit, les lèvres plissées. Il finit par hocher la tête comme s'il venait de découvrir qu'Oliver n'a pas tort.

— C'est juste, reconnaît-il. Puisque vous avez la générosité de nous offrir votre aide, je vais vous éclairer. Je vais vous dire ce que nous voulons.

Oliver sent que Lucia et Matilda retiennent leur respiration.

— S'il vous plaît, fait-il en s'efforçant de garder un ton calme, poli. S'il vous plaît, expliquez-nous.

— Nous voulons que vous soyez effrayés.

Il y a un moment de silence, puis Oliver reprend :

— D'accord. Eh bien, vous avez réussi. Félicitations.

— Merci. En fait, quand je dis « effrayés », je veux dire « *vraiment* effrayés ». Votre niveau actuel sur l'échelle de la frayeur est de… oh, je sais pas, je donne un chiffre au hasard, mettons quatre. Ce que mon collègue et moi visons, c'est le porter à dix.

— Vous voulez nous faire peur ? C'est tout ?

Honey s'esclaffe.

— Vous faire seulement peur serait sans intérêt, vous ne croyez pas ? Ça ne mènerait pas à grand-chose. Nous voulons autre chose aussi, naturellement.

— Dites-moi quoi.

— Non – la première étape consiste à vous faire peur. Comme je viens de le dire : visons le niveau dix. Quand vous y serez, quand vous serez effrayés au point d'accepter de faire n'importe quoi, absolument n'importe quoi, *alors* je vous révélerai ce que nous voulons. Appelons ça un moyen de nous assurer de votre obéissance.

— Le désespoir, lâche Molina en remontant ses lunettes sur son nez. Le vrai désespoir.

— Très juste, monsieur Molina. Le désespoir est une sorte d'état sacré, si vous voulez mon avis.

Honey disperse de la main la fumée montant des billets qui brûlent dans l'évier, les observe avec attention.

— Vous avez vu le film *Hunger Games* ?

— Non, répond Molina en secouant la tête. Peux pas dire que je l'ai vu.

— Oh, vous n'avez rien manqué. Un film idiot, où ces crétins de beaux gosses de Hollywood doivent tous s'entretuer uniquement pour sauver leur peau. Le désespoir, comme vous disiez.

— Ça paraît intéressant.
— Non, pas très.

Honey ouvre le robinet sur l'argent qui se consume, le contemple qui fume et crépite. Il pousse les cendres dans la bonde, asperge ce qu'il en reste et nettoie le fond de l'évier, puis s'essuie les mains au torchon. Enfin, il se retourne et semble surpris de constater que les Anchor-Ferrers le fixent en silence.

— Hé, ne me regardez pas comme ça. Ce qui va se passer ici n'aura rien à voir avec ce film imbécile. Cette supposition est ridicule, sortez-vous cette idée de la tête, vous m'avez compris ? Sortez-vous cette idée de la tête tout de suite.

Nourriture pour chiens

Cela fait un moment que Matilda retient ses larmes, mais à présent elle n'a plus la force de les contenir. Elle ne peut les essuyer, aussi doit-elle se contenter de tourner la tête et d'enfouir son visage dans la manche de son corsage. Ses larmes s'écoulent en silence sur le tissu.

Un bruit. Elle lève la tête. De l'autre côté de la table, Honey se lèche les doigts comme pour les refroidir, puis, les mains croisées devant son ventre, il se penche afin d'examiner la pile de bijoux.

— Ça a dû coûter cher, tout ça, commente-t-il. Je vois beaucoup de belles choses, là-dedans.

Il secoue la tête, comme si ce que les gens dépensent, et pour quoi, ne cessera jamais de l'étonner.

— Un tas de belles choses.

Molina, qui fume un mince cigarillo qu'il fait rouler entre ses dents – il se croit peut-être dans un film de Clint Eastwood –, met ses mains en coupe pour que Honey y laisse tomber une poignée de bijoux. Matilda voit son alliance et son collier pris entre ses gros doigts. Le faux sergent se tient un instant immobile, fait des yeux le tour de la pièce ; il a l'air de chercher l'endroit le plus inapproprié où les jeter. Ce sera probablement la poubelle. La poubelle cadre parfaitement avec le comportement des deux hommes.

Pourtant, c'est de l'écuelle du chien qu'il s'approche, il lâche les bijoux dans la pâtée, s'accroupit et mélange jusqu'à ce qu'ils soient totalement recouverts.

Honey retourne à l'évier, où la petite chienne continue à se gratter le cou et à sauter d'une patte sur l'autre.

— Ne la touchez pas ! s'écrie Lucia.

Il lui sourit. Un sourire vague, un peu idiot, comme s'il ne parvenait pas tout à fait à comprendre d'où vient l'exclamation. Il détache la laisse du collier et, avant qu'Ourse puisse détaler, la saisit d'une main. La chienne se débat tandis qu'il la porte à la table, la pose dessus et se penche, place ses coudes de part et d'autre de la cage thoracique du petit animal pour qu'il se tienne tranquille. Honey se tourne vers Molina, qui fait passer d'une main à l'autre la nourriture pour chiens farcie de bijoux, comme s'il travaillait de la pâte à pain.

— Qu'est-ce que vous regardez ? demande Honey d'un ton posé sans lever les yeux vers Oliver, qui observe les deux hommes tour à tour. Qu'est-ce que vous regardez, hein ?

— Vous.

Honey marque une pause, semblant se demander s'il doit ou non se sentir offensé. Finalement, il se contente de sourire et exerce une pression sur le cou de la chienne.

— Ne lui faites pas de mal, plaide Oliver d'une voix calme. C'est inutile.

— Fermez-la, lui enjoint Honey, toujours sans le regarder. Apprenez au moins ça : quand il faut la fermer.

Il se penche davantage, presse sa poitrine contre la colonne vertébrale d'Ourse, fait glisser ses avant-bras jusqu'à sa gueule. A l'aide de ses pouces et de ses index, il lui ouvre les mâchoires. Ourse agite la tête d'un côté à l'autre, mais Honey la tient solidement et adresse un regard appuyé à Molina.

— Maintenant. N'attends pas. Fais-le maintenant.

Le « sergent » détache une boule de la pâtée et l'approche du museau de la chienne. Ourse se convulse, bat des pattes arrière, mais les deux hommes s'obstinent. Quand Molina semble hésiter, Honey lui prend la boule et la pousse dans la gueule de l'animal, enfonce sa main au-delà des dents, sans réagir lorsque Ourse se tord tel un renard pris au piège.

— Non ! hurle Lucia. Ne lui faites pas ça !

Honey ignore ses cris. Il maintient fermées les mâchoires de la chienne, le visage tendu en un masque de concentration, les yeux non sur l'animal mais rivés au plafond, attendant patiemment qu'Ourse avale la bouchée.

— Làààà, dit-il enfin.

Il lâche la chienne et s'écarte de la table, les mains ouvertes.

— C'est bien, ma fille, c'est bien.

Soudain libérée, Ourse ne s'enfuit pas, elle reste allongée sur la table, tousse et se frotte les mâchoires de ses pattes. Lucia pousse un long soupir, détourne la tête et appuie son front contre la porte du réfrigérateur.

Honey laisse retomber le reste de pâtée dans la gamelle, va se laver les mains à l'évier.

— Qu'est-ce qu'il y a, Lucia ? Vous teniez tellement à ces bijoux ?

Elle ne se retourne pas, elle continue à presser son front contre le frigo.

— OK, reprend Honey en claquant des mains. OK, OK, la séance est terminée, mesdames et messieurs, le spectacle va reprendre dans un endroit plus sûr.

Normale et en bonne santé

Ce que personne dans la pièce n'a remarqué, c'est que Lucia n'est pas aussi abattue qu'elle en a l'air. En réalité, elle est en alerte rouge. Elle garde la tête baissée, elle s'efforce d'avoir un regard opaque, alors qu'en fait elle observe tout. Elle a écouté les jappements d'Ourse qu'on torturait, elle l'a entendue se tortiller, et bien qu'anéantie, elle a trouvé la force de détourner les yeux. Elle pourrait craquer et pourtant elle ne le fera pas. Elle tiendra le coup. Parce que Lucia Anchor-Ferrers va gagner ce match.

Tandis qu'elle fixe la porte du frigo, une phrase lui revient en tête, quelque chose que ses psys lui faisaient répéter pendant sa thérapie après l'assassinat de Hugo et Sophie :

« Je ne suis pas stupide, je ne suis ni laide ni dépourvue de charme. Je suis une fille tout à fait normale et en bonne santé. »

Elle se la répète de nouveau, elle se souvient de ce que tous les psys disaient : les gens peuvent la regarder, l'entendre parler, et ils peuvent émettre un jugement. Ils peuvent penser qu'elle n'est qu'une sorte d'anarchiste à cause de ses cheveux hérissés et de son teint pâle. Ils peuvent la prendre pour un hooligan à cause de ses vêtements noirs et de ses piercings aux oreilles. L'important, c'est que la seule personne qui sache vraiment qui est Lucia, ce soit Lucia. Et en ce moment, Lucia contrôle parfaitement la situation.

Elle se concentre sur les traces que les deux hommes sont en train de laisser. Essentielles, les traces. L'avantage d'avoir un père comme Oliver, c'est qu'il connaît tous les gadgets dernier cri et qu'il a accès aux systèmes de sécurité les plus récents. Ces hommes ont peut-être trafiqué le système d'alarme pour l'empêcher de fonctionner, mais ils ignorent que la maison est truffée de caméras. Bien que ce soit son père qui les ait installées, il n'en a pas parlé aujourd'hui – pas une fois –, et si maman a un peu de bon sens, elle n'en parlera pas non plus. Les deux hommes n'ont pas découvert les caméras de surveillance. Lucia, elle, a eu tout le temps de réfléchir au fil des années aux angles qu'elles balaient. Encore maintenant, elle trouve de nouveaux endroits, de nouvelles poches non couvertes. Tandis qu'Ourse geint sur la table, Lucia cherche les parties de la cuisine qui fournissent le meilleur angle de prise de vues, là où les visages des deux hommes seront le mieux filmés.

Si les gens pensent pouvoir contrôler Lucia Anchor-Ferrers, ils se trompent. Elle est parfaitement capable de maîtriser cette situation. Ce n'est qu'une question de temps…

Elle incline légèrement le menton, ouvre un œil pour regarder de l'autre côté de la cuisine. Les deux hommes parlent à son père.

Celui qui dit s'appeler Honey la trouble. Il a un air vraiment bizarre avec sa couronne de cheveux bouclés et son crâne luisant. Il n'est pas flic, bien sûr, n'importe quel idiot pourrait le comprendre. Et Honey n'est pas son vrai nom, même si c'est le seul qu'elle a pour le désigner. Elle doit admettre que le choix est habile – il a des résonances de douceur et de pureté, d'authenticité.

Il tend maintenant à son père une petite boîte rose pâle – ses pilules pour le cœur. Depuis l'opération, celui-ci doit en avaler des tas chaque jour – un peu pour chaque système de son corps, semble-t-il.

— De quoi avez-vous besoin ? demande Honey, qui ouvre le pilulier et inspecte l'intérieur. Lesquelles vous faut-il ?

Oliver tarde à répondre. Il n'est pas sûr que ce ne soit pas encore un de leurs tours.

— Allez, s'impatiente Honey en secouant la boîte. C'est votre dernière chance.

— La case en haut à droite. Toutes celles-là.

— Ouvrez la bouche.

Honey fait tomber les pilules dans sa main, les pose sur la langue d'Oliver. Il va remplir un verre à l'évier et le tient devant les lèvres d'Oliver, qui avale péniblement. De l'eau coule le long de son menton. Satisfait, Honey referme la boîte et jette le reste de l'eau dans l'évier. Lucia lance un coup d'œil à sa mère en se demandant si elle a compris que cela signifie que ces types sont sérieux, qu'ils ont vraiment l'intention de terroriser la famille. Qu'ils tiennent à ce que chacun de ses membres reste en vie pendant qu'ils font monter la peur. Et que cela prendra du temps.

La chemise de Honey est d'une blancheur irréprochable et amidonnée, son costume est discret, comme celui d'un vrai flic. Il se penche et, de l'épaule, soulève la table. Aussitôt, Matilda ramène ses mains en arrière, mais avant qu'elle puisse s'écarter, il passe un pied dans l'espace qui sépare ses bras et elle se retrouve inclinée vers lui, enlaçant sa jambe.

— Debout, ordonne-t-il.

Il ôte son pied pour la libérer, saisit le dos de son chemisier, la tire vers le haut. Elle se lève en titubant, porte devant son visage ses mains menottées pour se protéger au cas où il frapperait. Honey baisse les yeux vers Ourse, qui continue à s'étrangler et à secouer la tête.

— Elle va vomir partout, dit-il à Molina. Et s'il y a un truc que je ne supporte pas, c'est le dégueulis de chien. Il faut faire quelque chose – occupe-toi d'elle.

Lucia ne peut se retenir :

— Laissez-moi la prendre. S'il vous plaît, ne la touchez pas. Laissez-la tranquille.

Une ombre passe sur le visage de Honey. Il reste un moment immobile puis se tourne lentement vers elle, l'inspecte de la tête aux pieds, laisse son regard s'attarder sur ses jambes. Sourit.

— Content de vous voir. Bienvenue à la fête, ma belle.

— Je veux juste ma chienne. Je ne veux pas qu'elle ait mal.

— Je veux, je veux, répète-t-il en la singeant. On ne dit pas « je veux » – maman ne t'a pas appris ça ? Ou alors maman s'est montrée laxiste dans ses fonctions parentales ?

Il secoue brutalement Matilda, dont la tête ballotte sur son cou.

— Laxiste ? On a été laxiste ?

— Je vous en prie, laissez-moi ma chienne, supplie Lucia.

— C'est moi qui donne les ordres, pas vous. Vos désirs n'entrent plus en ligne de compte, vous n'avez pas encore compris ça – avec toutes les petites roues dentées qui tournent dans votre tête ?

Il tend le menton vers Molina.

— Emmène-la en haut et occupe-toi de la chienne. Fais comme tu veux, du moment qu'elles ne sont pas ensemble.

Honey place un genou contre la jambe de Matilda et pousse pour la faire avancer. Elle se dirige vers la porte d'un pas mal assuré sans regarder personne. Oliver émet un petit bruit de gorge quand ils sortent de la pièce – un gémissement – puis baisse la tête. Il pleure, sûrement. Lucia détourne les yeux, écœurée.

Molina prend la laisse et attache Ourse à la poignée d'un des éléments, s'approche ensuite de Lucia. Elle lève les yeux vers lui en s'attendant à ce qu'il lui signifie quelque chose, mais rien ne vient. Il a le regard fermé, tourné en lui-même. A l'aide d'une clé, il ouvre les menottes – elle est étonnée par la rapidité avec laquelle il le fait, comme s'il exécutait ce geste aussi souvent que celui de se laver les dents –, les lui repasse derrière le dos.

— S'il vous plaît, je peux avoir ma chienne ? S'il vous plaît.

— T'as entendu ce qu'il a dit.

Il la pousse vers la porte, elle résiste un instant, le temps de jeter un dernier coup d'œil à son père, puis laisse Molina lui faire franchir le seuil.

Il la conduit à une pièce du premier étage, celle que la famille appelle « la chambre rose » parce que tout y est décoré de roses. Les murs, le dessus-de-lit, les tentures. Même la tringle des rideaux est imprimée de roses. La pièce est rarement utilisée malgré tout l'argent qu'on lui a consacré.

Molina lui dit de s'asseoir près du radiateur et entreprend de desserrer un peu les menottes. Prévenant, il s'efforce de ne pas tirer dessus. Lucia fait face à la porte et peut voir le palier. Pendant que Molina s'affaire, la porte d'en face, celle de la chambre de Kiran, s'ouvre et Honey sort. Il jette un coup d'œil à Lucia, referme derrière lui – il vient sans doute de mettre sa mère dans cette pièce – et descend tranquillement l'escalier. Lucia l'examine de profil, tente de prendre sa mesure. Il y a quelque chose dans son expression qu'elle ne parvient pas à identifier. Elle se demande s'il est vraiment très dangereux ou s'il joue la comédie.

Molina en a fini avec les menottes, il se redresse et lui lance un regard interrogateur.

— Ça va ? Pas trop serré ?

Elle garde un moment le silence puis demande :

— Tout ce cinéma autour de Minnet Kable, c'était vraiment indispensable ?

Il fronce les sourcils, semble chercher une réplique, renonce.

— Je t'ai demandé si c'est pas trop serré ? Tu peux bouger ?

— Oui.

— Sûr ?

— Oui. Et ce n'était pas la peine de me frapper si fort, vous trouvez pas ?

Il ignore la remarque.

— Je peux avoir ma chienne ?

— Je vais voir ce que je peux faire.

— Merci.

Elle s'oblige à soutenir son regard. Elle sait qu'il y a une caméra de surveillance dont l'objectif luit dans le plafond au-dessus de lui. C'est son arme secrète. Tout est filmé et Molina ne le soupçonne même pas. Il fait le tour de la pièce en vérifiant les fermetures des fenêtres. Pendant ce temps, Honey remonte l'escalier en poussant Oliver devant lui. Le père de Lucia a le visage défait, la bouche grande ouverte, le devant de la chemise mouillé. Parvenu sur le palier, il voit sa fille qui le regarde. Ses yeux se posent sur les menottes et une horrible expression résignée passe sur son visage.

Honey le dirige vers l'autre chambre. C'est celle de Lucia, peinte en violet, marron et noir, et lorsque Honey ouvre la porte du pied, elle entrevoit tout ce qui lui est familier, son crucifix, son poster de Marilyn Manson, sa robe de Toussaint mitée accrochée par un cintre noir au battant de son armoire. Pas de caméra dans cette pièce : Lucia a insisté, lorsque son père a installé le système, pour avoir un endroit où son intimité serait préservée.

La porte se ferme. Lucia demeure sans bouger. Son expression ne change pas.

Tu es une fille normale et en bonne santé, intelligente. Très intelligente. Personne ne peut dire qui est Lucia sauf Lucia elle-même.

Oui, pense-t-elle en fixant la porte close. Personne ne peut dire qui est Lucia sauf Lucia elle-même.

La chambre vert menthe

Matilda est dans la chambre de Kiran, juste au-dessus de l'ancienne arrière-cuisine, la main gauche attachée au radiateur. Elle est assise, le dos tourné à la fenêtre, les jambes allongées, les pieds touchant les dalles rouges de l'âtre. Les deux hommes vont et viennent dans la maison. Des portes s'ouvrent et se ferment. Soudain Honey apparaît sur le seuil de la pièce et lui sourit. Il tient Ourse sous son bras. Il se penche, pose la chienne par terre et, sans un mot, fait demi-tour, sort et ferme la porte à clé derrière lui.

Ourse se précipite vers sa maîtresse, qui la soulève de sa main libre et la tient sur ses genoux, presse son visage contre la tête poilue. Ourse a vomi en bas ou a réussi à avaler le bijou coincé dans son gosier, parce qu'elle a cessé d'avoir ces affreux mouvements convulsifs. Elle lèche la figure de Matilda, une habitude qu'elle a quand elle est inquiète et a besoin d'être rassurée. En général, elle se fait réprimander. Pas cette fois.

Matilda a la tête qui tourne – tout cela ne peut pas être vrai, elle doit rêver.

Le désespoir est une sorte d'état sacré... un film où ils doivent tous s'entretuer pour sauver leur peau... sortez-vous cette idée de la tête...

Elle presse plus fort la petite chienne. S'évertue à ne pas pleurer, à mettre de l'ordre dans ses pensées. Elle est à peu près sûre qu'ils ont enfermé Lucia dans la chambre rose et Oliver dans la chambre de Lucia – celle que la famille appelle « la chambre améthyste », avec tous ces épouvantables posters. Elle a l'imagination en ébullition à force d'essayer de deviner ce que veulent ces hommes, ce qu'ils ont inventé et ce qui est vrai. Les intestins cauchemardesques accrochés dans un arbre pour qu'elle les découvre. Les jeux complexes qui la laissent perplexe, ne sachant plus si le ciel lui-même est réel.

Quand vous serez effrayés au point d'accepter de faire n'importe quoi, absolument n'importe quoi, alors *je vous révélerai ce que nous voulons…*

Mais pourquoi ? Pourquoi ?

Ourse cesse de la lécher et Matilda la pose par terre. La chienne va et vient, renifle çà et là sous le regard de sa maîtresse. Matilda est sûre que si elle aboie ou fait du grabuge, les deux hommes n'hésiteront pas à la tuer. C'est pour elle une certitude, pas une supposition ni une crainte, mais un fait concret.

Elle parcourt du regard cette pièce qui lui est si familière, s'efforce de la voir avec des yeux neufs, d'en enregistrer chaque détail. Les murs sont peints de la couleur préférée de Kiran, vert menthe, avec des rideaux à rayures. Des modèles réduits de Spitfire et de chasseurs à réaction Harrier sont encore suspendus au plafond par des fils de Nylon et prennent la poussière. La fille de Kiran adore ces avions. Il utilise encore cette pièce quand il vient de Hongkong pour passer l'été en Angleterre – il y a un grand lit recouvert d'un édredon duveteux et un petit lit installé dans un coin pour l'enfant. Et même un berceau surmonté d'un manège pour le bébé qui doit naître dans six semaines.

Comment faire parvenir un message à Kiran ? Téléphonera-t-l ? Il appelle quelquefois quand il sait qu'ils descendent aux Tourelles – rien que pour s'assurer qu'ils sont bien arrivés. Mais pas toujours.

Bien que les fenêtres soient fermées, un petit courant d'air souffle de l'endroit de l'âtre où les deux murs du conduit sont délabrés et présentent une brèche qu'on a bourrée de papier journal. Un problème qu'elle se promet de régler depuis des mois parce qu'on ne peut pas faire dormir un bébé dans une pièce à courants d'air. Quelque chose luit sous la plinthe à un mètre d'elle environ. Matilda tente de se pencher pour mieux voir : on dirait un vieux morceau de fil de fer, elle n'arrive pas à le distinguer clairement de l'endroit où elle est, et de toute façon, à quoi lui servirait un bout de fil de fer ? Son regard est attiré par une autre partie de la plinthe, plus proche et qu'elle reconnaît, car on y a cloué une plaque de bois supplémentaire.

Lorsque les enfants étaient petits – six et sept ans, environ –, Matilda les surprit en train de se passer des messages après l'extinction des feux : ils gagnaient la galerie sur la pointe des pieds, glissaient une feuille de papier sous la porte de leurs chambres respectives. Elle confisqua crayons, stylos, papier, ciseaux et boîtes de peinture, les relégua dans une pièce du bas. Défense de garder dans les chambres autre chose que des livres et des jouets. Les enfants contournèrent l'interdit en trouvant des cachettes subtiles pour leur matériel d'écriture. L'une après l'autre, elles étaient découvertes, mais chaque fois les enfants en inventaient d'autres plus improbables. Un week-end, ils réussirent à détacher une partie de la plinthe et à dissimuler derrière elle leurs trésors. Matilda envoya Ollie la fixer avec un marteau. Il était si fâché qu'il cloua la cachette sans même la vider de ses pots de colle, enveloppes, pinceaux aux poils raides de peinture, malgré les larmes des enfants.

Elle s'agenouille, se met à plat ventre. En s'étirant de tout son long, elle peut atteindre la partie en question de la plinthe, dont les clous ont été recouverts de peinture au fil des ans. Elle la gratte, découvre les têtes métalliques, aussi luisantes que le jour où Oliver a fixé la planche. Elle essaie d'en saisir le bord, n'y parvient pas : ses doigts sont trop gros pour se glisser dans la crevasse. Elle tire sur le bas de la plinthe, mais là aussi l'espace est trop étroit.

Matilda roule sur le côté et s'assied, haletante, frotte son poignet écorché par les menottes. Même si elle pouvait accéder à la cachette, ses chances d'y trouver quoi que ce soit qui puisse les aider sont quasi nulles. A supposer qu'elle y découvre une paire de ciseaux, vieux et émoussés, qu'en ferait-elle ? Elle s'en servirait pour ouvrir les menottes ? Une fenêtre ? Elle ne connaît rien aux serrures. Et de toute façon, que ferait-elle ensuite ? Il n'y a pas de passants à qui faire signe, pas de voitures. Rien que des arbres et des oiseaux.

Elle regarde la fenêtre, imagine qu'elle réussit à l'ouvrir et à l'enjamber. Dessous, un collecteur d'eau en plomb blanchi par l'âge mène à un tuyau d'écoulement descendant jusqu'au toit à pignon de la pièce délabrée qui servait autrefois d'arrière-cuisine. On y range maintenant les outils de jardinage. Une clématite s'entortille autour du tuyau, que Matilda se voit en train de descendre.

Un bruit dans le couloir et Ourse se raidit, émet un grognement menaçant. La clé tourne dans la serrure, la porte s'ouvre. C'est le plus petit des deux hommes, le roux à lunettes, celui qui prétend s'appeler Molina. Il porte un plateau chargé d'une brique de jus de fruits, d'une carafe d'eau et de quelques sandwichs sous Cellophane, de ceux qu'on achète dans les stations-service.

La chienne gronde. Sans lui prêter attention, Molina referme la porte du pied derrière lui et pose le plateau par terre devant Matilda.

— Le dîner, annonce-t-il. Mangez.

Elle fixe la nourriture sans prononcer un mot. Elle ne sait pas comment réagir. Ce devrait être agréable de se faire apporter un plateau dans une chambre ; cela devrait faire naître dans sa tête des associations plaisantes : un hôtel à l'étranger, une lune de miel, un matin de fête des Mères. Elle décide au contraire qu'elle n'a jamais rien vu d'aussi sinistre.

— Voilà, dit Molina.

Il soulève les sandwichs, vérifie les dates.

— Vous avez une préférence ? Il est au thon, celui-là.

— Mon mari, ma fille, où sont-ils ? Lucia est dans la chambre rose ?

— J'arrive pas à croire que vous me demandez ça. J'arrive pas à croire que vous avez ce culot.

Il n'a pas l'air irrité, simplement amusé.

— Vous vous attendez vraiment à ce que je réponde ?

— Qui êtes-vous ? Qu'est-ce que vous voulez ?

— Des questions, des questions…

— Vous étiez en prison avec Kable, c'est ça ? Ou vous avez juste entendu parler de lui ?

Il passe un bras derrière Matilda et défait les menottes, tend une main.

— Il y a du sang sur le sol de la cuisine, poursuit-elle. C'est vous qui l'avez mis ?

— Debout. S'il vous plaît.

Elle hésite, regarde la main avec méfiance.

— Pour quoi faire ?

— Je vous emmène aux toilettes. C'est peut-être votre dernière chance avant ce soir. Vous voulez pas vous mouiller, hein ?

Matilda songe à le bousculer et à s'enfuir, mais il est trapu, avec de larges épaules et de longs bras. Elle n'irait pas loin, elle le sait. Alors, elle se lève lentement. Il lui prend la main, la fait sortir sur le palier bordé d'une balustrade. Cette galerie est la principale raison qui lui a donné envie d'acheter les Tourelles. Elle fait le tour de l'atrium, se termine par un majestueux escalier de pierre qui s'abaisse vers le hall d'entrée. Les fois où la famille a fêté Noël ici, les enfants y accrochaient des guirlandes. Pour une de ses soirées, Matilda a fait venir un groupe local de sonneurs de clochettes qu'elle a déployés sur la galerie, chacun derrière une bougie allumée.

A présent, la galerie est lugubre, les grands doubles rideaux en tapisserie sont tirés devant le vitrail pour ne laisser passer aucun jour. Le lustre central est allumé, mais sa lumière est faible. Tandis que Molina la pousse vers la salle de bains, elle a le temps de remarquer que deux autres portes sont fermées : celles de la chambre rose et de la chambre de Lucia. Elle ne s'était pas trompée sur l'endroit où se trouvent son mari et sa fille.

Molina la fait entrer dans la salle de bains en prévenant :

— Quatre minutes – je chronomètre.

Elle referme la porte derrière elle, tend le bras pour donner un tour de clé, mais bien entendu, il n'y en a pas. Clignant dans la clarté soudaine, elle parcourt rapidement la pièce des yeux. La fenêtre est fermée à clé, et là non plus, pas de clé en vue. Matilda ouvre aussitôt l'armoire à pharmacie pour prendre le rasoir d'Ollie ou sa pince à épiler – l'armoire est vide. Son regard cherche ailleurs, fouine partout – il doit y avoir quelque chose. Quelque chose.

— Y a plus rien, lâche Molina de l'autre côté du battant, comme s'il pouvait la voir. Perdez pas votre temps.

Elle s'assied sur les toilettes et urine, sans cesser de chercher. Le miroir. Est-ce qu'elle pourrait le casser ? Récupérer une écharde et en faire une arme mortelle ? Elle tire la chasse et, couverte par le bruit de l'eau, abat la main sur la glace. Sans autre résultat qu'un coup frappé à la porte.

— N'y pensez même pas, gronde Molina. On n'est pas si bêtes. Vous voulez que je vienne vous tenir compagnie ?

— Non, capitule-t-elle, le souffle court. Non.

Défaite, elle se lave les mains en regardant à nouveau le miroir. Molina l'entendrait si elle le brisait, elle n'aurait aucune chance. Ils ont pensé à tout parce que – et cette réflexion lui fait peur lorsqu'elle se forme – ce sont des professionnels, pas des novices.

Du pied, elle presse la porte de l'élément bas de salle de bains, qui repart en avant et s'ouvre. Vide aussi, à l'exception du tube en carton d'un rouleau de papier hygiénique. Elle finit de se laver les mains. Il n'y a rien d'autre dans la pièce – rien du tout. Un savon, une serviette et le miroir.

— C'est fini, madame A. F. C'est fini.

Matilda examine son visage dans la glace : les rides, les plis, les mèches grises qui bouclent à ses tempes. Elle est vieille. Mais rusée.

— Voilà ! clame-t-elle. J'arrive !

Elle ferme le robinet, s'essuie les mains et, au dernier moment, se penche et prend le tube en carton, le glisse sous son soutien-gorge. Puis elle rajuste ses vêtements, éteint la lumière et sort de la pièce.

Un demi-siècle

Le sud-ouest de l'Angleterre est la seule partie de la petite île noyée de pluie qu'est la Grande-Bretagne où l'été est censé régner. Le Somerset tiendrait son nom d'une tribu appelée « le peuple de l'été », dont les membres dormaient à la belle étoile et dansaient au soleil. A la vérité, si le Sud-Ouest est plus doux que le reste de l'Angleterre, il est aussi plus humide. Réchauffé par le Gulf Stream, il est ce qui se rapproche le plus de la jungle au Royaume-Uni. Dans les régions côtières, les palmiers évoquent les cartes postales des Caraïbes. Le rhododendron, aux fleurs vaguement exotiques, est considéré comme un fléau.

Caffery y vit depuis trois ans, il a appris à connaître les usages du pays. A ne plus s'attendre à des files de voitures roulant au gazole, à des banlieusards entassés dans des bus zébrés de pluie, mais à des moutons qu'on ramène au bercail par les routes, à des vaches égarées à des croisements dangereux. A l'odeur suffocante du colza au printemps et des fertilisants en automne. Il a appris qu'au moment où l'on pense que l'été devrait arriver, dans le Sud-Ouest, il pleut toujours.

La pluie tombe à seaux ce jour-là, les gouttes rebondissent sur le sol et laissent des balafres grisâtres sur la fenêtre. Il est assis dans la cuisine, éclairé par l'écran de son iPad. Un coude sur la table, il tire sur sa cigarette électronique, les yeux fixant vaguement les traînées de pluie huileuses. Il se demande où il en est et ce que cela signifie.

Il a passé l'après-midi à donner des coups de téléphone. Il a tiré des ficelles et utilisé le vocabulaire adéquat, il s'est montré prudent dans sa façon de parler. Il est aussi allé sur le Web, il a rapidement parcouru tout ce qu'il a pu trouver sur Derek Yates afin d'étayer ce que lui ont révélé ses sources.

Voici ce qu'il a récolté jusqu'ici : Derek Yates, né en 1948 (ce qui lui fait maintenant soixante-six ans), appartenait au réseau de Penderecki. En 1989, il commet sur une fillette de onze ans un viol horrible qui lui vaut d'être incarcéré à Belmarsh – où, présume Caffery, il fait la connaissance de plusieurs membres d'un réseau pédophile, à savoir Penderecki et Carl Lamb, le frère de Tracey. Après une agression par un codétenu qui lui cause des lésions internes, Yates est transféré à Long Lartin, un établissement de haute sécurité possédant la plus vaste section d'isolement d'Europe.

Long Lartin se trouve dans le sud-ouest de l'Angleterre, non loin de l'endroit où Caffery vit maintenant. Un frisson le parcourt quand il songe que ce type est resté enfermé pendant tout ce temps si près de chez lui. Les documents de justice indiquent que Yates y a été envoyé parce qu'il a de la famille dans la région. Libéré en 2005, il récidive dès 2006 et retourne dans l'établissement de haute sécurité de Long Lartin, où il se trouve actuellement.

Sait-il quelque chose sur ce qui est arrivé à Ewan ? Les chances sont minces, mais Caffery n'a pas d'autre piste.

En fait, elle s'est révélée facile à suivre, il y a des quantités d'informations concernant Yates sur le Web. Et même un article à son sujet dans le *Guardian*. Un journaliste a été autorisé à l'interviewer dans le cadre d'une enquête sur les détenus de Long Lartin attendant d'être envoyés en hôpital psychiatrique. Yates y est décrit comme un type un peu dérangé – il parle du gouvernement, des matons, du système carcéral et de son désir de quitter l'aile de haute sécurité –, mais Caffery lit tout l'article en se demandant ce qu'il pourra en tirer.

> *Yates est en* isolement *conformément à l'article 45 parce que ses crimes en font un détenu vulnérable... Il a peu d'amis... refuse la plupart des demandes d'interviews et reçoit les visites régulières d'une seule personne, pas un membre de sa famille mais un ancien prisonnier d'une autre section de l'établissement. « Quand il était en taule, il n'aurait jamais eu la permission de m'approcher, étant donné ce que j'étais, étant donné ce qu'il était. » Sinon, il mène une existence solitaire... Les détenus considérés comme des malades mentaux sont appelés les « Fraggles[1] » par les autres détenus... Est-ce que Yates est fou ? « J'entends des choses, me confie-t-il. Quelquefois, je n'arrive pas à me tenir tranquille. Les docteurs disent que je devrais être dans un hôpital. Pas ici. »*

Ce que Caffery n'a pas obtenu, c'est l'autorisation de voir Yates. Il a pris contact avec Long Lartin en se présentant comme un ami et s'est fait balader d'un

---

1. D'après la série télévisée *Fraggle Rock*.

service à l'autre. A celui des réservations pour les visites, on lui réclame un numéro de visiteur et, quand il se révèle incapable d'en fournir un, la femme qui se trouve à l'autre bout du fil lui demande d'un ton sec :

— Comment savez-vous que M. Yates est ici ?
— Il y est, non ?
— J'intègre vos coordonnées dans le système, et s'il est bien ici, je vous contacterai pour vous faire savoir s'il veut vous voir. Mais je peux déjà vous dire une chose : ça ne risque pas d'arriver.
— Pourquoi ?
— Si vous êtes vraiment un ami de Yates, vous connaissez la réponse.

Caffery appelle le service réservé aux professionnels et essuie un nouvel échec. Il explique qu'il fait partie de la brigade criminelle, qu'il enquête sur une affaire à laquelle Yates est plus ou moins mêlé et qu'il a besoin de lui parler d'urgence. Mais l'employée se montre ferme : il doit suivre la procédure normale, obtenir une ordonnance de présentation du détenu et s'assurer que M. Yates est disposé à accéder à sa requête. S'il refuse, Caffery n'aura pas d'autre choix que d'envoyer au directeur de la prison un résumé de ce qu'il souhaite savoir. Elle promet d'adresser la requête à Derek Yates mais explique que ses visites sont très contrôlées. *Il faut être quelqu'un de très spécial pour lui pour qu'il fasse une exception. Il n'y a qu'une seule personne qui vient le voir.*

— Qui ?
— Si vous êtes officier de police, vous savez que je ne suis pas autorisée à répondre à cette question.

La demande de Caffery suit son cours. Ça pourrait prendre des jours. Finalement, il n'a recueilli que des bribes, rien qui puisse fournir une base solide. Son mal de tête frappe à ses tempes, menace de revenir. Il ferme les yeux et presse les mains sur son crâne.

Continue, s'enjoint-il. Continue à tout revoir. Il y a une réponse quelque part...

La chambre vert menthe

Dans la chambre à rayures vertes située au-dessus de l'arrière-cuisine désaffectée, Matilda regarde fixement sa main. Sa peau est si mince que les veines sont visibles, comme si, avec l'âge, les années avaient aspiré toute la chair. Elle a les doigts qui saignent après s'être escrimée sur la plinthe. Au bout de deux heures, elle s'est avouée vaincue, elle n'arrivera jamais à la déclouer de ses mains nues, et même si elle y parvenait, elle ne trouverait probablement rien d'utile dans la cachette. Elle a étalé du sang sur la cheville que Molina a attachée au radiateur en revenant des toilettes, dans l'espoir de lubrifier suffisamment la peau pour dégager son pied du cercle d'acier. Ça n'a pas marché. Elle a les mains abîmées, le genou droit douloureux d'être longtemps resté dans la même position, et elle a mal à l'épaule d'avoir essayé de soulever la table de la cuisine un peu plus tôt.

Elle a vu un film – un film horrible que Kiran et sa femme Emma ont regardé lors de leur dernier séjour, l'année d'avant. C'était l'histoire d'un homme qui, tombé au fond d'une crevasse, devait se couper un bras pour se libérer. Matilda n'arrête pas d'y repenser, des images affluent dans sa tête, la convainquent que le seul moyen de s'en sortir, c'est de se mutiler d'une manière ou d'une autre. De se briser les os du pied, de s'amputer. Sur sa cheville, le sang a séché et recouvre maintenant le métal de particules brunes. Oliver prend des anticoagulants depuis son opération. S'il saignait, il mourrait. La vie s'écoulerait de lui lentement.

La maison s'est calmée à mesure que la journée s'avançait. Plus aucun bruit dans les autres chambres, mais en bas les deux hommes échangent des murmures, font claquer des ustensiles dans la cuisine, comme s'ils se préparaient du thé ou autre chose.

Autrefois, Matilda s'estimait dure et audacieuse. Elle accomplissait des choses que les autres filles n'osaient pas entreprendre. Elle a été la première du village à passer son permis de conduire, elle a parcouru seule l'Amérique et l'Extrême-Orient à l'époque où ce n'était pas encore un rite de passage pour tout étudiant après l'obtention de son diplôme. A l'époque où cela demandait des efforts et du courage, où on ne rencontrait en route que des Australiens et des Israéliens coriaces ayant fait du voyage une forme d'art. Mais quelque part en chemin, peut-être à cause des enfants, elle a perdu sa capacité à être courageuse. Celle-ci s'est écoulée d'elle jusqu'à ce que prendre le moindre risque lui paraisse impensable et que tout acte doive être soigneusement conçu et préparé.

Matilda laisse sa tête retomber contre le mur et regarde par la fenêtre, restée ouverte de quelques centimètres. Contemple le soleil au-dessus des arbres. La semaine précédente, elle a lu dans le journal un article sur un apprenti qui a été victime d'un accident du travail. Sa salopette s'est prise dans une machine de l'usine et il a été entraîné, inexorablement, dans une ouverture de moins de vingt centimètres de large. Tout son corps est passé à travers avant que les agents de maîtrise puissent arrêter la machine. Il a le dos, le pelvis et la cage thoracique brisés, des boyaux éclatés. Mais il a survécu.

C'est bon pour un jeune gars maigrichon de seize ans, pense Matilda. Mais pour elle ?

Elle tourne la tête vers le bureau où Kiran faisait autrefois ses devoirs. Il n'est qu'à quelques mètres d'elle. Elle a laissé dessus de vieux livres pour enfants dans l'espoir que ses petits-enfants s'y intéresseront un jour. Le mug que Kiran a gagné dans un tournoi de cricket de son école préparatoire privée. Lorsqu'elle est revenue dans la chambre après son passage aux toilettes, elle a négligemment effleuré la table. Plusieurs objets sont tombés, elle les a remis en place. Molina s'est avancé pour l'aider, mais elle a eu le temps de pousser du pied un stylo sous le rideau, hors de vue.

Elle étend la jambe, fait rouler le stylo vers elle avec son gros orteil. Elle tire ensuite le rouleau de carton aplati de son soutien-gorge, le déchire en deux et commence à écrire, lentement, avec application. Lorsqu'elle a fini, elle défait l'élastique qui emprisonne ses cheveux et se tourne vers la chienne.

— Ourse, murmure-t-elle. Ourse ?

La petite bête lève la tête, agite la queue avec dans le regard une confiance qui donne à Matilda envie de pleurer.

— Viens, ma fille.

Ourse se dresse, s'étire et bâille, trottine vers sa maîtresse et s'assied en haletant bruyamment. Matilda la caresse, la gratte derrière les oreilles pour l'apaiser.

— Oh oui, tu es une bonne chienne.

Son nom est imprimé sur son collier, mais il n'a plus de plaque. Elle s'est détachée à Londres et les Anchor-Ferrers n'ont pas trouvé le temps de la remplacer. Matilda ouvre le collier, enroule le morceau de carton autour et le fixe avec l'élastique.

— Bonne fille.

Elle rattache le collier, prend la tête de la chienne entre ses mains et presse son front contre le sien.

— Bonne fille, répète-t-elle. Bonne chance. Nous t'aimons très fort.

Elle s'éloigne du radiateur jusqu'à ce que la jambe qui y est attachée soit tendue et que son postérieur parvienne à la cheminée. Grimaçante de douleur, elle s'étend maladroitement sur le dos, la tête dans l'âtre, et regarde dans le conduit. Le papier journal qui obstrue la brèche est bruni, mouillé. Il suffit de pousser pour qu'il disparaisse et tombe dans la cheminée de l'ancienne arrière-cuisine.

Matilda serre les dents, renverse la tête en arrière et murmure à la chienne :

— Viens, Ourse.

Elle se sent mal, plus mal qu'elle ne l'a été de toute sa vie.

— Viens ici, maintenant.

Honig et Ian le Geek

Dans la cuisine, l'« inspecteur Honey » – selon son acte de naissance, Theo Honig, trente-sept ans, ressortissant britannique de parents allemands – cesse de nettoyer la table où la nourriture pour chiens s'est répandue et renverse calmement la tête en arrière pour regarder le plafond. Ce qu'il vient d'entendre en haut est un murmure, un grattement. Un bruit discret, tel un glissement de serpent. Il n'est pas du tout étonné que la proie résiste. Il faut s'attendre à ce genre d'actes de rébellion. Nonchalamment, il se demande ce que cette femme mijote.

Le « sergent Molina », dont le vrai nom est imprononçable et qu'on appelle en général par son prénom, « Ian » (ou, comme on le surnomme dans la firme, « Ian le Geek »), récure l'endroit où la fille des Anchor-Ferrers, Lucia, a renversé le contenu du frigo.

Les deux hommes demeurent un moment immobiles, la tête en arrière, sans dire un mot. Puis le Geek lance un regard interrogateur à Honig, qui hausse les épaules. Secoue la tête. Il n'est pas inquiet. Ils peuvent régler le problème.

Le bruit ne reprenant pas, ils se remettent au travail, épongeant et désinfectant. Les deux hommes remplissent pour leur compagnie des rôles très différents : Honig est le supérieur hiérarchique, avec des années d'expérience sur le terrain, tandis que Ian est l'expert technique. Ils n'ont jamais fait équipe ensemble auparavant et Honig ne sait pas trop comment ça va se passer.

Il rince sa lavette au robinet, projette sur ses mains un spray antibactérien qu'il emporte partout avec lui. Il ne supporte pas la saleté et les odeurs, tout particulièrement les relents de pâtée pour chiens. A l'instant où il est entré dans la maison, il a senti les mois et les années de surfaces mal essuyées, l'accumulation de particules de nourriture dans les fentes du plancher. Il pense, bien qu'il n'en soit pas sûr, qu'il sent aussi l'odeur de Ian le Geek, comme s'il manquait quelques douches dans l'histoire de ce type. Honig se sèche les mains et les inspecte, les tourne et les retourne, examine chaque ongle séparément pour s'assurer qu'il n'y reste pas dessous de nourriture pour chiens.

Un autre son au-dessus les fait à nouveau interrompre leurs activités et lever les yeux vers le plafond. Cette fois, le grattement se transforme en un tortillement paniqué. Un silence, puis le bruit dégringole à l'intérieur de la cheminée, comme si Satan lui-même grattait le conduit de ses griffes. Un bruit sourd leur parvient distinctement de l'autre côté du mur du fond de l'âtre. Puis de nouveau le silence.

Honig pousse un long soupir las. Il pose son torchon et adresse un signe de tête à Ian, qui appuie son balai contre le réfrigérateur. Ils sortent tous les deux rapidement de la pièce et se dirigent vers la porte de derrière, ouvrent la serrure. Dehors, l'après-midi est humide et oppressant, comme si l'orage menaçait. Le Geek connaît mieux la maison. Il y est venu un jour plus tôt pour reconnaître les lieux et organiser la mise en scène, c'est lui qui marche devant maintenant en longeant le flanc du bâtiment. Une petite arrière-cuisine délabrée, presque une ruine, est collée au mur de la cuisine.

La porte bâille sur des gonds rouillés – Honig devine qu'elle est dans cette position depuis des années et Ian n'a pas besoin de l'ouvrir davantage pour pénétrer à l'intérieur. Les deux hommes entrent sans se soucier des toiles d'araignée qui effleurent leurs visages. Le peu de lumière qui passe par la fenêtre permet de distinguer la cheminée, le tas de suie et de fientes de pigeon qui en est tombé. De la pointe du pied, Honig ratisse les fientes craquantes. Elles sont imprégnées de sang. S'appuyant d'une main au manteau, il se penche pour regarder dans le conduit.

— C'est la chambre de la mère, là-haut, non ? demande-t-il. Là où on a mis la chienne ?

— Oui.

Il se redresse et se frotte les mains, parcourt la pièce des yeux – pas de chienne. Entre l'âtre et la porte, le sol porte des traces. Ce qui s'est passé est évident. La chienne a dégringolé, elle s'est relevée et a filé. Du menton, Honig désigne la porte, et Ian le Geek n'a pas besoin d'explication pour sortir dans le jardin d'un pas résolu.

Resté seul, Honig se penche et passe de nouveau la tête dans la cheminée.

— Hé, Mrs Robinson, murmure-t-il au conduit, vous n'êtes pas aussi idiote que vous en avez l'air. Et vraiment impressionnante côté nichons, soit dit en passant. Vraiment impressionnante.

Silence en haut – ni plus ni moins que ce à quoi il s'attendait. Il se redresse et traverse la pièce, sort dans le jardin, traverse la pelouse et descend l'escalier qui relie les parterres. Il entend le Geek qui fait craquer les broussailles à quelques centaines de mètres devant et siffle doucement pour appeler la chienne.

Honig descend les marches, pénètre dans le taillis, s'arrête à l'endroit où pendent les intestins. Il espérait à demi que depuis le temps un animal serait passé et les aurait dévorés, mais on n'y a pas touché. Il va falloir s'en débarrasser. Ils proviennent d'un cerf que Ian a tué la veille et ils ont eu l'effet souhaité sur la famille. Quinze ans plus tôt, Kable avait laissé des viscères pour que la police les trouve. Il avait pris tout son temps pour les accrocher dans un arbre, alors que quelqu'un se promenant dans le bois aurait pu le surprendre. Incroyable.

Honig retourne à la cuisine, cherche un peu avant de mettre la main sur un seau et des gants de caoutchouc. Quand il ressort, il voit Ian le Geek se diriger vers lui en traversant la pelouse. Celui-ci a le visage rouge et la respiration sifflante.

— Alors ? demande Honig, bien qu'il puisse lire la réponse sur la figure de Ian. Qu'est-ce qui s'est passé ?

— Je l'ai poursuivie dans le bois, elle a disparu.

— Elle va mourir ? Elle saignait.

— Probablement. Si on a de la chance.

Le Geek tend devant lui une main dans laquelle il tient un morceau de carton qui pourrait provenir d'un rouleau de papier hygiénique.

— C'était dans l'herbe.

Honig pose le seau et les gants par terre, prend le morceau de carton, le tourne vers la lumière. Le haut a été déchiré, mais on peut lire ce qu'il reste : *Nous sommes aux Tourelles, à Litton. S'il vous plaît, prévenez la police, ce n'est pas une plaisanterie.*

— Aaah, dit-il à voix basse. Merci.

Il bâille, chiffonne le message, le met dans sa poche.

— La chienne n'a pas de plaque, souligne Ian. Et pas de puce électronique, j'ai vérifié.

Honig le sait déjà. Le petit animal qui court dans le bois ne constitue pas une menace. Néanmoins, il aimerait le récupérer. Rien que pour que tout soit en ordre.

— Négligence, marmonne-t-il. Négligence. Allez, viens.

Il reprend le seau et repart en direction du taillis. Ian le suit. Pendant un moment, les deux hommes examinent les boucles des entrailles.

— Une belle saloperie, hein ? commente Honig.

— Ouais, une belle saloperie, approuve le Geek.

Honig lui tend les gants et le seau.

— Mets tout ça là-dedans, on le rapporte à la maison. On s'en servira comme appât – on verra si ça fait revenir la chienne.

Ian enfile les gants, entreprend de décrocher les boyaux des branches, s'arrête une ou deux fois quand ils se prennent dans une épine et se déchirent, laissant couler une matière à demi liquide. Honig l'observe un moment, puis il s'étire langoureusement et regarde autour de lui : les arbres, les jardins, les terrasses et la maison de campagne en pierre. Il y a des gens qui ne méritent pas ce qu'ils possèdent, vraiment pas. Ils n'ont pas besoin de travailler pour être propriétaires, et quand il s'agit de payer ses impôts, tout le monde sait que les gens comme les Anchor-Ferrers sont les premiers à échapper à leurs obligations, les derniers à mettre la main à la poche pour aider leur prochain. La bâtisse s'élève au-dessus des arbres, majestueuse, avec ses tourelles, ses fenêtres à meneaux, toute cette richesse dans le jour déclinant. Comme si elle méprisait ce qui l'entoure.

L'une des fenêtres est entrouverte, il est presque sûr que c'est celle de la chambre où se trouve Mme Anchor-Ferrers. Il la regarde pensivement.

Lorsque le Geek a fait tomber les intestins dans le seau, les deux hommes remontent vers la maison. Ils fouillent dans les dépendances jusqu'à ce que Ian ressorte d'une petite cabane couvert de toiles d'araignée en tenant à la main un piège métallique. Probablement destiné aux lapins, il est d'une taille qui convient parfaitement à la chienne de la famille. Honig rapporte de la buanderie une poignée de croquettes Pedigree et ils retournent à l'arrière-cuisine, où ils tendent le piège en utilisant des croquettes et un morceau d'intestin comme appât.

— Finalement, ça tourne plutôt bien, argue Honig. Au moins, on n'aura pas à les faire tirer à la courte paille pour savoir qui y passera en premier.

— Non ?

— Non, crétin.

Il se tourne, sourit à Ian le Geek et ajoute :

— Mrs Robinson vient de se porter volontaire. La brave dame.

La chambre rose

Il y a eu dans la maison des bruits que Lucia n'a pas réussi à identifier. D'étranges grattements, des frottements qui semblaient provenir de l'intérieur des murs. Tendue, elle fixe la porte en s'efforçant de déchiffrer leur signification. Cela venait de la chambre de Kiran, où se trouve sa mère. Celle que la fille de Kiran a baptisée « la chambre vert menthe ».

C'est la pièce la plus laide, mais elle pourrait se révéler la plus importante. Une caméra y est dissimulée dans le 12 du cadran de l'horloge. Elle permet de surveiller presque toute la chambre, elle enregistrera tout ce qui se passera entre ces murs. Son père n'aurait pas pu choisir un meilleur endroit.

Même sa mère ne sait pas qu'il y a une caméra dans cette pièce – son père s'est montré très discret sur la protection du domicile. Depuis les meurtres de Hugo et de Sophie, il a changé. Il a changé au travail, il a changé à la maison. Bien que Minnet Kable soit enfermé dans une prison de haute sécurité, il a redoublé de vigilance après les assassinats.

Lucia entend une porte claquer, puis la demeure retombe dans le silence. Elle se frotte distraitement le côté de la poitrine où elle a mal. Sa position est très inconfortable, son soutien-gorge la serre. Elle a envie de le dégrafer pour être plus à l'aise, mais elle ne le fera pas, pas avec la présence de l'« inspecteur Honey ». Le simple fait de penser à son soutien-gorge fait surgir en elle un souvenir bouleversant de Hugo. Hugo qui la déshabille sur le court de tennis de la maison de ses grands-parents. Hugo, son corps bronzé par les journées passées à jouer au cricket, à nager dans les rivières. Il était à Radley, où tous les élèves faisaient beaucoup de sport, et cela se voyait dans son physique. Il avait une place qui l'attendait à l'université de Durham. Encore maintenant, des années plus tard, la souffrance de sa disparition est aussi atroce que se faire dévorer vivante.

Un autre bruit : l'un des hommes siffle plusieurs fois dans le jardin, comme pour appeler un chien. Lucia se redresse, cligne des yeux en regardant la fenêtre, et les choses se mettent en place. Elle entend les deux hommes parler, ils sont dans l'ancienne arrière-cuisine, située sous la chambre vert menthe. Depuis des années, la cheminée de cette pièce est restée ouverte, Lucia craint souvent qu'Ourse ne se faufile à l'intérieur. Soudain, tout s'éclaire. Elle s'est juré de garder le silence, mais c'est trop injuste. Trop injuste.

Elle se met à genoux et frappe des poings sur le plancher, crie à travers les lattes :

— Hé ! Vous ! Qu'est-ce que vous avez fait de ma chienne ? Je veux ma chienne ! Je veux ma chienne !

Silence. En bas, les deux hommes ont cessé de parler. Elle les imagine regardant le plafond.

— Je veux ma chienne ! Laissez-moi la voir !

La porte de la cuisine s'ouvre et Lucia perçoit des pas dans l'escalier. L'instant d'après, la clé tourne dans la serrure de la chambre, le battant pivote. Les deux hommes se tiennent sur le seuil. Elle leur lance un regard furieux. Un regard de sauvage.

— Lucia, Lucia ! s'exclame Honey d'un ton faussement horrifié. Pourquoi tout ce boucan ?

— Ma chienne. Ourse. Qu'est-ce qu'il lui est arrivé ?

— La chienne ? dit-il avec désinvolture. Ah, oui. Je suis vraiment navré.

— Qu'est-ce qu'elle a ?

— Ta mère l'a jetée dans la cheminée.

Lucia le regarde fixement. Elle ne l'aime pas, ce type, elle ne l'aime pas du tout. D'une voix crispée, elle rétorque :

— Je vous avais dit de me la laisser, pauvres cons !

Un petit gloussement à peine contenu sort de la bouche de l'« inspecteur ». Il se frotte les mains, coule un regard malicieux à Molina, tel un écolier surexcité par le tour que prend la situation.

— « Pauvres cons », répète-t-il. Elle a dit « pauvres cons ». Je me sens si minable comparé à elle. Vous vous sentez minable aussi, monsieur Molina ?

Le « sergent » fixe le sol, il grommelle quelque chose que personne ne comprend. Honey cesse soudain de sourire et pousse un long soupir.

— Mouais, elle a aidé cette bête à s'échapper. Pour moi, cela veut dire que votre mère a beaucoup d'estime pour le chien de la famille. Tu ne crois pas ?

Lucia l'examine attentivement. Elle ne lui fait pas confiance. Il y a en lui quelque chose d'instable. D'imprévisible.

— Je t'ai demandé : « Tu ne crois pas ? »

— Je n'ai pas à vous répondre. Je veux savoir ce qui est arrivé à ma chienne. Elle n'a rien fait de mal.

Je veux parler à ma mère. En tête à tête. Je veux savoir ce qui est arrivé à Ourse.

— C'est ça, compte là-dessus.

— Je veux parler à ma mère.

— Elle n'a pas envie de discuter de ça.

— Si.

— Non, Lucia. Réfléchis. Réfléchis au fait que ta mère a peut-être plus de considération pour cette chienne que pour sa propre fille.

Elle ne répond pas.

— Je ne sais pas, poursuit Honey, pensif. Vous êtes au courant de ce qu'on raconte, n'est-ce pas, monsieur Molina, en particulier sur les gens placés en haut de l'échelle sociale : ils attachent beaucoup d'importance à leurs animaux. C'est un phénomène de classe, je crois. Enfin, moi qui appartiens à la lie de la société, je ne comprends pas ça. Je ne vois pas comment un cheval ou un chien peut prendre la place d'un être humain.

Après une sorte de claquement au fond de la gorge, il reprend :

— Et toi, Lucia ? Tu penses que ta mère a plus d'estime pour toi que pour ce chien ?

— Bien sûr.

— Parce que tu vaux plus qu'un chien, n'est-ce pas, Lucia ?

Elle plisse les lèvres, lui lance un regard de défi.

— Tu m'as entendu, Lucia ? Tu vaux mieux qu'un chien ? Moi, je ne suis pas fan des chiens, je n'aime pas la façon dont ils mangent. C'est sale. Ecœurant. N'est-ce pas, monsieur Molina ?

— Dégoûtant.

— Tu sembles avoir du maintien et de la distinction, Lucia. Je parie que tu manges beaucoup plus proprement qu'un chien, hein ? Plus discrète dans tes fonctions corporelles, non ?

Lucia soutient son regard.

— Qu'est-ce que vous avez dit ?

— Il y a d'autres choses peu ragoûtantes que les chiens s'obstinent à faire. Tu connais les autres choses rebutantes que font les chiens si on leur en laisse l'occasion ? Ils se roulent dans les déjections d'autres membres de leur espèce. Tu le savais, Lucia ?

— Vous ne gagnerez pas à ce petit jeu.

De nouveau ce claquement au fond de la gorge puis :

— Ça, je ne sais pas. Quelquefois, les chiens vont même plus loin : ils les mangent, ces déjections. Je trouve que c'est un comportement répugnant, dont seules les formes de vie les plus basses sont capables. Tu n'es pas d'accord ? Ce que je veux dire, c'est que lorsque ta mère te place plus bas qu'un chien, ça implique que tu serais capable de manger des excréments humains.

Honey observe un long silence pesant avant d'ajouter :

— Tu ne ferais pas une chose aussi dégoûtante. N'est-ce pas, Lucia ?

Elle baisse le menton en gardant les yeux sur lui.

— N'est-ce pas ? répète-t-il.

Nouveau silence. Dans sa tête, Lucia lui hurle : « Va te faire foutre, va te faire foutre ! », mais elle sait quand perdre une bataille pour gagner la guerre. Ce n'est pas le moment de se battre.

Elle secoue la tête, baisse les yeux.

— Bien, approuve Honey. Maintenant, nous ne t'entendrons plus. Je vais fermer cette porte et tu vas te tenir tranquille. Comme une bonne petite fille. Compris ?

— Compris.

Après le départ des deux hommes, elle reste silencieuse. Sa tête est à la fois dans la maison et dehors, elle réfléchit, elle échafaude. Elle suit les mouvements des deux hommes aux bruits qu'ils font. Elle suit aussi Ourse dans son imagination. Elle la voit traverser le bois et le ruisseau, les haies. Lucia sait où va Ourse : au pré communal où elles se promènent quelquefois. Là où les enfants cueillent des fleurs de sureau le dimanche. Ourse n'a ni plaque ni puce électronique. Si des gens la trouvent, ils ne sauront pas la ramener à la maison. Mais au moins, elle échappera à tout ce qui se passe aux Tourelles.

Lucia se demande qui la trouvera.

DEUXIÈME PARTIE

Le Marcheur

La lune monte, disque clair impassible. Trou dans le ciel. Dans la Chew Valley, au pied des Mendip Hills, Amy dort et rêve du petit chien à la patte abîmée. Elle rêve de l'homme à la barbe noire comme suie portant le chien dans une belle maison sûre où rugit un feu. Il pose le petit chien près de l'âtre, le tapote, se retourne et repart dans les bois.

Pendant ce temps, à une dizaine de kilomètres de là, par-delà les réservoirs et les forêts des Mendip Hills, le commissaire adjoint Jack Caffery se réveille en sursaut.

Il regarde l'heure en clignant des yeux : 10 heures et demie. L'alcool s'est consumé en lui, ne laissant qu'un vague arrière-goût de clou de girofle dans le fond de sa bouche. Dehors, la pluie s'est arrêtée. Il contemple un moment le plafond en se demandant ce qui l'a réveillé. Il a mal aux cheveux, il a l'impression que son cerveau lui colle au crâne. Mais la maladie n'est pas de retour.

Il prend son téléphone sur la table de chevet, voit que le divisionnaire lui a envoyé un SMS : *Appelez-moi dès que possible*. Il l'efface, ouvre son logiciel de navigation, fait de nouveau apparaître l'interview de Derek Yates. L'homme a dit quelque chose d'étrange sur la seule personne qui vient le voir :

Quand il était en taule, il n'aurait jamais eu la permission de m'approcher, étant donné ce que j'étais, étant donné ce qu'il était...

Rapidement, Caffery cherche le carnet dans lequel il a noté tous les crimes de Yates. Il considère les dates, regarde de nouveau l'écran de son portable et ne comprend pas pourquoi il n'a pas fait le lien plus tôt.

Etant donné ce qu'il était...

Il sait précisément qui est cet ex-détenu. Précisément.

Il s'habille à la hâte, attrape un blouson en laine polaire au fond d'un placard et une paire de gants Thinsulate. Il a trop bu ; s'il se fait arrêter sur la route et qu'on le soumet à un Alcootest, il perdra automatiquement son boulot, mais est-ce qu'il y tient encore ? Franchement, est-ce qu'il y tient ? Il prend ses clés.

L'odeur de sa voiture est familière, elle a même gardé des relents de tabac du temps où il fumait encore des « roulées », pas ces trucs métalliques design sur lesquels il tire maintenant. Il ne pleut plus mais des nuages demeurent suspendus à l'ouest, injectés de veines bleuâtres, comme s'ils étaient vivants. Il sort de son allée et roule vers le nord-est jusqu'à ce qu'il rejoigne le réseau de chemins quadrillant la Chew Valley. Lorsque les étoiles commencent à apparaître, il ralentit, inspecte les champs qui bordent la route de chaque côté. Il cherche un feu – les premières flammes qui serviront à réchauffer le dîner de l'homme qu'il veut trouver.

Le Marcheur est un nomade. Comme son nom l'implique, sa seule activité consiste à marcher. Le jour, il arpente les chemins. Il s'arrête à la tombée de la nuit et installe son camp là où il a fait halte. A l'aube, il se réveille et allume un feu sur lequel il prépare un petit déjeuner qui lui fournira l'énergie nécessaire pour une autre journée de marche. Il suit jour après jour un parcours déterminé à l'avance. Avec le temps, Caffery a repéré ce parcours ; il est à peu près sûr que le vagabond décrit un cercle géant qui est situé en grande partie dans le Somerset mais empiète aussi sur le sud du Gloucestershire et le Wiltshire. Tel un lemming, il part du centre de son cercle pour en gagner la circonférence, il la suit sur quelques degrés puis retourne au centre. Caffery ne sait pas trop comment le Marcheur en a défini les dimensions, il sait seulement qu'il marque ce périmètre d'une ligne de crocus qu'il plante à certains des endroits où il s'arrête. Le centre du cercle se trouve à Shepton Mallet, le lieu où la fille du Marcheur a été enlevée, des dizaines d'années plus tôt.

C'est ce qui lie les deux hommes. Tout comme Caffery, le Marcheur a perdu un être cher à cause d'un pédophile. Lui non plus n'a pas de corps à enterrer. Les semblables s'attirent. Jacqui Kitson croit qu'elle est allée au bout de la souffrance qu'une personne peut éprouver – elle se trompe.

Rechercher le corps de sa fille, c'est ce qui pousse le Marcheur à ratisser chaque jour la campagne. Lorsqu'il se heurte à quelque chose qui lui fait obstacle – une route, une maison, une ville –, il l'étudie. Si cela existait avant la disparition de sa fille, il le contourne. Si cela a été construit après, il fait ce qu'il peut pour le détruire et vérifier que cela n'a pas été édifié sur une tombe. Il se moque d'enfreindre chaque fois la loi pour y parvenir. Il a passé assez de temps en prison pour ne plus s'en soucier.

Une des autres caractéristiques du Marcheur, c'est qu'il est presque impossible à débusquer. C'est lui qui décide quand il a envie d'être découvert. Caffery l'a traqué pendant des mois, mais à sa façon rusée, le Marcheur a disparu de la surface de la planète. Quel que soit l'endroit où il s'est retranché – bosquet, fossé ou grange –, il a veillé à ne pas être visible de la route. Il est malin. Plus malin que les renards parmi lesquels il se terre, et certes plus malin que n'importe quel flic. Ce soir-là, quand après de longues heures de recherche Caffery sort d'un virage et aperçoit un feu de camp sur sa gauche, il sait que ce n'est pas *lui* qui a trouvé le Marcheur. Il sait que le Marcheur l'a laissé le trouver.

Il doit vouloir quelque chose de Caffery.

La chambre améthyste

Il aurait mieux valu, pense Oliver, que ces deux hommes les assassinent, lui et sa famille, tout de suite après avoir franchi la porte de la maison. Cette façon de faire traîner les choses en longueur est insupportable. Dix ans plus tôt, ou même un an plus tôt, Oliver aurait été capable de réagir. Il aurait utilisé ses forces pour casser le vieux lit auquel il est menotté. Il se serait servi d'une des traverses pour briser le carreau de la fenêtre – de ce côté du bâtiment, il n'aurait sauté que de deux étages, il s'en serait tiré. Mais le léger tiraillement qu'il sent au niveau de son sternum lui rappelle la vérité : aujourd'hui, il mourrait en essayant.

Et s'il mourait, quelle serait la réaction des deux hommes ? Que feraient-ils au reste de la famille ? A Matilda, à Lucia. Plus tôt, il a entendu des cris, des bruits de lutte. A un moment, Lucia s'est mise à hurler ; il n'a pas compris ce qu'elle disait, mais les deux hommes sont accourus. Oliver n'a aucune idée de ce qui s'est passé ensuite.

Il a déjà échafaudé un début d'hypothèse sur ces deux types et ce qu'ils représentent, en s'appuyant sur une série de détails : le naturel avec lequel Honey et Molina jouent leurs rôles d'inspecteur et de sergent, l'un montrant envers l'autre une docilité allant de soi. La façon dont ils tiennent leurs bras légèrement écartés du corps, comme si leurs muscles les empêchaient de se détendre totalement, ou comme s'ils avaient passé de longues années à défiler dans cette posture. La méthode employée pour faire monter l'escalier à sa femme et à sa fille est aussi révélatrice. Molina a broyé la main de Lucia quand elle s'est débattue et a pris facilement l'ascendant sur elle.

On appelle ça la prise en étau et cela fournit à Oliver de nombreuses pistes.

Il ne sait cependant pas si cela signifie que la famille a plus de chances de survivre. Ou moins.

Quoi qu'il leur arrive, tout sera filmé par les caméras de surveillance, reliées directement à un disque dur qu'il a discrètement placé sous une volée de marches de l'une des tourelles. Il a veillé à ce que leur installation demeure secrète en changeant plusieurs fois d'entreprise. Même Matilda ne sait pas où les caméras se trouvent – elle a renoncé à demander. Le seul regret d'Oliver, c'est d'avoir cédé à Lucia et accepté de n'en installer aucune dans cette pièce, la chambre de sa fille. Rien de ce qui lui arrivera, à lui, Oliver, ne sera enregistré.

Il est rarement venu dans cette pièce, dont Lucia a peint les murs en noir ou en violet depuis que Kable a tué Hugo et Sophie. Les rideaux sont en voile gris orné de têtes de mort rouges. D'habitude, il évite d'avoir à regarder avec quoi sa fille décore les murs de sa chambre.

A côté d'une horloge en forme de guitare électrique, il découvre une affiche montrant une femme brune en robe du soir bleu pétrole, qui s'incline de manière à exhiber quasiment ses seins blancs. L'homme qui la tient par la taille – Oliver suppose que c'est un homme – porte une chemise à haut col chauve-souris et un foulard. Ses cheveux sont longs, coiffés sur le côté, son visage est d'un blanc absolu, excepté les yeux fardés de noir et la bouche couverte de rouge à lèvres. Si Oliver ignore totalement qui peut être ce couple, il sait qu'il signifie quelque chose pour sa fille. Un autre poster lui est plus familier : Patty Hearst en tenue de camouflage et béret. Les jambes écartées, elle braque agressivement sa carabine M1 sur un ennemi invisible ; derrière elle, le cobra à sept têtes noir sur fond orange, symbole de l'Armée de libération symbionaise.

La porte s'ouvre, Oliver sursaute et se retourne. L'homme qui dit s'appeler Molina se tient sur le seuil avec un plateau sur lequel on a disposé de la nourriture et un verre d'eau. Il entre dans la chambre, le pose par terre avec soin, là où le prisonnier pourra l'atteindre. Oliver regarde le plateau, son cœur de cochon battant à coups sourds dans sa poitrine. Son médicament se trouve à côté du verre d'eau.

— Vous êtes ici à cause de moi, c'est ça ?

Molina tourne vers lui son regard froid mais ne répond pas.

— Je vous ai déjà vu, reprend Oliver d'une voix lente. Dans l'une des entreprises avec qui je travaille. Laquelle ?

— Ben, vous savez, monsieur Anchor-Ferrers, au point où vous en êtes, c'est pas vos affaires.

— Je ne vous laisserai pas vous en prendre à ma femme et à ma fille, quelles que soient les circonstances, c'est MON affaire. J'ai entendu ma fille crier, et c'est MON affaire. Alors, dites-moi ce que vous voulez et nous nous mettrons d'accord, entre gentlemen.

Molina soupire. Il secoue la tête comme si Oliver le décevait énormément, puis il se retourne sans prononcer un mot, sort de la chambre et ferme la porte à clé, laissant Oliver contempler le plateau.

Le feu

Le camp est situé près d'une entreprise de transports où de gros poids lourds sont garés tels des géants endormis, le clair de lune faisant miroiter leurs pare-brise. Le vent souffle en rafales, les flammes crépitent et vacillent, la fumée s'élève en fines volutes, s'amasse en boucles contre les murs des baraquements préfabriqués vides.

Caffery laisse sa voiture sur la route, descend à pied le sentier qui longe l'enceinte de l'entreprise. La lumière des veilleuses passe à travers la clôture en grillage et dessine des hachures sur son visage. Lorsqu'il arrive près du camp, le Marcheur ne lève pas les yeux. Il continue à s'occuper du feu. Préparer le dîner est un rite, pour lui.

Il s'est trouvé un compagnon depuis la dernière fois. Un chien, adossé à la clôture, la tête tournée vers le feu. Un bâtard quelconque, le poil rêche, noir au museau, comme celui du Marcheur. L'animal ne bouge pas mais garde les yeux sur Caffery, planté au bord de la clairière.

Si le chien prend acte, à sa façon, de la présence du nouveau venu, son maître s'en abstient. C'est ce à quoi Caffery s'attendait – il connaît le jeu, maintenant.

Il sait qu'il ne faut rien précipiter. Il sait que, le moment venu, le Marcheur se décidera à parler. Alors, il ne bouge pas et regarde le vagabond s'affairer, vider des boîtes de conserve dans les casseroles de fortune qu'il fait apparaître comme par magie, ajouter des herbes qu'il a cueillies le long des haies ou dans les jardins privés devant lesquels il est passé.

C'est un Blanc, le Marcheur, mais il faut y regarder de près pour s'en assurer, enrobé qu'il est des pieds à la tête d'une sorte de graisse primitive. Elle recouvre sa barbe et ses cheveux, forme une carapace sur ses vêtements. Elle le délimite et le définit. Pourtant, paradoxalement, le Marcheur est propre là où c'est important. Il prend grand soin de sa personne, en particulier de ses pieds. On ne peut pas parcourir quarante kilomètres par jour, tous les jours, sans prendre soin de ses pieds.

Il finit de réchauffer la nourriture et la sert. Sur les deux assiettes qu'il a disposées, comme pour confirmer qu'il s'attendait à la venue de Caffery. C'est là le signe que le Marcheur sait avant tout le monde ce qui va arriver. Qu'il voit tout. Que rien ne lui échappe.

— Alors ? dit-il en levant enfin les yeux vers son visiteur. Pourquoi êtes-vous là ?

Caffery se masse les tempes.

— Je peux m'asseoir ?

En réponse, le Marcheur déroule un matelas de mousse. Il a, disséminées dans la campagne, des cachettes où il garde ses affaires et il se débrouille ainsi pour toujours avoir à sa portée ce dont il a besoin. Caffery s'installe et accepte l'assiette que le vagabond lui tend. Celui-ci lui offre aussi un mug de cidre brut. Caffery mange quelques bouchées et boit une gorgée, conscient que le chien ne le quitte pas des yeux.

— Vous m'avez laissé vous trouver. Je dois être dans vos bonnes grâces.

— Interprétez ça comme vous voulez, policier.

— Vous avez un ami, maintenant ? remarque Caffery en indiquant le chien d'un signe de tête. Il n'était pas là la dernière fois.

— Nous en parlerons quand vous m'aurez expliqué pourquoi vous êtes ici.

— Derek Yates. Vous allez le voir à Long Lartin.

— Vraiment ?

— Oui. Vous allez à la visite et il l'a confié à un journaliste.

— Tss-tss. Les gens qu'on laisse entrer en prison, ces temps-ci…

Caffery pose son assiette, tire de sa poche une de ses cigarettes électroniques noir et argent, insère une cartouche dans le cylindre. Le clic produit est devenu pour lui un bruit aussi rassurant que l'était autrefois celui de son briquet Zippo.

— Vous n'êtes pas connu pour être du côté des délinquants sexuels, rappelle-t-il. En fait, vous le seriez plutôt pour votre manque de compassion envers les violeurs d'enfants. Et cependant, vous êtes devenu l'ami d'un pédophile notoire.

Le Marcheur a torturé le meurtrier de sa fille, Craig Evans, jusqu'à le laisser à un cheveu de la mort. Evans vit toujours – si le mot « vivre » s'applique à son existence –, semblable à un membre de la secte des skoptsy ou à saint Paul de Tarse : castré. Ses parties génitales ont fait un long voyage après avoir été séparées de son corps par le Marcheur. Elles ont passé un moment dans une boîte à biscuits sur l'appui de fenêtre de l'ancienne maison du Marcheur puis dans un casier de la morgue de Flax Bourton. Finalement, après avoir subi une longue série d'analyses et de prélèvements de tissus gardés en lieu sûr dans l'éventualité de procès en appel ultérieurs, elles ont été détruites dans un incinérateur à moins de cinq minutes en voiture de l'établissement médical où Evans vit maintenant.

Il aurait pu, assis à la fenêtre de la salle commune, voir monter la fumée de l'incinérateur brûlant ses parties génitales… si le père de sa victime ne l'avait pas aussi privé de ses yeux.

Le Marcheur a été incarcéré à Long Lartin en même temps que Derek Yates, et Caffery est convaincu que c'est de lui que parlait Yates en disant : *étant donné ce que j'étais, étant donné ce qu'il était.*

— Yates ne comprend pas pourquoi vous avez décidé de lui rendre visite. Moi, si. Je vous connais, je sais qu'il y a une raison à tout ce que vous faites. Et je sais que vous ne vous êtes pas lié d'amitié avec lui par hasard.

— Quelle confiance en soi, quelle intelligence ! commente le Marcheur, qui ôte la calotte noire qui couvre ses cheveux et incline la tête. Je sais quand je suis en présence de la grandeur.

— Vous l'avez fait pour vous donner une arme. Par rapport à moi.

— Vous lisez aussi dans les esprits. La fécondité de votre talent est incroyable. Un instant – laissez-moi me resservir à boire. J'attends ce moment depuis longtemps et je veux le savourer à mon aise.

Le Marcheur remplit de nouveau son mug et se rassied, la main posée légèrement sur la tête du chien.

Il a l'apparence noueuse d'un dieu de la forêt déclinant, entortillé de plantes grimpantes.

— Alors, expliquez-moi : pourquoi ai-je fait ça ?

— Ça vous donne un moyen de pression sur moi, parce que vous êtes au courant – vous êtes forcément au courant – que Yates avait des contacts avec Tracey Lamb.

— Tracey Lamb ?

— Vous savez de qui je parle, vous ne me roulerez pas. Vous savez qu'elle était un maillon d'une longue chaîne de pédophiles. Un réseau dirigé par le frère de Tracey et Ivan Penderecki.

Le Marcheur change d'expression, se penche vers Caffery.

— Ivan Penderecki ? L'homme qui a tué votre frère, vous voulez dire ?

Quelque chose se glace en Caffery. Il lui faut un moment pour répondre, et quand il le fait, c'est d'une voix plus basse et tendue :

— Vous m'avez dit un jour : « Qu'est-ce qu'un vieux trimardeur du sud-ouest de l'Angleterre peut savoir de la disparition d'un jeune garçon trente ans plus tôt à Londres ? »

— Votre mémoire aussi est parfaite.

— J'ai longuement ruminé ces propos. Maintenant, je les comprends. Parce que vous êtes un foutu vieux pédant, vous attachez de l'importance à la précision de chaque mot, vous ne parlez jamais en vain. Vous êtes attentif à l'interprétation qu'on peut faire de vos propos, et dans ce cas précis, la plupart des gens interpréteraient ainsi votre phrase : *Je ne sais rien de ce qui est arrivé à votre frère*. En réalité ce n'est pas ce que vous avez dit, n'est-ce pas ? Votre phrase était une question, pas une déclaration. Une question demande une réponse, et je vous la fournis : je pense qu'un vieux trimardeur peut savoir et *sait* beaucoup de choses.

— Je vois.

— Je veux que vous ameniez Derek Yates à me parler.

— Impossible. Je peux vous l'assurer : il refusera de vous voir.

— Je peux le forcer. J'ai fait une demande pour raison professionnelle. Je n'ai pas besoin de son consentement pour ça.

— Il ne vous dira rien.

— Alors, parlez-lui. A vous, il se confiera, marmonne Caffery. A moins que vous ne sachiez déjà. Ça ne m'étonnerait pas.

— Parce que vous êtes capable de lire dans mon esprit ?

Caffery lance un regard mauvais au Marcheur, qui lui sourit.

Le scientifique

Dans le bijou violet qu'est la chambre de Lucia, Oliver regarde par la fenêtre. C'est une nuit à bourrasques, mais le ciel est clair. Pleine lune. Enfant, Oliver croyait que la lune diffusait sa propre lumière. Ce n'est qu'au collège qu'il a découvert, à sa grande honte, que cette lueur provenait des rayons du soleil renvoyés par une masse inerte de pierre froide. Il a été déçu, il s'est senti trahi par la lune. Il a décidé de ne plus s'y intéresser et de se concentrer plutôt sur ce qui produit une vraie lumière. Le soleil. Les lasers.

D'abord et surtout, Oliver est un scientifique, mais dans de nombreux milieux – des milieux qui comptent – il est beaucoup plus que ça.

Sa passion pour la lumière lui vient de ses premières leçons de physique, quand il avait onze ans et qu'il apprenait les rudiments de cette science. Il adorait en particulier les lasers, il voyait en eux l'équivalent moderne de l'alchimie et passait des heures à observer leurs effets, à étudier leurs propriétés et leur puissance. Après une maîtrise de sciences à l'université, il est entré à la NASA, où pendant des années il a bricolé des projets d'élimination des déchets spatiaux, notamment un « laser balai », qui débarrasserait l'espace des satellites morts et des débris de stations spatiales en les désintégrant. Après avoir quitté la NASA, il a passé quelque temps dans l'armée britannique, sous-lieutenant dans la branche formation du Royal Corps of Signals[1], où il a accru ses connaissances dans le domaine des bases de données et de l'identification des cibles, ce qui a débouché sur une succession de postes de recherche et développement dans diverses compagnies privées. « L'optique en espace libre » – l'usage des lasers dans la communication – était son domaine de spécialisation, mais des années durant, il a fait du surplace et n'est jamais parvenu à trouver l'application géniale correspondant à sa vision des lasers.

Et puis Minnet Kable a assassiné deux adolescents à quinze cents mètres des Tourelles. Et tout a changé dans la vie d'Oliver. Extérieurement, il est devenu un homme qui a réussi. Intérieurement, il est devenu quelque chose qu'il n'aime pas ou qu'il ne reconnaît pas.

Bien que cela lui soit pénible, il se remémore maintenant les jours qui ont suivi les meurtres de Hugo et Sophie. Un hélicoptère a survolé la région pendant deux jours et l'entreprise d'Oliver lui a envoyé de Londres un agent de sécurité qui est resté sur place une semaine, jusqu'à ce que Kable se présente tranquillement au poste de police de Wells, les mains tendues pour qu'on lui passe les menottes.

Oliver était hanté par ce qui était arrivé à la Pente aux Anes. Bien qu'il refusât d'en parler à Matilda, il passait de longues heures à chercher fiévreusement un sens à ce drame. Lorsque la famille venait aux

---

1. Les Transmissions.

Tourelles, il trouvait des faux-fuyants pour aller se promener seul, et invariablement ses pas le menaient à la Pente aux Anes. Il se tenait à l'endroit où l'on avait découvert les corps, il examinait les arbres où les intestins avaient été accrochés. Il parcourait la zone, soulevait du pied les feuilles mortes. Il finit par découvrir une grotte, un abri jonché de cannettes de bière et de crottes de chauve-souris, il l'explora en se demandant si Minnet en connaissait l'existence, s'il y avait dormi. S'il y avait attendu, peut-être.

L'un des membres du club de golf local travaillait pour les services du coroner, et pendant des mois Oliver rechercha sa compagnie, s'arrangea pour être au bar en même temps que lui et lui paya à boire. Après que l'affaire eut été jugée, l'homme devint plus loquace et Oliver parvint lentement à lui soutirer des informations qui n'avaient pas été rendues publiques. Ce qui le hantait, c'était la façon dont Kable avait agressé le couple. La sauvagerie de son acte, son efficacité.

Hugo et Sophie étaient en train de faire l'amour quand c'était arrivé (Oliver n'est toujours pas sûr que Lucia connaisse ce détail et il n'a aucune envie de lui poser la question). Il faisait chaud ce soir-là et ils étaient couchés sur une couverture au pied d'un grand chêne – Hugo au-dessus de Sophie – lorsque Kable s'était approché. Il tenait dans ses mains un cutter – dont il se servit plus tard pour les éventrer – et un pic à glace.

En un seul mouvement, le pic à glace transperça le derrière de Hugo, passant à quelques millimètres de sa colonne vertébrale, s'enfonça dans l'intestin, ressortit de l'autre côté de l'abdomen et poursuivit sa course pour trouer le ventre de Sophie.

Oliver ne parvenait pas à chasser cette image de son esprit. Un seul coup, deux blessures. Elle le suivait partout, elle l'obsédait.

Et puis lentement, imperceptiblement, peut-être sous l'effet de l'instinct de conservation, cette pensée passa d'une obsession taraudante à une idée dont il pouvait se servir. Il ne le confia jamais à Matilda, mais la seule façon pour lui de supporter ces images, c'était d'en faire une source d'inspiration dans son travail. Cela le conduisit sur un terrain dont il a encore honte.

Et il est à peu près certain que c'est la raison pour laquelle ces deux hommes sont aux Tourelles. Toute cette histoire est de *sa* faute.

A la pêche

Une chouette vole bas au-dessus de la forêt, des champs et des sentiers obscurs. Weshimulo, Cailleach, Oidhche – dans l'ancien folklore gaélique, elle a le don de voyance. Sans son aide, la déesse grecque Athéna ne voit que la moitié de la vérité. Cailleach n'a pas sa pareille pour découvrir les mensonges. Elle effleure maintenant la cime des arbres, planant sur un courant aérien sans remuer les ailes. En tournant le coin d'un taillis, elle tombe inopinément sur une clairière où flambe un petit feu de camp. Les flammes projettent une lumière orange sur le dessous de ses ailes et aussitôt, presque comme si cette lumière était brûlante, la chouette vire à gauche, change de direction, s'éloigne du feu en volant vers l'ouest. Au passage, elle pousse un hululement. Peut-être pour avertir qu'il y a en bas une créature anormale, prédatrice.

Dans la clairière, Caffery est penché en avant, les coudes sur les genoux, les yeux rivés au visage du Marcheur. Il attend qu'il parle, mais le Marcheur prend son temps, finit son cidre, s'essuie soigneusement la bouche et la barbe.

— Je sais reconnaître quand je suis vaincu, dit-il enfin. Et c'est le cas maintenant.

— Vous parlerez à Derek Yates ?
— Je peux me laisser convaincre.

Caffery plisse les yeux d'un air méfiant : le Marcheur n'est jamais direct.

— Vous pouvez ? Quel sera le prix, alors ? Parce qu'il y a toujours un prix avec vous, toujours. Je sais que vous allez me faire payer.

— « Donne un poisson à un homme, il aura à manger pour un jour ; apprends-lui à pêcher, il aura à manger pour tous les jours de sa vie. »

— Vous allez m'apprendre ? Allez-y, je vous écoute.

Le vagabond garde un moment le silence, il se renverse en arrière et lisse sa barbe, puis il dit :

— Viens, petit chien. Viens ici.

Il n'a fait aucun mouvement, il a à peine changé le ton de sa voix, mais l'animal obéit aussitôt. Il contourne le feu en trottinant, passe devant Caffery sans lui accorder un regard, comme s'il n'était qu'un fantôme, et s'approche du Marcheur. Sans recevoir d'autres instructions, l'animal s'assied à un pas de lui, le regarde en se léchant les babines.

Le Marcheur lui donne un morceau de nourriture, soulève une des pattes avant puis l'autre, examine les coussinets, crache dessus et les tourne vers le feu pour mieux les voir.

— Tu guériras, petit chien, tu guériras.

Il le caresse pensivement, plonge une main dans une poche de son blouson crasseux, en tire un sac en papier craquetant. Caffery reconnaît les bulbes de crocus qu'il a achetés pour le Marcheur près de deux ans plus tôt.

— A quoi servent-ils, commissaire Jack Caffery ?

— A délimiter votre cercle. Vous êtes convaincu que votre fille se trouve à l'intérieur de ce cercle, et quand vous avez fouillé un endroit, vous le marquez d'un crocus, pour vous en souvenir.

— Et pourquoi avec des crocus ?

— Je ne me souviens plus, répond Caffery en secouant la tête. Une histoire d'enfant disparu, une petite fille appelée Crocus.

— Et cette fillette, le même jour chaque année, passe gentiment la tête à travers les nuages pour parler à ses parents.

— Votre fille fait ça ?

Le Marcheur fixe Caffery d'un regard où se reflètent les flammes. Caffery et lui ont les mêmes yeux, c'est comme regarder dans un miroir.

— C'est ce que vous êtes en train de me dire ? poursuit le policier. Votre fille vous rend visite ? Parce que mon frère, lui, n'en fait rien. Je n'ai vu ni lui ni son fantôme. Pas une fois depuis sa disparition.

— Elle trouve peut-être des moyens de communiquer avec moi, réplique le Marcheur d'un ton sec.

— Quels moyens ?

— Une enfant est venue à moi. Une fillette, haute comme ça, indique-t-il en levant une main. Blonde, comme ma fille. Avec des genoux écorchés et des yeux verts. Elle était descendue d'une camionnette – une camionnette blanche.

— Semblable à celle dont s'est servi Evans pour enlever votre fille.

— Elle portait une robe couleur de crocus mauve, mais ce n'était pas un fantôme, ce n'était pas une illusion. Elle était réelle, sa voix et ses yeux étaient réels. Elle m'apportait un signe – le signe que je ne dois jamais abandonner. Et à cette enfant réelle, j'ai fait une promesse.

Le Marcheur soulève le chien et le tourne vers Jack. L'animal penche la tête de côté et ouvre la gueule, laisse pendre sa langue.

— Je lui ai promis mon aide.

— Votre aide pour quoi ? Pour ce chien ? C'est son chien ?

— Non. Ce chien, Crocus l'a trouvé. C'est un orphelin, un réfugié, un fugueur. Mais c'est aussi un émissaire. J'ignore d'où il vient et comment il est venu, et je ne sais pas pourquoi. Mais...

Il s'interrompt et sourit.

— ... je connais un homme qui peut le découvrir.

— Vous voulez que je trouve d'où vient ce chien ?

— Et pourquoi il avait ça sous son collier.

Le vagabond se lève et s'approche de Caffery, tend vers lui un poing retourné, comme un dealer à un client. Lorsque, au bout d'un moment, Caffery met sa paume au-dessous pour recevoir ce que le Marcheur serre au creux de la sienne, c'est un morceau de carton gris qui y tombe. Il le prend, le déplie, le regarde en plissant les yeux. Il a été déchiré et l'encre des lettres qu'on y a tracées a bavé, mais deux mots sont encore lisibles.

Aidez-nous

Il fronce les sourcils, retourne le bout de carton.

— Qu'est-ce que c'est ?

— Je ne sais pas. C'était attaché à son collier.

— Une plaisanterie ? hasarde Caffery, incertain. Des gosses peut-être – une farce.

— Une farce ? Intéressant. Vous pouvez le prouver ?

— Ce chien a une adresse ? Un numéro de téléphone ?

— Non, rien qu'un nom : Ourse. Bien qu'il n'en ait pas du tout l'apparence.

Le Marcheur regarde le petit chien comme pour lui reprocher gentiment ce manque de corpulence et de force.

— De nos jours, les animaux de compagnie ont sous la peau des puces électroniques qui permettent de les suivre à la trace – le genre de gadget que le gouvernement aimerait que nous portions tous.

Il prend le morceau de carton des doigts de Caffery et retourne lentement s'asseoir, pose le chien sur ses genoux.

— Vous trouverez à qui il appartient ?

— Si je le fais, vous parlerez pour moi à Derek Yates ?

— Promis.

Le vent tourne et avec lui la fumée vire de bord et va picoter les yeux de Caffery. Il ne les ferme pourtant pas et fixe le Marcheur en respirant à peine. Son cœur bat à grands coups dans sa poitrine : il est soudain plus près qu'il ne l'a jamais été de découvrir ce qui est arrivé à Ewan.

— Merde, grommelle-t-il avec irritation.

Parce que, bien sûr, il a décidé de chercher à qui appartient ce chien, parce qu'il ira au bout du monde si on lui fait miroiter une piste sur le sort d'Ewan.

— Foutu bonhomme, lance-t-il au Marcheur. Donnez-moi ce chien.

Le thé

Matin. La brume s'agrippe au sol et aux murs de la maison, mais le toit est si haut au-dessus du niveau de la mer que les tourelles s'élèvent fièrement dans l'air clair, leurs fenêtres et leurs tuiles baignées d'une lueur rose par le soleil levant. Dans la cuisine, la lumière est allumée et la bouilloire commence à siffler. Deux costumes pendent sur des cintres à la tringle des rideaux et deux lits de camp ont été installés dans un coin. Ian le Geek dort sur l'un d'eux. Sur l'autre, celui de Honig, draps et couvertures sont en désordre.

Déjà levé, il a enfilé un tee-shirt et un caleçon noirs. Il est agenouillé devant la porte du cellier, une cuvette d'eau savonneuse à portée de la main. Il se sert d'une brosse à récurer pour nettoyer le sol et il n'est pas content. Pas content du tout. Quand Ian le Geek bâille et ouvre enfin les yeux, Honig lui lance un regard renfrogné.

— Ça pue, ici, maugrée-t-il. Et c'est quoi, ça, par terre ? On dirait du sang.

— Je crois que c'en est, répond Ian en s'appuyant sur les coudes. J'ai dû me garer de l'autre côté de la maison et la traverser pour tout amener. C'est sûrement à cause de ça.

Honig plisse les yeux. Ian dort avec une casquette à la Sherlock Holmes sur la tête. Ça doit être un truc techno, pense Honig, un truc de geek.

— Tu as tout amené en traversant la maison ? Pourquoi ?

— Si j'avais laissé la voiture devant, on aurait pu me repérer. C'était plus rapide de traverser la maison.

La réponse ne convainc pas Honig. Ian a été envoyé un jour à l'avance pour tout mettre en place et il a déjà commis un certain nombre d'erreurs. Matilda Anchor-Ferrers a remarqué le sang, hier, la famille aurait pu se rendre compte qu'il se passait quelque chose d'anormal avant même que l'opération commence. Le Geek et lui ne peuvent se permettre aucune négligence. Qui plus est, aux yeux de Honig, ces manquements aux règles d'hygiène sont impardonnables. Traîner des entrailles de cerf à travers une cuisine ! Ian se situe manifestement sur un autre plan que lui.

— Et le reste de l'animal ? Tu en as fait quelque chose de sensé ?

— Jeté dans un canal.

— Un canal ?

— A des kilomètres d'ici. T'en fais pas.

Ian bâille de nouveau, repousse ses couvertures et s'approche à pas lents de la bouilloire. Il ouvre la boîte de sachets neuve que les Anchor-Ferrers ont apportée de Londres, entreprend de faire du thé avec le service en porcelaine de Sèvres que Honig estime à plusieurs centaines de livres.

Le faux inspecteur finit son ménage, porte la cuvette à la buanderie et la vide dans l'évier. Il la rince, se lave les mains et retourne dans la cuisine en aspergeant ses doigts de petits nuages de son spray antibactérien.

— Tu fais du thé ?

Ian le regarde par-dessus son épaule et répond :

— Je devrais pas ?

— Il vaudrait peut-être mieux aller voir s'il y a un chien dans le piège.

— OK, marmonne le Geek en haussant les épaules.

Il presse les sachets, les sort de la théière avec une cuillère, puis il pose un sablé sur chaque sous-tasse comme s'ils prenaient le thé au Ritz. Les deux hommes enfilent un blouson et des bottes – pas la peine de passer un pantalon, personne ne les verra – et sortent dans le matin brumeux en portant chacun une délicate tasse en porcelaine posée sur une soucoupe.

Les arbres sont à peine visibles et partout de hautes herbes émergent de la brume. La propriété est impressionnante – étonnante, même –, surtout avec la pelouse couverte de rosée et les perles de cristal sur les toiles d'araignée. Honig respire à fond en appréciant la fraîcheur de l'air qui le revigore.

Ils se dirigent vers l'arrière-cuisine et poussent la porte. Comme il fait encore sombre à l'intérieur, Honig pose soucoupe et tasse sur le rebord de la fenêtre et utilise l'application torche de son téléphone pour éclairer la pièce. Les toiles d'araignée projettent des ombres fantomatiques dans le silence. La « pâtée » qui déborde du seau commence à sentir, mais en s'approchant, ils constatent qu'on n'y a pas touché. Pas de chien pris dans les mâchoires du piège.

Honig fouille la pièce, donne des coups de pied çà et là pour s'assurer que l'animal ne s'y cache pas, tandis que Ian, resté sur le seuil, finit de boire son thé, le dos bien droit, tenant tasse et soucoupe en équilibre comme la personne la mieux éduquée au monde.

Comme s'il se trouvait dans le salon chic d'un pavillon de chasse et non dans une arrière-cuisine délabrée, exhibant des jambes velues auxquelles le froid donne la chair de poule. Les rabats de sa casquette de chasseur de cerf flottent sur ses oreilles.

Honig fait un pas vers le seau, le regarde en fronçant les sourcils.

— Kable devait être cinglé, déclare-t-il. C'est une chose de vider un animal mort, c'en est une autre d'éventrer un être humain vivant.

— Oui. Faut avoir des *tripes*, je suppose.

Honig pose sur le Geek un regard interdit. Il a voulu plaisanter, ça ne fait aucun doute, mais ça n'est pas du tout drôle. Honig ne rit pas, ne manifeste même pas qu'il a entendu le jeu de mots et reporte son attention sur les viscères.

— On penserait plutôt qu'un animal quelconque les aurait mangés, non ? A la campagne, dans ce coin perdu, il doit y avoir des centaines de renards qui rôdent. Et des blaireaux aussi – ils les mangeraient, non ?

— Ils aiment peut-être pas le cerf.

— Enfin, si aucune bête ne se décide à les avaler, il va falloir...

Il s'interrompt. Il vient de repérer quelque chose dans les entrailles, un petit objet métallique.

— Qu'est-ce que c'est ?

Ian le Geek pose sa tasse, s'approche et s'agenouille près des intestins. Il est moins obsédé par l'hygiène que Honig, ça ne le gêne pas de toucher la « pâtée » de ses mains nues. Il y enfonce les doigts, extrait l'objet.

— Un plomb.

Il retourne sur le seuil, le jette dans les broussailles.

— Un plomb ?
— Oui, répond Ian, qui s'accroupit pour essuyer ses mains dans l'herbe humide. Un plomb.
— Tu ne m'avais pas dit que tu l'avais pris au piège, ce cerf ?
— Ouais, enfin...
Le Geek réfléchit un instant et reprend :
— Il s'était peut-être fait tirer dessus avant, je sais pas. C'est sûrement pour ça qu'il a été plus facile à piéger.
— Tu m'as menti.
— Pas vraiment.
— Tu as été parcimonieux avec la vérité, disons.
— Qu'est-ce que ça peut faire ? J'avais à m'occuper de tas de trucs, je m'en suis bien tiré, je pense.
— Ça peut faire que si quelqu'un a blessé ce putain de cerf avant, il se demande peut-être encore où il est passé.
— Non. Ça arrive souvent. Un cerf est touché, il se relève et se remet à courir. La moitié des cerfs du coin se baladent avec du plomb dans le corps. On voit ça tout le temps.
— D'accord, d'accord, concède Honig, mais dis-moi au moins que tu ne m'as pas menti pour le reste.
— Non, je te le jure.
Ian plaque une main sur sa poitrine, laisse une empreinte humide sur son blouson.
— Je l'ai balancé dans un canal, juré. A des kilomètres d'ici.
— Parce que si des gens trouvent un cerf vidé de ses entrailles, ils vont crier partout au culte satanique. Et si ça ne te gêne pas d'être négligent, moi *si*. Je ne veux pas que ce boulot soit salopé à cause de *toi*. Compris ?

Le Geek plisse le front, semble chercher une repartie, finit par se raviser.

— Oui, répond-il docilement. Compris.

— Bon. Et la femme de ménage ? Comment elle s'appelle, déjà ?

— Virginia Van Der Bolt. Elle est contente.

— Parce que tu lui as rendu visite ?

— Oui.

— Et tu lui as dit que tu...

— Que je travaille pour Oliver. Que la famille n'aura pas besoin de ses services pendant deux semaines. Elle a paru me croire.

— *Paru* te croire ? Elle t'a cru ou pas ?

— Elle m'a cru, affirme Ian avec assurance. Surtout quand je lui ai réglé quand même ses heures.

Honig secoue la tête en émettant de petits *tss*. Il se tourne, prend sa tasse et sa soucoupe.

— Seigneur, ce que les gens sont prêts à faire pour de l'argent, soupire-t-il.

La chambre vert menthe

Un mince rai de lumière jaune passe sous la porte. Toute la nuit, Matilda s'est attendue à ce qu'un des deux hommes surgisse dans la pièce, mais il n'est rien arrivé de tel.

Ourse s'est enfuie. La veille, dans l'après-midi, les deux types l'ont cherchée dans l'arrière-cuisine – l'un d'eux a même murmuré dans la cheminée quelque chose d'incompréhensible –, mais elle est certaine qu'Ourse a réussi à se sauver avec le message attaché à son collier. Par moments, Matilda l'imagine blessée et cède brièvement à la panique, puis elle se rappelle la fois où la chienne est tombée d'une digue à Lyme Regis et s'en est sortie indemne. Dans la cheminée, elle est tombée de beaucoup moins haut et Matilda se répète qu'Ourse s'en est tirée. Et qu'elle a sûrement déguerpi. Vu son caractère fugueur, elle a filé le plus loin possible des Tourelles. Quelqu'un la retrouvera et lira le message – ce n'est qu'une question de temps.

En bas, les deux hommes remuent. Ils sont encore allés à l'arrière-cuisine et elle les a entendus parler dans le jardin, ils sont maintenant de retour dans la cuisine, font couler de l'eau, ouvrent des éléments. Pour le petit déjeuner, sans doute. Le soleil est passé lentement de l'autre côté de la colline et marque d'ombres le plafond et les murs poussiéreux.

Depuis l'aube, elle pense à Ginny Van Der Bolt – Ginny qui a une clé mais qui frappe toujours à la porte. Matilda se demande comment elle réagira si personne ne vient ouvrir. Elle a forcément vu la voiture garée dans l'allée en contrebas, comme d'habitude, mais si personne ne répond, aura-t-elle le temps de se rendre compte qu'il se passe quelque chose ? Ou les deux types seront-ils trop rapides pour elle ?

Elle entend une porte s'ouvrir au rez-de-chaussée, un bruit de pas dans l'escalier. Ses yeux s'emplissent de larmes. Elle doit tousser et secouer la tête pour empêcher sa gorge de se bloquer. Elle bouge un peu, change maladroitement de position, tente de ramener ses jambes sous elle pour se sentir moins vulnérable. C'est Honey qui monte, pas Molina. Elle parvient déjà à les distinguer au bruit qu'ils font. Le pas de Honey est plus rapide, plus lourd que celui de Molina, qui est lent et mesuré, comme s'il avait tout son temps. Elle ne sait pas lequel des deux l'effraie le plus.

La porte s'ouvre, Honey entre. Il est vêtu d'un blouson et d'un pantalon imperméable noirs, tenue qui rappelle de manière vague et déstabilisante un uniforme nazi. Il s'avance au milieu de la pièce et l'inspecte, les bras croisés. Il se penche et regarde sous le lit d'enfant, sous le grand lit. Il soulève même l'édredon avec ostentation. Il va ensuite à la fenêtre, regarde dehors. Baisse les yeux vers le carré de terre jouxtant l'arrière-cuisine.

— Mrs Robinson ? Vous n'auriez pas quelque chose à me dire ?

— Mon nom est Anchor-Ferrers.

— Oui. Mrs Robinson, vous n'auriez pas quelque chose à me dire ? répète-t-il en se tournant vers elle et en lui adressant un sourire aimable. Qu'est-il arrivé à votre petit toutou ?

Elle ne répond pas, fixe un point dans le vide devant le visage de Honey.

— Allons, insiste-t-il. Vous vous sentirez mieux quand vous aurez présenté des excuses.

— Vous allez lui faire du mal.

Le sourire de Honey s'efface.

— Lui faire du mal ? Bien sûr que non.

— Vous allez la tuer.

— Non.

Il a l'air légèrement surpris, légèrement incrédule, d'un homme accusé d'un crime qu'il n'a pas commis.

— Absolument pas, affirme-t-il. Bon, n'en faisons pas toute une histoire, je demande simplement des excuses.

Elle le regarde, hésitante, puis dit d'une petite voix étranglée :

— Je m'excuse.

— Pardon, je ne vous ai pas entendue.

— Je m'excuse. Je suis désolée.

Il se gratte le cou.

— Je ne sais pas – vous n'avez pas l'air sincère.

— C'est sincère. Je suis désolée.

Le sourire revient.

— C'est bon, je vous pardonne.

Quand il s'approche d'elle, elle lève instinctivement les mains pour se protéger, mais il s'accroupit et défait les menottes. Il se dégage de lui une faible odeur – pas de cigarette comme Molina, plutôt de produit chimique, de spray antiseptique. Avec dessous quelque chose de plus agréable, de plus sain. Des effluves de pain en train de cuire, d'assouplissant. Matilda remarque alors que sous le blouson il porte un pull d'Oliver, le bleu en laine qu'elle lui a acheté dans l'île de Skye, et elle se rend compte que c'est ça qu'elle sent : l'odeur chaude et réconfortante de son mari.

— Où est Oliver ?

Honey feint de ne pas avoir entendu.

— Où est mon mari ? demande-t-elle de nouveau en se massant les jambes pour rétablir la circulation. Il va bien ? C'est dur pour lui. Il est malade, très malade.

Il ne répond pas, se contente de sourire. Matilda croit bien qu'elle n'a jamais rien vu de plus terrifiant que ce sourire. Honey laisse ses yeux se promener sur sa poitrine comme il l'a fait la veille quand il jouait à l'inspecteur de police et décrivait la femme aux seins coupés. Elle soutient son regard, voûte cependant les épaules. Il est jeune, elle est beaucoup plus âgée que lui, mais les considérations de ce genre n'ont d'importance que dans les situations où les règles comptent encore.

Il va se passer quelque chose d'horrible, elle en a le pressentiment.

— Je vous en prie, dites-moi qui vous êtes. Qu'est-ce que vous allez nous faire ?

Il sourit. Tend le bras et lui caresse doucement les cheveux. Matilda tressaille, rentre la tête dans les épaules.

— Vous allez me tuer, murmure-t-elle. Vous allez tous nous tuer.

Une larme roule sur sa joue.

— Je ne sais pas pourquoi vous nous avez choisis, mais je sais que vous allez tous nous tuer. Vous auriez commencé par Ourse.

Honey retire sa main, étonné.

— Ah, ah, ah, ah ! s'exclame-t-il.

Il penche la tête en arrière et s'esclaffe.

— Non, non, non, non. Pas du tout.

— Si. Vous dites que vous voulez nous faire peur, mais ça ne s'arrêtera pas là. Vous allez nous tuer, je le sais.

Il cesse soudain de rire et, après une longue pause, ramène sa tête en avant.

— En fait, oui. Désolé, vous avez raison. C'est ce qui va se passer. Nous allons vous tuer.

Après un silence stupéfait, Matilda bégaie :

— Q-qu'est-ce que vous avez dit ?

— Oh, ne vous inquiétez pas, répond-il d'un ton rassurant. Ce ne sera pas fait à la va-vite. Cela va prendre du temps. Des jours, probablement. Peut-être même des semaines.

Le vétérinaire

Ce n'est pas la première fois de sa carrière que Jack Caffery garde à contrecœur le chien de quelqu'un d'autre. Il aime ces animaux, mais il ne veut pas en avoir. Ça le dérangerait terriblement de se sentir responsable d'une autre créature vivante. Mais Ourse n'est pas seulement une chienne, elle est le moyen d'amener le Marcheur à parler à Derek Yates en prison. Tôt le matin, il la porte chez le véto pour une recherche de puce sous-cutanée et un bilan de santé. Il la laisse à l'assistant et va prendre un café dans bar crado, furieux de s'inquiéter de ce que pense cette bête. De se demander si elle se sent abandonnée.

— Elle est blessée.

Lorsqu'il revient, une demi-heure plus tard, le vétérinaire l'attend sur le seuil de son cabinet et tient Ourse au bout d'une laisse. Elle remue la queue quand elle voit Caffery, tire sur sa laisse, griffe le sol de ses pattes. Il détourne les yeux.

— Elle présente des plaies superficielles aux pattes, provenant probablement d'un accident, non de mauvais traitements. En fait, on s'occupe bien d'elle.

— Une puce sous-cutanée ?

Le vétérinaire secoue la tête.

— Non. J'ai scanné tout le corps, il n'y a rien. Elle a été stérilisée et on a dépensé pas mal d'argent pour soigner ses dents. Ce n'est assurément pas un animal maltraité.

— Cet accident – quel genre ?

— Difficile à dire. J'ai d'abord pensé qu'elle avait été traînée par une voiture, mais je n'ai relevé aucun autre symptôme associé à ce type d'accident. Si vous voulez que je formule une hypothèse, je dirais qu'elle a fait une chute de plusieurs mètres. Et qu'elle s'est mal reçue.

Caffery plisse le front. Il baisse les yeux vers la chienne, qui lui rend son regard. Elle est tombée ? Tombée du haut de quoi ? Et pas de puce électronique.

— Bon Dieu, marmonne-t-il. C'est jamais facile, hein ?

Il soupire, tire son portefeuille de sa poche, prend sa carte de crédit. Le véto la regarde.

— Vous ne voulez pas savoir, pour les bijoux ?

Caffery incline la tête de côté, pince les lèvres.

— Les bijoux ? Quels bijoux ?

— Venez voir sa radio. Cette chienne pourrait exploser, avec tout ce qu'elle a dans l'estomac.

Le Loup

Oliver Anchor-Ferrers a passé une nuit dans l'inconfort. Il a réussi à se tourner pour faire face à la porte et être réveillé si quelqu'un entre dans la chambre, mais il a dû pour cela croiser les bras sur sa poitrine de manière non naturelle, ce qui a accru la douleur. Il a dormi quelques heures et gît maintenant sur le lit, à moitié réveillé, regardant vaguement autour de lui en clignant des yeux. Les deux hommes s'activent dans la maison. Il entend le bruit étouffé de leurs pas, leurs murmures dans le couloir.

Il se redresse, hébété, remue la langue dans sa bouche pâteuse. Les rideaux à têtes de mort rouges sont ouverts. Au-delà de la tourelle, les arbres semblent flotter par-dessus la brume. Un faible jour matinal traverse les carreaux et tombe sur les traits aplatis de Patty Hearst.

Patty Hearst. Il se demande si Lucia connaîtra un sort semblable. Prise pour cible à cause du profil de son père.

Bien qu'il n'en tire aucune fierté, Oliver a été pendant de longues années l'un des chercheurs les plus importants dans l'industrie internationale de l'armement. C'est là que sa fascination pour Minnet Kable l'a conduit.

Kable. Un homme au visage de prédateur. Un loup. On peut le voir sur les photos prises par la police après son arrestation. Ce reflet jaunâtre des yeux. Kable le troublait, mais l'inspirait aussi. Après les meurtres, Oliver a converti sa passion pour la science de la lumière en une arme mortelle.

Le pic à glace traversant un corps puis un autre – c'est cette image qui l'a frappé. Oliver a mis au point une application qui a fait sa fortune. Une torpille intelligente, capable d'attendre en silence sous les vagues, et n'entrant en action qu'au passage de sa cible spécifique. Sa sensibilité est extraordinaire : l'algorithme d'exploration de données est chargé à distance en utilisant l'optique en espace libre, le domaine d'expertise d'Oliver. Un innocent dossier MP3 contient une signature sonore unique, qui permet de reconnaître les variations subtiles et les anomalies d'un moteur et d'identifier ainsi non seulement un type de vaisseau, mais aussi un bâtiment particulier. Le système est si perfectionné qu'il peut recevoir la signature de plus d'un bateau. Elément essentiel, il peut être programmé pour passer à travers une coque, puis poursuivre sa trajectoire et atteindre une deuxième, voire une troisième cible.

Dans certains milieux, on le surnomme *Loup*.

Cette invention a fait d'Oliver un homme riche et irremplaçable. Pendant des années, il a pu choisir les entreprises pour lesquelles il travaillait, tant il était recherché par les chasseurs de têtes pour ses capacités en R & D. Pourtant, il n'y a pas d'autre moyen de qualifier sa carrière que de dire qu'il était devenu un marchand d'armes. Et lorsque vous mettez le pied dans l'industrie de l'armement, le danger vous guette à chaque pas.

Quand, treize mois plus tôt, il a eu l'attaque qui conduirait finalement à son opération, Oliver a immédiatement décidé de prendre sa retraite. Il s'est retiré des affaires, soudain écœuré et regrettant le rôle qu'il avait joué. Il a secrètement imaginé que sa crise cardiaque, c'était Minnet Kable, le Loup, qui enfonçait ses griffes dans sa poitrine et lui arrachait la vie. Le châtiment. Et ces deux hommes en bas ? Châtiment aussi. Ils sont là parce que Oliver a inquiété quelqu'un sans le vouloir dans le cadre de son travail. Il en est sûr – simplement, il ne sait pas qui.

En attendant son opération et la pose d'une valve, il a écrit son autobiographie. *Luciente : une vie dans la lumière*. Le livre est actuellement entre les mains d'un agent littéraire de Londres. Oliver a d'abord pensé que les deux hommes travaillaient pour quelqu'un craignant d'apparaître dans cette autobiographie. Redoutant les secrets qu'elle pourrait révéler. A présent, il en doute fortement : son agent et lui se sont donné beaucoup de mal pour garder le contenu du livre secret jusqu'à ce qu'ils aient trouvé un éditeur. Oliver n'en a même pas parlé à Matilda. Il n'a pas pu y avoir de fuites.

Pourtant, *quelque chose* a mal tourné pour *quelqu'un* concerné par le système Loup. Aucun doute. Mais jusqu'à ce qu'Oliver puisse comprendre qui est derrière et pourquoi, il ne peut pas commencer à négocier avec ces gens.

L'attente

Le vétérinaire ne veut pas laisser Caffery partir avec la chienne, il tient à la garder en observation jusqu'à ce qu'elle évacue ce qu'elle a dans l'estomac. Caffery, cependant, a pris sa décision et le véto finit par céder, en lui recommandant d'appeler si l'animal présente un signe quelconque de douleur. Un gonflement de l'abdomen, des vomissements ou des saignements. Mais Ourse ne montre aucun de ces symptômes : tout ce qu'elle manifeste, c'est son désir de s'installer à son aise dans le cottage de Caffery. Elle le suit même dans la chambre quand il monte et elle attend, assise sur le plancher, qu'il craque et qu'il la laisse grimper sur le lit.

— Dégoûtant de faire ça, maugrée-t-il en grattant l'oreille droite de la chienne.

Elle se presse contre sa main, tortille le dos et se soulève à demi dans son désir de participer.

— Dégoûtante, cette bête – je vais avoir des puces partout. C'est la première et la dernière fois que je permets ça.

Il va prendre une douche, et quand il revient, Ourse est encore là, elle bâille d'un air satisfait, se pourlèche les babines. Caffery a connu des types qui ont donné à leurs chiens toutes sortes de noms : Psycho, Chaos,

Eventreur. SOS pour les chiens de sauvetage et Cluedo pour ceux de père inconnu, « parce que personne ne connaît le coupable ». Mais Ourse ? Pourquoi Ourse ?

Il lui tâte le corps, lui palpe le ventre, trouve qu'elle a la forme normale d'un chien. La radio était impressionnante, il doit le reconnaître. Il sait que les chiens sont capables de manger n'importe quoi, y compris des trucs qui risquent de les tuer net. Mais des bijoux ? Là, ça sort de l'ordinaire. Est-ce un coup monté du Marcheur ? S'il y a quelque chose qu'il aime, c'est tendre des cerceaux à Caffery pour qu'il passe au travers. Ou alors, cette chienne fait partie d'une combine plus importante, on l'utilise peut-être pour introduire des bijoux en contrebande dans le pays.

Il lui donne à manger des saucisses qu'il a prises dans le frigo et la regarde mastiquer, puis il indique le jardin du menton.

— C'est l'heure de sortir faire ses petites affaires de chienne, hein, ma vieille ? Ce que font de mieux tous les chiens.

Mais quand Ourse va dans le jardin et s'accroupit, elle ne fait qu'uriner. Elle rentre ensuite en trottinant, bâille et s'assied aux pieds de Caffery, lève les yeux vers lui comme pour demander : *Et après ?*

— Et après ? Après, on ira faire un tour là où on t'a trouvée. On frappera à toutes les portes et tu devras te montrer sous ton meilleur jour. Sourire. Tu sais sourire ?

De ses deux index, il relève les coins de la bouche de la chienne, qui le regarde fixement, la tête inclinée sur le côté.

— Ouais, bon, grommelle-t-il. Je suis sûr que tu t'en tireras très bien demain. Quelqu'un te reconnaîtra forcément. Et d'ici-là, si tu pouvais, euh, couler un bronze, je t'en serais infiniment reconnaissant.

John Bancroft

Oliver est un homme rationnel et, au lieu de se cogner à la réalité qu'il affronte, il regarde au-delà. Il fait naître une image dans sa tête : quelqu'un de la police qui, dans un avenir vague, conjectural, entrera aux Tourelles et découvrira leurs corps après que les deux hommes les auront torturés et assassinés. Son cadavre, dans cette pièce. Puis celui de Lucia. Et celui de Matilda.

Plutôt que de s'attarder sur ce qui se passera ensuite, il se concentre sur les traces qui resteront lorsque tout sera fini. Il pense que ce sera un homme qui les trouvera, mais prend aussitôt le temps de s'interroger sur ce choix et se demande si ce n'est pas son vieux fond patriarcal qui assigne ce rôle à un homme. D'un point de vue rationnel, ce pourrait être une femme, c'est comme ça que marche le monde, maintenant. Il opte néanmoins pour un homme. Un type qui s'ennuie à mourir dans son boulot, peut-être, et à qui cette affaire redonne soudain vie. Quelqu'un en bonne forme physique, l'esprit vif. Pas un flic qui se ravitaille au drive-in du McDo et raconte longuement ses frasques au comptoir du pub local. Non, un homme qui s'enflamme pour la bataille désuète entre ce qui est bien et ce qui est mal.

Cet inspecteur hypothétique aura un prénom court et pratique. Gary, John ou Bob. Il aura la quarantaine – ni un jeune, rapide et insouciant, ni un vieux, lent et peu inspiré. John Bancroft, le baptise-t-il. Un nom surgi de nulle part, mais dès l'instant où il lui vient à l'esprit, Oliver donne de la chair à l'armature.

Bancroft est réfléchi – parfois même trop sérieux. Il a une vive intelligence, de la ténacité, et il lui arrive souvent de rester éveillé toute la nuit pour tenter de résoudre une énigme. Il saura quoi faire quand il trouvera les Anchor-Ferrers. Oliver le voit arriver aux Tourelles – quand ? Dans dix jours ? Il entre dans la pièce et il hésite. Il ne connaît pas encore l'existence des traces enregistrées par le système de caméras, cela viendra plus tard. Pour le moment, ce qu'il voit, c'est le cadavre d'Oliver. Il ne passe pas immédiatement au reste. Il prend son temps, il se sert de son esprit pour imaginer ce qui s'est passé. Il cherche des indices.

Oliver examine la chambre avec soin, s'efforce de la voir avec les yeux de Bancroft. Après avoir réfléchi un moment, il remarque un mug de stylos que Lucia a posé sur l'appui de fenêtre et auquel les deux hommes n'ont pas accordé d'attention, probablement parce qu'il s'agit essentiellement de feutres qui ne peuvent blesser personne. Il se lève, s'aperçoit qu'il peut les atteindre en s'étirant un peu. Le mouvement provoque un élancement dans sa poitrine, mais il parvient à saisir le mug et se rassied sans avoir trop mal.

Accroupi, il se penche vers les stylos, les examine un par un, les essaie sur le dos de sa main. La plupart sont vieux, desséchés ; il en trouve cependant deux qui écrivent encore. Il y a entre la plinthe et le plancher un espace dans lequel il pourra glisser les deux stylos

– un bon endroit où les cacher. Les autres, il les remet dans le mug, qu'il replace sur l'appui de fenêtre.

Après avoir retroussé une de ses manches, il trace un trait sur son bras. L'encre du feutre est bleue et la ligne pourrait presque passer pour une veine ou un hématome. Il écrit ensuite son nom à l'intérieur de son avant-bras – cette fois, impossible de confondre les lettres avec des veines. Il imagine quelqu'un découvrant son cadavre, lisant ce qui est écrit sur son bras. Saisi par le côté dramatique de la scène, il a les larmes aux yeux.

Il les essuie de la paume et se concentre pour mettre de l'ordre dans ses pensées.

Continue de battre, cœur de cochon. Continue...

La carpette de Lucia, rouge vif et éclaboussée de motifs géométriques argent, est sous son pied droit. Il la regarde longuement puis en soulève un coin et passe ses doigts dessous. Il porte la pointe sèche du feutre à ses lèvres avant de l'essayer sur le revers de la carpette – un seul trait. La ligne est fine et claire. Oliver retourne la carpette et en examine l'endroit : l'encre n'a pas traversé. Depuis toujours, l'homme trouve des moyens de communication nouveaux et ingénieux. C'est une des motivations les plus fortes de l'espèce humaine, pense-t-il, et c'est une des choses que les lasers peuvent faire.

Méticuleusement, il découd le bord de la carpette sur une longueur de cinq centimètres environ. Avec le stylo, il fait une autre marque, replie le bord, laisse la carpette retomber et considère la façon dont elle repose sur le plancher. On ne remarque rien. Seul quelqu'un fouillant la pièce de manière méthodique s'apercevrait de quelque chose. Comme le ferait la police, par exemple.

L'inspecteur John Bancroft. S'il dirigeait une enquête sur un meurtre.

Le 20 mai. Je suis Oliver Anchor-Ferrers, parfaitement sain d'esprit. J'aime ma femme et mes enfants. Si je venais à mourir : deux hommes de race blanche se faisant passer pour des policiers ont pénétré dans cette maison hier matin. Pas de voiture en vue.

1) L'« inspecteur Honey », 1,85 m, 80 kg, 30-40 ans, teint pâle, calvitie, cheveux blonds bouclés. Accent britannique ? Ecole chic privée ?

2) Le « sergent Molina », 1,75 m, 75 kg, 25-35 ans, grosses lunettes aux verres épais (déguisement ?), cheveux roux (teints ?) courts, coupe sans doute militaire. Forme du corps particulière : longs bras, épaules larges. Pas de gants, empreintes digitales possibles sur châlit (dans cette pièce), rampe, nombreuses surfaces dans la cuisine.

Veuillez contacter l'agence de sécurité qui a installé mon système d'alarme, elle détient le code d'un disque dur contenant d'autres preuves. Je n'entre pas dans les détails pour ne pas prendre le risque de révéler des informations à ces hommes.

Je pense qu'ils ont reçu une formation en matière de sécurité. Je pense qu'ils n'ont rien à voir avec Minnet Kable, que c'était un stratagème soigneusement répété pour nous terrifier. Je pense qu'ils sont payés par quelqu'un de mon secteur industriel.

Mon système Loup a été vendu dans le monde entier à des firmes basées au Royaume-Uni, aux Etats-Unis et en Afrique. L'une d'elles est responsable. Je ne sais pas encore laquelle.

Oliver se relit, se demande s'il doit ajouter quelque chose. Soudain lui revient en mémoire une phrase qu'il affectionne. Quelque chose qu'il a lu pendant ses études, qui peut sembler puéril ou simpliste, et qui est cependant plus profond à ses yeux que tout ce qu'il pourrait exprimer.

C'est une citation de Martin Luther King.

L'obscurité ne peut pas chasser l'obscurité, seule la lumière le peut.

Il écrit la phrase avec soin. Se redresse et la relit. Ajoute précipitamment :

Dieu me pardonne, je crois que j'ai causé notre mort à tous.

La chambre rose

Lucia se redresse et se frotte la tête, un peu groggy. De l'autre côté de la porte résonnent des bruits. Des bruits qu'elle ne parvient pas tout à fait à identifier. Quelque chose qu'on traîne, qui s'effiloche. Un moment, elle croit entendre sa mère pleurer, supplier, puis la maison redevient silencieuse. Lucia perçoit ensuite un grincement étrange – ce n'est pas le plancher, c'est autre chose. Elle fixe le rai de lumière sous la porte, tente d'en comprendre le sens.

Le son se prolonge pendant une dizaine de minutes, et tout à coup la lumière s'éteint dans le couloir. Un moment s'écoule avant qu'elle entende des pas. La porte de sa chambre s'ouvre brusquement. La galerie est obscure derrière lui, mais grâce à la faible lumière provenant de la fenêtre, elle peut dire que c'est « Honey » qui se tient sur le seuil.

Il allume et entre dans la chambre. Molina le suit à quelques pas derrière. L'expression impassible, l'un comme l'autre.

— Quoi ? demande-t-elle, en faisant aller son regard d'un visage à l'autre. Qu'est-ce qu'il y a ?

Honey lui tend la main avec un sourire. Un sourire éclatant, comme s'il se trouvait sur une plage, au coucher du soleil, dans une pub pour une station balnéaire.

— Vous dansez ? murmure-t-il.

Elle ne répond pas.

— Allez, insiste-t-il avec un geste impatient des deux mains. Sois pas conne, lève-toi. Debout. Tu as l'air pitoyable, assise là par terre. Viens avec moi. Sinon tu vas devoir apprendre ce que c'est que la prise mandibulaire. Crois-moi, il vaut mieux ne pas le savoir.

Elle regarde Molina en espérant absurdement une aide, un réconfort. Mais il reste immobile, les bras croisés, le regard vide. Ce qui la panique plus encore.

D'un pas vif, Honey s'approche du radiateur auquel Lucia est menottée. Elle se tourne et tend un bras pour le repousser, mais il est plus rapide et plus fort qu'elle ne pensait, elle ne fait pas le poids face à lui. Avant qu'elle puisse comprendre ce qui se passe, il a ouvert les menottes et, dans un mouvement qui la sidère par sa technique et son aisance, il passe derrière elle et place ses mains en coupe sous la mâchoire de Lucia. Aussitôt, elle lui agrippe les doigts pour se libérer, mais une lame de douleur la traverse, si forte qu'elle a envie de vomir. Elle lâche les mains de Honey, ses bras battent l'air comme des ailes de moulin, elle ne peut rien faire pour résister. Sans effort, Honey l'oblige à se lever.

Elle cesse de se débattre pour garder l'équilibre. Pose les pieds aussi fermement qu'elle le peut sur le sol. Tente de calmer sa respiration.

— OK, dit Honey en la secouant. Maintenant, on sait qui tient les manettes. OK ?

— OK, murmure-t-elle.

— Plus fort, ordonne-t-il en la secouant de nouveau. Répète plus fort.
— OK, OK – j'ai dit OK.
— C'est bon. Maintenant, avance.

Du genou, il lui presse la jambe, la fait sortir de la pièce, sur la galerie. Derrière eux, Molina éteint la lumière et le hall est soudain si sombre que, bien qu'elle connaisse parfaitement la galerie, Lucia hésite, elle craint de faire un pas, elle a peur de se cogner dans quelque chose. Honey la pousse et la force à s'asseoir sur une chaise. Une lampe électrique s'allume, son faisceau danse sur le sol. Elle sent le bois froid du dossier contre ses bras nus tandis que les deux hommes la ligotent avec rapidité et habileté.

— Qu'est-ce qui se passe ? Qu'est-ce que vous faites ?

Aucun d'eux ne répond. Elle se mord la lèvre, garde le silence pendant qu'ils finissent ce qu'ils sont en train de faire. Puis, sans un mot, ils la laissent. Ils descendent l'escalier en braquant la torche devant leurs pieds pour se guider.

Le silence se prolonge.

Lucia se concentre sur sa respiration pour se calmer. Il ne lui arrivera rien, elle ne sera pas blessée. Comme les rideaux sont tirés, elle ne voit rien, mais elle sait qu'elle se trouve dans la partie droite de la galerie. En s'installant aux Tourelles, ses parents ont fait démonter les panneaux qui avaient été cloués dans les années 1950, pour rendre de nouveau apparents les barreaux cannelés. Ce qui permettait à quelqu'un se trouvant dans la galerie de regarder ce qui se passait en bas dans le hall. Généralement, c'était elle et Kiran, alors âgés de neuf et dix ans, qui se tenaient là timidement, en pyjama, leurs pieds nus entre les barreaux, contemplant, émerveillés, le monde des adultes en bas. Pendant un de ses cocktails, leur mère avait levé les yeux et les avait surpris. Elle avait secoué sévèrement la tête en les regardant et ils s'étaient reculés dans le noir.

A présent, les formes indistinctes des barreaux émergent de l'obscurité. Une caméra est dissimulée dans le plafond en haut de l'escalier, totalement invisible pour les non-initiés. Elle a une capacité infrarouge qui lui permet de filmer Lucia sous cet angle : la chaise est placée à l'endroit idéal. Cette caméra et celle qui se trouve dans la chambre de Kiran conviennent parfaitement à l'idée que Lucia se fait de la suite.

Elle entend du bruit en bas dans la cuisine, un claquement de vaisselle, comme si on préparait à manger. La lumière qui passe sous la porte éclaire faiblement le hall et, de là où elle se trouve, Lucia distingue le bord du vieux tapis élimé. Elle respire lentement, attentive au moindre son, à la moindre odeur qui l'entoure. Elle sent la cire avec laquelle Ginny a frotté le plancher. Elle sent l'arôme du café qui s'échappe maintenant de la cuisine. Elle perçoit des bruits, aussi – les voix étouffées des deux hommes, et autre chose. Le curieux grincement du bois a repris, moins net à présent, plus lent, plus paresseux. Et un souffle. Rauque, contrôlé. Inspiration, expiration.

Peu à peu, ses perceptions sensorielles se conjuguent pour donner un sens à ce qu'il y a d'autre dans le hall avec elle. Les deux hommes, elle le comprend, ont dépassé tout ce qu'elle pouvait imaginer en termes de stupeur et d'intimidation, parce qu'à cinq mètres d'elle quelque chose pend à hauteur de la galerie, juste au-dessus du hall où sa mère donnait ses cocktails. Une masse assez lourde pour faire doucement grincer la poutre.

Et c'est de là que vient le souffle.

Indices

Oliver entend du bruit sur la galerie. Il tend son corps vers la porte, tire sur les menottes. Il se couperait la jambe s'il le pouvait – il ferait n'importe quoi pour savoir ce qui se passe.

— *S'il vous plaît !* appelle-t-il d'un ton désespéré. *S'il vous plaît !*

Sa voix est frêle, pitoyable, et les mots l'étouffent. Il s'arrête et retombe accroupi, tremblant de tout son corps. Prend de longues inspirations pour se maîtriser. Ses côtes lui font mal. *Continue à battre*, rappelle-t-il à son cœur de cochon. *Continue à battre.*

La galerie redevient silencieuse, et quand enfin son pouls s'apaise et qu'il cesse de transpirer, il ramasse le stylo. Il ôte le capuchon et se remet à écrire au dos de la carpette, avec plus d'urgence, à présent :

9 h. Je crois que ma fille ou ma femme vient de faire l'objet de violences. Je ne sais pas dans quel état elle est. La maison est silencieuse.

Il déglutit péniblement, lève les yeux vers la porte, les ramène fébrilement sur ce qu'il a écrit, fait appel à toute sa volonté pour se concentrer sur ce qui est important – sur ce qu'il peut faire. Des détails. S'il meurt, John Bancroft, son inspecteur imaginaire, voudra des détails. Oliver fouille dans son esprit, cherche des renseignements à lui fournir : le vocabulaire des deux hommes, leurs accents, leurs vêtements. Il a observé leurs gestes, il a même essayé de renifler leur odeur, de discerner des éléments distinctifs, par exemple des relents de cuisine, indices de ce qu'ils mangent, ou des effluves de lotion solaire, qui indiqueraient une provenance méridionale.

Au début, celui qui prétend s'appeler Molina lui a paru familier. Maintenant, il n'en est plus sûr. Mais si sa première impression est la bonne, est-ce qu'il l'a rencontré dans le cadre de son travail ? Et si oui, où ? Oliver n'arrive pas à réfléchir. Molina – le nom sonne espagnol, mais l'accent est britannique. Celui qui dit s'appeler Honey semble deux fois plus grand.

Le plus grand – Honey – est le chef. Les noms Honey/Molina ne sont pas nécessairement arbitraires. Allusion inconsciente à leur véritable identité ? Choisir un faux nom = faire preuve d'un certain niveau de rationnel. Des pseudos commençant par la même lettre que leurs noms véritables ? Le nom de leur chien quand ils étaient petits ? De leur école ? De la rue où ils ont grandi ? Un mot ayant un sens dans une autre langue ? Molina = Moulin/Mill, Honey = Miel/Honig/Miele.

Les dents de Honey – légère striation brun/blanc – est-ce que cela signifie qu'il a grandi dans une région à forte concentration de fluor ? Accent anglais/peut-être des antipodes ? Ou a-t-il longtemps vécu avec des Américains/des Australiens ?

Pas encore sûr qu'il ait des combinaisons verbales particulières.

Molina – grosses lunettes – allure de geek. Déguisement ou nécessité. Pas encore sûr.

Oliver s'interrompt. Lance un coup d'œil à la porte. Tout est silencieux.

Attaque bien préparée – connaissaient notre heure d'arrivée, nos liens avec Minnet Kable. Se servent de menottes – apparemment de fabrication américaine. Utilisation variée, alternant le poignet et la cheville. Je suis attaché au radiateur, ma fille l'est aussi.

Il s'interrompt de nouveau et, plus désespéré encore, rectifie :

L'était aussi... avant les bruits que je viens d'entendre.

Il se demande ce que John Bancroft tirera de ces informations. Lui-même ne sait pas trop ce qu'elles peuvent signifier. Ces hommes sont soit plus subtils, soit plus irrationnels que tous ceux qu'il a connus.
Soudain des pas dans l'escalier. Pas l'un des hommes, les deux. Oliver lâche précipitamment la carpette, la lisse de la main. Il se mouille l'index, efface le trait qu'il a tracé sur son bras et baisse sa manche. Puis il glisse le feutre dans la fente, sous la plinthe, et s'adosse au lit. La porte s'ouvre, la lumière s'allume. Les deux hommes apparaissent, ils se sont changés. Preuve supplémentaire qu'ils sont venus préparés pour un long séjour.

— Vous pouvez avoir tout ce que vous voulez, leur annonce-t-il d'emblée. N'importe quoi, ça m'est égal, je vous le donnerai.

Honey s'accroupit à côté de lui pour scruter son visage.

— Vous savez quoi, Oliver ? J'adore faire ça. J'adore. Je pourrais le faire un million de fois sans m'en lasser.

— Qu'est-ce que vous avez fait à ma femme ? A ma fille ?

Honey ne répond pas.

— Arrêtez ce jeu. Ce n'est qu'une façade. Laissez-la tomber et nous serons à égalité, vous et moi. Nous pourrons négocier. Vous obtiendrez ce que vous voulez et j'obtiendrai ce dont j'ai besoin. Quoi que ça puisse être, nous pouvons parvenir à un accord. Faites en sorte que ce soit rapide et acceptable pour chacun de nous. Que nous atteignions nos objectifs – ensemble.

Honey ne dit toujours rien.

— Pour qui travaillez-vous ? Vous êtes anglais. C'est une firme britannique ? Je vous en *supplie*.

Honey s'esclaffe.

— Vous n'êtes pas original, monsieur Anchor-Ferrers. Presque tout le monde supplie. A la fin.

— Vous voulez dire que c'est la fin ? Pour moi ?

— Non, non non. Non non non. Pas la fin. C'est le début.

— Je vous en prie. S'il vous plaît, ne faites pas souffrir ma femme. Je ferai tout ce que vous voudrez, absolument tout.

— Oui, confirme Honey. Vous ferez tout ce que je voudrai. Levez-vous.

Oliver hésite. Il est totalement impuissant – trahi par son corps de vieil homme. Il se lève en chancelant, s'efforce de garder l'équilibre avec une cheville entravée. Le sang de son organisme est attiré vers le bas et il a mal à la poitrine. Vingt-quatre heures plus tôt, cela l'aurait terrifié. Maintenant, il y fait à peine attention. Il laisse Honey le libérer et, lorsque Molina passe derrière lui et le pousse vers la porte, il ne résiste pas.

Ils l'emmènent sur la galerie. La maison est plongée dans le noir. Les doubles rideaux en tapisserie sont tirés, mais cela n'explique pas cette obscurité totale, et Oliver pense que les deux hommes ont dû recouvrir les fenêtres de papier. Comme tout le monde a appris à le faire pendant la guerre. Il flotte dans l'air une faible odeur de fumée de cigarette et d'antiseptique.

On le fait asseoir sur une chaise et on l'attache de nouveau avec, pense-t-il, des colliers de serrage. Il prend mentalement note de ces détails au cas où il aurait la possibilité de les ajouter au dos de la carpette. Oui, ils utilisent des colliers de serrage, c'est peut-être significatif.

— Où sont ma femme et ma fille ?

On lui passe la tête dans quelque chose et il sent un contact rugueux sur ses oreilles : ça doit être une caisse, dont le fond et un côté sont ouverts. Il sent une odeur de bois, ou de panneau de fibres, ça lui égratigne la peau. Il entend le bruit caractéristique d'un ruban adhésif qu'on déroule et l'un des hommes fixe la caisse sur ses épaules. Il ne peut tourner la tête ni à droite ni à gauche. Une pause, puis on lui braque une torche électrique dans les yeux. Il sursaute, fait reculer la chaise, que des bras puissants maintiennent aussitôt en place. Il sent une odeur astringente de détergent ménager sur les mains de l'un des deux hommes. Dans sa tête, il revoit les notes qu'il a inscrites sur la carpette :

Honey – un rapport avec quoi ? Un animal de compagnie dans l'enfance – un chien, un labrador, peut-être, un golden retriever ? Molina ? Molina ? Un endroit qu'il a visité enfant ?

De nouveau la torche. Oliver tente de lui échapper, n'y parvient pas. Alors, il prend une profonde inspiration, du diaphragme, pour que ses battements de cœur redeviennent réguliers. L'un des deux hommes – il ne voit pas son visage – pose les doigts sur ses paupières. Un instant, l'idée traverse l'esprit d'Oliver que cet homme va enfoncer ses ongles dans ses orbites et lui arracher les yeux.

Au lieu de quoi, il lui ouvre doucement les paupières. La torche n'est plus braquée sur ses yeux, elle éclaire sinistrement le visage de Honey qui le regarde. Celui-ci place avec soin deux morceaux de ruban adhésif sur les paupières relevées, les fixe par les cils aux sourcils d'Oliver. L'air picote les globes oculaires découverts.

Puis, sans un mot, les deux hommes s'éloignent. Ils descendent l'escalier et traversent le hall d'un pas pressé. La porte de la cuisine s'ouvre et se ferme.

Un silence étrange tombe sur le hall. Oliver attend, tendu, se prépare à autre chose. Il lui faut un moment pour comprendre que les deux hommes ne reviendront pas. Autour de ses yeux, des muscles se contractent violemment, impuissants à satisfaire son besoin de fermer les paupières.

Il ne peut pas bouger. Il est dans la partie gauche de la galerie. Il distingue des ombres, il reconnaît des formes et prend conscience qu'il y a à hauteur de ses yeux, de l'autre côté de la balustrade, quelque chose qui n'est pas à sa place. Quelque chose de plus gros, de plus long que le lustre qui y pend.

Litton

Vus sur une carte, les environs de Litton sont essentiellement constitués d'étendues boisées, interrompues çà et là par l'entaille bleue d'un réservoir, ou une grappe occasionnelle de toits rouges, là où niche un hameau. Caffery passe un long moment à tracer des lignes partant en étoile de l'endroit où le Marcheur a trouvé Ourse. C'est une technique qu'il a vu les conseillers en recherches de la police utiliser et elle lui a appris quelles questions poser. Le vétérinaire assure que la chienne est en bonne santé malgré sa blessure et le contenu bizarre de son estomac. Caffery suppose qu'elle n'a pas erré très longtemps – seulement un jour ou deux, sans doute. Mais quelle distance une petite chienne peut-elle parcourir en un jour ou deux ? Et quelle direction prendrait-elle ? Comment deviner ce qu'on ne peut pas deviner ?

Finalement, ça se joue à pile ou face. Il décide d'aller au sud de l'endroit où la chienne est apparue, de commencer par un village situé en bordure de champs labourés, parce que, pour une raison ou une autre, ces champs paraissent plus faciles à parcourir pour une petite chienne que les bois environnants. Il roule lentement en s'efforçant de se faire une idée du coin tandis qu'Ourse, droite comme un I sur la banquette arrière, les sens en alerte, les oreilles dressées, regarde défiler le paysage.

C'est un village typique des Mendip Hills, pittoresque comme une aquarelle illustrant une carte de vœux, avec des maisons chargées de glycines et un vieux pub dont l'enseigne grince paresseusement dans une légère brise. Des cheminées en pierre à l'ancienne sur le toit de chaumières de conte de fées. Pourtant, l'endroit donne une impression de vide et de silence, et alors même qu'il se gare, Caffery a le sentiment que ce n'est pas là qu'il faut chercher, qu'il a pris une mauvaise piste. Effectivement, quand il ouvre la portière de la voiture, Ourse ne semble en aucun cas reconnaître les lieux, elle se laisse simplement glisser sur la chaussée chaude et reste sans bouger, regardant autour d'elle, attendant qu'il lui dise ce qu'elle doit faire.

D'ordinaire, Caffery se fie à son instinct. Cette fois cependant il n'a pas une meilleure idée de point de départ et pense que s'il se met en marche, il finira peut-être par tomber sur quelque chose.

Il entame donc l'une de ses plus longues et plus infructueuses matinées, passant d'un pas lent d'une maison à l'autre, sa carte de flic dans une main, la laisse de la chienne dans l'autre, glissant des cartes de visite dans les boîtes aux lettres des maisons vides et s'arrêtant pour écouter les histoires incohérentes de vieux, de gens en manque de compagnie. Leurs plaintes et leurs demandes aussi, parce qu'il représente les autorités et qu'il doit être capable de les aider à régler leur problème de tableau électrique. Ou de voisin bruyant. Il faut la persévérance d'un bœuf et la peau épaisse d'un rhinocéros pour faire ce boulot.

A l'heure du déjeuner, il est fatigué. La chienne et lui ont traversé le village pour passer dans une zone boisée où les maisons sont plus espacées, cottages à deux chambres aux avant-toits festonnés de glycines, entourés de pommiers rabougris, vastes bâtisses en pierre avec garages et longues allées.

Il parvient à une construction moderne devant laquelle est garé un Range Rover flambant neuf. C'est une maison hideuse, peinte en jaune, occupée par une brune d'une quarantaine d'années. Elle l'invite à entrer, à boire quelque chose de frais. Il a mal aux pieds, il a soif. Qui plus est, elle porte un jean rouge collant et un haut qui découvre pas mal de chair.

— J'ai de la bière, précise-t-elle pour le convaincre.

Après une brève réflexion, il décline la bière, accepte un verre d'eau, la même chose pour Ourse, et reprend sa route.

— J'aurais dû demander un laxatif pour toi, marmonne-t-il alors qu'ils arrivent à l'entrée d'une autre allée.

Une pancarte À VENDRE est accrochée dans un arbre. Le lierre qui en recouvre un coin atteste qu'elle est là depuis un moment.

— Une petite dernière, hein ? propose-t-il.

Ensemble, ils remontent l'allée envahie d'herbes, se mouillent pieds et pattes dans l'eau de pluie des ornières. De chaque côté de l'allée, des broussailles écrasées gardent sur leurs feuilles des empreintes de pas et de pneus. Ils passent devant une écurie – désaffectée – sur leur gauche, un pavillon de jardin en pierre, lui aussi désaffecté, avec de la mousse sur son toit de tuiles. A droite se dressent une clôture et, au-delà, des arbres. Çà et là, Caffery repère des monticules pâles et se rend compte que c'est un parcours de BMX – une piste privée dont tous les tertres sont recouverts de toile à sac pour donner de l'adhérence aux roues des vélos.

La maison commence à apparaître au-dessus des arbres. C'est une villa de style géorgien avec un toit à pignon latéral, crevassé par les années. Caffery appuie sur la sonnette. Comme la porte ne s'ouvre pas, il se retourne pour voir s'il y a quelqu'un dans le jardin. Personne. Il sonne de nouveau, se penche et colle cette fois l'oreille au battant pour vérifier que la sonnette fonctionne. Il l'entend clairement, mais personne ne répond.

Il redescend l'allée, où sont garées deux voitures, une Land Rover et une élégante Lexus rose cerise. Il doit y avoir quelqu'un dans la maison. Il entreprend d'en faire le tour, suivi par la petite chienne silencieuse.

Il s'arrête, lève une main. Ourse se fige aussitôt. La maison est flanquée d'un jardin d'hiver en bois délabré dans lequel se trouvent deux personnes. Les vitres sont embuées par l'humidité émise par de nombreuses plantes en pots, certaines jaunies et agonisantes. Bien que le verre soit semi-opaque, il distingue une silhouette en tenue blanche – une femme, une infirmière – et une autre dans un fauteuil roulant. Homme ou femme, il ne saurait le dire, toutefois, il peut voir que la personne est nue au-dessous de la taille : gros mollets, peau rougie, veines variqueuses.

L'infirmière parle. Caffery n'arrive pas à saisir ce qu'elle dit, mais il capte les sentiments exprimés. Irritation. Humeur sarcastique. Elle est courtaude, trapue – d'origine asiatique, peut-être philippine –, et son visage est crispé en un masque furieux. Tout en parlant, elle s'active, fait glisser quelque chose dans un sac-poubelle, le ferme hermétiquement. C'est seulement quand elle ouvre une sacoche, en tire des lingettes et des serviettes, des couches pour adultes, qu'il comprend la scène. Elle est en train de changer la femme – il décide que c'est une femme en se fondant sur la longueur de ses cheveux blonds – qui s'est souillée.

L'infirmière se penche pour que la partie supérieure du torse de la femme repose sur son dos. En se redressant à demi, elle parvient à la soulever juste assez du fauteuil roulant pour glisser la couche sous elle. Puis elle se penche de nouveau pour la faire redescendre, la pousse brutalement contre le dossier, l'attache par des sangles de chaque côté. La femme laisse sa tête baller mollement, sans doute à peine consciente de tout ça.

L'infirmière tire la chemise de nuit de la femme sur ses genoux, s'approche de la table, prend un peignoir sur le dossier d'une des chaises. Elle est sur le point de se retourner lorsque quelque chose, dehors, retient son regard. Elle reste immobile, le peignoir dans la main. Ce n'est pas Caffery qu'elle observe, il n'a pas bougé, il n'a pas attiré l'attention sur lui. Elle fixe un point au-delà de lui, dans le bois, au bout du jardin.

Elle inspecte la clôture et la ligne d'arbres bordant la piste de BMX. Caffery se retourne, suit la direction des yeux de l'infirmière, découvre les contours indistincts des monticules – semblables à des bêtes assoupies –, mais rien ne bouge. Pas un bruit.

Dans le jardin d'hiver, l'infirmière est sortie de sa transe. Elle drape la robe de chambre sur les épaules de la femme, se dirige vers les fenêtres et baisse les stores l'un après l'autre jusqu'à ce que le jardin d'hiver soit complètement isolé de l'extérieur.

— Ça va comme vous voulez ?

Surpris, Caffery se retourne. A quelques mètres de lui dans le sentier, un vieil homme de haute taille et bien bâti s'appuie sur une canne. Vêtu d'une veste Barbour et d'un ample pantalon en velours côtelé au bas glissé dans des bottes en caoutchouc, il a des cheveux gris et rêches qui lui auréolent bizarrement la tête, une énorme moustache broussailleuse, presque comique, qui le fait ressembler à un scélérat d'un drame de la Belle Epoque. Il a les joues rouges de colère.

— Vous avez trouvé ce que vous cherchiez ? Ou vous allez continuer à fouiner comme si vous étiez chez vous ?

Caffery va à sa rencontre d'un pas prudent et respectueux.

— Je suis désolé, monsieur... ?

— Peu importe mon nom. Quel est le vôtre ?

— Je m'appelle Jack Caffery.

— Et vous faites quoi ? Vous êtes dans le coin pour piquer encore quelques tondeuses ? C'est ça que vous manigancez ?

Caffery cherche sa carte dans sa poche, la montre.

— Désolé, j'ai sonné.

Aussitôt, l'attitude de l'homme change. Sa tête, que telle une tortue il poussait en avant de manière agressive, opère un retrait qui fait se plisser la peau de son cou.

— Oui. Bon, je ne pouvais pas savoir, grommelle-t-il avant de s'humecter les lèvres. La police ? Qu'est-ce qui s'est passé ?

— Je fais une enquête de voisinage. C'est votre maison ?

— Oui... mais vous ne pouvez pas entrer.

Caffery marque une pause, sa carte à demi glissée dans sa poche.

— Pardon ?

— Je dis que vous ne pouvez pas entrer. Tout est en désordre, notre femme de ménage n'est pas venue, et de toute façon...

L'homme se frotte le nez, visiblement mal à l'aise.

— Et de toute façon ? répète Caffery.

L'homme secoue la tête. Son nez est sillonné de veines éclatées, ses paupières inférieures si relâchées qu'on peut en voir le bord intérieur.

— Juste... juste que vous ne pouvez pas entrer. Ce n'est pas un bon moment pour nous. Pour moi et ma femme.

— Je comprends, dit Caffery en finissant de remiser sa carte. Je sais ce que c'est, quand on ne s'attend pas à de la visite, monsieur...

— Colonel.

L'homme tire de sa poche une carte de visite, la tend à Caffery, qui la prend et la lit.

— Colonel Frink. J'ai une question seulement à vous poser. Cette chienne...

De la tête, il désigne Ourse, qui renifle un parterre de fleurs. S'il a de la chance, elle envisage de faire son caca.

— Vous la connaissez ?

— Si je la connais ? Non. Je n'ai pas pour habitude de m'occuper de chiens errants. Pourquoi je la connaîtrais ?

— Elle s'appelle Ourse.

— Et alors ?

— Elle n'est pas à l'un de vos voisins ?

Caffery indique le paysage, les vallées visibles de cet endroit élevé, les taches floues d'un rouge brunâtre des toits qui émergent des arbres.

— Par ici, les maisons sont très espacées, mais vous devez quand même rencontrer de temps en temps vos voisins.

— Rarement. Dans notre situation, nous n'avons pas beaucoup de temps pour fréquenter les gens – et à quoi bon d'ailleurs ?

Caffery hausse un sourcil.

— A quoi bon ?

— Ma femme est malade. Sclérose en plaques. Je suis un ancien militaire, nous ne sommes ici que temporairement en attendant de vendre la maison. Nous n'avons aucune envie de rester dans cette région, absolument aucune.

Ses yeux s'égarent vers la clôture derrière laquelle se trouve la piste de BMX.

— Plus tôt nous partirons, mieux ce sera, ajoute-t-il d'un ton bourru.

— Vous n'aimez pas le coin ?

— Pas du tout. Quand j'ai pris ma retraite, nous sommes restés en Allemagne. Nous ne sommes revenus ici qu'à cause de la santé de ma femme. Pour être près de la famille.

— « Revenus », dites-vous ?

— C'était notre maison. Les enfants y ont grandi – les petits-enfants...

Sa voix meurt comme si le mot « petits-enfants » était chargé de mauvais souvenirs. Il se retourne et pose sur la maison un regard d'une profonde tristesse, on dirait qu'elle représente pour lui tout le malheur du monde. Les murs sont couverts de lierre et les treillages se décrochent, entraînant avec eux des morceaux de maçonnerie.

— Cette foutue agence de gestion ne s'en est pas occupée. Oh, elle sera achetée – par un promoteur, je suppose. Et nous pourrons ficher le camp.

— Vous n'aimez pas la campagne, si je comprends bien ?

Le colonel devient cramoisi.

— Monsieur Caffery...

— Oui, excusez-moi. Je me mêle de ce qui ne me regarde pas. Bon, vous êtes sûr de ne pas reconnaître cette chienne ?

— Je vous le répète : non.

— Et Mme Frink ? Elle saurait quelque chose ?

— Je vous en prie, ne nous insultez pas. Cela fait des mois que ma femme ne sait plus rien. Peut plus parler, n'entend plus. Nous sommes dans un foutu merdier, si vous voulez la vérité.

— Je suis désolé.

L'ancien militaire écarte le commentaire d'un geste.

— Bon, c'est fini ?

Caffery envisage de demander : « Qu'est-ce qu'il y a derrière la clôture de la piste de BMX qui préoccupe tant votre infirmière ? » Au lieu de quoi, il tend la main en assurant :

— Ravi de vous avoir rencontré.

— Merci, répond le colonel en lui serrant la main. Merci et adieu. Pas besoin de vous raccompagner, je suppose.

Frink fait demi-tour en s'appuyant sur sa canne et se dirige vers la maison d'un pas claudicant, les épaules voûtées, la tête baissée, comme s'il devait lutter pour la maintenir droite.

Ourse le suit des yeux, la tête inclinée sur le côté. Caffery ne dit rien. Il ne bouge pas, parce qu'il pense que c'est toujours la même chose quand il rencontre des gens âgés : tout ce qu'il voit, c'est leur fragilité. Tout ce qu'il peut se représenter dans son esprit, c'est sa mère, et il se demande où elle est, ce qu'elle fait. Si elle est encore en vie. Si elle a fini par se remettre d'avoir perdu Ewan et d'être restée avec l'autre enfant. Jack. Celui qu'elle aurait préféré perdre si elle avait eu le choix.

— Viens, dit-il à Ourse quand le claquement de la porte d'entrée a résonné au-dessus de la pelouse. Allons jeter un œil dans ce bois.

Menottes

Ian se tient près de la cuisinière, les mains derrière le dos – menottées. Dressé sur la pointe des pieds, il tente de les approcher de l'allumeur de brûleur, qui a exactement la forme et la dimension de la clé des menottes. Il se contorsionne, se tortille sous l'effort. C'est un truc qu'il a vu faire à Honig, et il se rend compte maintenant que son coéquipier lui a fait croire que c'était beaucoup plus facile que ça ne l'est en réalité.

Allongé sur son lit de camp, Theo Honig joue nonchalamment avec un mug de cappuccino mousseux. Il a déposé dessus deux petits cônes de poudre de cacao qui ont la forme d'une paire de seins. De sa cuillère, il écope la mousse du sein droit, la porte à sa bouche et ferme les yeux pour mieux savourer. Puis il sifflote joyeusement pour lui-même la vieille chanson du film dans lequel Dustin Hoffman baise Mrs Robinson.

Ian se tord sur le côté et soudain, comme par magie, les menottes s'ouvrent. Il secoue les mains, se masse les poignets, regarde les menottes. Pas si difficile que ça, finalement. Il se sent bien. Il recommence, et cette fois cela lui prend moins de trois minutes. Ian est expert en matériel et réseaux électroniques, en virus informatiques et manipulation d'images, pas en tour de passe-

passe ni en armes, les points forts de Honig. Il est lui-même impressionné d'avoir réussi à se libérer.

Au moment où il va faire une troisième tentative, Honig secoue la tête.

— Non, non, pas comme ça.

Il se lève, pose son mug sur la table, traverse la pièce, tend la main.

— Donne-les-moi.

Ian hésite. Les deux hommes font partie de la branche sécurité de la firme Gauntlet Systems. Ce n'est pas une entreprise britannique, c'est une affaire d'envergure mondiale dont le siège social se trouve à New York. Ian travaille dans cette boîte depuis cinq ans alors que Honig a huit ans d'ancienneté, ce qui, en principe, fait de lui son supérieur. Ian aimerait bien discuter, mais il n'ose pas. Il donne les menottes.

Honig les referme autour de ses poignets pour montrer une fois de plus à quel point c'est facile. Ian va s'asseoir sur son lit défait, où se trouve son sac, commence à en sortir le matériel vidéo que Gauntlet Systems lui a fourni pour ce boulot. Au moment où il relève la tête, les menottes s'ouvrent déjà avec un claquement. Honig les brandit en direction de Ian.

— Ta-dam ! s'exclame-t-il, le visage impassible. L'Homme de l'au-delà[1].

— Bravo, commente Ian.

Il ôte le bouchon d'objectif de sa caméra, vérifie la mise au point. En sa qualité d'expert technique, il doit tout filmer, parce que c'est ce que veut leur boss, Pietr Havilland, c'est pour ça qu'il paie. Ian examine avec soin les réglages de l'appareil, modifie la luminosité,

---

1. Titre d'un film de 1922 dans lequel jouait le prestidigitateur Harry Houdini.

le contraste des couleurs. Il fait quelques plans d'essai, regarde le viseur.

— On est prêts ?

Honig bâille et consulte sa montre.

— Rien ne presse. On continue à les faire attendre. C'est là que l'imagination entre en jeu.

— L'imagination ?

— C'est le mot que je viens de prononcer, je crois. Si nous sommes généreusement rétribués, c'est pour semer la pagaille dans leur tête. Les marchands de torgnoles, les cogneurs sont payés des clopinettes – pas assez pour se donner la peine de se bouger le cul. Nous, nous sommes payés grassement. Et pourquoi ? Parce qu'on nous demande d'être *créatifs*. C'est pour ça qu'on *nous* a choisis.

Il referme de nouveau les menottes, se hisse sur la pointe des pieds et les ouvre une deuxième fois.

— Tu sais qui avait vraiment de l'imagination ? reprend-il en laissant tomber les menottes sur la cuisinière.

Il s'approche de la table, récupère son mug.

— Ce type, là, Minnet Kable. Ses meurtres ? Incroyables, putain.

Ian s'exerce à quelques mouvements de caméra, commence par un gros plan de la coupe de fruits posée sur la table, enchaîne avec un rapide panoramique jusqu'à la fenêtre tout en modifiant la mise au point. Honig fait juste un numéro, il prétend tout savoir sur ce qui est arrivé aux deux adolescents, alors qu'en fait il ne connaît de l'histoire que ce que Pietr Havilland leur a révélé.

— Ce qu'il a fait avec les intestins ? poursuit Honig. On est dans l'extrême, là, non ? Et attendre dans une grotte, comme ça, et quand ils passent devant – *bam !* – il leur saute dessus.

— T'en sais rien, s'il a attendu.
— Si.
— Comment tu le sais ?
— Merde, c'est quoi, ça, maintenant ? L'Inquisition espagnole ? C'est ce qui s'est passé. Anchor-Ferrers l'a raconté à Havilland quand il lui a vendu le Loup. C'est ce qui l'a inspiré. Tu vas être tout le temps comme ça ?
Ian hésite.
— Excuse-moi. Je suis un peu nerveux.
La réponse semble calmer Honig, qui porte une nouvelle cuillerée de mousse à sa bouche. Regarde attentivement Ian, comme s'il n'était pas du tout sûr de lui. Il boit son cappuccino, pose le mug sur l'égouttoir.
— On s'est plantés en perdant le chien, on ne peut pas se permettre de merder encore. Tu es trop doux avec la fille – je l'ai encore remarqué quand on est montés, tu as croisé son regard.
— La fille ? Lucia ?
— Lucia ? répète Honig en secouant la tête. *Lucia ?* Tu vois ? C'est exactement ce que je veux dire. Tu l'appelles par son prénom.
— J'ai une attitude professionnelle.
— Professionnelle ? Si tu étais un vrai pro, tu n'écouterais pas ce que te dit ta minable petite bite. On t'a à l'œil depuis ce qui s'est passé à New York.
La mention de l'incident provoque chez Ian un accès de colère. Il n'a pas autant d'expérience que Honig sur le terrain. C'est la première fois qu'ils font équipe et ça a mal démarré. Ian a été choisi pour ce boulot parce que c'est un expert en technique et qu'il a passé une partie de sa jeunesse dans cette région du Somerset. Qu'il connaisse le coin faisait de lui l'éclaireur idéal, chargé de reconnaître les lieux et de préparer l'opération. Mais le dernier jour, lorsque Pietr Havilland les a briefés dans

son bureau new-yorkais de Gauntlet Systems, il a introduit un changement dans le scénario.

Il leur a demandé de se servir des meurtres de Kable pour affoler Oliver.

Furieux, Ian a qualifié l'idée d'inutile et dangereuse. Il estimait qu'il y avait d'autres façons d'effrayer la famille et il l'a clairement signifié à Havilland. Il se rappelle l'expression du visage du magnat. Il se rappelle que Honig, qui se tenait devant la fenêtre, avec les tours de New York en toile de fond, a blêmi de stupeur. Parce que personne ne contredit Pietr Havilland.

Ian s'est rapidement ressaisi, il a compris qu'il n'était pas en position de discuter. Il savait qu'il avait eu beaucoup de chance en obtenant ce boulot et qu'il devait s'appliquer à filer doux. Il a ravalé son indignation, il s'est excusé pour son accès de colère. Il a promis d'exécuter les ordres. Ça n'a pas été pour lui un moment très agréable et apparemment son coéquipier n'a pas oublié l'incident.

Honig retourne nonchalamment à la cuisinière, remet les menottes.

— Tu traiteras cette fille comme n'importe quelle autre cible. Compris ?
— Compris.

Du menton, il indique la caméra.

— Elle est chargée ?
— Ouais.
— Filme-moi, alors.

Tandis que Ian braque l'appareil sur lui, Honig ouvre les menottes, les tient devant l'objectif avec un grand sourire.

— Vive Gauntlet Systems ! Vive le Loup ! braille-t-il en brandissant un poing victorieux. Et *vive le sadisme*[1] !

---

1. En français dans le texte original.

La Pente aux Anes

Caffery et Ourse franchissent la clôture de l'allée du colonel Frink pour aller sur le circuit de BMX. L'endroit est désert, mais il a été récemment fréquenté : des bouteilles vides de Lucozade Sport et des mégots de cigarettes jonchent le sol. Les traces de pneus de vélo dans la terre sont fraîches. Le policier et la chienne traversent de longues étendues de boue, passent devant des poches d'eau stagnante, devant une haute pile de rondins d'où s'écoule une sève rouge. Ils font halte là où le sentier s'arrête, au pied d'un escarpement.

Il s'agit peut-être d'une ancienne carrière, peut-être de formations rocheuses naturellement abruptes. Caffery croise les bras, renverse la tête en arrière pour examiner la paroi, à laquelle s'accroche une végétation variée : des arbustes résistants comme le buddleia, de jeunes pousses de sycomore. Le sommet de la falaise est couronné d'arbres dans l'éclat de leur frondaison d'été, qui forme une sorte de filigrane sur fond de ciel. Caffery laisse son regard redescendre au niveau du sol : manifestement, c'est un endroit où l'on se réunit, parce que la terre porte des empreintes de pas, qu'elle est semée de cannettes vides et d'une bombe de peinture. Un bandana crasseux taillé dans un drapeau en damier pend mollement aux dernières branches d'un bouleau.

Après avoir regardé Caffery, Ourse fait quelques pas hésitants, glisse le nez dans une crevasse de la paroi rocheuse. Elle remue la queue, agite ses pattes arrière – pas de manière inquiète ni excitée, elle est simplement curieuse. Caffery la rejoint, pose une main sur la roche au-dessus de la chienne et se penche pour regarder.

Un peu de jour pénètre dans la cavité. Elle n'a pas été creusée par la main de l'homme, elle n'est pas très grande – juste assez pour que des adolescents puissent s'y glisser. Il a vu d'autres endroits semblables dans les bois ; encore récemment, il recherchait un jeune échappé d'un établissement psychiatrique qui se dissimulait dans une grotte comme celle-là. Sur le sol, découvre un vieux sac de couchage sale et une bouteille de Coca à moitié pleine. On pourrait probablement dormir dans cette grotte ou s'y cacher quelques heures, mais pas davantage. Elle n'est pas assez vaste pour qu'on l'habite. Il a appris ces choses en observant le Marcheur – c'est de lui qu'il tient des tuyaux sur la façon de vivre à la dure.

Il ressort de la grotte, s'essuie les mains et regarde autour de lui. Ce qui, dans cet endroit, inquiète le colonel ou l'infirmière n'a pas choisi de se révéler à Caffery.

Sudoku

Oliver souffre. L'air sec sur ses globes oculaires est insupportable. Le seul soulagement possible, il l'obtient en les faisant rouler dans le haut de leurs orbites pour recueillir une précieuse humidité. Comme cet effort lui donne le vertige, il s'évertue à créer en lui un calme existentiel qui prendra le pas sur la réalité physique. Les minutes s'écoulent et il ne se passe rien. Il entend quelqu'un respirer sur la galerie, mais aucun mouvement en bas, rien. L'absence d'informations sensorielles fait partie du jeu, suppose-t-il.

— Papa?

Il se redresse, tente de tourner la tête dans la direction de la voix, mais la caisse s'enfonce dans ses clavicules. Il ne peut que tourner sur le côté ses yeux douloureux.

— Lucia?

— Papa. J'ai peur. Qu'est-ce qui se passe?

Avant qu'il puisse répondre, il perçoit un son étouffé au rez-de-chaussée. Il ferme la bouche et se concentre sur le bruit, sent presque ses oreilles pivoter, comme celles d'un animal. Quelqu'un bouge dans l'escalier, et sur la mezzanine, juste en dessous de la forme sombre suspendue en l'air.

Un silence angoissant, puis la voix de Honey qui ordonne d'un ton sec :

— Lumière, monsieur Molina.

La lumière s'allume. Oliver sursaute sur sa chaise.

A trois mètres de lui, Matilda est suspendue la tête en bas au niveau de la galerie, les pieds attachés à une corde passée par-dessus l'une des poutres du plafond. Elle tourne lentement, comme s'il y avait un léger vent. Les bras attachés sur sa poitrine par du ruban adhésif en toile, elle ressemble à une grotesque chrysalide. Sa bouche aussi est recouverte de ruban adhésif. Sa chevelure pend de son cuir chevelu rendu cramoisi par l'afflux de sang. Le bas de son pantalon a glissé le long de ses jambes et s'est retroussé sur ses cuisses, dont une bonne partie est à nu. Elle a encore aux pieds ses chaussures en toile éculées dont les semelles ont gardé un peu de terre et d'herbe du jardin, la veille.

Oliver cherche désespérément des indices prouvant qu'elle est vivante. Son visage, ce qu'il en voit, est boursouflé, d'un rouge virant au violet. Il pense d'abord qu'on l'a frappée, puis il se rend compte que ce n'est pas ça : c'est parce qu'elle est restée longtemps suspendue la tête en bas que le sang s'est accumulé dans sa figure.

Il n'a pas l'impression qu'elle respire. Il espère de toutes ses forces qu'elle va montrer un signe de vie, mais non, rien.

En dessous et derrière elle se trouve la mezzanine, où Honey occupe l'ottomane, le dos tourné au hall, apparemment plongé dans les notes qu'il prend sur un carnet. Une tasse de café est posée à côté de lui et il porte un des pulls d'Oliver. Molina s'éloigne de l'interrupteur en quelques pas nonchalants, s'assied sur une chaise à côté de l'ottomane, s'installe à son aise, bras et jambes croisés. Aucun des deux hommes n'a jeté un regard à Matilda.

Un gémissement monte en Oliver. Un hurlement. Il le ravale. Il voit à cinq mètres de lui, de l'autre côté de la galerie, sa fille attachée sur une chaise. On ne lui a pas collé les paupières, mais on l'a ligotée. Elle aussi porte les mêmes vêtements que la veille, le col de son tee-shirt légèrement de côté révélant la blancheur de la peau autour du cou. Elle fixe sa mère avec une expression hébétée. Elle joue la dure, Lucia, mais c'est encore une petite fille, et s'il y a une chose qu'Oliver regrette, c'est qu'elle ne soit pas restée à Londres hier matin.

Honey bâille. Il pose son carnet – qui se révèle être en fait un recueil de Sudoku – et remet le capuchon de son stylo. Il lève les yeux vers Matilda.

— Elle est bien sage, vous ne pensez pas, monsieur Molina ?

— Tout à fait calme.

— N'est-ce pas ?

Il étire les bras, remue le cou comme pour chasser un torticolis.

— Vous êtes bien, là-haut, ma chérie ?

Matilda ne répond pas. Le moindre signe, un infime tressaillement, redonnerait espoir à Oliver. Elle est peut-être en vie et inconsciente – sans réaction. Ou alors elle a décidé qu'il ne servirait à rien de discuter.

— C'est censé être bon pour le physique, affirme Honey. Rester un moment suspendu la tête en bas, ça fait des merveilles pour le teint.

Il la saisit par les épaules et la fait tourner, de plus en plus vite, se recule et ouvre les bras de manière théâtrale, adresse à Molina un sourire radieux : un magicien de Las Vegas prouvant à son public qu'il n'y a aucun truc dans son tour.

Matilda bat des cils et le cœur de cochon d'Oliver fait un bond. Elle vit. Elle se débat un instant, avec les mouvements fatigués, presque somnolents, d'un papillon qui s'extirpe de son cocon.

Honey regarde Oliver et Lucia sur la galerie, il leur sourit et leur adresse un geste amical de la main, comme s'ils venaient de le saluer et qu'il leur répondait.

— Monsieur Molina, s'il vous plaît.

Il indique Matilda avec une expression suggérant que le mauvais goût de la situation l'accable soudain et qu'il ne supporte plus de voir cette femme.

— Occupez-vous de ça.

Molina dénoue l'extrémité de la corde attachée à la rampe. Matilda dégringole. Un moment, il semble qu'elle va tomber sur la tête, mais sa chute s'arrête à un mètre du sol. Molina finit de l'abaisser doucement, place un pied sous sa tête pour la relever et que Matilda se reçoive sur les épaules. Puis il laisse le reste du corps s'écrouler sur la mezzanine.

— Alors ? demande Honey sans regarder. Alors ?

— Toujours en vie, répond Molina.

Il empoigne le chemisier de Matilda, la soulève et la traîne, la hisse sur l'ottomane en position assise. Elle oscille, son torse s'incline vers l'avant et il se glisse derrière elle, la tire en arrière, lui soutient le dos avec sa jambe pour qu'elle reste en équilibre. Honey tourne la tête avec dédain puis, quand il voit qu'elle est assise, il s'approche d'elle avec circonspection et se penche, scrute son visage.

— Vous êtes sûr qu'elle est vivante ?

— Sûr.

Lentement, avec des mines curieuses, il décolle le ruban de toile de la bouche de Matilda, qui tressaille et reprend conscience. Ses yeux clignent, sa tête part brusquement en arrière. Elle prend une inspiration convulsive mais ne se redresse pas. Elle penche en avant, toute molle, oscillant doucement. Un filet de salive coule de sa bouche vers son giron.

Honey défait ensuite le ruban adhésif qui maintenait les bras sur la poitrine. Les vêtements de Matilda sont froissés, couverts de colle. Lorsque Molina constate qu'elle n'oscille plus et qu'elle se tient droite sans soutien, il passe un bras derrière l'ottomane pour prendre une caméra vidéo. Il la met en marche, perd quelques secondes en réglages, les yeux sur l'écran, fait un panoramique partant de l'endroit où se trouve Oliver et descendant jusqu'à sa femme.

— Mrs Robinson ?

Honey s'accroupit devant elle, le dos tourné à la galerie. Il glisse un doigt sous le menton de Matilda et le soulève, presque tendrement.

— Alors ? murmure-t-il. Alors ?

Elle ne répond pas et continue à vaciller.

— Allez, Mrs Robinson, allez.

Il lève les yeux vers Molina, qui braque sa caméra sur lui.

— Elle n'a pas l'air très en forme. J'espère qu'elle n'est pas restée là-haut trop longtemps.

— Je sais pas, marmonne Molina, qui continue à filmer.

Honey se relève et prend les mains de Matilda, la fait se mettre debout. Elle chancelle, le poids de son corps sur une jambe, essaie de redresser la tête, avec précaution, comme si le moindre mouvement lui faisait mal.

— Montez là-dessus, dit Honey en tapotant l'ottomane. Allez, faites ça pour moi.

Comme elle ne réagit pas, il se penche et lui saisit la jambe gauche au genou, la soulève pour poser son pied sur le siège. Puis, plaquant une épaule contre le dos de Matilda, il pousse jusqu'à ce qu'elle grimpe maladroitement sur l'ottomane. Il la rejoint, pose les mains sur ses épaules pour l'empêcher de tomber.

— Hé, lance-t-il à Molina, qui a changé de position et les filme en contre-plongée. Tu sais ce que je vais demander ?

Molina hésite. Il abaisse la caméra et regarde longuement son coéquipier.

— Quoi ?
— Super ou pas ? Tu te souviens du truc auquel on jouait avant ? C'est comme ça que Facebook a commencé – tu le savais ?
— Oui, je le savais.
— Alors ? insiste Honey d'un ton suggérant la réponse. Alors ?
— Alors quoi ?
— Mme Anchor-Ferrers, elle est super ou pas ?

Molina prend une longue inspiration. S'il a un moment d'incertitude, il ne le montre pas. Il regarde Matilda, l'index sous le menton, comme s'il admirait une œuvre d'art dans un musée, la détaille lentement des pieds à la tête.

— C'est une femme séduisante.
— Séduisante comme « Je me la taperais bien » ? Ou comme « J'ai beaucoup d'admiration pour elle » ? Supposons qu'elle soit la mère de ta nouvelle copine ?
— J'aurais de l'admiration pour elle.
— Mais pas envie de te la taper ?
— Je sais pas. Et toi ?

Une expression éclaire le visage de Honey, disparaît aussitôt.

— Je ne sais pas non plus, répond-il en se massant les tempes d'un air pensif. Tout dépend des circonstances. Il faut tenir compte du facteur manque. Tu vois ce que je veux dire : quand tu es tellement en manque que tu te ferais un goulot de bouteille. Dans ce domaine, j'ai craqué, comme tout le monde. Je te l'avoue, j'ai fait ça avec des machins qui feraient s'évanouir ma mère. Cependant, je ne suis pas sûr qu'il faille que je sois désespérément en manque dans le cas de Mme Anchor-Ferrers.

Il lâche Matilda, attend d'être certain qu'elle ne va pas tomber avant de s'écarter agilement de l'ottomane et de poser une main sur l'épaule de Molina.

— Tu hésites, c'est compréhensible. Alors, poussons la situation un peu plus loin.

Il sourit à Matilda, dont la tête a basculé en avant, les cheveux pendant lamentablement autour de son visage.

— Mrs Robinson. Ouvrez votre corsage, s'il vous plaît.

La tension monte dans le hall, comme si tout le monde retenait son souffle. Lentement, Matilda lève les yeux vers Honey.

— Pardon ? marmonne-t-elle.

— Vous m'avez parfaitement entendu. Ouvrez votre corsage.

Bijoux

De retour à son cottage, Caffery se gare, descend de voiture et ouvre la portière arrière. Ourse est assise sur la banquette et le regarde, la gueule entrouverte, la tête de côté, semblant s'efforcer de déchiffrer son expression.

— Voilà ce que je te propose, dit-il en indiquant le jardin. Je te laisse vadrouiller, il y a tout l'espace que tu veux, et si tu me fais quelque chose maintenant, je t'épargne l'huile de ricin. Qu'est-ce que t'en penses ?

Comme si elle avait compris, la petite chienne s'éloigne en trottinant, renifle çà et là, s'arrête et s'accroupit sous le lilas.

— Je manque peut-être d'imagination, reprend-il en l'observant, mais jamais je n'aurais pensé que je serais si heureux de voir un chien faire ça.

Quand Ourse a terminé, Caffery ramasse la crotte avec une truelle et une passoire. Dans la buanderie, il la passe sous l'eau pour éliminer fèces et mucus – pas de sang, donc plus de visite chez le vétérinaire –, examine attentivement ce qui reste. Une chaîne et une alliance en or. Il les essuie avec un torchon et les emporte dans la cuisine, s'assied à la table.

Si c'est l'idée que le Marcheur se fait d'une plaisanterie, ça n'est pas du tout drôle. Le message provient peut-être vraiment d'une personne en danger et Caffery pense qu'il faut prévenir quelqu'un. La police ? Mais c'est *lui* la police. Un allié ? La femme qu'il connaît, celle dont il croit plus ou moins être amoureux, il pourrait lui faire confiance pour une affaire de ce genre, quelque chose qu'il veut garder en dehors des écrans radars. Et la brigade qu'elle commande est suffisamment éloignée de la sienne pour que la nouvelle ne parvienne pas au divisionnaire si cette femme venait à l'aider.

Il écarte ce choix. Il ne saurait dire pourquoi, mais il ne veut pas la mêler à ça. De toute façon, pense-t-il, si ce message est un appel à l'aide, la personne qui l'a envoyé a plus de chances d'être secourue si c'est lui qui enquête. Si, ravalant son orgueil, il transmet le message au divisionnaire, il imagine la réaction pitoyable qu'il obtiendra. C'est une blague, tel sera le verdict, parce que quatre-vingt-dix-neuf fois sur cent, c'est le cas.

Il prend la chaîne et la fait glisser entre ses doigts. C'est un bijou banal, une chaîne de cou à laquelle les femmes accrochent un pendentif. Sans en être certain, il pense qu'elle n'est pas en or massif : c'est du plaqué et il ne repère aucune marque d'identification dessus. La bague, en revanche – il l'examine avec soin –, semble en or massif. Mais il a plus de quarante ans, sa vue baisse de jour en jour, a-t-il l'impression, et il doit chercher ses lunettes dans un tiroir de la cuisine. Il les met, reprend son examen en faisant tourner lentement la bague entre son pouce et son index.

C'est bien une alliance : or jaune massif, sans aucune fioriture extérieure. A l'intérieur, toutefois, cette inscription :

A Matilda. De la part de « Jimmy » en ce jour de noce.

A la suite de ces mots, le poinçon et un symbole. Caffery doit aller à la fenêtre et plisser les yeux pour le distinguer. On dirait une silhouette aux pieds ailés qui se tient près d'un œil, ou du soleil, il n'est pas sûr.

Il reste un long moment immobile à tenter de comprendre ce que cela signifie, n'y parvient pas.

Peu importe, il sait ce qu'il faut faire avec un bijou, il a assisté à un cours d'une matinée sur le sujet dans la police de Londres et il se souvient encore des méthodes de base pour identifier les pays et lieux d'origine. Les poinçons livrent plusieurs indications, dont le type de métal. Celui-là, avec sa balance à l'intérieur de laquelle le nombre *750* est inscrit, signifie que c'est de l'or à dix-huit carats. Vient ensuite le bureau de vérification, l'endroit où l'or a été analysé. En l'occurrence, un léopard – Caffery ne se rappelle plus quelle ville l'animal représente, mais c'est Birmingham, Londres, Edimbourg ou Sheffield. Enfin, l'année de l'inscription – dans le cas présent un *G* enjolivé, mais il ne peut pas décoder ça non plus parce qu'il croit se rappeler que cela dépend de la ville du bureau de vérification. Ce devrait être facile à trouver. Il retourne à la première inscription, repère les lettres *BCD* dans un carré. Il s'agit du « poinçon de responsabilité », autrement dit, les lettres identifient le fabricant de l'alliance.

Caffery repose le bijou sur la table, se renverse en arrière et croise les bras. Il en veut à cette bague, elle pourrait avoir eu l'amabilité de ne mener à rien. Il aurait alors pu retourner dire au Marcheur : « Je n'ai rien trouvé. Aucun indice, pas de chance. Parlez quand même pour moi à Derek Yates. »

Ce serait un mensonge. A cause de ces inscriptions. Il y a moyen de remonter jusqu'au propriétaire.

Mrs Robinson

Silence total dans le hall. Tout le monde retient, semble-t-il, sa respiration. Honey regarde Matilda d'un air impatient, intrigué par le fait qu'elle n'ait pas encore obtempéré.

— Eh bien ? la sermonne-t-il. Eh bien ?

Hébétée, elle lève la tête et Oliver voit vraiment son visage pour la première fois. Il est boursouflé, sillonné de veines rouges et saillantes à l'image d'une carte routière. Elle croise le regard de son mari avec une expression qui contient tout le désespoir et toute l'humiliation du monde.

— Pardon, murmure-t-il, bien qu'il soit sûr qu'elle ne peut pas l'entendre. Je te demande pardon.

Dans sa stupeur, elle baisse les yeux vers Honey qui, la tête toujours inclinée de côté, attend qu'elle s'exécute.

— Vous m'avez entendu, Mrs Robinson ? Vous avez entendu ce que j'ai dit, et même si vous n'y croyez pas tout à fait, vous avez compris. Je veux que vous ouvriez votre chemisier. Rien qu'un peu. Allez.

Il se penche en avant et chuchote en souriant, comme s'il était son amant :

— Ouvre-le. Tu sais que j'en ai envie. C'est tout ce que je te demande : déboutonne-le un peu.

— C'est tout ?

— C'est tout. Je le jure, croix de bois, croix de fer.

Lentement, comme dans une transe, Matilda commence à déboutonner son corsage de ses doigts tremblants. Honey l'observe un moment puis il se détourne, comme si elle ne l'intéressait plus tellement et qu'il cherche autre chose pour s'amuser. Il récupère son recueil de Sudoku, s'assied sur l'ottomane, cherche la page du problème qu'il essayait de résoudre, tire un stylo de sa poche de poitrine, ôte le capuchon avec ses dents et écrit un chiffre dans l'une des cases. Tandis que Matilda continue à déboutonner son corsage, il demeure plongé dans son Sudoku, le visage figé par la concentration.

Les muscles du haut des joues d'Oliver sont douloureux à force de s'être contractés pour tenter d'abaisser ses paupières. Des larmes de désespoir coulent de ses globes oculaires qui lui cuisent.

Honey griffonne encore quelques chiffres, se gratte le crâne avec le bout de son stylo. Enfin, apparemment lassé par sa grille, il referme le livre, le pose par terre et range le stylo dans sa poche de poitrine avec un long soupir d'ennui. Il lève ensuite les yeux vers Oliver, sursaute de manière théâtrale pour faire croire qu'il n'avait pas encore remarqué sa présence, feint aussi d'être étonné de découvrir Matilda devant lui, le corsage à demi déboutonné. Il se penche légèrement en arrière pour mieux la voir, porte une main à sa joue et s'évente avec l'autre comme si la chaleur était soudain devenue insupportable dans le hall.

Oliver a envie de mourir, là, tout de suite, pour ne pas vivre un moment de plus de cette épreuve.

— Je vous l'ai dit, tout ce que vous voudrez, vous pouvez l'avoir, rappelle-t-il.

— La ferme, Oliver, lui intime Honey. Mrs Robinson, défaites donc ce bouton, là, ordonne-t-il à Matilda en se touchant le haut du pantalon.

— Quoi ? Mais vous aviez promis...

Il se frappe le front de la main et s'exclame :

— Vous avez raison : j'avais dit juste le corsage. Vous savez, je me dégoûte, quelquefois, ajoute-t-il en secouant la tête. Je suis vraiment nul pour tenir mes promesses, n'est-ce pas, monsieur Molina ?

Molina écarte son œil du viseur de la caméra.

— C'est pas votre fort, faut le reconnaître.

— Oui, je ne suis qu'une merde. Pardon, pardon. Maintenant, enlevez-moi ce putain de pantalon.

Oliver se tourne vers l'autre côté de la galerie et voit Lucia qui regarde sa mère. Son visage est figé, indéchiffrable. Sur la mezzanine, Matilda porte une main à sa taille et abaisse la fermeture à glissière du pantalon, le fait tomber à ses pieds. Dessous, elle porte des collants et une culotte blanche toute simple.

— Ça aussi.
— Quoi ?
— Les collants.

Après une longue pause, elle baisse la tête et se met à pleurer.

— Enlève-les, quoi, merde, maugrée Honey.

Elle finit par rouler les collants jusqu'en bas, perd presque l'équilibre quand elle se penche pour dégager ses pieds. Une larme coule de son visage et s'écrase par terre.

— Le soutien-gorge, maintenant.

Cette fois, elle ne marque pas de pause, elle a renoncé. Elle dégrafe son soutien-gorge, le laisse tomber sur le sol. Ses seins – lourds, à la forme familière pour Oliver – s'affaissent et reprennent leur place naturelle. Le morceau de ruban adhésif qui maintient ouvert l'œil droit d'Oliver se détache soudain. L'œil se ferme et des larmes humidifient sa surface douloureuse.

Honey fait un pas en avant et examine la poitrine de Matilda, la tête sur le côté, le bout de la langue pointant entre ses dents. Elle a un mouvement brusque des mains pour se couvrir, s'immobilise aussitôt quand il lui lance un regard menaçant. Il semble aimer ça, la façon dont il les fait obéir au doigt et à l'œil.

Maintenant qu'elle ne bouge plus, il approche son visage de son ventre. De son nombril, replié comme une huître dans sa coquille. Le bout de la langue dépassant toujours de ses lèvres, il introduit un doigt dedans, l'agite. Puis, il se redresse avec un sourire d'enfant.

— J'adore faire ça.

Il laisse son doigt descendre, tire sur l'élastique de la culotte et regarde à l'intérieur, plisse le front.

— Je te sens d'ici.

— Ne me parlez pas comme ça.

— Je te parle comme je veux. Enlève-la, maintenant.

— Non.

— Allez.

— Vous aviez dit que je ne serais pas obligée.

Il lève les yeux vers elle, caricature de suppliant dans un tableau religieux.

— J'ai changé d'avis, déclare-t-il d'une voix calme.

Il lâche l'élastique et recule d'un pas, les bras croisés. Matilda passe les doigts sous le haut de sa culotte, la fait glisser sur son pelvis, sur ses cuisses, continue jusqu'à ce qu'elle tombe sur le sol à ses pieds. Elle se redresse, tire les épaules en arrière, fière de sa nudité, les yeux fixés sur un point du lustre du hall.

— Monsieur Molina ? Vous ne vous intéressez pas trop à Mme Anchor-Ferrers, je présume. C'est plutôt cette petite cramouille, là-bas, que vous aimeriez fourrer, dit Honey en indiquant Lucia du menton. Avouez-le, c'est ce que vous avez en tête.

Molina continue à filmer sans répondre.

— Et cela pose la question, je suppose, de votre attitude quand vous découvrez que vos fantasmes se transforment en pensées amoureuses. Je veux dire, peut-on vous faire confiance ? Etes-vous un soupirant courtois, ou un peu brutal ? Manquant de prévenance ? J'espère que vous n'êtes pas le genre de monstre qu'était Kable...

Honey s'interrompt puis reprend, d'un ton empreint de curiosité :

— Madame Anchor-Ferrers ? Qu'est-ce qu'on vous a dit exactement sur la façon dont Hugo et Sophie sont morts ? Vous en savez autant que votre mari ?

— Vous nous avez assuré que vous n'avez rien à voir avec Minnet Kable, intervient Lucia avec colère. Arrêtez de parler de lui.

Honey la regarde en haussant un sourcil.

— Bonjour, petite cramouille. Tu es contrariée parce que Hugo était ton petit ami ?

— Laissez tomber.

— Je ne crois pas que je vais le faire. Si ça ne te dérange pas trop.

Lucia ferme les yeux et déglutit une fois, deux fois. Honey tire le stylo de sa poche de poitrine et s'en tapote pensivement la tempe, se met à arpenter la mezzanine. Il a l'air d'un professeur d'université qui réfléchit soigneusement aux informations qu'il livre pendant son cours.

— Examinons les preuves établissant que Kable a pris son pied en tuant tes deux pauvres malheureux amis, Lucia. Enfin, tu sais que lorsqu'on les a découverts, ils étaient l'un sur l'autre, surpris en... comment dit-on, déjà ?

Il claque des doigts plusieurs fois pour se remémorer l'expression.

— En flagrant délit. Je ne me trompe pas, hein ? Mais cette histoire d'intestins... Cette cruauté. A quoi ça rimait ? D'après mon estimation, les entrailles déroulées de deux personnes, ça fait près de vingt mètres. Et ça devait peser... oh, je sais pas, avec des excréments dedans, une quinzaine de kilos au total. Pas facile, comme boulot. Il devait avoir un puissant mobile. Et qu'y a-t-il de plus fort que le mobile sexuel ? J'ai donc procédé à des recherches, et j'ai découvert que certaines personnes éprouvent une attirance anormale pour les viscères, leur vue, leur odeur. Elles aiment le sang et les substances gluantes. Tu penses que c'était son truc, à ce M. Kable ?

Honey s'approche à nouveau de Matilda, ôte le capuchon du stylo et en pose la pointe sur le ventre dénudé, puis tourne son regard vers Oliver.

— Autre découverte que j'ai faite, c'est que pour certains de ces monstres l'endroit de la blessure est *vraiment* important. Pour quelques-uns d'entre eux, c'est même le plus important – incroyable, non ? Il faut qu'elle soit au bon endroit. Au centimètre près – vous imaginez ? Un centimètre plus haut ou plus bas et tout le plaisir est gâché.

Il aspire sa lèvre inférieure sous celle du dessus et fixe le ventre de Matilda.

— Est-ce un hasard, l'endroit où cette fille a été transpercée, d'après vous ? Vous pensez que Kable avait les idées claires ? Si c'est un hasard, je me demande où *exactement* il voulait son trou. Je pencherais pour quelque part dans cette zone-là.

Il laisse la pointe du stylo glisser sur l'abdomen.

— A cause de ce qu'il a extrait des corps de ces deux jeunes. Mais où exactement, je me le demande.

Il soulève pensivement la peau douce du ventre de Matilda.

— Difficile à dire pour vous, avec tous ces replis. Sophie n'était qu'une adolescente, elle devait avoir la chair ferme, c'était plus facile.

Après une pause, il lève un doigt vers le plafond pour montrer qu'il vient de se rendre compte de quelque chose. Pendant un moment, il demeure immobile, puis il se tourne très, très lentement vers Matilda et, tout aussi lentement, trace une croix sous son nombril.

— Ne me demandez pas pourquoi, reprend-il d'un ton léger en remettant le capuchon du stylo. Disons simplement que si je devais faire quelque chose d'aussi répugnant, c'est *là* que j'inciserais.

Hatton Garden

Le poinçon du fabricant sur l'alliance se révèle être celui de Beale, Cohen et Dartford, et la ville désignée par le léopard est Londres. Bien sûr, pense Caffery, ça ne pouvait être que Londres. La plus grande ville, le plus gros tas de blé.

London Calling. Les premiers accords de la vieille chanson des Clash tournent en boucle dans sa tête. Il bat la mesure du poing sur le volant et lance des regards nerveux aux autres chauffeurs des files de voitures qui le flanquent. Tout est aspiré dans le cœur battant de la ville. Londres attire. C'est un aimant, un trou noir dans lequel tout finira par sombrer et se noyer.

Il est londonien, il connaît chaque centimètre carré de cette ville, ce qui ne signifie pas qu'y faire une visite ne prend pas beaucoup de temps et ne coûte pas cher. Pour ces recherches, il ne bénéficie pas des notes de frais de la police et, bien qu'il ait de l'argent à la banque – pendant des années, il n'a eu aucune envie d'en dépenser –, il digère mal le prix de l'essence, du péage, de la contravention pour stationnement interdit.

Hatton Garden lui a toujours paru curieusement situé, collé à Fleet Street et aux bureaux des grands journaux qui, lorsqu'il était enfant, n'avaient pas encore déménagé sur les docks de l'est. Il n'arrive toujours pas à imaginer comment ces deux lieux ont pu coexister aussi étroitement. Les immeubles de la presse ont disparu, les joailliers sont restés sur la longue colline de Hatton Garden qui s'élève de Holborn à Clerkenwell, dominée par la tour blanche du Ziggurat Building et bordée des deux côtés par une succession de boutiques de marchands de lingots d'or et de diamantaires. Certaines ne sont qu'un trou dans le mur, avec des panneaux coulissants qui révèlent un Interphone, ou un escalier en béton à l'arrière de bâtiments anonymes. D'autres présentent des devantures dorées, des vitrines scintillantes. On croirait le décor d'un film adapté de *Harry Potter*.

Caffery trouve la bijouterie dans une rue latérale, à mi-chemin du haut de la colline. La boutique n'est pas grande et les propriétaires ont installé un système d'entrée sécurisé, un sas à deux portes hérissé de caméras où l'on doit attendre pour entrer ou sortir. Il attend patiemment, une main dans une poche de sa veste, jouant avec l'alliance et la chaîne qu'il a emportées. L'intérieur du lieu est obscur, mais au bout d'un moment une silhouette apparaît. L'homme fait le tour de la bijouterie en allumant l'une après l'autre les vitrines.

— Désolé, dit Caffery en montrant sa carte lorsque le commerçant vient ouvrir la porte intérieure. Je ne suis pas un client, pas la peine de gaspiller de l'électricité.

Le commerçant le laisse entrer puis refait le tour de la boutique en abaissant dûment les interrupteurs. A peu près du même âge que Caffery, il est tout petit. Homme en miniature, il porte un costume de coupe stricte et il a des cheveux très courts. Caffery a du mal à le situer. A première vue, il semblerait levantin – quelque chose dans l'angularité du crâne –, mais les cheveux sont blonds, le teint est clair et l'accent purement East London. Peut-être une origine en partie juive, en tout cas un sang aussi métissé que Londres elle-même.

— Michael Beale, se présente-t-il en serrant la main de Caffery.

Il n'a pas l'air perturbé par une visite de la police. Dans un domaine comme le sien, c'est probablement fréquent.

— Vous voulez qu'on s'installe dans un endroit tranquille ? Derrière, peut-être ? Ici, on sera dérangés, je peux vous le garantir.

— Derrière, alors.

Ils vont dans le bureau. C'est un simple cagibi qu'on a décoré comme une chambre de bed and breakfast de campagne, avec des photos des chiens et chats de la famille dans des cadres bon marché. Un rideau de tulle pend devant une fenêtre aux carreaux crasseux. Caffery ne voit pas ce qu'il y a derrière, mais il le devine. Des escaliers d'incendie, des poubelles et des pigeons. C'est drôle, il a beau vivre à la campagne depuis deux ans, la ville demeure imprimée en lui telle une eau-forte.

— Qu'est-ce que je peux faire pour vous ? s'enquiert Beale. C'est encore cette affaire de cambriolage ?

Il met en marche la bouilloire électrique, entreprend de rincer les mugs qui encombrent l'évier.

— Non, je ne suis pas d'ici, répond Caffery.

Il tire la chaîne de sa poche et la pose sur la table. Beale interrompt ce qu'il est en train de faire et, un mug à la main, se penche pour regarder le bijou.

— Du plaqué, diagnostique-t-il. Pas de poinçon. Si c'est une identification que vous cherchez, vous allez être déçu, j'en ai peur.

— Et ça ?

Le bijoutier se penche de nouveau pour examiner l'alliance. Cette fois, il ne l'écarte pas aussitôt comme sans intérêt, il la fixe en plissant le nez, ce qui fait remonter un peu ses lunettes. Les sourcils froncés, il fait aller sa tête d'un côté à l'autre.

— J'ai des photos, aussi, annonce Caffery.

Il est passé au service police scientifique du central. Il n'agit pas dans le cadre d'une enquête, mais ses collègues ne le savent pas. Il leur a demandé de photographier la bague et il est maintenant en possession de deux photos 20 × 25 qu'il montre à Beale.

— Oui. Ça vient de chez nous, confirme le bijoutier. 1981. Il y a trente-trois ans. Quand mon père dirigeait la boîte.

— Votre père ? Il vit encore ?

Beale secoue la tête.

— Il nous a quittés en 1997. ESB – la vache folle –, vous vous rendez compte ? Une chance sur dix mille d'attraper ça, c'est ce qu'on nous a dit. Mon père a répondu que s'il y a une chance sur dix mille, il faut bien que ça tombe sur quelqu'un. Pour que les neuf mille neuf cent quatre-vingt-dix-neuf autres soient tranquilles.

— Il aurait fabriqué cette alliance ?

— C'est la seule personne qui ait pu le faire : nous sommes une toute petite bijouterie.

Caffery se tourne vers le classeur métallique qui prend la poussière dans un coin et sert de perchoir à une pile de dossiers bleus bourrés de paperasse.

— Vous avez des archives, à ce que je vois. On peut retrouver qui a commandé cette alliance ?

Beale suit le regard de Caffery mais secoue la tête.

— Non, elles ne remontent pas plus loin que les années 90. D'ailleurs, ce que vous voyez, c'est surtout des estimations, pour les compagnies d'assurances.

Il fait tourner la bague d'un côté à l'autre en plissant les yeux.

— L'or a été analysé ici à Londres – ce qui en fait un bijou courant – mais...

Il se lève, pose son mug sur l'égouttoir et passe dans la boutique, revient avec une loupe de joaillier. Il reprend l'alliance et l'examine soigneusement.

— Alors ?

Le bijoutier garde le silence, le visage crispé de concentration.

— Je connais cette bague, finit-il par répondre. Je la connais. Ce symbole...

Il grimace en fouillant dans sa mémoire. Caffery attend. Après un long silence, Beale se renverse contre le dossier de sa chaise avec un sourire triomphant.

— Merde alors. *Oui, je me souviens !* Incroyable. J'étais là quand il l'a fabriquée. Ici même, sur cette chaise. Je m'en souviens parce que mon père marmonnait qu'il allait devoir commander des poinçons spéciaux pour ces deux symboles. On n'utilisait pas de lasers en ce temps-là. J'avais quoi ? Neuf ans ? Dix ans ?

— Elle était pour qui ?

— Le type des débris spatiaux.

— Le type des débris spatiaux ?

— Oui, le gars le plus cool que j'aie jamais rencontré. Il y avait eu un problème avec les poinçons, je ne sais plus quoi, et le type avait dû attendre que mon père finisse le travail, et je me suis retrouvé ici avec lui. On a bavardé – vous voyez le genre, le gamin qui joue à la grande personne et qui n'arrête pas de parler.

— De quoi ?

— De l'espace. C'est pour ça que je me souviens de lui. Il m'a raconté des histoires qui m'ont fait écarquiller les yeux et que je n'oublierai jamais. Sur l'énorme ceinture qui se formait autour de la terre, faite de morceaux de vieux satellites, de pièces de vaisseau spatial. D'après lui, on en arriverait au point où on ne pourrait plus envoyer une fusée dans l'espace sans télescoper quelque chose. Et chaque collision mettrait de nouveaux débris en orbite. Je trouvais ça sidérant. Il était brillant, cet homme, absolument brillant. Encore maintenant, je me passionne pour l'espace.

— Et son nom de famille ?

— Jimmy comment ? Ça, je ne m'en souviens pas, dit Beale en haussant les épaules. Après, quand je pensais à lui, c'était toujours « le type des débris spatiaux ». A la maison, on parlait beaucoup de lui – enfin, *je* parlais de lui. Je me suis abonné à *Omni*[1], je suis devenu un fan de *Star Trek*. Je crois que j'ennuyais beaucoup mes parents, si vous voulez savoir. Mais je ne l'ai jamais revu.

— Vous vous rappelez autre chose qui permettrait de l'identifier ? Son métier ? L'endroit d'où il venait ?

— J'ai pensé qu'il travaillait peut-être pour la NASA. A l'époque, on était tous captivés par la course à l'espace, rappelez-vous. C'était encore tout nouveau.

---

1. Magazine mensuel américain de vulgarisation scientifique et de science-fiction.

Dans ma tête, je devais rêver qu'il était astronaute ou quelque chose comme ça.

Il secoue la tête et ajoute :

— J'étais un gosse, qu'est-ce que vous voulez que je vous dise.

— Il était comment, physiquement ?

— Grand, je crois – mais tout le monde est grand pour un enfant de dix ans. Surtout quand on est en plus un modèle réduit comme moi. Les cheveux blonds, ou blond-roux.

— Il a dit où il habitait ?

Beale se mordille la lèvre en fixant le vide, très concentré.

— C'était il y a des années, vous savez. Non, désolé.

— Je peux ? sollicite Caffery en indiquant la loupe.

— Je vous en prie.

Il examine la bague, est stupéfié par la clarté de vision que donne la loupe. Il est grand temps que j'aille voir l'ophtalmo, estime-t-il.

— Et ces symboles, est-ce qu'ils signifient quelque chose pour vous ? Le triangle avec l'étoile scintillante ?

— C'est maçonnique, je pense. Non que je connaisse quoi que ce soit aux francs-maçons. Sans vouloir vous offenser, la franc-maçonnerie, c'est plutôt un truc de flics, non ?

— Ça dépend du flic, répond Caffery.

Il se penche en arrière et regarde à nouveau la photo de l'alliance.

— Et ça ? Le personnage aux pieds ailés ? Ça a un sens pour vous ?

— Non. Aucun rapport avec la joaillerie. Je ne l'avais jamais vu avant.

— Vous ne vous rappelez pas qu'il vous en ait parlé ?

— Non, désolé. Vraiment désolé. Vous savez, après toutes ces années…

— Ne vous excusez pas, dit Caffery en se levant. C'est déjà beau que vous vous soyez souvenu de quelque chose. Vous seriez étonné du nombre de gens qui ne gardent qu'un vague souvenir de leur enfance.

— Probablement parce qu'ils ont une raison d'oublier. Moi, je n'ai rien à oublier. J'ai eu une enfance heureuse.

— Alors vous êtes plus chanceux que la plupart des gens. Beaucoup plus chanceux.

Coucher de soleil

Le soir semble tomber plus vite que d'habitude sur les Tourelles. Les ombres s'allongent rapidement ; presque en avance, une tache noire envahit les bords du ciel. Ian est descendu au bas de l'allée pour récupérer la voiture de société que les deux hommes y ont laissée et, de retour à la maison, il se tient maintenant près de la boîte de raccordement du téléphone. Il fume un cigare en regardant les nuages à l'horizon. A trente-trois ans, il a vu le soleil se coucher dans plus de pays que la plupart des hommes de son âge. Il a vu des aurores boréales, des cieux africains. Il n'est jamais resté longtemps sans bouger.

Il éteint son cigare en en pinçant l'extrémité, laisse la cendre tomber par terre et le range dans sa poche pour plus tard. Il ne jette pas les choses, c'est contraire à sa formation. Ian a fait cinq ans de Légion étrangère – à la Légion, on vous apprend à ne rien gaspiller. La vie y est dure, les desperados nombreux. Les aventuriers aussi. Celui qui n'a pas grand-chose à perdre peut franchir une porte à Marseille, avec seulement quelques slips et une brosse à dents dans son sac, en sachant que sa vie va totalement changer. Comme dans ce film dingue, *Matrix*, tout change d'un coup

– *bam !* – quand on avale la pilule rouge. Mais c'était la formation parfaite pour le boulot que Ian fait maintenant.

Quand il a quitté la Légion, la plupart de ses anciens camarades se recasaient dans la branche sécurité. Une firme a attiré particulièrement son attention : Gauntlet Systems. Elle utilisait un missile baptisé Loup et selon les rumeurs l'engin tirait son nom de meurtres horribles commis dans les Mendip Hills des années plus tôt. Tous ceux qui vivaient dans la région à l'époque avaient été affectés par les crimes du Loup et Ian ne faisait pas exception. Par curiosité, il s'était fait embaucher dans la firme, sans jamais penser cependant que cela le ramènerait un jour à Litton.

Il a froid. Cela fait presque une demi-heure qu'il s'affaire sur la boîte de raccordement et il ne porte qu'un tee-shirt. Il ramasse ses outils et rentre.

La lumière est allumée dans la cuisine. Honig est installé dans le confortable fauteuil d'Oliver Anchor-Ferrers, les jambes allongées devant lui, en position délassante. Il porte un polo bordeaux et un jean, mais ses pieds sont nus. Devant lui, le téléviseur est allumé et l'on entend les rires préenregistrés d'une sitcom. Sur un bras du fauteuil est posée une assiette contenant un morceau du gâteau de Matilda Anchor-Ferrers. Honig mange lentement, les yeux rivés à l'écran.

Ian s'éclaircit la voix pour attirer l'attention de son coéquipier.

— J'ai ramené la voiture, mais j'ai pas réussi à rebrancher le téléphone.

Honig cesse un instant de mâcher, recommence cependant aussitôt sans cesser de regarder l'émission, sans indiquer d'une façon ou d'une autre qu'il a entendu Ian. Le public du studio s'esclaffe, Honig aussi – un rire mauvais qui lui fait gonfler les joues. Ian attend la fin des rires et de la musique pour faire une nouvelle tentative :

— Pour que tu saches, j'ai débranché la boîte de raccordement, mais j'arrive pas à la rebrancher. Y a quelque chose qui va pas.

Honig renverse la tête en arrière et rit de nouveau en regardant l'écran. Ian attend puis reprend, plus fort cette fois :

— Sergent Molina au rapport : j'arrive pas à rebrancher le téléphone.

Honig tourne enfin vers lui des yeux pâles et calmes. N'exprimant aucun intérêt.

— Je croyais que c'était toi le technicien. Tu as eu largement le temps de reconnaître les lieux.

C'est la veille à l'aube que Ian a débranché le téléphone et il était pressé : il avait des tas d'autres trucs à organiser avant l'arrivée des Anchor-Ferrers. Gauntlet Systems avait l'impression qu'il lui manquait une information sur le système d'alarme de la maison, comme si Oliver Anchor-Ferrers avait ajouté quelque chose que les recherches n'aient pas détecté. Ian ne s'inquiète pas trop pour ça, il est sûr qu'il n'y a rien en plus. Néanmoins, installer un signal pour débrancher le système d'alarme après que les fils téléphoniques ont été coupés a rudement mis à l'épreuve ses connaissances techniques.

— Je m'en occuperai demain, promet-il.

— Demain, c'est trop tard. Il faut envoyer les vidéos maintenant.

— Pas besoin de ligne fixe pour ça, on peut le faire avec le portable. On capte, en bas de l'allée.

— Un dossier aussi gros ?

— Oui. On peut le rendre un peu plus bandant, en faire une œuvre d'art.

— D'accord.

Honig éteint le poste, s'extrait du fauteuil et glisse ses pieds, sans chaussettes, dans une paire de bottes, enfile son blouson. Il prend les clés sur la table, se dirige vers la porte latérale, s'arrête un instant, se tourne de nouveau vers la cuisine et hume longuement l'air.

— Quoi ? dit Ian.

— Tu ne sens rien ?

— Qu'est-ce que tu sens, toi ?

— C'est probablement ces saloperies d'entrailles. Trois jours – pas étonnant qu'elles puent. Demain matin, on les sortira de l'arrière-cuisine, on les balancera dans le bois. Pour s'en débarrasser.

La tranchée ferroviaire

C'est étrange, à plusieurs reprises dans la journée Caffery a eu l'impression que quelqu'un lui parlait. Une voix d'homme – d'homme âgé. Impossible de saisir les mots, mais le ton était suppliant. Caffery met ça sur le compte de la fatigue. Et du brouhaha incessant de la circulation londonienne.

Après avoir quitté la bijouterie, il téléphone à Johnny Patel et, au lieu de tourner vers l'ouest, il traverse le London Bridge et roule en direction de la partie de la ville dont les habitants de North London se plaisent à nier l'existence. South London, les mauvais quartiers. En particulier Lewisham, où le taux de crimes violents est le plus élevé du Royaume-Uni. C'est chez lui, mais aujourd'hui, curieusement, il se sent dans la peau d'un visiteur. A la campagne, on a l'impression qu'il se passe moins de choses en une année qu'en une seconde à Londres, mosaïque de lumières et de couleurs dans laquelle les vies changent et deviennent méconnaissables. Sans cesse régénérées, sans cesse nouvelles. C'était auparavant un rythme normal pour lui, ça ressemble maintenant à une animation au montage nerveux. Son esprit doit faire un effort pour affronter le flot d'informations visuelles de la ville.

Il passe devant les grands ensembles couverts de graffitis, les ponts de chemin de fer humides et froids, les parcs et les rues hautes. Les restaurants avec plats à emporter, les *fish and chips* chinois, les pizzerias indiennes. Lorsqu'il s'arrête, qu'il met le frein à main et se tourne pour regarder ce qui l'entoure, son cœur bat comme s'il commettait une chose pour laquelle on pourrait l'interpeller, l'interroger.

Il est dans la rue où il a grandi et vécu pendant près de quarante ans.

Il descend de voiture, marche une centaine de mètres jusqu'à un petit pont passant par-dessus une tranchée ferroviaire. Quand il était gosse, ses parents lui racontaient que cette tranchée avait été creusée à la pelle et à la pioche par des Gurkha au XIXe siècle. Il ne sait toujours pas si c'est vrai, mais ce qu'il constate, c'est que ce pont n'était pas adapté à la circulation actuelle, parce qu'il est maintenant fermé aux voitures. Un panneau indique que sa structure n'est pas sûre.

Caffery s'avance sur le pont et remonte des yeux la tranchée. Au-dessus de lui, les lumières rouges du portique projettent une lueur sinistre sur les rails. L'ancienne maison de Caffery se trouve sur la droite, à cent mètres du talus. Dans le jardin de derrière, un arbre étend ses branches au-dessus de la clôture. On l'a étêté après son départ, mais il attire encore son regard. C'était dans cet arbre qu'ils avaient construit leur cabane. Trente-cinq ans plus tôt, il y avait une cabane.

Comme il l'a fait des centaines de fois, il mesure des yeux la distance entre son ancienne demeure et l'arrière du jardin de Penderecki.

La maison du pédophile a été repeinte et on y a ajouté une véranda. Il y a des stores aux fenêtres – bleus avec de gros pois roses. Dans le jardin, on a installé une cage à poules et une balançoire au milieu de la pelouse. A gauche, une maisonnette en plastique aux couleurs passées. Penderecki apprécierait cette ironie du sort : des enfants qui vivent là. Si les fantômes existent, le sien doit joyeusement passer d'une chambre à l'autre et lorgner les gosses dans leur bain. Caffery se demande si la famille qui occupe maintenant la maison est au courant de son passé. Le fond du jardin est fermé par une clôture de barbelés rouillés – probablement la même que des années plus tôt, parce qu'elle est affaissée à l'endroit où Caffery l'a toujours enjambée.

Pendant les trente années qui ont suivi la disparition d'Ewan, il avait pris l'habitude de pénétrer dans cette maison lorsqu'il habitait encore le quartier. Il l'a retournée de fond en comble une centaine de fois. Il a cherché partout, sans rien oublier. Il a soulevé les lattes du plancher, fouillé dans les cheminées et dans le grenier. Il a fait le tour du petit jardin en fouinant comme un chien de chasse, en soulevant toutes les pierres, en enfonçant des barres de fer à béton dans le sol tous les dix centimètres. Rien.

Derek Yates doit savoir ce qui s'est passé ce jour-là. Il le sait forcément.

La chambre vert menthe

Matilda entend la porte de derrière claquer. Elle voit un faisceau de phares balayer le plafond, elle écoute le grondement d'une voiture qui sort de la vieille dépendance située derrière la maison. Les menottes qui l'attachent au radiateur par la cheville ne servent pas à grand-chose : elle n'a plus envie de se battre. Son corps est une coquille vide, sans force, sans aucun désir.

Honey l'a humiliée en la contraignant à se déshabiller, mais il n'est pas allé plus loin. Le viol auquel elle s'attendait n'a pas eu lieu. Il lui a dit de se rhabiller et l'a ramenée dans la chambre.

« Vous avez l'air tellement mieux comme ça, Mrs Robinson. Je ne veux pas dire que vous êtes mieux avec vos vêtements, ce serait grossier. Je parle de votre visage – il est presque redevenu normal. »

Elle a porté une main à ses yeux comme pour relever les cheveux tombés sur sa figure. Elle ne pleurerait pas. Elle ne voulait pas pleurer.

« Merci, a-t-elle murmuré lorsqu'il eut fini de l'attacher au radiateur. Merci. »

Honey – ou quel que soit son vrai nom – est peut-être père, songe-t-elle. Il a peut-être des enfants, parce qu'il sait comment dompter une mère. Il sait comment tout faire marcher. Il ne l'a pas violée, il a fait pire parce que, aussi grande que soit l'humiliation de Matilda, elle est moins forte que la peur qu'il a instillée en elle : la prochaine fois, ce soir ou demain, ce sera le tour de Lucia.

Cette peur pèse comme une pierre sur la gorge de Matilda, elle ne bouge pas, sa pression ne diminue pas. C'est toute l'habileté de ces hommes, ils savent exactement comment faire mal à une mère, à un père.

George Clooney

Caffery met presque une heure à parcourir dans la circulation londonienne les trois kilomètres qui séparent Lewisham de Catford, et quand il arrive, les magasins sont en train de fermer, les gens rentrent chez eux. La fenêtre du bureau de Johnny Patel au premier étage d'un immeuble est la seule encore éclairée ; en bas, les boutiques ont baissé les grilles sur leurs vitrines. Des taches sombres d'urine et de saleté semblent recouvrir toutes les entrées.

— T'as pas changé.

Patel se tient dans le couloir délabré du rez-de-chaussée au sol jonché de mégots de cigarettes et de chewing-gums et inspecte Caffery de la tête aux pieds.

— J'espérais que t'aurais au moins pris un peu de brioche, mais c'était trop demander. Bougre de salopard ingrat. Je devrais te claquer la porte à la figure.

— Toujours un plaisir de te voir, Johnny, toujours un plaisir.

— Qu'est-ce que tu deviens ? Laisse-moi te regarder de plus près.

Il incline le visage de Jack pour l'examiner sous un meilleur jour, plisse les yeux.

— C'est du Botox ? Si c'en est, c'est du sacré bon boulot. Des injections ? Tu sais quoi ? Ça se voit pas, ça se voit pas du tout.

Il tend le cou en arrière, montre du doigt sa propre figure, invite Caffery à le dévisager.

— Qu'est-ce que t'en penses ? George Clooney ou Shane Warne[1] ? Tu peux me dire la vérité, tu sais. Allez.

Il s'approche de Caffery, lui donne un coup de coude dans les côtes.

— Je te donne un indice : j'espère que tu vas répondre Clooney.

— Clooney. Aucun doute, Clooney.

— Tu sais même pas qui est Shane Warne, hein ?

— Johnny, tu n'as pas changé.

Patel éclate de rire, s'écarte pour laisser son ancien collègue s'avancer dans le couloir miteux. Des années plus tôt, Caffery n'aurait pas remarqué la moquette industrielle trouée par des brûlures de cigarette, la ligne jaunâtre laissée sur le mur de l'escalier par des milliers de mains. Il serait passé sans faire attention. Mais ses yeux se sont habitués au vert propre de la campagne, ils ont été lavés et il voit les moindres détails de décrépitude.

Le bureau de Patel est une simple pièce avec une partie isolée par un panneau de verre, des ordinateurs en veille placés à intervalles réguliers du côté gauche. Chaque espace mural disponible est occupé par un tableau blanc couvert de noms. Caffery est frappé par la ressemblance avec la salle des opérations d'un poste de police. Patel a monté sa propre agence, et si Caffery devait deviner la composition du personnel, il dirait :

---

1. Joueur de cricket australien people.

cinquante pour cent de filles canon, cinquante pour cent d'anciens flics avec des kilos en trop, tous assis à leur poste de travail, les yeux rivés à l'écran de leur ordinateur. Flic un jour, flic toujours, suppose-t-il.

Patel le pousse vers le box vitré éclairé par une lampe. Trois écrans de trente-trois pouces y sont disposés sur un long bureau et sur chacun d'eux défile une liste de noms.

— Ça va pas te plaire, prévient-il en faisant tourner un fauteuil pour que Caffery puisse s'asseoir. Pendant que tu marinais dans les embouteillages, j'ai fait des recherches.

— Et ?

— Une aiguille dans une meule de foin, soupire-t-il. Aujourd'hui, la population anglaise n'est plus trop portée sur le mariage, mais à l'époque, c'était la grande mode. Matilda et James étaient des prénoms courants dans les années 80. Je me suis limité à un segment de deux ans – en commençant début 81 – et j'arrive quand même à une estimation de trente à quarante mille mariages.

— Quarante mille ? Nom de Dieu.

— Ouais. Trente-cinq mille jusqu'ici entre un James et une Matilda. Rien que pour Londres même, en supposant qu'ils se soient bien mariés à Londres. Je sais que t'as des gènes de terrier dans ton ADN, Jack, mais même toi, t'arriveras pas à tirer quelque chose d'une telle masse.

— Merde.

Caffery croise les bras, se renverse en arrière et contemple le plafond. Patel a raison. Même si toute une brigade de police se consacrait à cette tâche, il faudrait des semaines pour traiter tous les noms de famille de la liste.

Il tire de son sac à dos les photos de l'alliance, les pose sur le bureau. Patel les regarde, secoue la tête et se redresse.

— Je sais pas. Ça me dit rien.

— Et la silhouette aux pieds ailés ? Mercure, probablement.

— Mercure le messager – y a pas une compagnie téléphonique qui l'a pris comme logo ? Et le triangle ? Maçonnique ?

— On peut le supposer.

— T'as été membre de la Loge ?

— Bon Dieu non. Et toi ?

— 'scuse-moi, Jack, depuis le temps qu'on est potes, t'as rien remarqué ? Désolé de te balancer ça brutalement, *je suis pas blanc*. Je sais pas, la Loge a peut-être changé, mais de mon temps, c'était pas possible. Pas possible du tout. J'ai même jamais été invité à une réunion.

Patel prend son iPhone, fait défiler ses contacts.

— Cependant... il se trouve que je suis le roi du travail en réseau et que je connais quelqu'un qui étudie l'héraldique et les guildes. Je lui téléphone ?

— Bien sûr.

Patel presse le bouton « Appel » de son portable, Caffery entend une voix féminine répondre.

— Salut, c'est moi.

La femme dit quelque chose et le sourire de Patel s'efface.

— Je vais t'expliquer... Attends, raccroche pas.

Il plaque une main sur le téléphone et murmure :

— Je fais ça dehors. J'en ai pour une minute.

Il sort de la pièce et Caffery l'entend plaider :

— Au bureau – je te jure que je suis au bureau.

La porte se referme en claquant. Resté seul, Caffery regarde l'écran de l'ordinateur en se demandant s'il serait devenu comme Patel s'il était resté à Londres. Bossant dans un bureau crade de Catford High Street. Marié, couchant en douce avec d'autres femmes. En bas dans la rue, quelqu'un crie, un chien aboie. Caffery se tourne vers la fenêtre, voit un type en parka tachée, avec une queue-de-cheval, qui se tient sur le seuil d'un magasin de gnôle et gueule des insultes.

Lorsque Patel revient, Caffery n'a pas bougé. Il dévisage son vieux copain en haussant un sourcil.

— Quoi ? demande Patel. Pourquoi tu me regardes comme ça ?

— Ça fait plaisir de voir que tu es resté le même.

— De quoi tu parles ?

— Tu portes une alliance, quoique je doute que ce soit encore celle du couple que je t'ai aidé à détruire. C'était à la nouvelle Mme Patel que tu parlais ?

— Tu sais, Jack, on dit que les plus soupçonneux sont toujours ceux qui ont quelque chose à se reprocher. Qu'est-ce qui te dit que c'était pas seulement une copine ?

— D'accord. Comment elle s'appelle ?

Patel secoue la tête, se frotte le front.

— Nina. Pourquoi ?

— Naaan – tu n'as pas changé, rétorque Caffery avec un petit sourire. Pas changé d'un poil. Je le sais rien qu'à la façon dont tu as dit son nom. NIIINA.

— Amen, père Caffery, merci pour le sermon.

Caffery ne répond pas. Au fond, il préfère que ce soit comme ça : que rien ne change. Les méchants sont toujours les méchants, les tricheurs s'en tirent toujours. Patel est un vieux type affreux doté d'une morale de hyène. Du coup, Caffery se sent lui-même moins animal, plus humain. Et non séparé du reste du monde par le fait qu'il est incapable d'avoir une relation affective qui fonctionne.

— Elle va chercher pour toi, reprend Patel.

— Merci. Je te paierai pour ton temps.

— OK, j'allais y venir. Je sais que j'ai une grosse dette envers toi, une longue ardoise. J'ai un énorme paquet de faveurs au tableau d'affichage, comme à Wembley. Et tu me seras reconnaissant de te faire clairement savoir quand t'auras épuisé ton crédit, hein ?

— Il se monte à combien ?

Patel réfléchit.

— Douze heures. Ça représente près de cinq cent livres.

— Très généreux.

— Autre chose, faudra que tu sois un peu plus gentil au sujet de Nina. Elle pourrait bien être l'amour de ma vie, et tu te sentirais comment, alors ?

Pense comme moi

Oliver ne se rappelle pas quand il a pleuré pour la dernière fois, et maintenant, impossible de s'arrêter. Ses yeux, encore douloureux d'être restés longuement ouverts de force, semblent s'être transformés en geysers. Ils coulent et coulent sans cesse.

Les deux hommes n'ont pas violé Matilda. Ils l'ont fait descendre de l'ottomane et se rhabiller. Ça ne change rien, bien sûr, parce que, comme dans le film auquel Honey leur disait de ne pas penser, la menace est maintenant si fermement plantée dans l'esprit d'Oliver qu'elle n'en partira jamais. Il revoit sans arrêt Honey tenir le stylo contre le ventre blanc de Matilda. Il revoit les deux hommes sourire à Lucia. C'est pire que la douleur de l'opération. Il est assis par terre, adossé au mur tel un pantin épuisé, les bras pendants, la bouche ouverte, les larmes ruisselant sur son visage. Vieillard impuissant, incapable de se tenir droit, sans parler de protéger ceux qui lui sont chers.

Ce n'est qu'au bout d'un long moment, lorsque l'obscurité s'est faite dehors, qu'il commence à se calmer. La maison est quasi silencieuse. Les deux types sont partis – il a entendu une voiture démarrer, dehors – et ils ne sont pas encore revenus.

Il sent une présence s'approcher. Un homme, brun et mince. Vêtu d'un modeste costume de prêt-à-porter, rien de voyant. Les mains dans les poches, il entre dans la pièce d'un pas lent, mesuré, saisit tout d'un coup d'œil.

John Bancroft. Malgré son matérialisme de scientifique, Oliver croit vraiment voir Bancroft pénétrer dans la chambre dans un avenir indéterminé, quand tout sera fini. Quand ils seront tous morts.

L'inspecteur s'arrête et baisse les yeux vers quelque chose. Le cadavre d'Oliver. Bancroft en prend note sans réagir de manière excessive. Il ne panique pas, il est trop professionnel pour ça – il a l'habitude. Il cherche au contraire quelque chose, un élément intangible qui éclaircira l'incompréhensible. Il se tient près de la fenêtre et ferme brièvement les yeux, comme pour écarter de son esprit tout ce qui n'est pas le message. Inconsciemment, Oliver lève une main tremblante vers la présence fantomatique, vers son front. Pour lui faire comprendre le message.

— Pense comme moi, murmure-t-il. Pense comme moi.

John Bancroft ne bouge pas.

— Allez, pense comme moi – regarde la carpette.

Bancroft ouvre alors les yeux avec une expression de surprise. Il se tourne lentement vers Oliver, s'approche et s'accroupit près de lui. Regarde la carpette.

Convaincu d'être en présence d'un phénomène spirituel, Oliver retourne la carpette, tire le stylo de sa cachette et se met à écrire, fébrilement :

Le fait que ces hommes s'obstinent à utiliser mon rapport avec Minnet Kable pour nous soumettre à des manipulations psychologiques me confirme qu'ils travaillent pour l'une des sociétés auxquelles j'ai vendu le système Loup. J'ai écrit un livre sur ma vie et il est possible que l'une des firmes que j'y ai mentionnées se sente menacée.

J'ai cependant vendu le système à tant de compagnies dans le monde que je ne peux en dresser ici la liste. Ce serait un fatras de noms et d'histoires.

Bancroft pose un doigt sur la carpette et plisse légèrement le front. Il n'a aucun point de départ.

Oliver s'efforce de trouver d'autres indices. S'il avait le nom de la société, il pourrait riposter. Ou, s'il meurt, John Bancroft le pourrait. Sa seule chance de trouver ce nom, c'est maintenant, *maintenant*, pendant que les hommes sont aux Tourelles et pourraient finir par livrer un indice subtil sur leur identité. Jusqu'ici, ils n'ont rien livré. Une partie essentielle de leur tâche consiste à ne jamais révéler pour qui ils travaillent.

Il sent l'attention de Bancroft chanceler.

— Ne pars pas, supplie-t-il. Ne pars pas.

Mais Bancroft est fatigué d'attendre. Il se redresse, lève les yeux vers la fenêtre, comme si on l'avait appelé, et puis il commence à s'estomper. Telle la flamme d'une bougie, son image vacille et meurt.

Il ne reste plus que la chambre vide.

Pietr Havilland

La Chrysler 300C, dont l'intérieur sent le neuf et dont la grille de radiateur ressemble à la gueule d'une baleine à fanons, est une sorte de plaisanterie. Caricature de voiture de gangster, elle n'a aucun véritable cachet et paraît déplacée dans la paisible campagne anglaise. Elle est un signal de puissance ou de danger pour l'éventuelle personne qui la regarderait. Il y a peu de chances pour que quelqu'un traverse le vaste parc des Anchor-Ferrers, mais deux précautions valent mieux qu'une, et ils n'allument pas les phares tandis qu'ils descendent lentement l'allée, franchissent les grilles et se garent sur l'aire de stationnement, en face, où leur portable captera.

Honig se sent légèrement mal à l'aise, assis derrière le volant, cependant que Ian le Geek manipule son iPad et son smartphone. Honig continue à avoir de sérieuses réserves sur son coéquipier. Le Geek s'est présenté à Pietr comme le top du top, l'expert absolu en matière de technique, et d'accord, il s'est rendu utile. Il faut reconnaître que c'est lui qui a appris qu'Oliver écrivait son autobiographie. Il l'a découvert en infiltrant dans le téléphone d'Oliver un virus espion déguisé en pub véhiculée par Bluetooth, dans la salle d'attente classe affaires de l'aéroport de Munich. Oliver n'a sûrement rien remarqué d'autre que le clignotement occasionnel de l'icône Bluetooth sur son écran. Quand il a relié son téléphone à son ordinateur portable, le virus est passé de l'un à l'autre et a installé un mouchard avec enregistreur déclenché par frappe de touche qui a livré à Havilland toutes les informations stockées sur le disque dur. C'est ainsi que Havilland a appris que l'autobiographie d'Oliver contient des révélations qui pourraient nuire à Gauntlet Systems.

A part ça, Ian est inégal dans le travail. Très inégal. Et imprévisible. Il a récolté un zéro pointé quand il a essayé de rétablir la ligne terrestre des Tourelles, et parce que Oliver Anchor-Ferrers a changé d'entreprises pour l'installation du système d'alarme, il y a sur ce point une zone grise que Ian n'a pas réussi à éclaircir. Et tout ce cirque à New York avec Havilland… Ian qui objecte à l'introduction du facteur Minet Kable dans l'opération comme s'il avait une croisade morale à mener ou quelque chose de ce genre. S'opposer au patron est aux yeux de Honig à la fois tout à fait inapproprié et sidérant. Il trouve plus sidérant encore que ce salaud s'en soit apparemment tiré. A l'évidence, s'y connaître en logiciel espion vous autorise à discuter avec le patron, parce que si Havilland n'a pas renoncé à se servir de l'histoire Minnet Kable, il n'a pas non plus viré le Geek en lui bottant les fesses. Il l'a laissé continuer, malgré son incroyable insolence. Manifestement, Havilland est totalement aveuglé par les tours de passe-passe de Ian, ses grosses lunettes ringardes, ses smartphones et ses ordinateurs.

Honig observe attentivement le Geek. Il doit reconnaître que la vidéo qu'il a montée, codée, compressée et envoyée par mail est *vraiment* bonne. Elle montre Matilda nue. Elle montre son mari qui regarde. Tout ce que Havilland désirait est là sur le visage d'Oliver. Confusion, désespoir, frayeur. Havilland se trouve actuellement au Mozambique, pays qui présente l'avantage d'appartenir à peu près au même fuseau horaire que le Royaume-Uni. Il doit être en train de regarder la vidéo dans sa chambre d'hôtel. Pietr Havilland exècre Oliver Anchor-Ferrers plus que n'importe qui d'autre sur terre et le voir dans cet état d'impuissance est exactement ce qu'il voulait.

Lorsque quoi que ce soit menace son entreprise, Gauntlet Systems, Pietr Havilland ne croit pas aux patientes manœuvres tout doux tout doux. Il croit aux attaques brutales : on tire, on pose les questions après. Tuez-les tous, Dieu reconnaîtra les siens. Tel un serpent, il paralyse la proie. Ou plutôt, il envoie ses soldats la paralyser. Et pour cela, il paie très, très bien. Pour ce boulot, Honig a négocié un mode de paiement exceptionnel. Vingt-cinq pour cent de leurs « honoraires » d'avance, puis une succession de versements échelonnés : chaque fois que Havilland reçoit une vidéo attestant les souffrances de la famille Anchor-Ferrers, les deux hommes perçoivent un autre versement de cinq pour cent, ce qui suppose un calendrier de cinq autres épisodes de torture et d'humiliation. Lorsque l'objectif final sera atteint, ils toucheront un montant forfaitaire de trente pour cent et il leur restera donc quinze pour cent à percevoir quand ils recevront leurs billets de retour à New York en première classe.

C'est un travail facile, dont les termes financiers sont excellents. C'est la poule aux œufs d'or et Honig y a droit à cause de sa loyauté et de son statut dans la firme. Cela l'agace que Ian bénéficie du même traitement. Ce ringard. Il devrait se mettre à genoux tous les jours et lécher les pieds de Honig pour lui témoigner sa gratitude.

Avec un soupir, il regarde par la fenêtre le bois qui borde l'allée, les ombres violettes et grises impénétrables.

Honig est un brillant acteur, mais c'est son seul talent. Il n'est pas le dur qu'il prétend être, pas du tout. Et malgré son talent de comédien, il a commencé ces derniers temps à se lasser de son numéro. De la façon dont Ian et lui s'adressaient l'un à l'autre hier : *Oui, monsieur Honey. D'accord, monsieur Molina.* Pas de prénoms, comme s'ils étaient dans un film de Tarantino et s'apprêtaient à couper l'oreille de quelqu'un sur une musique tonitruante. Il aimerait y croire. Il aimerait être un vrai méchant, un salaud insensible, un type capable de résoudre une grille de Sudoku pendant que Matilda Anchor-Ferrers pendait au plafond.

Ce n'est pas le cas. Il a inscrit n'importe quoi dans les cases, en se concentrant sur son numéro. Un numéro qui fait de lui un homme fatigué et légèrement dégoûté de lui-même.

Quoique britannique, Honig habite en ce moment une modeste maison de la banlieue de Silver Spring, Maryland, Etats-Unis. Ce dont personne ne se doute à Gauntlet Systems, c'est que sa vie est en train de changer. Il a une nouvelle femme, une superbe fille du New Jersey, à demi portoricaine, qui travaille dans l'institut de beauté du centre commercial local. L'institut s'appelle Fraise à la crème, et elle est obligée de porter au travail une tunique et un pantalon rose pâle. Elle déteste cette tenue, elle la trouve nulle. Honig, lui, l'adore. Les cheveux noirs de cette fille sur le rose pâle composent le plus ravissant tableau qu'il puisse imaginer.

Il irait au bout du monde pour elle, il ferait n'importe quoi pour la voir se réveiller, se doucher et s'habiller, nouer sa chevelure noire et se pencher vers le miroir pour inspecter son maquillage. Le matin, en général, elle l'embrasse avant de se mettre du rouge, dessine d'abord avec soin le contour des lèvres puis remplit le reste d'une main experte. Quelquefois, rien que pour l'asticoter, il l'attrape au moment où elle s'apprête à sortir de la maison et l'embrasse à nouveau avant qu'elle parvienne à la porte. Elle crie, elle lui assène de fausses gifles et se plaint de devoir se remettre du rouge – est-ce qu'il sait ce que coûte un tube de bon rouge à lèvres, maintenant ?

Passion Bubble-gum. C'est le nom du rouge à lèvres. Il le sait parce qu'il en a un tube dans la poche pour se rappeler sa femme. Il le saisit, frotte ses doigts le long du cylindre en plastique. Sa maison lui manque, son foyer. Il n'aime pas cette partie de l'Angleterre. Elle est humide et il y a toujours quelque chose pour boucher l'horizon. Il se demande à quelle distance exactement se trouve l'endroit où les corps des deux adolescents ont été découverts. Il songe aux entrailles de cerf puantes, couvertes de mouches. Il ne sait pas pourquoi elles le tracassent à ce point – comme si elles avaient laissé une tache passagère dans son esprit.

Un type bizarre, ce Kable, pour avoir fait un truc pareil. Une tête bizarre, aussi. Un long visage et de drôles de dents. Qu'est-ce qu'il peut bien faire en ce moment ? Il doit toujours être au trou, impossible qu'on l'ait déjà libéré. Est-ce qu'il se balance d'avant en arrière sur sa couchette en regardant des singes grimper aux murs de sa cellule ? Est-ce que des faisceaux hertziens extraterrestres et des présentateurs de journaux télévisés lui murmurent des messages secrets ? Il est peut-être beaucoup plus sain d'esprit que tout le monde le ne pense. Il serait peut-être honoré de savoir que quelqu'un a imité son crime.

L'iPad du Geek émet un ding.

— Bingo, dit-il en montrant l'écran à Honig.

Quatre mille dollars pour la vidéo de Matilda viennent d'être versés sur son compte en banque. Cela signifie que Havilland est satisfait. Tout va bien.

— Tu vois, commente-t-il. Je te l'avais dit, qu'on avait pas besoin de la ligne fixe.

— On ne capte toujours pas de la maison. Ce qui n'est pas parfait.

— Pourquoi ? On peut toujours descendre ici pour garder le contact.

— Ouais, lâche Honig d'un ironique. Qu'est-ce qui peut nous arriver de pire sans ligne fixe là-haut ? Que deux branques se faisant passer pour des flics s'introduisent dans la maison et nous ligotent ?

Il démarre le moteur et ajoute :

— En route. C'est l'heure de manger un morceau.

L'Œil de la Providence

De retour dans sa maison des Mendip Hills, Caffery dort paisiblement pour la première fois depuis la mort de Tracey Lamb. A son réveil, il a les idées claires. Il voit où il va, il se sent bien. Il a retrouvé sa détermination et son dynamisme.

Passer en revue tous les mariages célébrés en 1981 dans les divers quartiers de Londres prendra des jours. Et même si Johnny Patel trouve un James et une Matilda, ce ne sera pas nécessairement les bons. Et s'il déniche les bons, quelles chances y a-t-il pour qu'ils vivent encore ensemble ? Avec le taux de divorce qui atteint des sommets, les noms de famille ont changé, les gens ont déménagé, ils se sont dispersés, ils ont quitté le pays. Ils sont morts. C'est un défi presque impossible à relever. La piste franc-maçonnerie semble plus prometteuse. Il fait du café et appelle Johnny, le trouve de bonne humeur. Il a dû se raccommoder avec Nina hier soir.

— Pour que tu saches, c'est pas seulement une beauté, c'est aussi quelqu'un de très gentil, affirme Patel. La morale d'un ange et le cerveau d'Einstein. Elle a passé un sacré bout de temps hier soir à s'occuper de ton truc.

— Généreuse de son temps elle aussi, semble-t-il.
— Hum – tu te rappelles notre accord, Jack ?
— Je me rappelle. Vas-y.
— OK. Bon, d'après elle, chaque loge maçonnique a un symbole différent. Par exemple, un épi de maïs pour la loge de l'agriculture. Y a quasiment tous les symboles qu'on peut imaginer.
— Et celui de l'alliance ?
— Mercure ? Elle pense que ça peut avoir un rapport avec une association d'ingénieurs de Farnborough[1]. Mais le leur est représenté d'une façon différente, il n'est pas juché sur un globe comme le tien. Elle est sûre de ça. Maintenant, regarde un peu le cercle dans le triangle. Avec les rayons qui en sortent. Là, elle sait pas trop. Elle dit que ça ressemble à l'Œil de la Providence.

Caffery étudie les photos disposées sur sa table de cuisine.

— On l'appelle comme ça ? Je pensais à l'œil-qui-voit-tout – c'est maçonnique, non ?
— Les francs-maçons l'utilisent, mais ils ne sont pas les seuls. D'après Nina, c'est un symbole qui a été employé et transmis dans le monde entier à travers les siècles. Probablement d'origine égyptienne. Il figure sur le dollar américain, en haut d'une pyramide, et c'est pour ça que les conspirationnistes accusent le gouvernement des Etats-Unis d'être une clique de francs-maçons – un tas de conneries, bien sûr. Encore que quand tu vois le nombre d'agences gouvernementales américaines qui l'ont adopté comme symbole, tu commences à te poser des questions. C'est pas parce

1. Ville du Hampshire qui accueille un salon aéronautique en alternance avec Le Bourget.

que t'es parano que les autres cherchent pas *vraiment* à te faire ta fête, hein ? Mais… y a un problème.

— O joie !

— On a les mêmes lignes qui rayonnent, mais l'œil est pas pareil.

Caffery promène le doigt sur l'écran de son ordinateur. Dans un coin de la pièce, Ourse le regarde fixement.

— C'est pas un triangle, poursuit Patel. Et l'œil de l'alliance est plus rond.

Caffery compare : l'œil dans le triangle de l'alliance est rond, celui du symbole maçonnique est en amande. Et bien qu'il pense avoir vu un jour un triangle dans une image maçonnique, il devait s'agir en fait de l'équerre et des deux compas ouverts formant un losange.

— Pas maçonnique, alors ?

— Désolé, Jack. Ça se termine en cul-de-sac.

Il secoue la tête, découragé. Sa bonne humeur s'est enfuie. Il devrait peut-être simplement ouvrir la bouteille de whisky pur malt posée sur le comptoir et se mettre à picoler à 9 heures du matin. Le chemin qui, quelques minutes plus tôt, lui paraissait un peu plus facile à parcourir s'étire soudain de nouveau à l'infini.

Tigres de papier

Matin aux Tourelles. Etendu sur son lit de camp, une main derrière la nuque, Theo Honig contemple le plafond. Ian le Geek ronfle sur l'autre lit de camp, profondément endormi – un tremblement de terre ne le réveillerait pas –, alors que quelque chose ne cesse de tirer Honig de son sommeil, il n'arrive pas à savoir quoi. Trois fois déjà il est allé voir si les fenêtres étaient bien fermées, mais même après avoir vérifié, il a de nouveau mal dormi, rêvant de visages défoncés, de longues guirlandes d'entrailles accrochées aux arbres.

Il hait cette immense maison humide, pleine de coins et de recoins, avec ses courants d'air, ses grandes pièces où les bruits résonnent et ses boiseries de chêne sombres. Et son odeur aussi. Toute la nuit, il a senti cette odeur. Il fixe le plafond, qui est marqué de traces d'humidité et s'écaille par endroits. La pièce fait au moins trois mètres de haut. Chez lui, le plafond est bas, fonctionnel, couvert de ce crépi jaune pâle si courant dans les maisons américaines.

Sa maison lui manque terriblement. Ainsi que sa femme.

Il repousse ses couvertures et traverse la cuisine à pas feutrés, cherche dans son blouson le tube de rouge à lèvres. Il le tire de sa poche, tourne le cylindre pour faire apparaître l'extrémité brillante. Il la hume et, fermant les yeux, se rappelle la chevelure soyeuse de sa femme, la caresse de cire parfumée de ses lèvres sur les siennes. Elle ignore où il est en ce moment – elle sait seulement qu'il se trouve en Angleterre, elle croit qu'il participe à une réunion de cadres supérieurs. Elle sait qu'il travaille dans l'industrie de l'armement et il lui laisse supposer qu'il s'occupe de conception. Il n'a pas le courage de lui révéler la vérité.

Question supercherie, Theo Honig estime qu'il bat à plates coutures tous les tigres en papier de cette planète.

Oliver Anchor-Ferrers ne mourra pas. Ni Matilda. Ni leur fille, Lucia. Aucun d'eux ne mourra. Ce boulot consiste à leur faire peur, à les déboussoler. Le déboussolage est la spécialité de Pietr Havilland. Il sait comment inspirer de la terreur pour parvenir à ses fins. Souvent, cela prend du temps, et en l'occurrence il est prévu que l'opération dure six jours. Au terme desquels aucun membre de la famille Anchor-Ferrers ne restera longuement blessé. Du moins, pas sur le plan physique. Ils seront en revanche traumatisés au-delà de tout ce qu'on peut imaginer. En conséquence, Oliver abandonnera le livre qu'il est en train de rédiger et il ne lui viendra plus *jamais* à l'idée d'écrire sur l'industrie de l'armement. Rien que de l'envisager lui donnera des haut-le-cœur.

Qui plus est, il ne saura jamais que Gauntlet Systems était derrière toute cette opération. C'est la recommandation essentielle de Havilland : qu'Oliver Anchor-Ferrers n'apprenne jamais, *jamais*, l'identité de ses persécuteurs. S'il découvrait que Havilland tire les ficelles, il pourrait faire appel aux autorités et se venger. Alors que s'il n'en sait rien, il n'aura aucun point de départ. La famille sera trop terrifiée pour en reparler, les Anchor-Ferrers emporteront ce secret dans leur tombe. Les seules preuves que cette histoire est arrivée, ce seront les vidéos sur lesquelles ils gémissent et supplient, et elles demeureront sur le disque dur de Havilland, cryptées, afin qu'il puisse les regarder à loisir quand il le souhaitera.

Ce sera la dernière opération de Honig. Il l'a déjà décidé : la dernière. Avec l'argent qu'il recevra, il passera à des activités légales. Il s'inscrira à l'une des grandes universités de Washington. Il deviendra peut-être même concepteur – le boulot que sa femme croit qu'il fait. Tout est possible.

Il renifle de nouveau le rouge à lèvres, et le visage de sa femme lui apparaît. Puis, plissant le front, il abaisse le tube et renifle l'air. Sa rêverie s'envole. Il referme le tube et se tourne, inspecte la cuisine.

C'est ça qui l'a empêché de dormir toute la nuit – cette odeur. Ce n'est plus simplement un vague relent. Toute cette maison *pue*.

Le colonel

Si l'alliance n'appartient pas à un franc-maçon, les inscriptions doivent quand même signifier *quelque chose*. Caffery passe un moment à chercher divers symboles sur Google, mais s'il existe une relation entre l'obsession des débris spatiaux, l'image de Mercure et un œil étrange serti dans un triangle, elle lui échappe. Il trouve des références à ce qu'on appelait le syndrome de Kessler, quand la NASA investissait pour dresser la carte des débris polluant déjà l'espace, mais c'était dans les années 1980. Il existe un programme de recherches américain placé sous les auspices de la Darpa[1] qui s'occupe peut-être du traitement des débris spatiaux – son logo, remarque-t-il, comprend le sceau américain et l'Œil de la Providence. Il est cependant peu probable que cette agence puisse lui apprendre à qui appartient cette foutue chienne. Il est dans une impasse. Pour faire parler le Marcheur, il va devoir retourner à la case départ.

— Viens, dit-il à Ourse, qui l'observe, assise sur le parquet. On reprend là où on a commencé.

---

1. Agence pour les projets de recherche avancée de défense.

Il a l'impression de recourir à une vieille feinte éculée, mais au moins le Marcheur ne pourra pas lui reprocher de ne pas avoir été minutieux. Caffery et la chienne retourne au village d'où ils sont partis la veille. Il frappe aux portes des mêmes maisons, dont les noms se confondent dans sa tête : Cottage des Roses, Berge des Roses trémières, Val des Marguerites. Sans relâche, répétition sans fin de la veille. A cette différence près qu'il a maintenant une photo de l'alliance et deux noms.

— James et Matilda, probablement la cinquantaine ou la soixantaine. Lui, il a quelque chose à voir avec la recherche spatiale. Un ingénieur, un scientifique...

Son espoir que ces nouveaux éléments puissent réveiller la mémoire de quelqu'un ne tarde cependant pas à s'écrouler. Ni l'alliance ni les prénoms ne disent quoi que ce soit aux gens du coin.

— Je connais un James, répond la femme de la maison jaune.

Elle porte aujourd'hui un jean rose et un chemisier bleu à rayures. Cette fois, elle ne l'invite pas à entrer.

— Mais sa femme s'appelle Maureen. Ils vivent à West Bromwich.

Si le moral de Caffery est en berne, celui d'Ourse l'est encore plus. Elle baisse la tête un peu plus à chaque porte à laquelle il frappe. Il achète un sandwich au magasin Coop de la rue haute et le partage avec elle, assis sur les marches du monument aux morts du village, le dos tourné aux noms inscrits dans la pierre, la tête chauffée par le soleil. Ourse happe avec délicatesse les petits morceaux que Caffery lui présente.

— Tu es bien élevée, lui dit-il. Est-ce que ça signifie que tu viens d'une bonne famille ? D'une de ces grandes maisons ? Ou est-ce un effet de mes préjugés de classe ?

Le soleil se poste au-dessus du clocher de l'église. Caffery se sent fatigué. Il éprouve la même sensation qu'à Londres, le curieux sentiment que quelqu'un essaie de se glisser dans ses pensées. Quelqu'un qui lui parle d'un ton pressant : *Ecoute-moi, écoute-moi.* Il secoue la tête, froisse l'emballage du sandwich et le jette dans la poubelle. Lève les yeux vers la colline dominant le village, là où l'on peut apercevoir les pignons de la maison du colonel Frink au-dessus des arbres.

— Tu crois que le colonel aimerait qu'on lui rende visite, Ourse ?

La chienne le regarde, la tête inclinée de côté.

— Je suis d'accord : il sera hyper-content.

Sous le soleil de midi, ils gravissent l'allée quadrillée par les ombres émaciées de corbeaux qui vont et viennent entre les tilleuls. A droite ondulent les bosses fantomatiques de la piste de BMX. Caffery ne peut s'empêcher de penser qu'elles ressemblent à des tertres funéraires anciens et qu'elles devraient porter des stèles. Il se rappelle l'expression de l'infirmière lorsqu'elle s'est retournée pour regarder la piste.

Parvenu à la porte de devant, il cherche sa carte de flic. Le colonel est du genre à exiger de voir une pièce d'identité : même s'il sait parfaitement qui est Caffery, il demandera l'application du règlement. Ne serait-ce que pour l'humilier. C'est toujours comme ça avec les types qui ont exercé une autorité, ils s'attendent que le monde continue à tourner exactement comme avant, que les gens s'inclinent devant eux, leur fassent des courbettes, même si l'armée n'est plus qu'un souvenir lointain.

Cette fois, Caffery frappe, il ne fait pas confiance à la sonnette. La porte s'ouvre presque immédiatement sur le colonel, qui porte un vieux pull kaki sur une chemise à carreaux. Les lunettes perchées au bout de son nez, il tient à la main un verre de whisky et semble mal assuré sur ses jambes sans sa canne.

— Quoi encore ?
— Colonel Frink ? Commissaire Caffery.
— Oui, je me souviens de vous. Il me reste quelques vestiges de capacité mémorielle, vous savez. Je peux me souvenir de choses remontant à plus de cinq minutes. Remarquable mais vrai.
— Je peux entrer ?
— Je ne préfère pas.

Caffery regarde par-dessus l'épaule du colonel. A l'intérieur, la maison ressemble à un château perdant de son lustre, avec son entrée au plafond haut, son escalier de pierre incurvé menant à l'étage. Des portraits à l'huile poussiéreux sont accrochés çà et là sur le papier mural taché par l'humidité et, plus loin vers l'arrière, une tête de cerf le fixe de ses yeux de verre. Manifestement, la femme de ménage n'est toujours pas venue : la maison est en désordre et il y flotte une mélancolique odeur de moisi. Dans la cuisine éclairée, au bout du couloir, Caffery distingue l'arrière de la tête de la femme du colonel, une épaisse masse de cheveux par-dessus une couverture rose gaufrée.

— D'accord. Je voulais juste vous poser encore une question, dit-il en rangeant sa carte. Sur cette chienne.
— Quoi, cette chienne ? Elle a changé d'apparence ?

Le colonel s'avance sur le seuil en titubant, renverse du whisky sur le paillasson. Lance à Ourse un regard furieux.

— Je vais la reconnaître maintenant alors que je ne l'ai pas reconnue hier ? C'est ça ?

— J'ai des noms possibles pour ses maîtres, argue Caffery en sortant le tirage d'imprimante de son enveloppe en plastique. Matilda et James. Ou peut-être Tillie et Jim, Tilda et Jimmy.

— Jamais entendu parler. C'est tout ?

Caffery montre la photo.

— Ce sont les inscriptions gravées à l'intérieur d'une alliance. Ça vous suggère quelque chose ?

Frink regarde d'un œil trouble en oscillant légèrement, comme sous l'effet du vent.

— Je vous le répète, je ne connais pas de James. Nous vivons ici depuis des années, mais nous ne fréquentons personne. Maintenant, par pitié, cessez de nous importuner.

Lorsqu'il commence à refermer la porte, Caffery, utilisant la vieille technique du représentant de commerce, glisse un pied à l'intérieur pour l'en empêcher.

— S'il vous plaît, colonel, une dernière question. Le terrain au bout de votre jardin, là où les jeunes font du BMX...

— Eh bien ?

— Il a quelque chose de spécial ?

Le visage de Frink s'assombrit.

— C'est une plaisanterie ?

— Non. Je ne sais pas...

— Vous êtes policier et vous ne savez rien de cette bande de terrain ?!

— Sérieusement, rien du tout. Ce circuit se trouve loin de mon territoire. Si j'ai dit quelque chose d'inconvenant, je suis désolé...

— Inconvenant, en effet, confirme le colonel d'une voix sourde. Tout à fait inconvenant.

— Alors, je vous présente mes excuses.
— Elles sont acceptées. Maintenant, vous allez nous laisser tranquilles ?

A contrecœur, Caffery remet la photo dans son portefeuille. Tire de sa poche ses clés de voiture. La visite a tourné au vinaigre.

— Désolé, répète-t-il. Je vous ai fait perdre votre temps.

Il redescend l'allée, Ourse trottinant dans son sillage. Il a presque fini de traverser la cour au sol fissuré par de mauvaises herbes quand l'ancien militaire crie derrière lui :

— Vous avez fait tout ce trajet !

Caffery s'arrête net. Attend un moment puis se retourne.

— Pardon ?
— Vous avez refait tout ce trajet. Vous avez reposé les mêmes questions.
— Qu'est-ce que vous voulez dire ?
— Persévérance. J'aime ça. Si vous comptiez les cent hommes que vous aviez dans votre régiment, vous n'en trouviez qu'un qui avait vraiment de la persévérance. C'est aussi rare que la poudre d'or.
— Et ?
— Vous pourriez peut-être vous adresser à quelqu'un du Royal Signals.
— Du quoi ?
— Du Royal Signals.

Caffery revient devant l'entrée, ressort la photo.

— Qu'est-ce qui vous fait dire ça ?
— Mercure – sur un globe. C'est l'insigne du Royal Corps of Signals.
— C'est aussi le logo d'un grand nombre de firmes.

— Pas celui-là. Vous avez entendu parler de Giambologna ?

Caffery connaît. Il le doit à la liaison qu'il a eue avec une artiste. Les flics n'ont généralement pas ce genre de connaissances.

— Oui, répond-il. Un sculpteur. Italien. Renaissance.

Le colonel hausse un sourcil.

— Remarquable. Et on dit que l'argent des contribuables est gaspillé...

Il se penche vers la photo, pointe un doigt rougi, enflé aux jointures.

— Regardez. Vous voyez sa posture ? La façon dont il tient le caducée ? C'est inspiré d'un bronze de Giambologna. Je le sais parce que j'ai passé quelques années dans les services de renseignements de l'armée. J'assurais la liaison entre les différents corps.

— Je ne vois pas trop le rapport.

— Parce que vous ne savez pas. Giambologna – vous croyez les simples troufions capables de prononcer ce nom-là ? Bien sûr que non. Ils l'ont raccourci en quelque chose que la populace pouvait saisir.

— Vraiment ?

— Vraiment. Ils l'ont abrégé en Jimmy. Montrez à un soldat des transmissions votre photo de Mercure, le premier mot qui lui sortira de la bouche sera « Jimmy ».

Héritage

Le soleil cogne à travers les rideaux aux crânes, teignant le sol en rouge sang. Penché au-dessus de la carpette, Oliver se concentre totalement sur ce qu'il écrit.

Je pense que nous allons mourir dans les deux ou trois jours qui viennent. Probablement après avoir été torturés.

Il porte le feutre à sa bouche et retourne à ses pattes de mouche :

Je lègue par la présente tous mes biens

Il s'interrompt. Quelques années plus tôt, la situation aurait été claire. Kiran avait réussi en surfant sur la vague des années 1990, à l'époque où « banquier d'investissement » était encore une profession à laquelle on aspirait. Il semblait certain qu'il n'aurait jamais de problèmes financiers – contrairement à Lucia. Après le meurtre de Hugo et tout ce qui y avait conduit, elle avait mené une vie chaotique, passant d'un projet à un autre sans jamais rien achever. Comme dessinatrice, elle ne gagnait quasiment rien dans les divers boulots sans avenir qu'elle avait obtenus. Oliver avait donc décidé de lui léguer la majeure partie de ses biens. Mais après les bouleversements du système bancaire, l'étoile de Kiran ne brille plus autant, ces derniers temps. Lorsque la nouvelle est arrivée de Hongkong – un autre bébé en route, un autre petit-enfant à nourrir –, Matilda a pressé Oliver de reconsidérer sa décision. Ils ont fixé un rendez-vous le mois prochain avec leur notaire pour qu'un nouveau testament accorde à chacun des enfants une part égale. Le notaire connaît déjà les termes du nouvel acte et le cerveau scientifique d'Oliver ne parvient pas à décider s'il doit faire allusion à ce fait dans ce qu'il écrit maintenant. Finalement, c'est le militaire en lui, pas le scientifique, qui passe au premier plan et prend la décision :

à mon épouse, Matilda Emma Anchor-Ferrers. Au cas où elle ne me survivrait pas, je souhaite que mes biens soient divisés à parts égales entre mes deux enfants, Kiran et Lucia. Au cas où l'un d'eux ne me survivrait pas, je lègue tout ce que je possède à celui qui restera en vie.

Kiran, pense-t-il, ce sera Kiran. Parce que les membres de la famille qui se trouvent dans cette maison vont mourir.

Aujourd'hui, ils ont torturé ma femme en nous faisant assister, ma fille et moi, à ses souffrances.
Je serai témoin d'autres violences faites à ma femme et aussi, c'est quasi inévitable, à ma fille.

*Il n'y a rien que je puisse faire pour l'empêcher.
J'ai envie...*

Il cesse d'écrire. Fixe les caractères, les yeux larmoyants. Il allait ajouter *de mourir*, mais il a déjà écrit ça plusieurs fois.

John Bancroft aura déjà saisi le message.

Dorset

Le sergent inspecteur Paluzzi, qui a toujours porté des tenues de bombe sexuelle, est allée encore plus loin ces derniers temps. Ses pulls sont plus collants, ses jupes et son pantalon corsaire rose plus moulants. Ses talons sont plus hauts, aussi. Cela confirme Caffery dans l'idée que depuis qu'elle a divorcé elle s'intéresse à lui. Il le perçoit dans de menus détails, comme la façon dont elle le regarde parfois d'un bout à l'autre du bureau. Dans les commentaires qu'elle fait sur la cravate qu'il porte, les questions saugrenues qu'elle pose. Ce ne serait pas lui qu'elle a vu au bar du Bristol samedi soir ? Elle est sûre que c'est lui. Il s'est bien amusé ?

Ce n'est pas la première fois que cela arrive à Caffery au boulot. Il aime bien Paluzzi, il la respecte, mais il pourrait céder à la tentation de profiter de la situation. Roulant vers la base du régiment des Royal Signals à Blandford, dans le Dorset, il relie son portable au haut-parleur Bluetooth et demande à Paluzzi de se renseigner sur ce qui s'est passé sur la piste de BMX derrière la maison du colonel. Elle l'informe que dans un premier temps l'atmosphère au bureau a été celle d'un conseil de guerre, mais que le divisionnaire est passé du rouge à l'orange et qu'il ne tardera probablement pas à supplier Jack de reprendre le travail. Elle promet ensuite de lui transmettre l'information dès qu'elle l'aura obtenue.

Ouaip, pense-t-il en mettant fin à la communication. Il ne s'est pas trompé sur Paluzzi.

Il compose le numéro de Johnny Patel, qui répond d'une voix endormie, comme si on l'appelait un dimanche à 2 heures du matin et non un jour de semaine dans l'après-midi.

— Salut, Jack. Comment vont les ploucs, vieux ?
— Je te dérange ?
— Non non non, j'étais juste en train de faire un peu de, euh, *recherche*.
— Avec Nina l'érudite ?
— Comme j'ai dit, les plus soupçonneux…
— Ça avance, mon affaire ?
— Pas trop. T'as plus de crédit-temps, Jack, va falloir que je te facture, maintenant. Désolé, mais Nina a vraiment besoin d'une tablette Samsung pour le cours qu'elle suit. Et aussi d'une paire de Kurt Geiger. T'as pas idée de ce que ça peut donner au plumard, une paire de pompes comme ça.

Patel toussote et reprend :

— C'est pas que Nina s'intéresse à ce genre de trucs. Comme j'ai dit, une moralité de bonne sœur.
— D'accord, pas de problème, ouvre-moi un compte. Je t'appelle parce qu'il y a du nouveau : nous n'avons peut-être pas les bons prénoms.
— *Nous ?* Qui c'est, « nous », *kemosabe*[1] ?
— Quoi ?

---

1. « Ami fidèle », terme comanche utilisé par l'Indien Tonto dans le feuilleton télévisé *The Lone Ranger*.

— Rien. Plaisanterie pour initiés.

Caffery soupire. Le perpétuel ton guilleret de Patel le fatigue.

— Ce n'est peut-être pas James et Matilda. C'est peut-être un autre prénom et Matilda.

— D'aaaacord. Donc ça nous ramène quelques pas en arrière.

— J'en suis bien conscient. Le type pourrait avoir un grade militaire dans le certificat de mariage. Mercure est l'insigne du Royal Corps of Signals, et quant au Jimmy entre guillemets, c'est le surnom donné aux soldats des transmissions. Je suis en route pour leur base.

— En route ? Qu'est-ce que tu vas foutre là-bas ? Si tous les gars du régiment sont surnommés Jimmy, comment ils peuvent t'aider ?

Caffery inspecte le paysage qui file le long de la voiture. Chaud et tranquille sous le soleil de fin d'après-midi. Les Américains et les Japonais font des milliers de kilomètres pour s'extasier, bouche bée, devant ce genre d'endroit : cottages couverts de chèvrefeuille, pubs et églises pittoresques. Dans l'état d'esprit qui est actuellement le sien, il ne saurait y avoir une vue plus grise, plus désolée.

— Ecoute, finit-il par dire, tu as une meilleure idée ?

L'odeur

Toute la journée, l'odeur demeure suspendue dans la cuisine, refusant obstinément de disparaître. Quand ils ne portent pas à manger en haut et n'essaient pas de réparer le raccordement téléphonique, les deux hommes cherchent à comprendre comment elle passe de l'arrière-cuisine – où se trouve encore le seau de viscères – au reste de la maison.

— Parce que c'est forcément de là qu'elle vient, déclare Honig.

— Ouais, répond Ian le Geek. A moins que le clebs soit revenu en douce crever ici pour nous emmerder.

Ils ratissent la maison, fouillent les placards et les pièces sans rien trouver. Ils cherchent des conduits d'aération dans l'arrière-cuisine, bourrent de papier journal le trou de la cheminée par lequel le chien est tombé, mais ça ne change rien. Ce qu'aucun d'eux n'est d'humeur à faire, c'est bouger ce putain de seau, pense Honig, planté sur le seuil de l'arrière-cuisine, une tasse de café à la main. Tandis que l'après-midi s'avance, une nuée de mouches vole autour des intestins. Elles se déplacent en une seule masse noire ondulante en faisant un bruit de pylône électrique par temps humide.

Cette pestilence lui lève le cœur. Il a déjà senti la mort et la pourriture, mais cette odeur a en plus quelque chose de douceâtre. Il retourne dans la cuisine et balance son café dans l'évier. Rince la tasse et fait le tour de la pièce, ouvre les tiroirs, hume l'intérieur du frigo pour la énième fois. Il s'approche de la porte ouverte de la cave à charbon et se tient sur le seuil, braque une torche électrique sur les marches en bois. Le Geek est en bas, il vérifie qu'il n'y a pas de ventilations qui laisseraient l'odeur passer de l'arrière-cuisine à la cave puis monter par les fentes entre les lattes du plancher. Ou alors le cadavre d'une chienne sur le tas de charbon.

Honig s'appuie d'une main au chambranle et se penche vers la cave.

— Hé ! Ian ? Tu es là ?

Il entend un bruit de boulets qui s'éboulent, un juron étouffé. Un instant plus tard, le Geek apparaît en bas de l'escalier, sa propre torche à la main, le visage noir de poussière de charbon.

— Alors ? Qu'est-ce qu'il y a dans cette cave ?

Ian le Geek secoue la tête.

— Du charbon.

Il éteint sa lampe électrique, s'essuie le front et gravit les marches d'un pas lent. Son corps aussi est couvert de poussière. Il se dirige vers la cheminée en époussetant ses vêtements de la main.

Honig l'observe en silence avec une profonde inquiétude. Celle qu'il éprouve depuis la veille au soir. Il y a dans cette odeur quelque chose qu'il ne parvient pas à saisir. Pourquoi un animal quelconque, renard ou blaireau, n'a pas franchi la porte ouverte de l'arrière-cuisine pour dévorer les intestins de ce cerf ?

Tout à coup, sans raison précise, il veut savoir où exactement son coéquipier a trouvé le cerf mort.

— Bon, tu vas me sortir ces saletés de l'arrière-cuisine, ordonne-t-il au Geek. Ensuite, on prendra la voiture.

— On va quelque part ?

— Ouais. Tu vas me montrer où tu as trouvé cette fichue bête.

Hugo et Sophie

Vers 5 heures de l'après-midi, Caffery s'est trouvé un pub. C'est un « gastropub » qui semble avoir été ouvert dix ans plus tôt et qu'on a laissé dépérir. S'il a dû avoir naguère de hautes aspirations, il est maintenant miteux, avec son plancher où le passage des clients a laissé des coulées noires. La planche qui court en bas du comptoir, sur laquelle les clients posaient leur pied, est fendillée par endroits, et le mobilier aux couleurs vives, autrefois élégant, est à présent taché, défraîchi. Sur le mur qui relie le comptoir à la fenêtre, un tableau noir porte des empreintes de pattes de chien, avec un nom écrit à la craie sous chacune d'elles – sans doute des « habitués », les animaux chéris qui ont fréquenté l'établissement pendant des années.

Caffery est assis près du feu éteint sur l'un des sofas vert-jaune, et Ourse lui prend délicatement des chips des doigts. Johnny Patel avait raison : il a perdu son temps en allant dans le Dorset. Les soldats du Royal Corps of Signals étaient tout disposés à l'aider, cependant les dossiers des années 1980 se trouvent non pas à Blandford mais à Glasgow – Glasgow ! Et trouver un individu sans autre indice que le prénom d'une épouse prendrait des mois. « Jimmy », ou quel que soit son vrai nom, a peut-être quitté les Transmissions avant de se marier. On peut aussi concevoir qu'il appartienne encore au régiment, mais qu'il ait divorcé et se soit remarié. Les suppositions sont infinies, la piste ne mène à rien.

En sortant de la base du régiment, Caffery s'est arrêté au premier pub qu'il a repéré. Il y a un verre de bière à moitié vide sur la table devant lui. S'il continue à boire, il ne sera plus en état de conduire, mais il ne sait pas quoi faire d'autre au point où il en est.

Il prend son portable, consulte ses messages, fait défiler les spams et les e-mails généraux liés au boulot. Dont un de Paluzzi. Il l'ouvre et pense aussitôt qu'il doit *vraiment* lui plaire. Comme elle ne pouvait pas lui envoyer directement les informations de la base de données, elle a transcrit tout ce qu'elle a trouvé sur le circuit de BMX dans un dossier PDF qu'elle lui a expédié par mail.

— Ça a dû lui prendre des heures, dit-il à Ourse en parcourant le document. Des heures.

Ce qu'il lit lui fait aussitôt l'effet d'une gifle en pleine figure. Le parcours de BMX est situé près de la maison de Frink, pas assez cependant pour qu'on entende les cris qu'on y a poussés. Quinze ans plus tôt, un double meurtre y a été commis. Les victimes étaient Hugo, le petit-fils de Frink, et sa copine. Pas étonnant que le colonel ait ce comportement incohérent, que l'infirmière fixe le circuit avec effarement comme s'il était maudit.

Caffery n'avait jamais entendu parler de Minnet Kable auparavant, probablement parce qu'il n'est dans la police locale que depuis quatre ans. Kable est un prédateur sexuel condamné par la justice. Il a violé trois adolescentes à la sortie de Yeovil, il a passé neuf ans à l'hôpital psychiatrique de haute sécurité Ashworth, d'où il a été libéré en 1991. En 1999, il a assassiné le couple du circuit de BMX, qu'on appelait alors la Pente aux Anes.

Caffery émet un long sifflement bas en lisant la suite. Une grande partie de ces informations n'ont pas été rendues publiques.

Kable avait dû emporter dans un sac tout ce dont il avait besoin pour la nuit. Un pic à glace et un cutter. Probablement aussi de quoi manger et de quoi boire, parce que cela a duré plus de douze heures.

Lorsqu'il s'est jeté sur eux avec le pic à glace, Hugo était à demi nu, Sophie allongée sous lui. Cette attaque initiale n'a causé à l'adolescente qu'une blessure légère quand le pic à glace est ressorti de l'abdomen de Hugo pour entrer dans le sien. Quoique touchée, elle a réussi à s'extirper de dessous son copain et à fuir dans les bois. Hugo, en revanche, était condamné dès le premier coup. Le pic a traversé le muscle fessier pour s'enfoncer dans le bas de la colonne vertébrale et sectionner un nerf vital commandant les jambes. Il est devenu instantanément paralysé sous la taille.

Kable ne lui a pas infligé une autre blessure. Il n'en avait pas besoin. Le garçon était incapable de bouger et Kable a eu tout loisir de le regarder mourir. Cela a pris probablement quatre ou cinq heures. Voilà pourquoi dans le pays on a parlé des meurtres du Loup, parce qu'ils ont été commis à la manière dont les loups tuent leur proie. Ils la blessent puis la pourchassent et la maintiennent constamment à leur portée jusqu'à ce que, épuisée, elle meure vidée de son sang.

Pendant ce temps Sophie Hurst-Lloyd se cachait dans les bois.

Malgré tout ce qu'il a vu et fait, et bien que l'événement remonte à plus de quinze ans, Caffery a du mal à lire sans broncher ce qui est arrivé à cette fille.

Kable doit avoir eu une énorme confiance en lui, car apparemment il a, dans un premier temps, laissé Sophie s'échapper. L'autopsie n'a pas révélé d'autre blessure initiale que celle de l'abdomen, et l'adolescente aurait sans doute survécu si Kable ne l'avait pas retrouvée. L'équipe de la police scientifique a découvert le troisième jour l'endroit où elle s'était cachée. Le tas de feuilles sous lequel elle s'était terrée. Le message qu'elle avait tenté d'écrire sur un tronc d'arbre.

Maman, papa, je vous aime. Je suis désolée. Je voudrais tant rentrer à la maison

La suite – peut-être une tentative pour désigner Kable comme son agresseur – avait été rendue illisible par de profondes entailles correspondant au cutter de Kable. La malchance, ou ce qu'on pourrait appeler le destin, avait conduit Sophie à choisir le plus mauvais endroit du bois où se cacher pour s'échapper ensuite. Elle s'était glissée dans l'angle en forme de U que formait à sa base une paroi escarpée. Caffery sait exactement où elle s'est retrouvée prise au piège. C'est le même escarpement que la grotte. Le malheur de l'adolescente, c'est de ne pas l'avoir vue. Sinon, elle aurait eu une faible chance de s'en tirer.

A cette époque, les jeunes n'avaient pas de portables. L'alternative, pour elle, était de s'enfuir – ce qui signifiait passer devant l'endroit où Kable regardait

Hugo mourir – ou d'attendre. Sagement, elle a attendu. Longtemps. Tandis que la lune montait, traversait le ciel puis s'abaissait à l'horizon, elle s'est enfouie plus profondément sous les feuilles mortes, contenant sa respiration. Elle ne pouvait probablement pas voir Kable ni Hugo, mais elle avait une montre et elle a dû penser qu'attendre douze heures après que le bois était devenu silencieux suffisait amplement. Elle a dû penser, quand les premières lueurs de l'aube se sont insinuées entre les arbres, quand il n'y avait plus dans le bois d'autres mouvements que le passage furtif d'un renard ou le vol d'un oiseau, qu'elle pouvait sortir de sa cachette.

Elle n'avait pas compté avec la folie et l'obstination de Minnet Kable. Il savait attendre aussi bien qu'elle. Dès qu'elle a bougé, il a couru vers elle. Il l'a acculée, il l'a frappée avec son cutter. D'après le rapport, il était ambidextre – il l'avait démontré dans ses agressions antérieures – et les blessures infligées à Sophie le confirment. Les plus profondes ont été portées de la main droite, d'autres de la gauche : il a eu le temps et la possibilité de changer de main. Sophie a mis trois quarts d'heure à expirer. Comme Hugo, elle est morte de s'être vidée de son sang. Son agonie a peut-être été plus courte, parce qu'une nuit dans le froid l'avait déjà affaiblie.

Incroyable, pense Caffery, la confiance en soi que Kable a montrée. Pour confiner deux adolescents en pleine forme et en bonne santé dans un endroit relativement fréquenté, sans s'affoler, pendant un temps aussi long, en sachant qu'il pouvait être découvert à tout moment. Comment une personne seule a pu avoir cette maîtrise de soi, cette opiniâtreté – cela dépasse Caffery.

Après leur mort, Kable a extrait les intestins des deux adolescents par leurs blessures au ventre. Le médecin légiste a estimé que Sophie s'accrochait encore à la vie et qu'elle était peut-être consciente de ce qui se passait. Kable a suspendu les entrailles à des branches en leur donnant la forme d'un cœur. Il a ensuite remis les corps dans la position où le médecin légiste présume qu'il les avait trouvés quand il les a frappés avec le pic à glace : Hugo dessus, les jambes de Sophie nouées autour de la taille du garçon. Etreinte morbide sur les feuilles mouillées. Avec les intestins qui pendent au-dessus d'eux, ils ont l'air, sur les photos de la scène du crime, de jumeaux dans un ventre maternel, reliés au cordon ombilical.

La dernière touche est la plus étrange. Après avoir placé les deux corps face à face, comme s'ils s'embrassaient, Kable les a frappés à la tête, avec ses poings ou avec ses pieds – le rapport n'est pas concluant. Quelle que soit la méthode employée, les coups ont été assez violents pour leur briser le nez et les pommettes. D'après le rapport, quand les policiers ont séparé les corps, les visages des deux adolescents n'avaient plus rien d'humain.

Caffery se vide les poumons en une longue expiration. Il pose son portable à l'envers sur la table, appuie l'arrière de son crâne contre le mur et réfléchit, les yeux fermés. Il se demande si Kable a agi par jalousie. Il était peut-être amoureux d'un des deux jeunes – le garçon ou la fille, qui sait ? – et les défigurer était peut-être une façon de les punir de leurs rapports intimes. Faire de leurs deux visages une même masse sanglante. Ils s'embrassaient ? Eh bien, ils allaient *vraiment* s'embrasser. Ça leur apprendrait. Les viscères formant un cœur, la bague que Hugo avait offerte à Sophie et qu'on n'a jamais retrouvée – tous ces détails indiquent la jalousie comme mobile. Et cependant les inspecteurs et les autres personnes s'occupant de l'affaire n'ont jamais réussi à établir une relation personnelle entre Kable et le couple.

Ourse pousse du museau la main de Caffery, qui ouvre un œil et la regarde.

— Tu as raison. C'est intéressant, mais ça ne m'aide pas à découvrir qui tu es.

Il porte son regard sur le verre de bière, se dit qu'il n'a pas envie de rentrer chez lui ce soir. Ce qu'il veut, c'est trouver le Marcheur. Le faire parler. Le forcer à parler en lui serrant la gorge. Mais quand il se représente la scène, il se rend compte qu'il aurait beau l'étrangler, il n'obtiendrait de lui qu'un sourire béat, une expression de certitude sereine indiquant qu'il s'attendait exactement à ça. Le Marcheur ne demandera jamais grâce, il ne révélera pas ses secrets, il ne conclura pas d'accord en désespoir de cause. Il ne parlera que lorsqu'il sera prêt.

Caffery ferme les yeux, appuie de nouveau la tête contre le mur et respire à petits coups réguliers.

Le cerf

Ian sort le seau de l'arrière-cuisine pour le porter dans les bois. Les intestins puent, et tandis qu'il marche, un nuage de mouches le suit, telle une odeur représentée sur un dessin, tel le fumet de la sauce Bisto sur les vieilles réclames. A son retour, il est obligé de flanquer son tee-shirt à la poubelle et de prendre une douche. Il rejoint ensuite Honig et ils montent ensemble dans la Chrysler.

Derrière le volant, Honig a le visage cramoisi, l'expression tendue. Ils ne parlent pas. Ils roulent lentement jusqu'au bas de l'allée, franchissent les grilles et tournent à gauche. Roulent encore, en suivant les instructions de Ian, jusqu'à parvenir à une petite aire de stationnement.

— Ici, indique-t-il. C'est ici que je l'ai trouvé.

Le soir n'est pas encore arrivé aux Tourelles, mais en bas, dans l'ombre de la colline, l'obscurité descend rapidement. Ils sentent une légère fraîcheur dans l'air lorsqu'ils quittent la voiture pour s'engager dans le bois.

Ian s'arrête devant des barbelés rouillés qui s'enroulent en boucles entre les arbres.

— C'était dans ce coin, reprend-il avec un geste vague de la main. Pourquoi tu veux savoir ?

— Ici ? demande Honig.

Il s'approche, l'air pensif, regarde autour de lui. Ne voit rien. Il marche, décrit un grand cercle en donnant des coups de pied dans l'herbe, en soulevant des branches.

— Ici ? Tu es sûr ?

— Oui. Enfin, je crois.

— Raconte-moi ce qui s'est passé. Tu trouves un cerf – déjà abattu par quelqu'un d'autre, tu m'as dit. Avec quoi tu l'ouvres pour le vider ?

— Un… un couteau.

— Un couteau ? Tu l'as pris où ?

— Dans la cuisine. Au bloc.

— Tu mens.

Ian déglutit.

— Non, je mens pas, je…

— Quel couteau exactement ? Pour éventrer un cerf, il faut avoir le bon couteau. On ne peut pas le faire avec un couteau à beurre.

— Je me suis pas servi d'un couteau à beurre. J'en ai pris un dans le bloc.

Honig plisse les yeux avec une expression soupçonneuse.

— Tu l'as lavé, après ? Je n'ai pas remarqué que tu aies nettoyé quoi que ce soit.

Ian remonte ses lunettes et cligne des yeux. Il a horreur de se faire pincer en train de mentir. C'était une des choses que sa mère adorait faire, le prendre en flagrant délit chaque fois qu'elle le pouvait. Même pour les petits mensonges, les pieux mensonges. *Tu as bien dormi, cette nuit ? Oui, plutôt bien. Non, tu mens, Ian, je sais que tu n'as pas bien dormi, je t'ai entendu passer d'une pièce à l'autre à 2 heures du matin, pourquoi tu me mens ?*

Il baisse la tête, regarde ses pieds. Pas question de lever la tête. Impossible de prédire ce qu'il découvrira s'il le fait. Peut-être pas le visage de Honig, peut-être le visage de sa mère, qui lui lance un regard accusateur. *Tu mens*. Peut-être quelque chose de plus grave encore.

— Geek, je te parle, putain. Je suis là et je ne vois aucune preuve qu'il y a eu un cerf à cet endroit. Aucune trace indiquant que tu l'aies traîné jusqu'à la voiture. Donc, tu me mens.

Ian serre les dents. Il faut qu'il reste calme. Quarante mille dollars lui ordonnent de tenir le coup. L'argent et bien plus encore – son honneur, sa fierté. Bien plus.

— D'accord, avoue-t-il, toujours sans regarder Honig. C'est vrai. Y avait pas de cerf. Y avait que ses tripes. Là, sur les barbelés.

— Ses tripes ? Tu as trouvé les intestins sur les barbelés ?

Ian se frotte le nez, il n'a toujours pas levé les yeux.

— Ouais, je revenais après avoir parlé à la femme de ménage. J'ai traversé le bois et je suis tombé dessus. Comme ils étaient près de l'allée, je me suis dit, je sais pas, je me suis dit qu'ils venaient d'une bête heurtée par une voiture. Ou abattue par un chasseur, parce qu'il y avait des chasseurs là-haut, je les avais entendus tirer. Le temps que j'arrive, ils avaient dû la vider et emporter la carcasse. Du moins...

Il lève enfin les yeux. Honig le regarde fixement, le visage blême dans le demi-jour violet.

— Du moins, c'est ce que j'ai supposé.

— Supposé. SUPPOSÉ ? Pauvre connard. Tu me racontes que tu as trouvé des entrailles... mais pas d'animal ?

— Oui. Et je me suis rappelé de ce que Havilland nous avait dit sur Kable, et j'ai pensé... Quoi ?

Ian s'est interrompu en voyant Honig secouer la tête d'incrédulité.

— Quoi ? C'est pas *si* bizarre, proteste le Geek.

— Tu sais quoi ? Moi, je trouve ça *un tantinet* bizarre. Et totalement incroyable, bordel de merde.

— Pourquoi tu te mets dans cet état ?

— Eh bien, pour commencer, parce que tu m'as menti. Pas une fois, mais deux.

— Ouais, mais pas pour des trucs importants. Bon Dieu, j'avais plein de trucs à m'occuper : la femme de ménage, le téléphone, le système d'alarme...

Il s'interrompt de nouveau. Honig a fait demi-tour et s'éloigne en recommençant à secouer la tête.

— Allez ! crie-t-il. Remue-toi. On a des coups de fil à donner.

Breanne

— Vous voulez de l'eau ?

Caffery ouvre les yeux. Une femme se tient devant lui, quatre verres sales serrés l'un contre l'autre dans une main. Bien qu'elle doive avoir une quarantaine d'années, elle est vêtue comme une motarde de vingt ans, pantalon de cuir et gilet noir ajusté. Ses longs cheveux teints en violet sont tressés en deux nattes qui lui descendent jusqu'à la taille. Ce qui la distingue vraiment, toutefois, c'est la cicatrice qui barre son visage. Elle part de la joue, frôle la base du nez, s'étire le long du cou et descend vers la poitrine. On a dû faire à cette femme plusieurs greffes de peau, car la partie inférieure de sa figure a une texture différente de celle du haut : elle est renflée, lisse et blanche, alors que la partie supérieure est hâlée, avec un semis de taches de rousseur sur le nez. C'est comme si on lui avait coupé la moitié du visage pour en accoler une autre avec des points de suture.

— OK, remettez-vous, j'ai l'habitude, dit-elle.

— Désolé, s'excuse Caffery. C'était grossier de ma part de vous fixer comme ça.

— Pas grossier, normal. On regarde fixement quand on n'est pas sûr de ce qu'on voit. Pour vérifier qu'on n'est pas en danger. C'est pour ça aussi qu'on colle des étiquettes : les gens le font pour se rassurer. Le psychiatre m'a expliqué tout ça. Et faites-moi confiance : vous êtes tout à fait normal.

— Vous croyez ?

Elle prend le temps de l'examiner puis lui adresse un petit sourire ironique. Bien qu'elle soit défigurée, il y a quelque chose d'étrangement sexy dans ce sourire.

— Pour ce qui est de me regarder fixement, vous êtes normal. Quant au reste, je ne m'avancerai pas. Bon, votre chien veut de l'eau ou pas ? On chouchoute les animaux ici, c'est la spécialité de la maison, ce genre d'attentions.

Caffery se redresse et se frotte les yeux, comme s'il avait dormi.

— Merci. Ce serait gentil.

La femme porte les verres au comptoir et revient avec un bol rempli d'eau qu'elle pose devant Ourse. Elle se penche et lui gratte le crâne.

— Garçon ? Fille ?
— Fille.
— Elle est en partie colley, non ?
— Je sais pas trop.
— Je crois bien. J'avais une chienne colley, je l'installais sur le siège arrière de ma moto, je lui mettais un petit foulard. Elle aimait que le vent lui ébouriffe les poils. Vous voyez, là.

Elle tend la main vers le mur où est accrochée la photo d'une moto étincelante. Une chienne est perchée à l'arrière du siège, la langue pendante.

— Et là, c'est moi avant.

La photo suivante montre une jeune femme en tee-shirt Harley devant un *diner* américain, un radieux sourire aux lèvres. Ses dents sont éclatantes, son regard clair. Elle était jolie. Très jolie.

— Comment tu t'appelles, ma fille ? Hein ?

La femme s'est accroupie, elle tient la chienne derrière les oreilles et approche son visage du sien.

— Comment tu t'appelles ? T'es vraiment belle.

Elle lève la tête vers Caffery, attend une réponse. Il détourne son regard de la photo.

— Ourse.

— Ourse ? Elle a pas du tout l'air d'une ourse – enfin, d'un ourson peut-être. Pourquoi ce nom ?

— Je ne sais pas.

Elle plisse le front.

— Vous savez pas grand-chose sur votre chienne.

— Elle n'est pas à moi.

— Vous l'avez volée ? Vous êtes un voleur de chiens ? Vous avez raison : vous n'êtes pas aussi normal que vous en avez l'air.

— Qu'est-ce qui est arrivé ?

— A mon visage ?

— Oui, à votre visage.

— Brûlures d'acide.

— Oh, dit-il, faute de mieux.

— Oui, « oh », dit-elle en souriant.

Il est étonné de se sentir aussi à l'aise en la regardant. Comme si quelque chose en elle l'y conviait. Comme si avoir la peau du visage brûlée l'avait forcée à se montrer nue au monde et qu'elle était maintenant aussi heureuse avec sa nouvelle peau qu'avec n'importe quelle autre.

— Comment est-ce arrivé ?

— Si je vous raconte que je participais à une opération de déminage en Afghanistan, vous seriez impressionné ?

— Vous avez envie que je sois impressionné ?

— Vous êtes un homme séduisant, vous le savez sans doute. Je suis une femme. Pas tout à fait reconnaissable comme telle, je vous l'accorde, mais je suis une femme. Bien sûr que je veux vous impressionner.

Il fait tourner son verre sur la table, laissant une trace mouillée circulaire à laquelle il rive son regard, parce que s'il lève la tête et croise les yeux de cette femme, elle y verra les images qui s'y trouvent.

— Alors, demande-t-elle, vous êtes impressionné ?

— Ça dépend. C'était bien une mine en Afghanistan ?

Avec un petit rire, elle se redresse, tire un tabouret à elle et s'assied en face de Caffery, croise les bras. Elle a de longues jambes minces, de tout petits seins. La peau de ses bras et de ses mains est lisse, légèrement bronzée.

— Non. J'aimerais bien. J'aimerais pouvoir dire que c'était l'explosion d'une mine, ou un accident d'hélicoptère, alors que j'essayais de sauver d'autres soldats, parce que ici la moitié de la clientèle a une histoire comme celle-là à raconter – on est tout près de la base. Mais non. Je suis née ici, dit-elle en désignant le pub d'un mouvement de la main. Il appartient à mon père, c'est lui qui vous a servi. Il est maniaco-dépressif ou bipolaire, quelque chose comme ça. Gentil avec tout le monde, mais incapable d'être heureux. Intelligent en plus, il a une formation de physicien, mais il n'a pas pu trouver de boulot dans son domaine. D'où ce pub.

— Et vous ? L'armée ?

— Non non non. Trop paresseuse, et trop de choses à faire ici, avec mon père et ma mère qui ne s'en sortaient pas. Non, j'avais vingt ans, je bossais ici, je sortais avec tous les gars de la base – les Signals, vous imaginez.

Elle a un hochement de tête en direction de la fenêtre.

— C'était quasiment naturel, en vivant si près, de sortir avec eux. Rétrospectivement, je crois que j'avais le choix, mais je suis tombée sur le mauvais. Il essayait toujours de m'épater, il frimait – et j'adorais ça. Une nuit, il m'a fait entrer en douce dans la base. Il aurait pu passer en cour martiale pour ça, il l'a fait quand même, parce que je voulais voir : je voulais voir ce qu'il y avait de l'autre côté de la clôture. Il était responsable du transport d'un des régiments, il m'a fait visiter, il m'a montré les camions et les ateliers d'entretien et…

Elle s'interrompt, prend un moment pour revoir la scène dans sa mémoire puis secoue la tête.

— Y avait un problème avec la clim. Les batteries des camions doivent être ventilées parce qu'elles produisent un gaz inflammable – explosif, en fait. On a… vous devinez quoi. Après, il a allumé une cigarette… *Bam !* J'étais à côté d'une batterie, elle m'a explosé à la figure. Lui, il n'a rien eu. Il est major, maintenant. Je l'ai vu au journal télévisé il y a un mois, il est en Afghanistan.

Elle penche la tête sur le côté et scrute le visage de Caffery, en quête d'une réaction. Il reste impassible. C'est quelque chose qu'il a appris au fil des ans : dresser un mur blanc et neutre pour empêcher les gens de regarder en lui. Elle l'observe et sourit, ne parvient pas à franchir ce mur. Alors elle se lève, prend le verre vide.

— Une autre ?

Il devrait dire non. S'il boit encore une bière, il sera incapable de conduire avant 10 heures au moins. Il devra rester assis là à boire du café pendant trois heures.

— Oui, répond-il. Volontiers.

Quand elle lui apporte une autre bière, il en avale la moitié d'un trait et la repose sur la table. Tous les trois, la femme, la chienne et lui regardent un moment le verre en silence. Quelque chose a changé dans l'atmosphère. Il le sait, elle aussi. Il reprend le verre et le finit d'une lampée, s'essuie la bouche du revers de la main.

— Je m'appelle Jack.
— Moi Breanne.
— Heureux de faire ta connaissance, Breanne. Jusqu'où elle descend, cette cicatrice ?

Dernier boulot

Honig se tient à trois mètres de la maison et braque une torche électrique vers le bois. Derrière lui, Ian le Geek travaille sur la boîte de jonction du téléphone en s'éclairant avec une autre lampe. Comme il ne cesse de jurer et de marmonner, Honig suppose que ça ne se passe pas très bien.

Il plonge une main dans la poche de sa veste et la referme sur *Passion Bubble-gum*. Il voudrait pouvoir appeler sa femme. Il est tellement à cran qu'il ne tient pas en place. Des intestins accrochés à une clôture de barbelés ? Tout près de la Pente aux Anes où Minnet Kable a assassiné les deux ados ? De plus en plus étrange. Comme si quelqu'un dans les parages orchestrait un énorme coup fourré.

Lorsqu'ils étaient en bas de l'allée et que le portable captait, il a effectivement téléphoné, il a laissé des messages à plusieurs personnes pour avoir des infos sur Minnet Kable. Ça peut paraître dingue de commencer à se poser des questions sur ce type uniquement parce qu'ils ont trouvé des entrailles sur des barbelés, mais il a soudain eu besoin de s'assurer que Kable était toujours en taule. Personne n'a pu lui répondre, tous ont cependant promis de se renseigner et de le rappeler. Honig a ensuite demandé au Geek de chercher sur le Web tout ce qui pourrait laisser supposer une éventuelle libération de Kable. Ils n'ont rien trouvé. En même temps, Honig se demande si les autorités communiqueraient ce genre d'information à la presse.

Minnet Kable ne peut pas être dehors. Il *ne peut pas*. Et s'il l'était, ce serait le dernier endroit où il reviendrait. Honig est quand même secoué par ces tripes de cerf. Il a l'impression que l'air autour de la maison et des bois se resserre comme un poing à chaque heure qui passe.

— Ça avance ?

Le dos tourné au Geek, il garde les yeux sur la frontière la plus lointaine, là où le demi-cercle lumineux de la torche rencontre l'obscurité. Du coin de l'œil, il surveille aussi la porte de derrière, qui est restée ouverte et laisse la lumière de l'entrée se déverser dehors. D'habitude, il est réfléchi et rationnel, il ne peut s'expliquer pourquoi il est tout à coup aussi nerveux.

— Tu as trouvé ?
— Non.

Il se mord la lèvre pour s'empêcher de jurer. En ce moment, sa colère contre le Geek est sous contrôle vacillant. Non seulement ce type n'a pas trouvé bizarre de découvrir les entrailles de cerf, mais il est en plus incapable de faire la seule chose pour laquelle il est censé être expert : rebrancher cette foutue ligne. Ils ont besoin du téléphone fixe. Vraiment besoin.

Il scrute les bois, furète dans ses pensées et ses sensations pour trouver une explication logique. Il braque la torche sur la porte de l'arrière-cuisine. L'examine. Maintenant qu'il y pense, il a l'étrange impression que quelque chose lui a échappé, quelque chose qui donnera un sens à toute cette histoire. C'est quelque chose qui s'est passé le premier jour... quelque chose que quelqu'un a fait, ou dit...

La vague impression fait un bond dans sa tête et se carapate. Il lève les yeux, se frotte les tempes, tente de la faire revenir. Elle est partie. Evaporée. Il se retourne. Ian le Geek se tient près de la boîte de raccordement, un sourire crispé aux lèvres.

— Je suis désolé.

Il s'éponge le visage avec sa manche, hausse les épaules et désigne la boîte avec sa pince.

— Je suis qu'une merde, je le sais. J'y arrive pas.

Honig secoue la tête. Cela renforce sa décision : ce sera son dernier boulot. Après ça, il quittera définitivement Gauntlet, il retournera auprès de *Passion Bubble-gum*.

Les deux hommes rentrent et installent les lits de camp. Ian s'endort rapidement, Honig s'agite, ne trouve pas le sommeil. C'est un citadin, les bruits de la campagne lui sont étrangers. Les chants d'oiseaux nocturnes, les glapissements de renard. A 4 heures du matin, une bête s'est fait tuer – un faisan, peut-être, à en juger par ses cris. Honig a beau savoir que ce ne sont que les bruits de la nature, il éprouve la plus grande frayeur de sa vie. Il garde le tube de *Passion Bubble-gum* sur son oreiller, afin de pouvoir ôter le capuchon et en respirer l'odeur, rien que pour se calmer. Qu'est-ce qui lui a mis dans la tête que Kable est sorti de prison ? Il n'en sait rien, mais toute la nuit l'image d'un homme décorant des arbres avec les tripes de deux adolescents l'a poursuivi.

Finalement, il capitule et aux premières lueurs du jour il repousse les couvertures et se lève. Il branche la bouilloire électrique, boit deux tasses de café fort. Le Geek dort toujours. Il ronfle. *Plus ça change*[1]... pense Honig.

Il rince sa tasse, ouvre les rideaux et regarde dehors. C'est l'aube ; une lumière rose passe entre les arbres à l'est de la maison. Il enfile ses chaussures, prend une des lampes électriques et déverrouille la porte. Il se fiche totalement de réveiller Ian, ce veau, mais c'est un si bon dormeur que même les cliquetis des trois verrous qu'il ouvre ne mettent pas un terme à ses ronflements.

Le monde est blanc de rosée. Bien qu'il soit censé être un salopard endurci, il voit là-dedans quelque chose de magique, il comprend d'où vient la citation « l'aurore aux doigts de rose ». Il voudrait tant avoir sa nouvelle femme près de lui pour qu'elle voie ça. Il prendrait une photo s'il n'éprouvait pas la crainte superstitieuse de mêler le travail et le plaisir. Dans la poche de sa veste, *Passion Bubble-gum* rebondit contre sa cuisse lorsqu'il marche.

Il descend le sentier, conscient de la présence des arbres immobiles et silencieux dans la brume. Des gouttes de rosée provenant de la lavande des bordures mouillent le bas de son pantalon. Il n'a aucune idée de ce qui le fait aller dans cette direction, ni de ce qu'il espère trouver – il n'a que son instinct qui lui souffle que ce qui ne va pas est lié aux entrailles de cerf. Au fait de les avoir portées dans le bois.

Il s'arrête devant la porte de l'arrière-cuisine et, ne sachant toujours pas trop ce qu'il cherche, écarte l'herbe çà et là du bout du pied, braque la torche sur le chemin que le Geek a suivi pour porter le seau dans

---

1. En français dans le texte original.

le bois. Il fait quelques pas en s'efforçant de ne pas penser aux images qui se sont insinuées dans ses rêves. Des ventres ouverts. Kable à l'affût dans une grotte. Parfois, Honig regrette d'avoir lu la doc que Gauntlet Systems leur a fournie sur l'affaire.

Il fait de nouveau halte, regarde le sol. Il y a quelque chose, là, par terre. Il ramasse l'objet, l'examine à la lumière et se sent immédiatement glacé. C'est comme si le dernier souffle des deux adolescents condamnés flottait sur le versant de la colline et se condensait en gouttelettes froides sur son visage.

— Merde, murmure-t-il. Merde.

Il glisse l'objet dans sa poche et regagne la maison à pas pressés.

Voleurs d'œuvres d'art

— La femme à qui tu donnes ça tous les jours est vraiment veinarde.

C'est le matin et Breanne est étendue sur le dos, un bras derrière la nuque, l'autre posé sur le drap, une cigarette rougeoyant entre ses doigts.

— Se faire baiser comme ça sept fois par semaine, précise-t-elle.

Allongé sur le ventre à côté d'elle, Caffery, appuyé sur les coudes, a la tête tournée de côté. Il la regarde d'un œil. Les cicatrices, s'est-il avéré, descendent vers la poitrine et s'arrêtent juste au-dessus des tétons. L'acide a rongé le tee-shirt qu'elle portait cette nuit-là, mais le soutien-gorge a protégé ses seins. Il y a aussi une petite bande de peau plissée sous son nombril, là où elle a reçu des éclaboussures d'acide. Sur son visage, l'endroit où la peau greffée rencontre la peau d'origine forme une petite crête. Breanne a encouragé Caffery à la toucher, elle lui a pris la main et lui a fait poser un doigt dessus. Plus tard, il y a fait courir sa langue, les yeux clos, et a senti la différence de texture.

Il n'y a qu'une seule femme à qui il aimerait faire l'amour tous les jours de cette façon et ce n'est pas

Breanne, toute sexy qu'elle soit. C'est le sergent qui dirige l'unité de recherches, celle avec qui il a partagé tant de secrets ces dernières années. Il se demande une fois de plus pourquoi il n'a pas fait un pas vers elle et soupçonne à demi la réponse – tous les psychologues vous le diront : si vous n'êtes pas vous-même guéri, vous ne pouvez pas espérer avoir une relation avec un autre être humain, et quelque part, il est sûr qu'il évitera cette femme tant qu'il n'aura pas découvert ce qui est arrivé à Ewan.

Breanne rejette de la fumée vers le plafond en un long jet.

— Toujours en rogne, diagnostique-t-elle.

Il cligne des yeux. Lève la tête.

— Qu'est-ce que tu as dit ?

— Je repère les baises de colère à des kilomètres – et c'est ce que tu viens de faire.

Elle se lèche un doigt, le pose sur l'épaule de Caffery et imite un grésillement de chair brûlée en sifflant entre ses dents.

— Tu bous. C'est à cause de qui ? D'une femme ?

Comme il ne répond pas, elle roule sur le côté, passe un bras par-dessus le bord du lit et cherche à tâtons quelque chose sur le sol. La lumière qui passe à travers les rideaux à demi fermés dore les fins poils presque invisibles de sa peau. Caffery l'observe sans bouger.

Lorsqu'elle a trouvé ce qu'elle cherchait, elle roule dans l'autre sens. C'est le portefeuille noir réglementaire de la police, qui contient sa carte de flic. Appuyée sur un coude, Breanne sourit lentement en l'ouvrant.

— On n'aurait pas oublié d'en parler hier soir ?

— J'avais d'autres choses en tête.

— Bien essayé. Mais pour certaines choses, la moindre des politesses, c'est de les mentionner. *Avant*.

Pas après. En même temps que la discussion sur le préservatif, par exemple. C'est la vraie raison pour laquelle tu te retrouves aussi loin de chez toi ? Je ne t'ai pas cru quand tu m'as raconté que tu t'offrais juste une balade en voiture parce qu'il faisait beau.

— Je ne suis pas bon comédien, alors.

— Le pire que je connaisse. Et j'en ai vu, des films.

— Je suis allé à la base militaire. J'essaie de retrouver un type qui était dans les Signals. Il y a des années de ça.

Le regard de Breanne prend une lueur malicieuse.

— Tu cherches quoi ? Un voleur d'œuvres d'art ? Un meurtrier ? Un terroriste ?

— Les trois.

— Je ne comprends pas ta devinette.

— Je veux dire que je ne sais pas qui je cherche.

Caffery explique l'histoire de l'alliance, les inscriptions : le Mercure, Matilda et Jimmy. Elle allume une autre cigarette et l'écoute avec attention.

Lorsqu'il a terminé, elle se redresse, balance les jambes hors du lit, va à son armoire, prend un chemisier blanc qu'elle passe sans mettre de soutien-gorge.

— On va quelque part ? s'enquiert-il.

— Oui. On va voir mon père.

— Super. Quoique je pense qu'il est un peu tôt pour parler mariage.

Elle finit de boutonner le chemisier en lui adressant un regard patient, pas du tout amusé.

— Il tient ce pub depuis trente-cinq ans et sa mémoire ressemble à une encyclopédie. C'est lui que tu aurais dû interroger, pas les gars du régiment.

Alcool

Accoudé à la table, Honig regarde Ian se réveiller. Le Geek se tourne sur le lit de camp, remonte ses couvertures et tente de retourner à ses rêves, mais chaque fois Honig tousse un peu plus fort, jusqu'à ce que son coéquipier finisse par renoncer.

— Quoi ?
— Je pense qu'il est temps que tu te réveilles.
— Quoi enco...

Devant l'expression de Honig, Ian s'interrompt et se redresse, alarmé.

— Qu'est-ce qu'il y a ?

Sans répondre, Honig lui fait signe d'approcher. Le Geek hésite, se lève et se dirige vers la table. Honig lui montre ce qui se trouve devant lui. Ian examine la chose en plissant le front.

— Qu'est-ce que c'est ?
— Un plombage.
— Un plombage ?
— C'est ce que je viens de dire. Tu sais d'où il sort ?

Perplexe, Ian le Geek secoue la tête, se frotte les yeux et s'assied de l'autre côté de la table.

— Je sais pas.

— Je l'ai trouvé. Dans l'herbe. Là où tu l'as laissé tomber.
— Hein ?
— Laisse-moi te rappeler. Un plomb, disais-tu. Dans les entrailles.

Une lueur de compréhension naît sur le visage du Geek. Il prend le plombage, l'examine.

— C'est pas un plomb, reconnaît-il, le visage écarlate. C'est un plombage. Comment il a pu se retrouver dans des intestins de cerf ?

Honig pose ses deux poings sur la table et serre les dents en résistant à l'envie de se prendre la tête entre les mains. Il se retient d'ouvrir la bouche parce qu'il sait que s'il le fait, il en sortira un flot d'invectives. Il repousse sa chaise en arrière, va à l'évier, farfouille dans l'élément bas jusqu'à ce qu'il trouve une paire de gants en caoutchouc. Il tire du bloc le couteau cranté, celui qu'Oliver Anchor-Ferrers lui a conseillé d'utiliser, trois jours plus tôt, quand Honig jouait encore à l'inspecteur Honey pour faire croire que Minnet Kable était sorti de prison et terroriser toute la famille. L'ironie de la situation ne lui échappe pas.

Les deux hommes sortent et Honig ferme soigneusement à clé la porte de derrière. Après avoir rapidement inspecté les alentours, il entraîne Ian le Geek sur l'herbe couverte de rosée. Ils traversent les jardins, pénètrent dans le bois et s'arrêtent, regardent, une main plaquée sur la bouche, les viscères que Ian a fait tomber du seau. Ils puent, mais à cause du froid ils ne sont pas couverts de mouches comme la veille. Deux ou trois grosses mouches bleues seulement trottinent paresseusement sur les intestins.

Honig tend au Geek le couteau et les gants.

— Quoi ? lâche Ian.

— Ton boulot.
— Quoi ?
— Jetons donc un coup d'œil au dernier repas du « cerf », tu veux bien ? Regardons un peu toute cette herbe et ces feuilles qu'il a broutées.

Le Geek déglutit péniblement, le visage livide dans la pâle lumière du matin. Au bout d'un moment, il finit par prendre les gants, les enfile et s'accroupit, la tête de côté pour échapper à l'odeur. Il n'a pas besoin du couteau, les entrailles sont dans un tel état de putréfaction que le fascia se déchire au moindre toucher.

Honig l'observe en silence en se bouchant le nez et en respirant bruyamment par la bouche. Une masse blanche d'asticots se répand. Ian détourne de nouveau la tête mais continue à déplier les entrailles, d'où s'écoulent d'autres matières.

— OK, dit Honig d'une voix tendue en raidissant le dos. Je pense que nous en avons assez vu.

Le Geek lève les yeux vers lui, les pupilles réduites à des têtes d'épingle. Comme s'il ne pouvait supporter de regarder ce que font ses mains, comme si elles ne lui appartenaient pas.

— Quoi ? Qu'est-ce que t'as vu ?
— Je ne suis pas un expert – et la matière est déjà en partie décomposée –, mais je crois avoir reconnu des pépins de tomate. Et à coup sûr du maïs doux.
— Je comprends pas.
— Non – parce que tu es con. Le chien n'est pas revenu manger les intestins parce qu'il y a de l'alcool dedans. On le sent par-dessus le reste. C'est pour ça que ni les blaireaux ni les renards n'en ont voulu.
— De l'alcool ? répète Ian d'une voix tremblante. De *l'alcool* ?
— Oui, et un plombage. Avalé.

La gorge du Geek émet un son étranglé. Il se relève brusquement, secoue les mains pour faire tomber ce qui y colle et gagne d'un pas vif la lisière du bois. Il respire à grands coups et il est en train d'ôter ses gants quand Honig le rejoint et lui assène une baffe sur l'arrière du crâne. Ian plie les genoux.

— *Merde !* braille-t-il en portant les mains à ses oreilles. *Pourquoi t'as fait ça, putain ?*

En réponse, Honig le saisit par le dos du blouson et le pousse en direction de la maison.

— Parce que tu es un crétin, réplique-t-il d'une voix sifflante. Un vrai connard.

Ce n'est cependant pas la colère qui le fait réagir de cette façon et il le sait. C'est la peur.

Tabac

Caffery, qui a arrêté de fumer de vraies cigarettes, devrait être repoussé par l'odeur de tabac, ou fâché contre Breanne, ou tenté de se remettre à la clope. Au lieu de quoi, il trouve sexy et courageux qu'elle fume sans vergogne, comme si elle se fichait pas mal des grandes déclarations sur la santé publique, comme si les photos alarmistes de tumeurs et de cadavres de cancéreux imprimées sur tous les paquets de tabac ne lui inspiraient aucune frayeur.

Il garde les yeux sur elle, assise à la table en Formica de la cuisine du pub, buvant lentement son thé et tapotant sa cigarette au-dessus du cendrier. Elle échappe de justesse au cliché de la tenancière de pub grâce à son intelligence. A son caractère réfléchi. A vrai dire, ce sont tous les membres de la famille qui ne sont pas à leur place dans ce pub. Ils paraîtraient davantage chez eux dans une maison de profs d'une bonne école préparatoire privée dans un des comtés entourant Londres. Sa mère, qui semble un peu perdue, est en fait très instruite. Pas de maquillage, une robe à fleurs sous un cardigan informe. Son père – le maniaco-dépressif – n'est apparemment ni maniaque ni déprimé. Comme sa fille, il est mince comme un fil et s'exprime de manière cultivée, et s'il faut lui accoler une épithète, c'est plutôt « exténué ». En fait, toute la pièce a un air de fatigue contenue, du carrelage, qu'un nettoyage constant a usé par endroits, à la cuisinière à gaz assez ancienne pour avoir un gril à hauteur des yeux.

Dans toute cette fatigue, ce qui ressort cependant, c'est que les membres de cette famille sont très proches. C'est l'amour que les parents portent à Breanne. Caffery se demande quel effet cela leur fait qu'elle amène un homme dans leur cuisine à une heure matinale. Elle, qui ne s'est même pas peignée, et lui, pas même rasé, qui a remis ses vêtements froissés – cela doit dire aux parents une multitude de choses. Ils ne font pourtant aucune remarque.

— Il s'agit à coup sûr d'une bague de *signaller*, déclare M. Drew en examinant la photo. Indubitablement. 1981, vous dites. Je me souviens de quantité de choses, quantité de visages, mais ce prénom, Matilda, ne me dit rien.

Caffery baisse les yeux vers la photo. Dans quelle mission idiote il s'est embarqué ! Trouver une huître particulière dans un océan. Plus les effets de l'alcool se dissipent, plus il se sent abattu.

— C'est tout ce que vous avez comme indices ?

— Je sais à quoi cet homme ressemblait. Il était grand. Avec des cheveux blonds ou roux.

— On dirait tu-sais-qui, non ? dit M. Drew en regardant sa fille.

Elle secoue la tête.

— Il veut parler de mon ex, explique-t-elle à Caffery. Le type avec qui j'étais la nuit de l'explosion. Mais sa femme s'appelle Carmen. De toute façon, il

n'a rejoint le régiment qu'à la fin des années 80. Et tu sais, papa, ça court les rues, les grands blonds.
— Il était anglais ?
— Oui, répond Caffery. Et obsédé par les débris spatiaux.
— Les débris spatiaux ?
— Les fragments de vaisseaux qui ont explosé.
Le père de Breanne se fige soudain.
— Un passionné de l'espace ?
— Oui. Du moins, je crois.
Il se tourne vers sa femme et hausse les sourcils comme pour dire : *Eh bien, qui aurait cru ?*
Mais elle ne le suit pas.
— Quoi ? lâche-t-elle en haussant les épaules. Ne me regarde pas comme ça. Je ne sais pas du tout à quoi tu penses.
Incrédule, il secoue la tête.
— Tu ne vois vraiment pas ?
— Non.
— Oh, tu dois te rappeler. Il venait avec une bande d'officiers, mais il s'asseyait toujours seul, là-bas, au comptoir, et j'étais le seul à qui il parlait, nous discutions de rayons cosmiques et de neutrinos, de trucs ringards. Il buvait du vin. Je m'en souviens parce que, à l'époque, personne ne buvait de vin dans les pubs. Et, oui, ça devait être dans les années 80, début des années 80.
Il se tourne vers sa fille.
— Breanne, tu te souviens de ce type, non ? Le féru d'engins spatiaux et de lumière ? Il avait passé quelques années en Amérique, je crois. Oui, oui, il était obsédé par les déchets en orbite dans l'espace.
— Papa, j'étais une gamine. De toute façon, tu me connais : une mémoire de poisson rouge qui tourne

dans un bocal. « Joli château... Oh, regarde, quel beau château... Oh, le beau château ! »

— Je ne vous comprends pas, vous deux. Franchement, comment pouvez-vous ne pas vous souvenir ?

— Parce qu'on n'est ni des éléphants ni des ordinateurs.

M. Drew pousse un long soupir, passe dans le bureau qui jouxte la cuisine et se met à chercher quelque chose, ouvre des tiroirs, fouille dans les tas de vieilleries. Il prend dans un classeur des boîtes d'archives, examine la paperasse qu'elles contiennent et finit par trouver :

— Je le savais ! s'exclame-t-il en tournant vers la cuisine un sourire triomphant. Je le savais.

Il revient en tenant à la main un dessous de verre abîmé. Caffery et les deux femmes se penchent pour le regarder. C'est un vieux disque de carton qui vante les qualités de la bière Tanglefoot, mais par-dessus le slogan publicitaire, il y a un dessin au stylo à bille flanqué d'initiales. Il représente la Terre, avec les continents et les océans nettement tracés. Un halo de points minuscules entoure la planète, d'où part une série de rayons lumineux.

— Oui, un homme fascinant, reprend M. Drew. Il s'asseyait au comptoir et restait parfois à ne rien faire d'autre que contempler les formes que le soleil dessinait sur le sol. Tout ce qui concernait la lumière le passionnait – il répétait sans cesse qu'elle changeait tout, qu'elle avait une puissance inouïe.

— Son nom ?

— Non, désolé. Aucune idée. Je me souviens seulement de son visage.

Caffery revient au dessin. Les trois initiales sont griffonnées, peu lisibles. La première pourrait être un

O, un Q ou un C. La deuxième un N ou un A, et la troisième n'importe quelle lettre – un G, un E, un F ou même un X. Il lève les yeux vers le patron du pub.

— Vous vous rappelez ce qu'il faisait dans les Signals ?

— Non. Mais je suis prêt à parier que cela avait un rapport avec l'espace, les étoiles.

— Vous ne sauriez pas s'il était franc-maçon ?

— Aucune idée non plus. Je me souviens juste de sa passion pour la lumière. Je lui enviais cette passion : partout où on se trouve dans le monde, il y a toujours de la lumière à contempler.

— Vous êtes sûr de ne pas vous rappeler un nom ?

Le père de Breanne se gratte une tempe, secoue la tête.

— Non, ce serait mentir. Il était grand, c'est le seul souvenir qui me reste. Et il est revenu ici plus tard – ça, j'en suis sûr. Je crois même que c'est ce jour-là qu'il a fait le dessin. C'était des années plus tard, après l'accident de Breanne. Je me souviens d'avoir pensé que je devais lui en parler avant qu'elle descende, pour qu'il ne la regarde pas trop fixement.

— Il avait changé quand il est revenu ?

— Il était accompagné d'une femme et de plusieurs enfants – je ne sais plus combien. J'ai présumé que c'était sa famille.

— Matilda ? La femme ?

— Je n'ai pas demandé son nom. Elle était dans le jardin avec les gosses. J'ai échangé quelques mots avec lui. Il a dit…

M. Drew s'interrompt, son regard dérive vers la gauche tandis qu'il traque son souvenir. Après un long silence, il saisit le dessous de verre et le retourne.

— Là ! Voilà !

— Quoi ?

Tenant le rond de carton entre le pouce et l'index, il le montre fièrement. Les mots *Columbus Systems, Oxford*, suivis d'un numéro de téléphone, ont été soigneusement écrits avec le même stylo à bille au dos du dessous de verre.

— Qu'est-ce que c'est ? demande Caffery.

— Il m'a dit qu'il avait quitté l'armée après son mariage et qu'il travaillait dans le privé. J'étais dans une des périodes de ma vie où je pensais pouvoir quitter ce pub pour faire un métier convenant mieux à ma formation, et c'est le nom de la firme qu'il a suggéré. Je n'ai jamais donné suite.

— Columbus Systems ?

— Une entreprise de navigation – je suis certain qu'il a précisé, dit le père de Breanne en souriant à Caffery. Elle existe peut-être encore.

Changement de plan

Ian le Geek se tient devant l'évier et se lave énergiquement les mains, envoie des giclées de liquide vaisselle sur ses bras simiesques, savonne ses poils roux comme si sa vie en dépendait. Honig l'observe avec mépris en arpentant la cuisine. De temps en temps, il s'arrête pour regarder la longue allée par la fenêtre. Intérieurement, il est au summum de l'agitation.
Le Geek est un con, pense-t-il, amer. Des intestins *humains* – cet abruti a ramassé des intestins humains ! Dehors, quelque part, il y a un cadavre, et celui qui l'a privé de vie a fait avec ses entrailles exactement la même chose que Minnet Kable quinze ans plus tôt.
— C'est lui, affirme-t-il. Ce putain de Minnet Kable.
Ian secoue vigoureusement la tête.
— Impossible. Ça se peut pas. Ce serait trop gros, comme coïncidence. Et on nous a appris à nous méfier des coïncidences.
— Et je commence à penser qu'on nous a appris des conneries. La vie est faite de coïncidences, figure-toi. Voilà pourquoi le phénomène porte un nom : *co-in-ci-dence*. On ne forge pas de noms pour des choses qui n'arrivent pas.

Honig regarde la brume grise et les arbres. On ne voit même pas le bas de l'allée. Les Tourelles pourraient être le château du géant dans *Jack et le haricot magique* tant elles sont coupées du reste du monde et semblent passer leur tête au-dessus des nuages.

— Elle est loin d'ici ? demande-t-il.

— Qu'est-ce qui est loin d'ici ?

Il se retourne et regarde le Geek.

— La grotte. L'endroit où il a tué les deux jeunes. Tu connais le coin, non ? C'est pour ça qu'on t'a embauché.

Ian a un hochement de tête hésitant. Ses lèvres tremblent.

— Elle est au bout de la vallée. A quinze cents mètres environ dans cette direction.

Honig regarde sa montre : il est 8 heures et demie. Les bureaux londoniens vont bientôt ouvrir. Havilland a assorti ce boulot d'un grand nombre de conditions, mais en définitive il n'y a qu'un objectif principal : faire avorter la publication de l'autobiographie d'Oliver. Le règlement des honoraires est réparti en conséquence : le plus gros versement, trente pour cent de la somme, sera effectué dès qu'Oliver Anchor-Ferrers donnera pour instruction à son agence littéraire de retirer le manuscrit de *Luciente : une vie dans la lumière*. Si Ian et lui vont droit au but en sautant des étapes, ils perdront les primes accordées pour chaque vidéo des souffrances de la famille, que Havilland apprécie tant. Il faut parfois savoir se contenter de ce qu'on peut rafler et s'en sortir vivant. Le cœur de Honig est déjà à mi-chemin du Maryland et du centre commercial.

— Je peux te demander quelque chose ?

Il lève les yeux. Ian a interrompu son récurage, il tient ses mains au-dessus de l'évier, les bras couverts d'eau savonneuse.

— T'as jamais tué personne, hein ?

Les deux hommes s'affrontent du regard. Ian le Geek lit la réponse dans les yeux de Honig et secoue la tête, l'air effondré.

— Bon Dieu. J'espérais que t'avais au moins blessé quelqu'un. Alors, tout ton baratin, c'était de la frime ?

Honig décroche un torchon et le lui lance.

— Essuie-toi. On a deux heures pour se préparer.

— Pourquoi ? Qu'est-ce qui se passe ?

— On change les règles pour s'adapter à la situation. On raccourcit l'opération, il est temps de filer.

Crise cardiaque

A 9 heures, alors qu'Oliver attend qu'on lui apporte son traitement avec du café et des céréales, les deux hommes entrent ensemble dans la chambre. Pas de plateau. Il se met à trembler sans pouvoir se contrôler. Ils vont le ramener sur la galerie et cette fois ce sera sa fille qui sera pendue au plafond. Il garde les yeux baissés, il est au-delà de l'humilité.

Au lieu de le traîner hors de la pièce et de lui maintenir les yeux ouverts avec du sparadrap, ils s'asseyent. Comme ils ne disent pas un mot, il se risque à lever les yeux. Ils sont tous les deux penchés en avant, les coudes sur les genoux, et l'observent. Leur expression l'inquiète plus encore que s'ils l'avaient amené sur la galerie, parce qu'il y décèle quelque chose de différent. Le grand, Honey, semble nerveux, il a le front couvert d'une pellicule de sueur. On dirait qu'ils sont venus lui annoncer un décès.

— Qu'est-ce qu'il y a ?

Suit un long silence pendant lequel Oliver entend son pouls battre à ses tempes. C'est finalement Honey qui se décide à parler :

— Vous avez eu une légère crise cardiaque, n'est-ce pas ? Il y a environ un an.

— Oui, répond-il, la mâchoire tremblante. Et alors ?

— C'est à cette crise cardiaque que vous devez la vie. Sans elle, vous n'auriez jamais su que quelque chose n'allait pas, que vous deviez vous faire opérer, et vous auriez pris un aller simple pour la grosse crise fatale. Votre corps a trouvé le moyen de vous avertir, de vous donner une chance. Vous avez maintenant droit à un autre avertissement, une autre chance.

D'un geste de la main, Honey désigne Molina, l'espèce de singe, et lui-même.

— Mon coéquipier et moi, nous sommes comme cette crise cardiaque : un avertissement sans frais. Nous sommes ici pour vous apprendre à ne pas faire de vagues. C'est tout. Quand nous en aurons terminé, vous serez devenu un parfait expert en silence.

— En silence ?

— Votre bouquin.

Oliver pousse un soupir.

— Oui. Le livre. Je m'en doutais. Comment avez-vous su ? C'était un secret. Seuls mes agents étaient au courant.

— Ah oui, MM. Bright et Fullman. Qui sont actuellement en possession de votre manuscrit et s'efforcent de trouver un éditeur. Un coup de fil pour leur annoncer que vous avez changé d'avis – c'est tout ce que nous vous demandons.

Oliver plonge son regard dans les yeux pâles de Honey.

— Il y a dans ce livre quelque chose que quelqu'un ne veut pas voir publié ? Qui ?

Honey secoue la tête.

— Vous ne le saurez jamais.

Oliver jette un coup d'œil à Molina puis revient à Honey. Une fois de plus, il se demande ce qui a changé, ce qui les rend inquiets. La police est au courant ? Son médecin a peut-être téléphoné pour vérifier qu'il allait bien et a donné l'alarme. Ou alors Ginny, la femme de ménage ? Ou Kiran ?

— Je ne sais pas, répond-il. Vous avez dit que vous ne tenez pas vos promesses.

— Supposons que vous ayez raison : vous appelez vos agents, vous bloquez le manuscrit et moi je retombe dans mes mauvaises habitudes, je viole ma promesse, je me débarrasse de vous et des deux femmes. On découvre vos cadavres flottant sur la rivière. MM. Bright et Fullman l'apprennent, ils préviennent la police... et tous les noms mentionnés dans votre manuscrit se retrouvent sous un puissant microscope. Par contre, si vous expliquez à vos agents que vous renoncez à la publication de votre livre pour des raisons personnelles et que la vie continue comme avant...

Honey hausse les épaules et reprend :

— Vous, je ne sais pas, mais moi, je ne vois aucun système d'alarme se déclencher dans ce scénario.

— Donc, j'appelle mes agents, ils retirent le livre, vous partez. Qu'est-ce qui m'empêche de me rétracter après votre départ ?

— Vous n'êtes pas assez stupide pour faire ça. Après ce que vous avez subi ? Quant à notre employeur, vous avez maintenant une idée de son pouvoir de persuasion. Il pourrait ne pas se montrer aussi subtil la prochaine fois.

Honey a raison : peu importe que la police soit au courant et s'apprête à intervenir. Les dirigeants de l'industrie de l'armement sont les types les plus tenaces au monde. Ils peuvent se passer de ces deux hommes : même si l'opération doit se terminer par leur arrestation, d'autres se bousculeront pour les remplacer, aussi cruels, aussi déterminés.

— Si je découvre qui est votre employeur, cela change tout, argue Oliver. Je pourrais m'en prendre à vous, et si je le fais par les voies adéquates, je pourrais liquider votre firme.

Honey hoche la tête pour exprimer son assentiment.

— Effectivement, vous pourriez. Mais comme je vous l'ai dit, cela n'arrivera pas. Parce que vous ne saurez jamais pour qui nous travaillons.

Oliver porte une main à son front, il a mal à la tête.

— Si je retire mon livre, vous nous laisserez tranquilles ?

— C'est en général le principe d'un simple avertissement.

— Moi, ma famille – nous n'entendrons plus jamais parler de vous ?

Honey s'incline tel un serveur de grand hôtel où rien n'est trop compliqué, rien n'est impossible pour la bonne clientèle.

— Naturellement, assure-t-il. Mais… tic-tac, tic-tac. Le temps nous est compté, vous savez.

Oliver plisse les lèvres en une fine ligne. Il n'a pas le choix. Il se tourne vers la pendule en forme de guitare accrochée au mur violet.

— L'agence ouvre à 9 heures et demie. Vous avez rebranché le téléphone ?

La police

Il commence à faire très chaud dehors et Honig sent la sueur coller sa chemise à sa peau. C'est de la folie. De la folie pure et simple. Rien que descendre au bout de l'allée pour capter se transforme en une épreuve stressante. Il y a de l'ironie dans le fait que le Geek et lui se retrouvent soudain dans la situation qu'ils ont mise en scène le premier jour pour effrayer la famille.

Il inspecte les jardins, vérifie que tout est resté identique à son souvenir. Lorsqu'il est sûr que rien n'a changé, il va à la porte latérale et, sans cesser de regarder autour de lui, passe un bras à l'intérieur pour prendre la clé sur la serrure. Il a déjà fait le tour de la maison pour vérifier que toutes les autres portes sont bien fermées – c'est la dernière. Il la claque et donne un tour de clé. Vérifie aussi sa solidité en la secouant. C'est du costaud.

Sur la véranda de devant, Oliver se tient près de Ian. Il a le visage d'un prisonnier le jour de sa libération. Il se retourne et lève les yeux en direction des fenêtres, comme s'il espérait apercevoir sa femme ou sa fille là-haut. Puis il prend une très longue inspiration et Honig se demande un instant s'il ne va pas avoir une autre attaque. Non, le vieil homme pousse seulement un soupir fatigué.

— Allons-y, dit-il. Finissons-en.

La voiture les attend – à quelques pas seulement de la porte. Honig défierait n'importe qui de leur tendre une embuscade maintenant. Même quelqu'un d'aussi cinglé que Minnet Kable. Il garde néanmoins un œil sur la lisière du bois en conduisant Anchor-Ferrers à la voiture. Il ouvre la portière, pose une main sur la tête du vieil homme pour s'assurer qu'il montera sans se cogner la tête. Exactement comme les flics avec un suspect afin d'éviter d'avoir un procès.

Après avoir claqué la portière, il va à l'arrière de la voiture, ouvre le coffre et vérifie ce que Ian le Geek y a mis. Il a transféré les viscères dans trois grands verres en plastique gradués qu'il a recouverts de film alimentaire. Les intestins sont de petite dimension – assez pour tenir dans les trois récipients, ce qui signifie qu'ils proviennent probablement d'un corps de femme. Cela cadrerait avec l'image de Minnet Kable. Mais quelle femme ? Et pourquoi ? Où et quand ? Les barbelés où ils étaient accrochés se trouvent, par une étrange coïncidence, en face de la maison jaune où vit la femme au jean rouge. Celle que le Geek et lui ont choisie au hasard lorsqu'ils ont mis au point leur histoire pour terroriser les Anchor-Ferrers. Ils ont porté leur choix sur elle principalement parce qu'elle se faisait remarquer avec sa voiture et son jean. Autant qu'ils avaient pu en juger alors, elle se portait à merveille. Ce serait vraiment incroyable s'il s'avérait que non seulement Kable est dans le coin, mais aussi qu'il a éventré la femme de la maison jaune. Incroyable que la réalité corresponde à la fable que Havilland leur avait demandé d'inventer. De quoi se mettre à croire aux ovnis, à l'effondrement du bâtiment 7 du World Trade Center et à toutes les autres inventions conspirationnistes.

Les verres gradués sont coincés contre les passages de roue pour qu'ils ne se renversent pas. Au moins le Geek s'est servi de sa tête, cette fois, note Honig : il les a entourés de torchons. A cet instant, Ian sort par la porte de derrière avec les portables, les écouteurs et le matériel d'enregistrement dont ils ont besoin. Il franchit la courte distance qui sépare la maison de la voiture et rejoint Honig. Les deux hommes regardent les récipients placés dans le coffre.

— Tu as pris quelque chose pour te nettoyer après ?
— Des mouchoirs en papier, répond le Geek. Dans ma poche.
— Et pour les empreintes ?
— J'ai les gants que tu m'as donnés hier.
— Bien. Assure-toi de ne rien laisser traîner derrière toi.
— C'est la seule chose que j'ai apprise à la Légion : toujours effacer ses traces.

Il commence enfin à se conduire en pro, pense Honig. Sans qu'on le lui demande, il a suggéré que la chose la plus intelligente, ce serait de rapporter les intestins à l'endroit où il les a trouvés. Dès que le vieux Anchor-Ferrers aura téléphoné, ils toucheront une bonne partie de l'argent et disparaîtront. Laissant les flics s'occuper du malade qui se planque dans les bois.

Passion Bubble-gum, pense Honig. *Passion Bubble-gum*, nom de Dieu. Je rentre à la maison.

Il referme le coffre et ils montent dans la voiture où Oliver attend. Ian le Geek boucle sa ceinture et Honig presse le bouton de verrouillage centralisé.

Personne ne commente son geste, la nécessité de fermer les portières pour descendre simplement en bas de l'allée.

— Ça sent dans cette voiture.

Honig n'a fait qu'une centaine de mètres, lentement pour que les verres ne se renversent pas dans le coffre, lorsque Oliver Anchor-Ferrers se redresse sur la banquette arrière, tourne la tête en tous sens.

— Quelle puanteur ! Ça sent le cadavre. Et l'alcool.

— C'est la poubelle, explique Honig, qui s'efforce de ne pas crisper les mains sur le volant. On a mis les sacs dans le coffre. Il faut bien se débarrasser de toute cette nourriture pour chiens tombée par terre et du reste.

Oliver ne croit pas trop à cette réponse, Honig le voit à son expression dans le rétroviseur. Le vieux reste penché en avant, la tête inclinée de côté, les yeux en mouvement, comme s'il essayait de comprendre ce qui se passe. Dans la lunette arrière, les Tourelles rétrécissent pour ne plus être qu'un château de conte de fées sur une carte postale de Disneyland.

La Chrysler franchit en souplesse les grilles du parc. Elle fait tellement penser à une voiture de gangster que Honig devrait mettre des lunettes de soleil pour la conduire. Il aimerait pouvoir s'arrêter et prendre une photo de lui dans cette situation, ce moment de danger, rien que pour avoir quelque chose à rapporter à Silver Spring. A côté de lui, Ian consulte sa messagerie. Toute la soirée, ils se sont demandé comment Havilland a pu les laisser continuer l'opération si Kable est vraiment sorti de prison. Ils devraient avoir des nouvelles, maintenant.

— Rien, marmonne le Geek. Zéro.

— Quoi ?

— Pas de mails non plus.

Merde, merde, *merde*, pense Honig. Cet enfoiré de Havilland ne prend même pas la peine de leur transmettre une info aussi importante ? Ils se retrouvent coincés à la cambrousse avec un tueur en série qui mijote Dieu sait quoi et leur propre compagnie ne les soutient pas ?

Il n'a pas décoléré quand ils parviennent à l'endroit où Ian et lui se sont arrêtés la veille. Il se gare, le Geek descend, va au coffre. Honig défait sa ceinture et se retourne vers Oliver.

— Hé, regardez-moi. Gardez vos yeux sur moi. Vous n'avez pas besoin de savoir ce qui se passe derrière, d'accord ?

Oliver hoche la tête, clairement mécontent. C'est un homme qui a longtemps exercé une parfaite maîtrise sur sa vie, et découvrir qu'il ne peut pas tout contrôler doit être pour lui une leçon dure à apprendre. Ian sort les verres gradués du coffre l'un après l'autre, en pose un derrière les premiers arbres, revient chercher le suivant, les place hors de vue d'Oliver avant de les porter plus loin dans le bois, près des barbelés. Quand il a fini, il adresse un bref salut à son coéquipier et disparaît.

Honig soupire, se retourne et regarde la route à travers le pare-brise, le cerfeuil sauvage qui pend sous le soleil au-dessus du macadam. Il est 9 h 25, les bureaux de l'agence littéraire ouvriront dans cinq minutes. Dans sa poche, il joue avec le plombage, le fait tourner entre ses doigts. Quand ils se seront tirés d'ici, il enverra ce foutu truc aux flics avec un mot anonyme. Quelque part dans le bois gît un corps, Dieu sait dans quel état. Il s'étonne de nouveau que

Havilland soit négligent au point de ne pas leur envoyer de message. Incroyable.

Il commence à assembler le matériel d'enregistrement en s'efforçant de se rappeler où Ian lui a dit de mettre le câble USB. Il branche le micro et s'apprête à faire un essai quand une voiture s'approche, venant du nord, descendant lentement la route sinueuse. Honig baisse le téléphone et regarde. C'est un véhicule de police, avec deux flics à l'intérieur.

Honig est un instinctif. Il laisse tomber le matériel sur ses cuisses, passe une main derrière et saisit la cheville d'Oliver.

— N'essaie pas de bouger. N'y pense même pas. Si mon collègue et moi échouons, une autre équipe nous remplacera. Ça ne finira que lorsqu'on aura obtenu ce qu'on veut. Tu as compris ?

La voiture des policiers ralentit un peu en passant. Pendant une seconde ou deux, l'homme assis sur le siège passager tourne la tête pour regarder les occupants de la Chrysler, puis la voiture poursuit son chemin et disparaît.

Honig lâche la jambe d'Oliver et se remet à assembler le matériel à la hâte. Ce n'est pas eux que les flics recherchent, mais quelque chose dans leur attitude révèle qu'ils ne passent pas par hasard. Ils ratissent le coin. Ils savent peut-être déjà qu'un foutu psychopathe y rôde. Se peut-il qu'on ait retrouvé le corps éviscéré ?

Le filet se resserre. Il ne leur reste plus beaucoup de temps.

Coup de fil à Londres

— Je ne comprends pas pourquoi vous n'avez pas quitté cette maison.

Il est 9 h 35. Oliver a appelé son agent littéraire, mais les téléphones du bureau sont encore sur répondeur. Assis sur la banquette arrière, il attend pour faire une nouvelle tentative. Sur le siège du conducteur, Honey, tourné vers l'avant, presse son crâne nu de moine contre le repose-tête. Oliver voit ses yeux dans le rétroviseur, et une fine ligne de sueur sur son front. On ne peut pas faire semblant de transpirer, pense Oliver. Ce type est mort de peur, la situation est peut-être en train de se retourner.

— Quelqu'un comme vous... Vous auriez pu partir, échapper à tout ça. Pourquoi revenir sans cesse là où c'est arrivé ? Moi, j'aurais vendu la maison et je serais allé vivre à l'autre bout de la planète.

Il faut un moment à Oliver pour comprendre ce que Honey veut dire.

— Vous parlez de Kable ?

— Ça ne vous tourmente pas ? Ce qu'il a fait dans les bois ?

Oliver se penche pour masser sa cheville à l'endroit où Honey a enfoncé ses doigts dans la chair. Une voiture de police vient de passer. Une *vraie* voiture de police, qui n'est sans doute pas étrangère à la nervosité des deux hommes. Elle n'a pas tourné vers les Tourelles, mais cela ne signifie pas qu'il ne se passe pas quelque chose. Il ne sait pas s'il doit se sentir soulagé ou avoir plus peur encore. Si la police s'en mêle, ces types ne seront-ils pas amenés à commettre des actes désespérés ?

— Dites, ça ne vous tourmente pas ? insiste Honey.

Oliver relève la tête, voit que Honey le fixe dans le rétroviseur de ses petits yeux vifs.

— Je n'y pense pas parce que ça ne risque pas de se reproduire. Pas ici, en tout cas. La foudre ne tombe jamais deux fois au même endroit, quoi que vous ayez voulu nous faire croire.

Ce commentaire fait frissonner Honey. Il passe un doigt sous son col et le desserre pour mieux respirer, puis il se penche en avant et jette un coup d'œil dehors, comme pour s'assurer qu'ils sont seuls.

— Putain, j'en ai la chair de poule, grommelle-t-il en fixant les arbres. Ce qu'il a fait à ces gosses... Les choisir, les attendre dans une grotte et... *Bam !* Morts tous les deux la seconde d'après. C'est un malade, ce type, non ?

Il attend une réponse d'Oliver, n'en reçoit pas. Il soupire et consulte sa montre. Change de position sur son siège, tire son portable de sa poche et appelle de nouveau l'agence. Cette fois, la connexion s'établit et dès la première sonnerie il tend l'appareil à son prisonnier. Oliver le regarde un instant en silence. Il réfléchit. Relie ensemble les points du dessin invisible. Prend le téléphone. Le porte à son oreille.

— Bright et Fullman. Bonjour, que puis-je faire pour vous ?

— Anchor-Ferrers à l'appareil. Je voudrais laisser un message. Vous avez de quoi noter ?

— Oui, allez-y, Oliver.

— Gauntlet Systems. Ça s'écrit G-A-U-N...

Il ne peut aller plus loin. Honey pivote sur son siège, lui arrache le téléphone de la main et coupe aussitôt la communication.

— *Qu'est-ce que tu fous, bordel ?*

Il jette le téléphone et se penche au-dessus de la banquette arrière, approche son visage tout près de celui d'Oliver.

— *C'est quoi, cette connerie ?*

— Vous travaillez pour Gauntlet.

— N'importe quoi. Tu nages en plein délire, là.

— Pas du tout. Vous êtes de Gauntlet. C'est Pietr Havilland qui vous envoie.

Honey saisit Oliver à la gorge.

— Tu la fermes, ordonne-t-il d'une voix sifflante en le secouant. Tu la fermes, t'entends ?

La tête d'Oliver heurte l'attache de la ceinture de sécurité. Il enfonce ses ongles dans les mains de Honey, sent une douleur dans la poitrine, à l'endroit de sa cicatrice. Dans un brouillard, il entend Honey racler le plancher de la voiture de ses pieds pour chercher un point d'appui.

— Tu n'as aucune idée de ce à quoi tu t'attaques. Aucune idée.

Toc toc toc...

Plaqué contre la portière, Oliver ne peut pas voir d'où vient le bruit, mais Honey se fige. Il reste si longtemps sans bouger qu'Oliver a le temps de voir de près les cils blond clair, les pores de l'aile du nez, les fines veinules rouges des yeux. Son haleine a des relents de café réchauffé et de peur.

Tout à coup, Honey le lâche. Il se rassoit derrière le volant en marmonnant, lisse sa chemise. Oliver se redresse péniblement, découvre Molina de l'autre côté de la vitre. Il tient dans une main les gants en caoutchouc de Matilda et, d'avoir vu les deux hommes se battre dans la voiture, il a sur le visage une expression perplexe, voire sidérée.

— Bon Dieu, jure Honey.

Agacé, il tend le bras, déverrouille la portière, l'ouvre si brusquement que Molina a juste le temps de sauter en arrière pour ne pas se faire cogner.

— Qu'est-ce qui se... commence-t-il.

Mais Honey démarre déjà.

— Grimpe. Ça grouille de flics.

Molina monte dans la voiture, dont la portière est encore ouverte quand Honey embraie et lance la Chrysler au milieu de la route. Les deux passagers sont projetés sur le côté par la force de sa rage. La voiture prend la direction des Tourelles, remarque Oliver, le visage pressé contre la vitre. Apparemment, ils retournent à la maison.

Encore un battement, enjoint-il au cœur de cochon. *Ce n'est pas fini.*

La chambre rose

Une voiture s'arrête dans un crissement sur le gravier du devant de la maison, et dans la petite chambre-débarras rose, Lucia, étendue par terre, se redresse à demi. Elle porte sa tête à la hauteur de la fenêtre et tend l'oreille. Elle entend des claquements de portière, des échanges furieux à voix basse. Puis le bruit de la porte d'entrée qui se referme, des pas traînants dans l'escalier et sur la galerie : on ramène son père dans sa chambre à elle.

Elle reste parfaitement immobile en s'efforçant de décrypter les sons pour comprendre ce qui se passe. Les deux hommes redescendent, elle entend le bruit étouffé de leur conversation dans la cuisine. Elle ne distingue pas les mots mais sent de l'inquiétude dans leurs intonations.

Au bout d'un moment, elle s'assied, masse sa cheville attachée au radiateur. Ses Doc Martens décorées de trolls sont placées l'une contre l'autre à trente centimètres d'elle. La veille, « Molina » lui a rapporté celle qu'elle avait perdue dans l'escalier en se débattant, le premier jour. Elle l'a remercié. Elle a songé un instant à lui sourire, peut-être même à lui tendre la main en signe de gratitude, mais la porte était ouverte derrière lui et elle ne voulait pas qu'un tel geste apparaisse sur les enregistrements vidéo. D'autant que des choses commencent maintenant à arriver.

Lucia est presque absolument sûre que le plan de Honey se délite, qu'il tourne en eau de boudin. Elle l'a observé attentivement, elle a suivi ses moindres mouvements et elle sait qu'il est en toc, ce type, que ses bravades sont un numéro. Il n'a probablement jamais été mêlé à une rixe de bar, sans parler d'assassinats de sang-froid comme il voudrait le faire croire. C'est en le regardant faire son Sudoku alors que sa mère était suspendue la tête en bas qu'elle l'a percé à jour. De l'endroit où elle était assise, elle pouvait voir qu'il remplissait les cases n'importe comment. Il connaît peut-être quelques ficelles – par exemple que la meilleure façon de torturer des parents, c'est de torturer l'enfant, un truc si vieux que même Shakespeare l'a utilisé –, mais en réalité, malgré son air cool, c'est un gamin, au fond. Et la situation lui échappe, maintenant.

Quand, cinq minutes plus tard, la porte s'ouvre et qu'il entre avec un sandwich et une bouteille d'eau, elle en voit la confirmation inscrite sur son visage. Il est inquiet. Très inquiet.

— Petit déjeuner, dit-il d'un ton sec.

Comme elle ne prend pas immédiatement le sandwich, il le lui tend.

— Mange.

— Qu'est-ce qu'il y a ? demande-t-elle en le dévisageant. Qu'est-ce qui se passe ?

— Mange, je te dis.

Elle laisse un sourire relever lentement ses lèvres.

— Je sais. Je sais ce qui se passe. J'en sais plus que vous ne pouvez imaginer.

— Tais-toi et mange.

— Je sais que vous êtes ici à cause du travail de mon père. Je sais que vous n'êtes pas qui vous prétendez être.

— Mange, nom de Dieu.

Il lui jette le sandwich et la bouteille d'eau, qui atterrissent sur ses cuisses et roulent par terre. Au moment où il sort de la pièce, Lucia sourit encore.

— Je suis désolée, murmure-t-elle au dos qui s'éloigne. Désolée que tout aille mal pour vous.

Le siège de Columbus

Au moment où Caffery se gare devant le siège de Columbus Systems – vingt hectares de pelouse paysagée, fontaines et fenêtres étincelantes à la sortie de Slough –, son téléphone sonne. Numéro masqué. Comme c'est le cas pour la plupart des appels de collègues, il serre le frein à main, coupe le contact et répond. C'est Paluzzi :

— Vous avez reçu le PDF ?

Il faut un moment à Caffery pour se rappeler : les meurtres de la Pente aux Anes. Minnet Kable.

— Oui. Merci.

— Vous n'aviez pas de raison particulière de me demander cette info ?

— Nooon, répond-il lentement. Simple curiosité, je te l'ai dit. Pourquoi ?

— Je sais pas. Juste un truc dont je veux vous informer. On a une personne disparue à Litton, au bout de la rue. Aucun rapport avec votre *curiosité*, par hasard ?

— Non, j'en suis sûr.

Caffery prend un bloc-notes dans sa boîte à gants et tire un stylo de sa poche. Coince son téléphone entre le menton et l'épaule.

— Donne-moi quand même les grandes lignes.

— Une nommée Ginny Van Der Bolt. Quarante ans, blanche, femme de ménage, divorcée, plus d'enfants à la maison, mais la fille a appelé le poste de police local parce que sa mère ne répond pas au téléphone depuis deux ou trois jours. C'est un peu bizarre. Apparemment, elle est connue pour ça, elle a l'habitude de se barrer sans rien dire – surtout quand il y a eu un peu de tirage dans la famille –, alors on se met pas précisément en quatre pour la retrouver. Une équipe est passée chez elle, elle serait partie avec sa voiture et son sac mais en laissant son passeport.

— Suicide ?

— Rien qui aille dans ce sens. La voiture n'a pas été repérée. Personne ici ne s'intéresse trop à cette histoire – il s'agit pas d'une personne vulnérable –, mais ce matin, en cherchant des infos sur la base de données, ça m'a sauté aux yeux parce qu'elle habite tout près de l'endroit où Kable a tué les deux ados. Cottage des Roses, à Litton – pas à des kilomètres de la scène de crime.

— Divorcée, tu dis ?

— Oui. Son ex vit à Wincanton. Il n'a pas de nouvelles d'elle, mais d'après lui, c'est normal.

— Elle a un chien ?

— Un chien ? Euh... je crois pas. Attendez, ne quittez pas...

Elle marmonne et fredonne en parcourant le rapport.

— Non – rien sur un chien. Là, je lis : « fille interrogée, pas de personnes à charge, pas d'animaux ».

Dans le rétroviseur, Caffery voit Ourse qui l'observe d'un air sérieux de la banquette arrière.

— Tu es sûre ?

— Sûre.

— D'accord. Tu peux me rendre un service ? Appelle le poste local pour vérifier. Si elle a un chien, préviens-moi, OK ?

— Je vous rappelle dans dix minutes.

— Non, j'ai une réunion. Envoie-moi simplement un texto.

— Pas de problème, je peux attendre que vous soyez sorti de votre réunion.

— Juste un texto, d'accord ? Et seulement si cette femme a un chien. OK ?

Après une légère hésitation, Paluzzi reprend d'un ton abattu :

— Très bien. J'espère que vous passez une bonne journée. Le divisionnaire est encore à l'orange, il passera sûrement au vert plus tard dans la semaine si vous tenez le coup.

Ils mettent fin à la communication et Caffery reste un moment à regarder distraitement à travers le pare-brise le soleil qui brille sur les bureaux de Columbus. Il est certain d'avoir vu un Cottage des Roses en faisant son porte-à-porte dans le secteur de Litton, mais il n'arrive pas à se le représenter pour le moment. Il y avait tant de cottages, et ils avaient tous des roses autour de leurs vérandas. N'importe qui dans le coin pourrait être le propriétaire d'Ourse.

Il incline la tête et regarde le reflet de la chienne dans le rétroviseur.

— Ginny ? Tu connais une Ginny ?

La chienne agite la queue, ouvre les mâchoires. Elle pense qu'il lui demande si elle veut faire une balade. Il a un sourire las.

— Plus tard. Je te le promets, plus tard.

Il laisse ses mains tomber sur le volant et se force à regarder le stade de foot resplendissant auquel fait penser le bâtiment. Columbus Systems. Si gigantesque qu'il a sa propre sortie indiquée par un panneau sur la route à quatre voies, son propre centre sportif. Et c'est uniquement le siège central – la firme a près de dix mille employés dans le monde entier. Comme pour toutes ses autres tentatives depuis qu'il a accepté de rechercher le propriétaire d'Ourse, Caffery sait avant même de commencer qu'il s'engage dans une impasse.

— Enfin, dit-il à la chienne en sortant de la voiture, qui ne risque rien n'a rien. Tu restes là, tu chauffes la banquette.

Gauntlet Systems

Dans la chambre, Oliver tâte avec précaution les hématomes sur son cou. Honey a des mains comme des pinces. Des doigts comme des tiges de fer. Il est entraîné comme le sont la plupart des types du service de sécurité de Gauntlet. En forte majorité d'anciens militaires, dont un grand nombre sortis des rangs de la Légion étrangère, qui a peut-être amélioré son image ces dernières années, mais qui reste aux yeux d'Oliver un cloaque accueillant tous les desperados du monde. Ceux qui, lorsqu'ils quittent la Légion, ont moins de considération pour l'humanité qu'à leur entrée.

Ils ne sont pas invincibles, toutefois. Il vient de le prouver.

C'est l'après-midi, maintenant. Il est dans cette pièce depuis des heures et personne n'est venu le voir. En bas, les deux hommes ont échangé des murmures furieux. Le coup de téléphone d'Oliver les a plongés dans le désarroi et ils cherchent un moyen de se tirer de ce piège. Parce que Oliver a beau être menotté, il a pris le dessus en les identifiant.

Il lui a suffi d'entendre Honey évoquer Minnet Kable – *les attendre dans une grotte...* – et il a su.

Il n'a jamais caché à ses clients ce qui lui avait inspiré son système de torpille : les fabricants d'armes ne sont pas du genre à s'attendrir sur le sort de deux adolescents assassinés, ils ont vu pire, bien pire. En fait, ils semblaient prendre plaisir à l'entendre raconter la genèse de son invention : une expérience personnelle profonde – deux jeunes gens blessés à mort par un seul coup de pic à glace – transformée en inspiration professionnelle à l'origine du système Loup. Ce qu'il n'a jamais précisé, c'est comment Minnet Kable s'est approché du jeune couple cette nuit-là. Personne ne sait exactement ce qui s'est passé et rien n'a jamais suggéré que Kable se soit caché dans la grotte pour attendre Hugo et Sophie. Rien ne prouve même qu'il en connaissait l'existence, et l'attente à l'affût dans cette grotte est un détail qu'Oliver a inventé. Et raconté une seule fois.

Le soir où il a vendu la torpille Loup à Pietr Havilland.

Il se rappelle le magnat assis en face de lui à une table de l'Escargot, à Soho, secouant sa serviette amidonnée – *Alors, monsieur Anchor-Ferrers, les gens disent beaucoup de bien du Loup...*

Havilland était un client notoirement difficile à convaincre. Oliver savait que Gauntlet avait investi des millions dans un site de lancement sous-marin, une sorte de garage où le projectile attendait patiemment le passage de sa proie. Le Loup devait pouvoir s'adapter au système existant de Gauntlet et Oliver avait embelli son récit des meurtres pour qu'il corresponde à ce que Havilland voulait entendre. Il avait brossé un tableau dans lequel Minnet Kable prenait les deux jeunes pour cible dans un bar, les filait jusqu'à ce qu'il découvre qu'ils se rendaient souvent ensemble à la Pente aux Anes. Imprégné de leurs habitudes,

des bruits qu'ils faisaient et même de leur odeur, il était demeuré tapi dans la grotte jusqu'à ce que leur « signature » individuelle l'en fasse jaillir. Comme, avait-il expliqué à Havilland, il imaginait que la torpille du système Loup jaillirait du site de lancement sous-marin de Gauntlet.

Seul Gauntlet Systems a eu droit à cette version trafiquée des meurtres. Aucune autre compagnie. Honey et Molina appartiennent donc à Gauntlet. Et Oliver a l'impression d'avoir déjà vu le visage de Molina, non parce que c'est un acteur ou un homme politique, mais parce qu'il l'a croisé dans un des couloirs du siège de Gauntlet à New York.

A l'agence littéraire, on ne s'inquiétera pas de son coup de téléphone. On supposera simplement que la communication a été coupée. Si on essaie de le rappeler, il s'écoulera un moment avant que quelqu'un se rende compte qu'il se passe quelque chose aux Tourelles. Mais le nom de Gauntlet a été prononcé et en bas les deux hommes sont face à un énorme dilemme. Sans compter que, pour une raison ou une autre, la police quadrille le secteur. Quelqu'un d'autre que l'agence a peut-être déjà donné l'alarme.

Dans la cuisine, les voix des deux hommes se font plus fortes, plus rageuses. Oliver sait qu'il y a encore une faible possibilité pour qu'ils soient assez furieux et désespérés pour massacrer toute la famille et s'enfuir, mais cela signifierait la fin de leur carrière – et pire. Ils seraient traqués à la fois par Gauntlet et par la police. Les caméras de surveillance ont filmé presque tout ce qui s'est passé dans la maison et Oliver est sûr que John Bancroft, son inspecteur, prendra le relais maintenant que le nom de Gauntlet a été livré. Bancroft veillera à ce que justice soit faite.

Il retourne la carpette, humecte la pointe du feutre pour en extraire un reste d'encre et se met à écrire.

Pietr Havilland, de Gauntlet Systems, est derrière cette histoire. J'ai travaillé six mois avec cette firme pendant sa période de forte expansion. Elle est devenue mondialement dominante dans sa branche et sa valeur nette a grimpé en flèche durant deux ans. Havilland est à juste titre terrifié par ce que j'ai écrit dans mon autobiographie, parce que pendant des années il a dissimulé les agissements immoraux de son entreprise.

La mise au point du système d'armes sous-marin de Gauntlet a été émaillée d'accidents. Un essai réalisé au large d'une côte africaine a notamment tourné à la catastrophe, faisant une victime.

Oliver va manquer de place. Il découd un peu plus le bord du tapis et change de position pour noter la date de cet événement particulier : *mai 2007*. Et il ajoute : *Port de Ncala, Mozambique*. Au moment où il écrit le nom *Mozambique*, presque comme un commentaire sur l'endroit, le bourdonnement de l'Interphone de la grille monte du rez-de-chaussée. Il se fige, laissant le stylo répandre une tache bleue dans le tissu. Lentement, lentement, il lève la tête à hauteur de la fenêtre. Nouveau bourdonnement. Un petit sourire lui vient aux lèvres.

Là-bas, à près d'un kilomètre de la maison, quelqu'un sonne à la grille, demande à entrer. Et cette personne n'acceptera apparemment pas qu'on lui oppose un refus.

Cheryl

Il y a un vers d'une chanson – Caffery ne se rappelle plus le titre ni le groupe – qui ne cesse de revenir dans sa tête tandis qu'il parcourt les bureaux de Columbus en écoutant ses pieds crisser sur le marbre poli du sol. Quelque chose sur un type qui se réveille, saignant et soûl, dans un lit inconnu, sur les femmes cinglées qui vous réduisent au désespoir. Il pense à Breanne. Est-ce lui ou elle qui a appuyé sur le bouton ? Et si c'est elle, est-ce que ça veut dire qu'elle est *folle* ? Les femmes sont vraiment barrées ou c'est simplement une petite astuce des hommes pour abdiquer leur responsabilité ?

Il regarde alors la femme du service ressources humaines de Columbus et décide aussitôt que oui, quelquefois, les femmes sont franchement dingues.

Elle a autour de trente-cinq ans, des cheveux blonds presque blancs coupés très court, de grands anneaux aux oreilles et pas de maquillage hormis une touche de rouge sur les lèvres. Elle porte un clou de nez, une ample robe à fleurs et un cardigan de coupe masculine, les mains dans les poches.

— Je sais : je ne corresponds pas du tout à l'idée que vous vous faites de la meuf des relations humaines, hein ?

Il la détaille de la tête aux pieds.

— D'habitude, c'est tailleur de femme d'affaires et collants transparents, répond-il. Coiffure relevée, talons aiguilles...

— La secrétaire sexy ? Non, moi, je suis ici parce que mon père est le patron de la boîte. Nulle part ailleurs on ne m'embaucherait. Tout le monde ici me déteste, ajoute-t-elle avec un geste circulaire de la main, mais je m'en fiche.

— Vous plaisantez ?

— En partie seulement. Mon père possède bien la compagnie, mais j'arriverais probablement à trouver un boulot ailleurs si j'avais une tenue classique. Et je ne crois pas que le personnel me déteste – du moins, personne ne me l'a jamais dit en face.

Elle part d'un rire bas, se penche vers Caffery et porte une main à sa bouche.

— Sauf que si vous détestez la fille du patron, il faudrait vraiment que vous soyez taré pour le lui dire en face, non ? Oh, et avant que vous lâchiez quelque chose qui me rendra vraiment fumasse, je suis gay. Je suis lesbienne et tout à fait politiquement correcte, alors vous feriez bien de châtier votre langage, parce que je m'offense très facilement, et quand je m'offense, papa s'offense aussi et tout le monde est malheureux.

— Je n'aurais jamais cru. Vous faites tellement hétéro.

— Là, vous avancez en terrain miné.

— Je sais. Venons-en aux choses sérieuses : vous avez lu mon mail ?

— Plusieurs fois. Ce qui ne signifie pas que j'aie une réponse pour vous.

Caffery croise les bras. Attend un moment ou deux, essaie de prendre la mesure de cette femme.

— OK. Mais vous avez un système informatique, et même si vous n'êtes là que grâce au népotisme, vous devez au moins savoir comment marche un ordinateur. Alors, vous voulez bien m'aider ?

— Vous prendre par la main et vous guider ?

— Je ne m'exprimerais jamais en ces termes – pas avec l'épée du politiquement correct suspendue au-dessus de ma tête. Ou alors, euphémiquement. Oui, euphémiquement, j'aimerais que vous me preniez par la main.

— Les flics qui utilisent des mots savants, j'adore. Surtout quand ils le font dans le contexte adéquat.

Caffery remarque une pancarte accrochée au mur derrière le bureau : *Les autres pleurent parce qu'ils sont tristes. Moi je pleure parce que les autres sont stupides et que cela me rend triste.* Il doit y avoir un moyen plus facile, pense-t-il.

— On n'avance pas, là, Cheryl. Vous allez m'aider, oui ou non ?

— Vous avez un mandat ? C'est ce que je suis censée répondre, non ? C'est ce qu'on dit dans les séries policières. Et vous, vous êtes censé me sortir une réplique cinglante, du genre « Je sais que vous avez trafiqué les registres du personnel » ou « Le ministère du Travail aimerait beaucoup savoir pourquoi cinq de vos copines sont employées comme consultantes alors que, bizarrement, elles n'ont aucune expérience dans le domaine des communications et qu'elles ne vivent même pas dans ce pays ».

Caffery secoue la tête, perplexe.

— Je ne vous comprends pas – je ne vous comprends tout bonnement pas. La question est simple : vous allez m'aider ou pas ?

— Oui. Mais seulement si vous me parlez de Malcolm Bliss.

Il la regarde avec étonnement. Malcolm Bliss est un pervers, un nécrophile qu'il a livré à la justice dix ans plus tôt à Londres.

— Si *quoi* ?

— Dès que j'ai reçu votre mail, je me suis renseignée sur vous. Vous avez travaillé sur l'affaire Birdman, n'est-ce pas ?

— Et ?

— Nous avons ici une Ukrainienne, une nouvelle, que j'aimerais beaucoup impressionner. Elle est très, très intelligente, un cerveau gros comme une pastèque, et belle, oh, belle à tomber raide. Mais tordue, aussi.

Cheryl a un petit sourire séducteur qui révèle la blancheur parfaite de ses dents.

— Elle court après les ambulances. Elle passe son temps à regarder des photos d'accidents de voiture et d'autopsies sur le Web. Elle est fan de crimes réels. Elle en raffole.

— Quel rapport avec moi ?

— Malcolm Bliss. Elle est littéralement obsédée par ce qu'il a commis. Elle fouine, elle essaie de dénicher les détails horribles, mais elle est convaincue que les enquêteurs n'ont pas révélé tout ce qu'il a fait à ces femmes. Je me suis dit que vous pourriez, euh, épicer un peu l'histoire.

En 2000, Malcolm Bliss a mutilé plusieurs femmes et eu des rapports sexuels avec leurs cadavres. Jusqu'à ce jour, Caffery ne s'était pas totalement rendu compte du retentissement que cette histoire a eu dans l'opinion. Il ne sait pas trop s'il doit être ébranlé ou non par cette révélation. En particulier par la fascination lubrique que cette femme semble éprouver.

— Ce que Bliss a fait ne regarde personne. Si certains détails n'ont pas été divulgués, c'est pour protéger les familles des victimes.

— Ahhh ! s'exclame-t-elle avec un sourire. Alors, vous *savez*. Vous connaissez les détails dont ma copine aimerait tant se repaître. L'état des corps, les atrocités qu'il leur a fait subir...

Caffery incline la tête de côté et examine attentivement Cheryl. Il a déjà rencontré ce genre d'amateurs de macabre. Généralement, ce sont des femmes, ce qu'il a toujours trouvé étrange, mais jamais aussi directes et franches que la fille du patron de Columbus. Il s'assied enfin au bord du bureau et croise les bras.

— D'accord. Mais je ne vous ai rien dit.
— On ne s'est jamais vus.
— Qu'est-ce que vous voulez savoir ?
— Il a eu des rapports sexuels avec elles ?
— Nous le pensons.
— Et les corps – ils étaient mutilés ?
— Oui.
— Comment ?
— Bliss a tracé une croix celtique au couteau sur leur poitrine. Il leur a coupé la tête et certains indices laissent supposer qu'il aurait consommé leur chair.

Cheryl prend une inspiration bruyante et devient écarlate. De stupeur ou d'excitation, il ne saurait dire.

— C'est tout ce que je peux vous révéler. Suffisant ?

Elle hoche la tête, déglutit.

— Oui, suffisant.
— Alors, vous allez m'aider ?

Elle hoche de nouveau la tête, comme si elle n'avait pas encore fini d'assimiler ce qu'il vient de lui apprendre.

— Je vous aiderai. Mais je vous préviens : il n'y a pas de bouton magique. Pas de base de données dans laquelle il suffit de lancer une recherche.

— Vous n'êtes pas informatisés ?

— Si, nous sommes...

Elle avale de nouveau sa salive, se ressaisit.

— Bien sûr que nous sommes informatisés, mais seulement depuis dix ans. Avant ça, tout est sur papier et franchement, quand on entre aux archives, on a l'impression de se retrouver dans la scène finale des *Aventuriers de l'arche perdue*, vous savez, quand ils mettent l'arche dans le...

— Je sais. Mais l'homme que je cherche travaille peut-être encore pour vous. Auquel cas son dossier a été informatisé, depuis.

Elle lui lance un regard si sarcastique et exaspéré qu'il est sûr qu'elle va lui assener : « Sans blague, Sherlock ? »

— *Oui*, je sais, même si ça vous étonne. J'ai commencé une recherche. Sur cet ordinateur, là-bas, vous voyez ? J'ai épluché les bios en cherchant des épouses prénommées Matilda. J'en ai trouvé une, mais ils se sont mariés cette année, elle a vingt-cinq ans, il en a vingt-six et ils vivent à Buenos Aires, donc ils ne correspondent pas à vos spécifications. J'ai parcouru tous les CV que nous avons en ligne en cherchant ceux qui viendraient de l'armée. Mais c'est une perte de temps, nous gardons des copies informatiques des CV uniquement pour les personnes qui sont entrées dans la boîte ces dix dernières années. D'après ce que vous dites, nous l'aurions embauché à la fin des années 80 ?

— Oui. Il venait de l'armée. Les Transmissions. C'est un expert en communications radio.

— Pas de panique, il y a un autre moyen, déclare-t-elle en souriant.

Elle va prendre dans un classeur métallique une corbeille bourrée de documents, l'apporte et la pose sur le bureau avec un *ouf* sonore. De la poussière s'envole de la paperasse froissée.

— Intimidant, soupire Caffery en perdant courage.

— Dans les années 80, nous avions une branche militaire. Si votre « homme sans nom » venait de l'armée, il devait avoir des compétences militaires. Si c'était un informaticien qui préférait bosser sur une application militaire – il y en a beaucoup dans l'armée, vous savez, ils travaillent avec des types comme eux –, il est probablement entré dans cette branche. Mais nous l'avons liquidée dans les années 90 et nous avons licencié un nombre important de collaborateurs. Mon père en avait marre de les voir traînasser derrière la branche civile. C'est le problème avec l'armée, il faut toujours se décarcasser pour prouver que tel truc est à l'épreuve des bombes avant d'aller plus loin. On dépasse toujours les délais.

— Ça gêne les firmes ?

— Les dépassements sont à double tranchant. Les projets pour le ministère de la Défense connaissent toujours des dépassements, parce que ça rapporte plus d'argent. C'est le percepteur qui règle la facture, qu'il en soit remercié – on l'adore, ce type !

— Que sont devenus les membres de la branche militaire ?

— Chaque document de ce tas se réfère à une entreprise où ceux que nous avons remerciés dans les années 90 auraient pu se recaser.

Caffery prend les premiers de la pile, les feuillette. Il y a des lettres, des factures, chacune avec un entête différent. Consterné, il les remet dans la corbeille. Il doit y en avoir deux ou trois cents. Des jours – des semaines de travail.

Ouvrant la bouche, Cheryl lui offre un sourire éblouissant d'animatrice de téléachat.

— Je sais, dit-elle. Mais j'ai aussi une bonne nouvelle.

— Je peux presque voir la lumière qui rayonne de vous.

— Aveuglante, hein ? Ah, c'est dur d'être aussi merveilleuse !

Elle se retourne d'un mouvement théâtral comme si elle jouait dans une pub délirante de l'épouse parfaite et traverse le bureau en ondulant du derrière, une main tendue au-dessus de l'épaule, invitant Caffery à la suivre d'un index aguicheur.

Elle s'arrête devant une étagère sur laquelle est posé un vieux lecteur de CD, voyant allumé.

— Qu'est-ce que c'est ?
— La bonne nouvelle.
— Je regarde quoi, là ?

Elle ouvre le couvercle de l'appareil, allume une lampe d'architecte, l'oriente pour qu'elle éclaire le dessous du couvercle et s'exclame :

— Ta-da !

Caffery cherche ses lunettes dans sa poche, les chausse et regarde attentivement. Sur l'envers du couvercle, il y a un petit autocollant. Un symbole triangulaire : noir sur jaune, un soleil au centre d'un triangle. Le symbole de l'alliance.

Il ferme le couvercle et le rouvre, comme si cela allait lui faire comprendre ce que cet autocollant signifie.

— C'est un avertissement signalant la présence d'un laser, explique Cheryl. Je l'ai reconnu à l'instant où j'ai vu les photos de l'alliance. Columbus s'occupe de technologie des micro-ondes, de liaisons montantes et de télécommunications. Notre spécialité, c'est l'optique en espace libre, qui dépend beaucoup des lasers. Vous traversez nos bâtiments, vous voyez ce symbole partout : il est quasiment sur tous les postes de travail. Si je ne l'avais pas reconnu, j'aurais mérité d'être fusillée.

Caffery secoue la tête et range ses lunettes. Pas un symbole de francs-maçons, quelque chose de beaucoup moins mystérieux et de plus terre à terre. Il est probablement collé sous le couvercle de son lecteur de CD, chez lui.

— Votre homme est sans doute un spécialiste des lasers, continue Cheryl. Ce qui réduit le nombre de firmes où il a pu se faire embaucher. C'est la bonne nouvelle.

— Et la mauvaise ?

— Ah, oui, dit-elle en levant un doigt à l'ongle verni. La mauvaise nouvelle.

Elle retourne au classeur, prend une autre corbeille, elle aussi pleine à craquer, et la pose sur le bureau.

Caffery regarde la pile, hausse un sourcil en se demandant si c'est une blague.

— Vous n'aviez pas parlé de réduire ?

— C'est réduit.

— Mais il y en a…

— Des centaines, je sais.

Il secoue la tête, agite une main dans l'air.

— Je suis navrée, monsieur Caffery, j'aurais aimé pouvoir vous aider davantage. Vous pouvez les emprunter, si vous voulez. Je tiens à les récupérer.

— Ouais, merci, marmonne-t-il.

Il soupire puis, se rappelant les bonnes manières, fait un effort pour lui adresser un sourire crispé.

— Merci, répète-t-il. Rassembler toute cette paperasse, cela a dû vous prendre...

— Quatre heures. A compter du moment où j'ai reçu votre mail.

— Vous aviez déjà décidé de m'aider ?

— Oh oui. Naturellement.

— Alors, cette histoire de copine ? La perverse qui veut connaître les détails sanglants ?

— Je l'ai inventée. Je ne suis même pas lesbienne, je suis une bonne vieille hétéro.

— Sérieusement ?

— Sérieusement. Vous me plaisez plutôt, si vous voulez savoir.

— Et le papa ?

— Inventé aussi. Mon père est mort il y a six ans. J'ai dû bosser pour décrocher ce boulot.

Caffery baisse les yeux vers la corbeille, hésite un instant.

— C'est pas grave, parce que moi aussi j'ai inventé ce que je vous ai dit sur Malcolm Bliss. D'accord, il était cinglé – un vrai pervers –, mais il n'a mangé la cervelle de personne. Ni tracé des croix au couteau dans les poitrines.

— Je sais, répond Cheryl en souriant. Je sais que vous l'avez inventé.

— Comment ça ?

— Parce que vous êtes comme moi. Même si vous n'en avez pas conscience, vous marchez sur une corde raide. Et une partie de vous souhaite une seule chose : qu'on vous fasse tomber.

Cochon grillé

La voiture de police ne fait pas clignoter sa rampe lumineuse, mais ses phares sont allumés, son plafonnier aussi, et la radio craquette à plein volume. Les portières avant sont ouvertes, deux flics y sont accoudés et regardent la Chrysler descendre l'allée.

Quelques instants plus tard, Honig en sort, vêtu d'un smoking dont le nœud papillon est à moitié défait. C'est le smoking d'Oliver. Comme ils n'en ont trouvé qu'un seul dans la maison, Ian le Geek dissimule sa chemise sous un manteau en poil de chameau qui pendait dans l'armoire. Il l'a boutonné jusqu'en haut, ne laissant dépasser que le col blanc, et il a ôté ses lunettes, qu'on remarque trop facilement.

Ils ont arrêté la Chrysler à trois mètres de la grille pour ne pas rouler sur le détecteur de pression qui en aurait déclenché l'ouverture. Honig s'en approche à pied, se penche pour l'ouvrir manuellement.

— Désolé, dit-il en s'appuyant à un pilastre. Ça fait deux jours qu'on attend le type qui a « promis, sans faute » de venir réparer. Alors, nous sommes obligés de descendre à la grille chaque fois qu'on sonne.

— On dirait que vous étiez sur le point de sortir, de toute façon, fait observer le plus petit des deux policiers.

C'est un gars d'une vingtaine d'années dont les tempes commencent déjà à se dégarnir. Désignant du menton la chemise habillée de Honig, il s'enquiert :

— Une soirée chic ?

Honig secoue la tête comme si c'était une corvée.

— Il faut bien : mes parents ont besoin de quelqu'un pour représenter la famille. Les chasseurs locaux organisent un barbecue de charité à Blagdon. Je vois ça d'ici – non, je n'ai aucune envie de voir ça, mais j'irai quand même. Enfin, cochon grillé au menu. A quelque chose…

— Du cochon grillé ? répète le flic plus corpulent en faisant la grimace. Arrêtez, c'est de la torture.

— Il est au régime, explique son collègue. Six kilos à perdre d'ici le milieu de l'été. Je crois pas qu'il y arrivera.

— Trop de donuts ?

Ian s'est efforcé de rendre le commentaire amusant et convivial, mais il a lamentablement échoué. L'atmosphère se tend. Le gros flic examine le Geek un moment puis part d'un rire lent.

— Je déteste les donuts. En fait, mon poids, c'est une affaire de gènes, je pourrais manger deux fois moins que vous et je serais quand même gros. C'est le problème, avec les clichés, monsieur…

— Raven, intervient Honig avant que Ian s'enfonce encore un peu plus. Mon ami s'appelle Julian Raven et je suis Kiran Anchor-Ferrers.

Il tend la main vers le policier en ajoutant :

— La maison appartient à mes parents.

Le flic continue à jeter un regard oblique au Geek tout en se penchant pour serrer la main de Honig. Puis il recule d'un pas, tire légèrement les épaules en arrière.

— Ils sont là, vos parents ?

— Non, vous les avez ratés. Ils sont en Ecosse. Ou plutôt, ma mère est en Ecosse, mon père...

Honig regarde sa montre, agite une main dans l'air.

— ... est quelque part au-dessus du Lake District si le vol de SleazyJet est à l'heure. Nous venons de le déposer à l'aéroport de Bristol.

— Je crois que je vous ai vus, dit le petit flic. Là-bas, non ? Sur l'aire de stationnement ?

— C'est possible, répond Honig en prenant son portable. Si vous voulez, je l'appelle. C'est à lui que vous voulez parler ?

— Non, non, simple enquête de routine. Je suis sûr que vous pouvez nous aider, monsieur Anchor-Ferrers.

Le jeune flic indique Honig de la tête puis Ian le Geek.

— Ainsi que votre ami, M. Raven.

Le sourire de Honig s'efface aussitôt.

— D'accord, si vous voulez plaisanter, ne vous gênez pas.

— Pardon ?

— Vous avez clairement un problème avec le fait que j'ai un... « ami », dit Honig en dessinant des guillemets de ses doigts.

Les policiers échangent un regard, le gros soupire.

— Désolé si on vous a donné cette impression. C'était pas notre intention, tout le monde a le droit à sa sexualité.

— Vous ne semblez pas sincère. J'ai plutôt le sentiment que vous récitez un extrait des cours qu'on vous a fait suivre.

— Excusez-nous de vous avoir contrarié.
— Non, c'est moi qui m'excuse. Simplement, Julian et moi, nous sommes trop souvent l'objet de ce genre de remarques. Nous ne voulons pas d'ennuis, mais nous sommes habitués à devoir défendre notre choix.
— Nous ne voulons pas d'ennuis non plus.
— Alors, Julian et moi réagirons de manière civilisée. Bien qu'un procès ne soit jamais chose facile, c'est parfois la seule issue possible. J'ai la chance d'avoir l'argent nécessaire pour aller jusqu'au bout. Disons que chaque fois que j'ai eu recours à des avocats, quel qu'ait été le prix, j'ai fait progresser la cause de mes frères et sœurs. On nous traite de ronchons susceptibles, mais franchement, si nous ne réagissons pas, qui le fera ?

Le plus jeune flic tend un bras dans la voiture pour prendre un carnet. Son attitude a complètement changé, passant de fanfaronne à strictement officielle.

— Monsieur Anchor-Ferrers, monsieur Raven, reprenons les choses plus calmement, d'accord ?

Honig et Ian échangent un regard. Le Geek glisse les mains sous ses aisselles comme s'il cherchait à se maîtriser, à s'empêcher de frapper quelqu'un. Il lève le menton et contemple les étoiles.

Honig porte son attention sur le carnet.

— Vous m'inquiétez, il est arrivé quelque chose ? Vous devez être ici pour une autre raison que nous harceler.

— Oui, répond le flic corpulent. Maintenant, dire qu'il est arrivé quelque chose, ça dépend du point de vue.

— Ça n'est pas le commentaire le plus rassurant que j'aie entendu.

— Quelqu'un a disparu.

Le policier fait deux pas vers la maison et s'arrête, l'examine tel un agent immobilier estimant sa valeur sur le marché.

— On fait une enquête de voisinage, juste pour savoir si quelqu'un a vu quelque chose. Juste pour se faire une idée.

— Disparu ?

Honig parvient à sortir ce mot en prenant un ton innocent. Dans sa tête, pourtant, il revoit les intestins. La ligne rougeâtre qu'ils dessinent dans les branches. Les trois verres gradués dans le coffre de la voiture.

— Et quelles sont les circonstances de la disparition ?

— Oh, ce n'est probablement rien de grave. Cette personne n'est pas réputée pour son sérieux. Elle passe beaucoup de temps au Cart and Horses, d'après le patron – vous voyez ce que je veux dire. Mais nous devons vérifier pour nous assurer qu'il ne lui est rien arrivé.

— Pas réputée pour son sérieux ? Qui ça peut bien être ?

— Ginny Van Der Bolt. *Van... Der... Bolt.* Elle vit en bas dans le village.

Honig déglutit. Bien qu'il n'en laisse rien voir, il éprouve un instant l'envie de s'appuyer à la grille, rien que pour garder l'équilibre. Pas la femme de la maison jaune. Plus près encore des Tourelles.

— Monsieur Anchor-Ferrers ? Ça va ?

— Oui, oui, prétend-il en se ressaisissant. Ça va. C'est juste que... Ginny, elle fait le ménage pour mes parents. Je la connais.

— Quand l'avez-vous vue pour la dernière fois ?

— Je ne sais pas trop. Vous savez, je n'ai pas beaucoup de rapports avec la femme de ménage, c'est généralement ma mère qui s'occupe d'elle.

— Mais elle monte ici une fois par semaine ?

— Oui. Deux fois quand nous sommes tous là, je crois, une fois quand il n'y a personne, pour vérifier que tout est en ordre.

— Votre mère... elle vous a parlé de Ginny dernièrement ? Quelque chose qui la préoccupait ?

— Non, pas que je me souvienne. Est-ce que... Vous n'avez rien trouvé ? Aucune... trace d'elle ?

— Elle n'avait pas de problèmes personnels ? Pas de disputes avec ses petits copains ? Avec son ex ?

— Pas que je me souvienne.

— Votre mère pourrait nous en dire plus ? Vous savez où on peut la joindre ?

Le plus grand des deux flics lui tend une carte de visite et un stylo. Honig s'appuie contre un arbre et écrit avec soin un numéro que la firme utilise et qui conduit invariablement à un service de messagerie anonyme. Il rend la carte en disant :

— Elle m'a prévenu qu'elle passerait quelque temps dans un endroit où son portable ne capterait pas. Vous savez ce que c'est, en Ecosse.

Il s'humecte les lèvres en faisant aller son regard d'un policier à l'autre, sans savoir à qui poser la question. Finalement, il s'adresse au flic au régime :

— Vous savez ce qui s'est passé ici, je suppose ? Enfin, dans le coin.

— Quoi ?

— Les deux jeunes ? Dans les années 90 ?

Au bout d'un moment, ils comprennent.

— Minnet Kable, vous voulez dire ? Ouais, on est au courant. Tout le monde est au courant, ici.

— Et… aucun rapport, je présume ?

— Non, répond le policier en remettant à Honig une autre carte. Aucun rapport avec lui – à moins que ce soit son fantôme.

— Je vous demande pardon ?

— Il est mort y a une semaine. Il est jamais sorti de Rampton. Si votre mère vous téléphone, demandez-lui de nous appeler, s'il vous plaît. Sans l'inquiéter. On veut juste lui poser quelques questions.

Honig le regarde fixement. Le flic agite la carte devant lui et Honig, tiré de son hébétude, s'empresse de la saisir.

— Bien sûr. Je n'y manquerai pas.

— Régalez-vous avec le cochon grillé.

— Nous essaierons.

Les policiers remontent en voiture et attachent leurs ceintures. Le gros démarre et effectue un demi-tour en trois temps dans un crissement de gravier, prend la direction de Compton Martin. Ni Honig ni Ian le Geek ne prononcent un mot avant que la voiture ait disparu et que le bruit de son moteur ait fait place au silence. On n'entend plus que les stridulations des criquets dans le champ et le doux murmure de la brise dans le maïs.

Honig se tourne vers le Geek, qui pose sur lui des yeux écarquillés.

— Ne me regarde pas comme ça, lui lance Honig. Moi non plus, je n'ai aucune idée de ce qu'il faut faire.

La cave

Ça devient si merdique qu'on a peine à y croire. Complètement merdique. Tout va mal pour eux, Lucia avait raison. Honig fait les cent pas dans la cuisine. Le Geek et lui ont feint de se rendre au barbecue, au cas où les flics auraient attendu pour vérifier, et sont maintenant rentrés. Pendant plusieurs heures, ils ont cherché à comprendre ce qui se passe et à prendre une décision, mais ils n'ont abouti nulle part.

La Chrysler qu'aucun d'eux ne se soucie plus de cacher est garée juste devant la porte d'entrée. Ils ont laissé le plafonnier allumé. L'instinct souffle à Honig de tout laisser tomber et de s'enfuir. Non, Pietr Havilland les retrouverait. Le temps joue contre eux et il y a quelque chose derrière tout ça qui est à l'œuvre, quelque chose qu'il n'arrive pas à saisir.

Il prend quelques profondes inspirations et se récite pour la centième fois les données du problème en espérant y dénicher un semblant d'explication.

1. La ligne fixe ne marche pas.
2. Les portables ne captent qu'au bout de l'allée, là où les flics patrouillent tels des requins.
3. La femme de ménage des Anchor-Ferrers a disparu.

4. Les intestins que Ian a portés dans le bois ce matin appartenaient à *quelqu'un*. C'étaient des restes *humains*. Le maïs, le plombage, l'alcool... *Une personne qui n'est pas réputée pour son sérieux. Qui passe beaucoup de temps au Cart and Horses – vous voyez ce que je veux dire.*

5. Minnet Kable est mort.

C'est le point le plus affolant. Honig a vérifié : Kable est bien mort. Il y a sur le portable des messages que le Geek n'a pas lus : il a consulté les mails, mais pas les textos de Gauntlet Systems. Dix jours plus tôt, Minnet Kable est mort des suites d'un cancer du poumon dans l'aile médicale de la prison de haute sécurité de Rampton. La fureur de Honig contre le Geek n'est rien à côté de sa stupéfaction. Qu'est-ce qu'il se passe, *bordel* ? Et combien de temps pourra-t-il tenir avant que ses nerfs lâchent complètement ?

Dehors, les ombres longues et nettes quelques heures plus tôt deviennent troubles comme l'eau d'un fossé et le crépuscule sombre dans l'obscurité. Il n'avait pas l'intention de passer une nuit de plus aux Tourelles, mais il n'arrive pas à se décider, à faire un choix. Il a ôté son smoking pour remettre ses vêtements alors que Ian est encore habillé pour le barbecue : chemise blanche et nœud papillon d'Oliver à moitié défait. Il a le visage rouge et congestionné parce qu'il a commencé à boire, une bouteille de vin qu'il a trouvée dans le casier, près de la fenêtre. Un cigare fume dans un cendrier sur le manteau de la cheminée. Le tabac et l'alcool vont à l'encontre de toutes les règles de leur profession, mais la situation les a chamboulés tous les deux.

Dès leur retour, ils ont vérifié toutes les portes, toutes les fenêtres. Ils ont donné ses médicaments à

Oliver, ils sont allés voir Matilda et Lucia, qui vont très bien – si tant est qu'on puisse aller bien après trois jours passés entravées. Rien, absolument rien ne suggère que quelqu'un est entré dans la maison. Pourtant, il y a quelque chose qui ne va pas.

Honig agite une main dans l'air en espérant à demi que la fumée du cigare de Ian finira par couvrir l'odeur qui imprègne encore la cuisine.

— Tu es sûr d'avoir bien lavé les verres gradués ? Ça pue encore, ici.

Le Geek confirme d'un hochement de tête. Se verse un autre verre. Honig lui lance un regard noir. Ce type lui tape vraiment sur les nerfs. Il a touché presque autant que lui et n'a fait que la moitié de son boulot. Il a merdé d'un bout à l'autre. De la façon dont il s'est procuré les entrailles à son incapacité à rebrancher la ligne fixe, en passant par son oubli de consulter les textos de Havilland sur la mort de Kable. Il y a tout à parier qu'en arrivant seul aux Tourelles quatre jours plus tôt il n'a pas soigneusement fouillé la maison.

Cédant à un mouvement d'humeur, Honig attrape le cigare et le jette dans l'évier. Ignorant les protestations indignées du Geek, il prend la lampe électrique, se dirige vers la porte de la cave, la déverrouille, l'entrouvre. Elle grince un peu. L'odeur qui monte d'en bas est infecte. Vraiment écœurante. Honig passe sa langue sur ses lèvres, baisse les yeux vers ses chaussures impeccables – il va les salir. Il se rend alors compte qu'il se tient à l'endroit où il a nettoyé les taches de sang deux jours plus tôt, les taches marquant le passage de Ian dans la maison avec les intestins. Quelque chose le tracasse au fond de son esprit, là où il range tout ce qu'il ne veut pas aborder de front, ça le turlupine brièvement.

Minnet Kable est mort.

Les cerfs ne mangent pas de maïs doux et n'avalent pas de plombages.

Il essaie l'interrupteur électrique, au cas il se serait remis à marcher, mais non. Il descend quelques marches, attend que ses yeux s'habituent à l'obscurité. L'escalier s'enfonce dans le noir – il ne voit rien. Une main sur la rampe, il se penche en avant, plisse les yeux. De la lumière passant entre les lattes du plancher de la cuisine éclaire faiblement ce qu'il y a en bas. On peut voir que la cave s'étend sur de nombreux mètres. Quelque chose a échappé au Geek. Il y a *quelque chose* là en bas, parce que l'odeur est suffocante.

Il allume sa torche, la braque vers l'obscurité. Effectivement, la cave se prolonge loin sous la maison et sous le jardin. A sa gauche s'alignent des porte-bouteilles poussiéreux. A droite, un tas de rondins et des caisses contenant le bric-à-brac familial habituel : décorations de Noël, vieilles pompes à vélo. Plus loin, l'avalanche de charbon que Ian le Geek a dû provoquer, mais elle ne se trouve qu'au milieu du sous-sol et il n'a sûrement pas parcouru toute la longueur de la cave durant le temps où il est resté en bas. Elle s'étire plus loin, beaucoup plus loin.

Honig descend le reste des marches et s'arrête près des caisses de guirlandes. Il lève la lampe vers le plafond, fait courir le faisceau le long des poutres. Il doit se trouver sous la table de la cuisine : il discerne une partie obscure, là où repose le grand tapis et, près de l'âtre, celle de la carpette plus petite où il y a les lits de camp. Il promène sa lampe sur les murs de pierres rugueuses couverts de toiles d'araignée et de poussière, découvre que tout le fond de la cave est occupé par des rondins destinés au feu. Des piles et encore des piles. Il est quasiment sûr que Ian n'est pas allé y regarder de près.

Le sol est en béton et ses pieds ne font aucun bruit quand il s'approche du mur. Tel un chat, il s'avance lentement puis fait halte, attend que quelque chose se révèle. La grille sertie dans le plafond, tout au fond, doit être située sous la grande baie de la pièce de devant. Il y a aussi d'autres choses : de vieux casiers de bouteilles de lait, une tente rouge et bleu, une boîte en carton à demi pourrie pleine de bidons d'assouplissant. Contre l'une des colonnes de brique, il voit un tas de vêtements.

Honig s'accroupit et les retourne : des vêtements de femme, que du sang séché a rendus raides et craquants. Un soutien-gorge, une culotte, des collants. Un jean dont il tire un portefeuille. Il l'ouvre et ce qu'il découvre lui fait fermer les yeux.

Ginny Van Der Bolt. La femme de ménage.

Il doit compter jusqu'à vingt avant d'avoir la force de se redresser.

— Hé ! crie-t-il en frappant le plafond du bout de sa torche. Ramène tes fesses ! Tout de suite !

Il va dans le coin le plus éloigné et s'immobilise près d'une pile de rondins. C'est de là que vient l'odeur. Il se penche légèrement en posant une main sur le bois, le sent poussiéreux sous ses doigts. Aucun mouvement en haut.

— Geek ! beugle-t-il. Descends, bon Dieu !

Dans le faisceau oscillant de la lampe, le bois coupé semble sortir de l'obscurité et y sombrer à nouveau. Honig saisit un rondin en haut de la pile et le jette de côté. Fait de même avec un autre, puis un autre. Le cinquième rondin repose sur quelque chose de mou.

Honig reste un long moment sans bouger, le cœur lui martelant la poitrine. Une grande tache s'élargit sous le bois et, quand il baisse les yeux, il voit ce qui suinte de la pile. Il déplace un pied, sent quelque chose de poisseux le retenir. En ôtant un autre rondin, il découvre une main. Noire et gonflée, aux ongles soulevés de leur base. Il y a une bague à l'un des doigts – une bague de femme. Lorsqu'il retire d'autres rondins, le corps révélé est bien féminin. Nu. La tête est tournée vers le mur et fait avec le torse un angle quasi impossible, comme si elle contemplait ses genoux. Par bonheur, il n'a pas à regarder le visage. Le bras qu'il voit a été coupé par un objet tranchant – c'est par là qu'elle a perdu du sang. Les bords de la blessure ont l'air ratatinés comme une vieille pelure d'orange. Honig enlève un autre morceau de bois et voit le trou béant du ventre.

Sa poitrine se soulève. Il ne saurait dire s'il va vomir ou sangloter. Kable est mort, Kable est mort, Kable est mort, se répète-t-il. Kable est mort.

La semaine des huit

Matilda gît sur le sol, attachée par la cheville au radiateur. Les yeux clos, elle oscille entre sommeil et délire. Toute la journée, elle s'est efforcée d'évoquer dans sa tête une meilleure image d'Oliver. Une image belle et nette que l'âge et la réalité n'auraient pas abîmée.

Un petit sourire apparaît enfin sur son visage, parce qu'elle le voit. Il est de nouveau jeune, vêtu d'un costume élégant égayé par une cravate d'université ornée de pélicans rouges. Il se tient dans une cour ensoleillée, une paire de jumelles à la main. C'est la semaine des huit à Oxford et il l'a emmenée à la réunion de son *college*. Les jumelles, c'est parce qu'il veut être le premier à voir, juché sur le hangar à bateaux, l'équipe de son ancienne université sortir de la courbe de l'Isis[1].

Il lui tend la main en disant :

« Viens, Matilda, mon amour. Allons nous promener le long du fleuve. »

Au moment où elle lui prend la main, des larmes lui montent aux yeux.

---

1. Nom que l'on donne à une partie de la Tamise après Oxford, utilisée principalement dans le cadre des courses d'aviron – notamment les huit – de l'université.

« Oliver, murmure-t-elle, qu'est-ce qu'ils vont nous faire ? Qu'est-ce qu'ils vont faire à Lucia ?

— Je ne sais pas, reconnaît-il. Je ne sais pas. »

Dans son rêve, la lumière se fracture en échardes autour du visage de son mari. Un flot de sang envahit sa tête et elle se réveille, l'esprit soudain parfaitement clair. Ses yeux s'ouvrent brusquement. Elle voit au-dessus d'elle la peinture de la corniche qui s'écaille, les avions de Kiran suspendus au plafond rose. Elle se redresse en position assise, regarde autour d'elle en clignant des yeux. Il s'agit de se replacer dans la réalité physique, parce que c'est dans ce monde qu'elle doit maintenant opérer.

Ses traits se figent, ses yeux se rivent à la peinture, écaillée elle aussi, de la plinthe. Il y a quelque chose... quelque chose... elle cherche quoi – *quelque chose qui lui a échappé*. Elle parcourt la pièce du regard, le cœur battant plus fort. Les années passées à entretenir une maison pareille, à la maintenir au-dessus du chaos créé par deux jeunes enfants acharnés à tout déglinguer. Les meubles cassés, les portes gauchies, les rideaux déchirés et les poils de chien. Les hamsters disparus, les bols brisés et la confiture sur les plinthes.

Les plinthes. Ses yeux se tournent lentement vers le bas du mur. Matilda s'appuie sur les mains, comme pour faire une traction, et fixe l'espace entre la planche de bois et le sol. Le morceau de fil de fer qu'elle a repéré le premier jour où on l'a attachée dans cette pièce. Elle n'y a pas repensé depuis.

C'est comme une vague qui déferle sur elle. Un souvenir qui aurait dû lui revenir bien plus tôt. Pourquoi n'y a-t-elle pas pensé ?

Sa belle-fille, Emma. Terriblement gênée, la pauvre, dans la buanderie.

« Matilda, je suis navrée, je crois que c'est de ma faute. »

Une camionnette de plombier qui s'éloigne et dans l'évier ce qui obstruait la pompe de la machine à laver. Des peluches et un bout de fil de fer d'un soutien-gorge à armature. « C'est le coupable dans quatre-vingt-dix pour cent des cas », avait déclaré le plombier. Qui l'eût cru ? L'humble soutien-gorge à baleines, extraordinaire saboteur de machines à laver. Mais ce que Matilda se rappelle maintenant, c'est le commentaire qu'a fait Emma en plongeant un regard inquiet dans la machine. « J'ai perdu les deux, j'espère que l'autre n'est pas encore dedans. »

L'incident remonte à l'époque où Kiran et elle venaient de se marier. On n'a jamais retrouvé l'autre baleine du soutien-gorge.

Matilda cligne des yeux. C'est ce qu'elle est en train de regarder, elle en est sûre. Aujourd'hui, elle est attachée par la cheville droite, ce qui modifie sa portée. Allongée à plat ventre et s'étirant le plus possible, elle découvre qu'elle peut facilement toucher la plinthe de la main.

Elle relève le menton, s'humecte les lèvres et se concentre sur le morceau de fil de fer.

Ce n'est pas encore fini. Pas encore.

Ian le Geek

Honig remonte lentement l'escalier, les tempes palpitantes. Lorsqu'il parvient en haut des marches, il voit pourquoi le Geek ne s'est pas montré et n'a pas même répondu. Ian est profondément endormi dans le fauteuil d'Oliver. Le siège que Honig occupe d'habitude. La tête inclinée en arrière, le corps détendu, la poitrine qui monte et descend paisiblement.

Honig a les mains couvertes de matières organiques, il tient dans la droite le portefeuille d'une morte, et Ian le Geek dort, comme s'il était chez lui le jour de Noël, après s'être envoyé une bouteille de porto.

Honig prend de longues inspirations pour se calmer. Dans sa tête, les choses glissent et tournoient, elles s'assemblent mais pas comme il l'aurait pensé. Il baisse de nouveau les yeux vers l'endroit où il y avait les gouttes de sang. Bien qu'elles n'y soient plus, il se rappelle la forme qu'elles avaient. Elles sont nettement imprimées dans son esprit.

Il trace une ligne imaginaire de la porte de la cave à l'évier. Il se rend compte qu'il s'était représenté le Geek franchissant la porte de devant avec les viscères, passant devant la porte de la cave où ils dégouttent de sang. Il se demande maintenant pourquoi il a fait cette supposition, puis il se demande pourquoi traverser la maison avec ces entrailles alors que Ian pouvait simplement faire le tour par l'extérieur jusqu'aux arbres. Enfin, il se rend brusquement compte que des intestins restés un certain temps accrochés à des barbelés n'auraient plus eu de sang à perdre. Ils n'auraient saigné que si on venait de les sortir d'un corps.

Honig se tourne vers l'escalier, son pouls s'affole. Ginny Van Der Bolt dans la cave ? Dans la version du Geek, il lui a parlé puis il est retourné aux Tourelles et a trouvé les intestins en chemin. Ce qui est manifestement faux. Comme tout le reste. Comme son incapacité à rebrancher la ligne téléphonique, comme sa « découverte » des entrailles dans une clairière. Comme d'avoir « consulté » tous les messages du portable dans la voiture ce matin. Combien de messages sur la mort de Kable a-t-il effacés subrepticement pendant que Honig conduisait ?

Les clés de la voiture sont sur le plan de travail. Honig les remarque, regarde à nouveau le Geek, qui dort toujours tranquillement, un demi-sourire aux lèvres, les bras croisés sur la poitrine. Honig estime le temps qu'il lui faudrait pour saisir les clés et se ruer dans l'entrée, franchir la porte de devant. La langue entre les dents, il se penche et pose la torche sur le sol sans faire de bruit. Il a traversé la moitié de la cuisine lorsque les yeux de Ian le Geek s'ouvrent soudain.

Il a un sourire aimable en découvrant Honig, mais il n'essaie pas de se redresser.

— « Ravi de faire votre connaissance », dit-il avec la même nonchalance, la même bouche molle que Mick Jagger dans *Sympathy for the Devil*. Toujours pas trouvé qui je suis ?

Maux de tête

Des orages traversent de nouveau le Somerset. Des coups de tonnerre ébranlent les fenêtres du petit cottage de Priddy et font trembler les livres sur l'étagère. L'ordinateur projette une faible lumière dans la chambre où Caffery est assis au bord du lit, la tête entre les mains. Entouré de feuilles de papier qui jonchent le sol, il presse durement son crâne de ses doigts pour lutter contre la migraine qui l'a taraudé toute la soirée.

Cette enquête, ce défi insensé de retrouver le propriétaire d'Ourse, tourne en eau de boudin. Il a étudié les dix premières des firmes dont Cheryl – la DRH déconcertante – lui a fourni les dossiers. Elle a raison, elles ont toutes un rapport avec les lasers ainsi qu'un lien avec Columbus, qui, comme elle l'a précisé, s'est restructuré dans les années 1990 et a liquidé sa branche militaire. Depuis, diverses filiales de Columbus et compagnies nouvelles se sont divisées et divisées à nouveau dans un fatras de sociétés différentes. Cela donne le tournis.

Il baisse les mains et jette un coup d'œil à Ourse, qui dort profondément au bout du lit. Elle remue les oreilles, comme si elle rêvait. D'une longue course derrière un lapin, peut-être, d'une balle qu'on lui lance.

OK, pense-t-il en tirant son portable de sa poche. Il fait défiler ses contacts jusqu'à ce qu'il trouve le numéro de Johnny Patel. Une dernière chance, un ultime effort.

Patel répond après sept sonneries, juste avant, semble-t-il, que l'appel soit dérouté sur le service messagerie.

— Salut, Jack, dit-il, tout essoufflé. Ne quitte pas.

Caffery l'entend couvrir l'appareil de sa main et parler à quelqu'un. Après un grincement, Patel revient en ligne.

— Excuse-moi, Jack. Comment ça va ?
— Je ne t'ai pas réveillé, j'espère ?
— Non, vieux. On ne dort jamais sur ma planète.
— Vraiment dur, ton boulot, je te plains. Tu n'es pas au bureau, je suppose, ce serait trop te demander.
— Si, figure-toi. Tant qu'y a du taf, on le prend, on le prend. Qu'est-ce que je peux faire pour toi ?
— Je ne sais pas, soupire Caffery. Je suis dans la merde, Johnny. Enfin, j'ai quand même mis la main sur une nouvelle info – un peu « saloon de la dernière chance ».
— Super, maugrée Patel.
— Ouais. Une cinquantaine d'entreprises avec, disons, quatre cents employés chacune en moyenne, en comptant ceux de maintenant et les anciens. J'ai tout ça sur papier, mais je peux le scanner et te l'envoyer. Si tu compares les listes des employés avec tes registres de mariage, tu pourrais peut-être sortir un nom.
— Pas de problème, répond Patel. Attends juste que j'appuie sur mon bouton « Comparer-tous-les-noms-

de-mecs-mariés-avec-tous-les-noms-dans-les-fichiers-scannés ». Il est là devant moi, avec son gros voyant lumineux rose, il me supplie d'appuyer dessus. Voilà, ça y est. On devrait avoir les réponses l'année prochaine à la même heure.

— D'accord, d'accord, je sais que ça n'est pas si simple. Mais ne me laisse tomber, il doit bien y avoir un moyen de trouver. Tu as déjà une liste de noms, ça ne devrait pas être si compliqué de les comparer à une autre liste, non ?

— C'est vrai, vieux, mais ça peut prendre un temps fou. Des jours. Des semaines. J'ai pas de lecteur à reconnaissance optique de caractères – du moins pas un qui fait vraiment ce qui est marqué sur la boîte. Je serai peut-être finalement obligé de taper moi-même tous les noms.

— Mais c'est possible – théoriquement ? Même si ça prend du temps ?

— Euh, oui. Théoriquement. Faut que tu comprennes bien ce qu'on essaie de faire. Le côté aiguille dans une meule de foin de l'affaire. T'es sûr que ça vaut le coup ?

Caffery garde un moment le silence. Depuis hier matin, il n'a dormi que quatre heures et il ne se sent pas plus près du but que quatre jours plus tôt.

— Vas-y, dit-il.

Il raccroche et se frotte les yeux. Reste assis au bord du lit pendant presque cinq minutes en luttant contre la déprime qui monte en lui. Ça ne marche pas. Il a beau se raconter que Johnny et lui vont plonger dans ce fatras et remonter avec l'indice magique resplendissant qui résoudra tout, finalement, il ne se passera rien. Au bout d'une semaine, il se retrouvera avec une facture de plusieurs milliers de livres sans aucun résultat. C'est comme si on lui annonçait dans les termes les plus froids possible qu'il allait se noyer et qu'il réponde : *OK, allons-y.*

Il secoue la tête et lève le menton en se demandant comment chasser son humeur sombre. Il aimerait parler à cette femme qu'il connaît, le sergent de l'unité de recherche spécialisée. Elle aurait un avis. Elle réagirait avec enthousiasme. Caffery lorgne le téléphone d'un regard morne en imaginant ce qu'elle dirait. Elle l'exhorterait à se battre. A cesser d'être aussi défaitiste. Et il se mettrait probablement en colère contre elle et ça deviendrait merdique. Au lieu de téléphoner, il prend deux cachets de paracétamol dans le tiroir de la table de chevet, se sert un whisky et les avale d'une gorgée. Il remplit de nouveau son verre et se laisse tomber en arrière sur les oreillers, ferme les yeux, pose le verre sur sa poitrine.

Il faut qu'il règle le problème. Il ne peut pas laisser les nausées, les maux de tête et les cauchemars envahir à nouveau sa vie. Certaines personnes sont capables d'enfermer leurs pensées indésirables dans une case de leur tête et de ne plus l'ouvrir. Caffery n'a jamais pu le faire. Jamais.

Sa dernière pensée consciente est que tout est de la faute du Marcheur. Ce putain de Marcheur qui pourrait répondre à sa question en une seconde s'il le décidait. Mettre fin à ce mystère et le libérer. Caffery se force à graver cette idée dans sa tête pour ne pas l'oublier. Et c'est en se concentrant sur cet effort qu'il sombre dans un profond sommeil, assommé enfin par l'alcool et l'épuisement.

Le meurtre de Ginny Van Der Bolt

Ginny Van Der Bolt est morte quatre jours plus tôt. Le soleil brillait, il soufflait une légère brise – rien pour compliquer la tâche de Ian, et en gravissant les hautes marches de pierre des Tourelles, il ne prévoyait pas de difficulté particulière. Ce fut seulement en découvrant la porte de devant entrouverte qu'il se rendit compte que tout ne se passerait pas sans problème.

Il poussa la porte, pénétra dans le hall, entendit un poste de radio dans la cuisine, sentit une odeur d'eau de Javel et d'encaustique, vit un panier de fleurs fraîchement coupées dans l'entrée. Il aperçut, de l'autre côté des dalles et du kilim élimé, Ginny Van Der Bolt dans la salle d'eau du rez-de-chaussée, à genoux, récurant les toilettes. Vêtue d'un jean et d'un tee-shirt, les cheveux blonds coiffés en queue de cheval, le postérieur rond pointant en l'air.

Entendant un bruit, elle tourna la tête. Une mèche de cheveux pendait sur son front et des particules de mascara séché entouraient ses yeux écarquillés. Elle défit en toute hâte ses gants de caoutchouc pour extraire son portable d'une de ses poches. Peut-être l'avait-elle reconnu – il avait vécu dans le coin des années plus tôt –, peut-être n'était-ce que l'incertitude causée par l'intrusion d'un inconnu, en tout cas elle était terrifiée.

« N'approchez pas, lui enjoignit-elle en composant un numéro. Je sais pas qui vous êtes, mais vous avez pas le droit de vous en prendre à une femme seule. »

Il fit un pas de plus vers elle et cela suffit. En criant, elle se précipita dans la cuisine. Il la suivit et la trouva devant la porte de derrière, s'escrimant pour ouvrir les verrous tout en gardant le téléphone dans une main. Il sut aussitôt ce qu'il devait faire.

Le Loup est encore en lui. Après toutes ces années. Depuis, il a parcouru le monde, mais son instinct de tueur ne l'a pas quitté.

Quand il est entré chez Gauntlet, il ne savait pas qu'il reviendrait ici, qu'il revivrait tout ça. Il a été ramené à Litton par les circonstances et un peu d'aide. Lorsque Pietr Havilland lui a donné l'ordre d'utiliser les meurtres de Hugo et Sophie pour terroriser les Anchor-Ferrers, Ian a d'abord rechigné. Puis il a compris qu'en refusant il ne ferait qu'attirer l'attention sur lui, et maintenant qu'il a accepté, il savoure l'ironie de la situation. Havilland qui, sans le savoir, lui demande de remettre en scène son double meurtre ! C'est une blague qu'il est le seul à pouvoir apprécier, un des rebondissements bizarres de la vie. La mort de Ginny Van Der Bolt – ça aussi, ça lui est tombé dessus de nulle part. Un caprice du destin. Il a été forcé d'en faire ce qu'il pouvait. De laisser l'instinct prendre le dessus.

Il est là, maintenant, assis à la table. Au début de la fin.

Honig se tient devant lui, le visage écarlate. Il ôte son sweat-shirt maculé, le jette par terre et s'assied à la table, les mains couvertes de saleté pendant au bout de ses bras, oubliées. Il regarde fixement devant lui.

— Quoi ? lui lance Ian. Qu'est-ce que tu regardes ?
— Toi.
— Quoi, *moi* ?
— Toi, répète Honig d'une voix crispée. Tu as grandi ici. C'est pour ça que Havilland t'a choisi pour ce boulot.
— Exact.
— Et Minnet Kable ? C'était...

Ian boit une longue gorgée de vin. Repose son verre avec soin, exactement au même endroit qu'avant – la tache circulaire sur le bois de la table.

— J'ai pas eu beaucoup de chance dans la vie, mais avec Kable...

Il écarte les mains et reprend :

— Qu'est-ce que je peux dire ? Y avait une chance sur combien ? Si tu lisais les articles des journaux à l'époque, tu serais étonné de la négligence avec laquelle l'enquête a été menée. Deux jeunes ? Dans l'allée des amoureux ? Y avait plus d'ADN perdu dans ce bois que dans un lit de bordel. Les flics pataugeaient. Kable, ça a été... un miracle. Un dingue de l'aveu, oui, mais un miracle pour moi.

— Un dingue de l'aveu ? s'étonne Honig.

Ian hoche la tête. Pendant quinze ans, il est resté caché derrière cet événement inattendu et magique. Qu'un individu entre dans un poste de police pour s'accuser d'un crime qu'il n'a pas commis, ça n'est pas sans précédent, mais que les autorités le croient ? Que l'affaire passe en jugement et se solde par une condamnation ? Un miracle, il n'y a pas d'autre mot. Kable aurait été de toute façon emprisonné pour une série d'autres délits et, préférant l'hôpital psychiatrique au système pénitentiaire, il a revendiqué les meurtres de Hugo et Sophie. Après tout, ils avaient été clairement commis par un fou. Ian choisit de voir dans la condamnation de Kable un signe envoyé par le Tout-Puissant, par tous les esprits connus pour guider l'homme, qu'il est sous protection divine. Il est au-dessus des lois.

— Je sais, je sais. Incroyable – mais vrai.

Il a un sourire embarrassé et s'éclaircit la gorge.

— Désolé, t'as raison. J'ai eu tort de pas te prévenir.

Une incrédulité absolue s'inscrit dans les yeux de Honig et Ian ne peut que s'étonner de l'affliction qu'il y lit, la *souffrance* de se retrouver en présence d'un tel mal. Comme s'il était, lui, un être nuisible alors que Honig se trouverait de l'autre côté de la barrière, dans le pays des bons et des braves. Pur, blanc, incorruptible. Avec sa femme du « Noo Joisy[1] » et ses tenues fraise et crème. Le tube de *Passion Bubblegum* qu'il garde dans sa poche comme un rosaire sacré. Il a du culot, Honig, de penser qu'il est le seul à avoir le droit d'être sous le choc après tout ce qu'il a raconté sur le sadisme, la torture, la cruauté. Il continue à se croire différent. Il s'imagine encore que lui seul doit bosser pour gagner l'amour de sa femme. Pas du tout. Pas du tout.

— J'y crois pas, murmure Honig.

Il tourne ses mains dans un sens puis dans l'autre, examine les matières qui y collent comme s'il venait seulement de les remarquer. L'ampoule électrique du plafond se reflète faiblement sur le dessus de son crâne chauve. Il sort de sa poche un sachet en plastique de lingettes antiseptiques, décolle la languette protectrice et en tire une. Entreprend de s'essuyer les paumes.

Ian tend le bras et lui tapote d'un doigt le sommet de la tête.

---

1. Déformation de « New Jersey ».

Honig se redresse, une lueur folle dans les yeux.
— Quoi ? *Quoi ?*
— Arrête, avec ta lingette. Donne-la-moi. Arrête et concentre-toi sur ce qui se passe.

Honig fait aller son regard d'un côté à l'autre. Il évalue ses options. Il finit cependant par remettre la lingette à Ian, laisse ses mains retomber mollement sur la table, comme s'il les reniait.

— Pas de réaction excessive, s'il te plaît, lui dit Ian.
— Mais *pourquoi* ? Pourquoi tu es ici ? Pourquoi tu as fait... tout ça ?
— La paie est bonne. C'est une grosse somme, mais ce qui compte surtout pour moi, c'est...

Il tend le menton vers le plafond.

— Là-haut. Les Anchor-Ferrers. C'est eux que je veux vraiment.

La bouche de Honig s'affaisse tandis qu'il assimile ce que son coéquipier vient de dire. Ian a envie de rire aux éclats. Ce type, ce tocard, ce frimeur, il est tellement con et vantard que toute cette histoire lui est passée par-dessus la tête : l'information transmise à Gauntlet sur le livre d'Oliver, tout le reste, c'était un coup monté. Depuis le début, toutes les manœuvres de Ian, chaque jour, chaque heure, à chaque instant, reposaient sur son désir de venir aux Tourelles et de torturer les Anchor-Ferrers.

— Mais qu'est-ce qu'ils t'ont fait ? demande Honig d'une voix tremblante et à peine audible. Qu'est-ce qu'ils t'ont fait ?

Ian s'esclaffe, penche la tête en arrière, la fait rouler sur son cou jusqu'à ce qu'elle émette un craquement. Laisse son regard monter vers le plafond.

— Pourquoi tu me demandes pas plutôt ce que je vais leur faire ?

Les ciseaux de la chambre vert menthe

Matilda est de retour en elle-même. Il n'y a plus un trou là où sa tête devrait être et la béance de son cœur est maintenant comblée par une détermination nouvelle. Elle a passé les dix dernières minutes à découdre le dessus d'une de ses chaussures de jardinage en toile. Elle tient à présent la languette entre ses doigts et tente de la glisser sous la plinthe, là où l'armature du soutien-gorge est logée. Elle échoue une première fois, change de position pour avoir un meilleur angle. Prend une inspiration et fait un nouvel essai, pousse la languette plus loin cette fois. Elle entend un tout petit bruit de métal frottant sur du bois, puis le fil de fer sort de sa cachette.

Elle le saisit et le regarde. Incroyable, merveilleux. Elle se remet à genoux et pivote, fait tourner sa cheville dans la menotte pour se retrouver face à la partie de la plinthe qu'Oliver a clouée des années plus tôt. Cette fois, ses doigts grassouillets et malhabiles ne sont plus un obstacle, elle a l'armature, qui se glisse dans la fente avec une facilité qui la fait presque rire. En quelques secondes, elle trouve un point d'appui, et tout à coup la plinthe se détache et Matilda tombe en arrière.

Elle reste un moment sans bouger, la respiration sifflante, fixant du regard le trésor couvert de toiles d'araignée qui se trouve derrière la plinthe. Elle n'arrive pas à croire que ça ait été aussi simple – et qu'il y ait tant de choses là-dedans. Dieu merci, Oliver s'est mis en colère ce jour-là. Il n'a rien sorti de la cachette et, insensible aux gémissements et aux supplications des enfants, il a tout condamné. Comme des reliques dans un musée, tout est là. Des crayons et des stylos, un rapporteur et... elle peut à peine y croire... les poignées en plastique rouge d'une paire de *ciseaux*. Et les lames aussi.

Elle plonge la main dans les toiles d'araignée, prend les ciseaux et les examine fébrilement. Ils sont petits, rouillés, et cependant mieux que ce qu'elle pouvait espérer. Pour la première fois depuis quatre jours, elle se permet un peu d'optimisme.

Elle est prête à mourir, tout à fait prête, mais elle a peut-être une chance désormais d'entraîner au moins l'un des deux hommes avec elle.

Passion Bubble-gum

L'ivresse de Ian le Geek est profonde. Bien qu'il soit plus de minuit, il insiste pour que Honig reste assis à la table et qu'ils discutent « entre gens civilisés ». Honig a du mal à parler. Il s'efforce encore de comprendre cette histoire et son cœur n'a pas cessé de marteler sa poitrine. Il demeure néanmoins sur sa chaise et tente de faire la conversation tandis que son cerveau digère les informations nouvelles.

En face de lui, il a un monstre. Un homme capable de décorer un arbre avec les entrailles d'un autre être humain. Honig n'a pas encore trouvé de réponse à la question qu'il se pose sans arrêt : *Pourquoi cette vengeance ? Pourquoi cette colère ?* Devant lui, le visage sans expression semble répondre : *Parce que je les hais. Ne demande plus.*

Et Honig doit remplir lui-même les blancs. Il imagine que le Geek s'est engagé dans la Légion pour se soustraire aux recherches au cas où Minnet Kable reviendrait sur ses aveux. Avait-il prévu que Gauntlet entrerait en conflit avec Anchor-Ferrers ou était-ce un hasard heureux, la découverte de l'autobiographie d'Oliver grâce au virus pirate dans le téléphone ? Est-ce que ce fait a vraiment été révélé par une surveillance de routine ? Il est possible que Ian ait lui-même attiré l'attention de Gauntlet sur l'existence de ce livre.

Sous ce nouvel éclairage, il paraît logique que le Geek ait été aussi mal à l'aise lors de la réunion dans le bureau de New York. Un remake des meurtres du Loup ne faisant pas partie de ses plans, il a dû estimer dangereux pour lui de participer à cette mise en scène. Mais il s'est adapté, il a intégré les ordres de Havilland dans son projet. Et s'il a été capable de le faire sans discuter plus de vingt secondes avec le patron, c'est qu'il est très fort. Vraiment très fort.

Ian débouche une autre bouteille et remplit les verres.

— Alors ? Il fera jour dans quelques heures. Qu'est-ce que tu décides ?

Honig ne répond pas, il ne sait pas quoi dire.

— Bon, je t'explique, reprend Ian. Entre nous, on n'a plus beaucoup de temps.

Il incline le menton et lance un regard entendu vers l'allée où ils ont eu une conversation avec les flics.

— On est dans la dernière ligne droite, vieux. Ton boulot, maintenant, c'est de raconter ce que tu veux à Havilland pour sauver ta peau. Moi, je le reverrai plus, de toute façon. Il me retrouvera jamais. Je suis invisible.

Il pose sa serviette. Se renverse contre le dossier de sa chaise, croise ses bras de singe sur son ventre.

— C'est ma position. Et toi ?

Honig hoche la tête. Il a le visage en feu. Il pense à sa femme, là-bas. Aux Etats-Unis, c'est le début de soirée, elle doit être en train de déguster une crème glacée au Baskin Robbins qui jouxte l'institut de beauté. Son parfum préféré, c'est *America's Birthday*

Cake[1]. Le Geek pourrait la retrouver, il en est tout à fait capable. Selon un vieux proverbe japonais, « le bambou survit parce qu'il se courbe, il ne reste pas droit là où il se briserait, il ploie ». En devenant un bambou, Honig continuera à vivre. Il retournera en Virginie, il ira dans le centre commercial avec sa femme et ils mangeront ensemble de la crème glacée. Il feindra l'indifférence au comportement de Ian, et quand il sera sorti d'ici, il se livrera à la clémence de Havilland. Il sera franc. Il lui dira la vérité du début à la fin. Il rendra l'argent. Il préfère être pauvre que continuer à tremper dans cette histoire.

— Ian, croasse-t-il avant de s'éclaircir la voix. Il me semble qu'on ne peut pas gagner. Anchor-Ferrers a révélé notre identité – on est foutus. On n'aura pas l'argent, on n'aura pas la tranquillité. On se retrouvera en cavale tous les deux.

Il fait grincer sa chaise en la reculant.

— Je crois qu'il est temps que je m'en aille. Je te laisse t'occuper de…

Ian l'interrompt en levant simplement son verre de vin et secoue la tête.

— Non, c'est pas possible. J'ai besoin de la voiture, tu peux pas la prendre. Et c'est quatre heures à pied pour la gare la plus proche.

— Quatre heures, ça me va, je peux marcher quatre heures. Je prends mes affaires et je m'en vais.

— Non, je veux pas que tu te tapes une trotte pareille, ce serait mauvais pour tes pieds. Tu m'attends. On partira ensemble avec la voiture.

Ian joint les paumes, les doigts tendus pour figurer une flèche pointée vers l'allée.

---

1. « Gâteau d'anniversaire de l'Amérique. »

— D'accord ? insiste-t-il. T'attends que j'aie fini.
— Fini ?
— Oui. Fini ce que je suis venu faire ici. Ce que je veux faire depuis des années.

Honig s'effondre à nouveau sur son siège.

Le bambou plie, il ne casse pas. Il ploie pour ne pas se briser. Son cœur bat à se rompre. *America's Birthday Cake. Passion Bubble-gum*...

Finalement, il marmonne avec difficulté :

— OK. J'attendrai. Mais je ne veux pas connaître les détails.

— Et je sais que tu comprendras si je te demande d'attendre dans un endroit sûr.

— Ça se passera quand ?

Ian le Geek regarde sa montre, remue les lèvres sans bruit, la main droite décrivant un arc de cercle dans l'air telle l'aiguille d'une horloge, suggérant qu'il s'efforce d'estimer la durée de chaque acte.

— Je vais dormir un moment pour être plus frais. Je m'y mettrai dans quatre heures environ. Et ça me prendra deux heures, peut-être trois. Tu ferais bien d'attraper un bouquin au cas où tu t'ennuierais.

Rayons lumineux

Les nuages s'accrochent aux Mendip Hills tels des spectres mollassons. De temps en temps un éclair illumine le paysage, donnant soudain aux arbres et aux flancs des collines un relief saisissant – un paysage passé aux rayons X, aucun endroit où se cacher.

Caffery est étendu sur son lit tout habillé, seule sa chemise est déboutonnée. Il dort, mais une de ses jambes pend au-dessus du sol, vieille habitude héritée des années passées à la brigade criminelle de Londres. Toujours prêt pour le coup de téléphone qui le fera bondir hors du lit, sortir dans les rues froides de Lewisham empestant la bière. Se précipiter vers la scène du dernier crime. En ce temps-là, ce n'étaient pas les flingues introduits clandestinement par les gangs antillais qui faisaient le plus de victimes. En ce temps-là, l'arme la plus courante était un tabouret de bar ou un verre à bière. Elle est comme une terre éloignée, cette époque. Teintée de rose et d'or, imprégnée de relents de fumée de cigarette et d'essence laissant des taches huileuses irisées.

Il remue un peu, lève une main à demi comme pour se frotter le visage. Il rêve. Dans son rêve, des rayons quadrillent le ciel. Ils sortent de la bouche des gens quand ils parlent, mots traduits en longs faisceaux orange qui traversent le ciel et rebondissent sur tout ce qu'ils rencontrent. *Pense comme moi, pense comme moi*, murmurent-ils. *Pense...* Ils pointent vers le ciel, trouvent les surfaces de planètes lointaines, sont renvoyés vers la Terre. Des lasers. Dans son rêve, il veut les suivre – pour trouver leur source. Pour trouver l'homme lumière.

La perspective du rêve change brusquement. Caffery est maintenant suspendu au-dessus du globe terrestre, il voit les continents se jeter dans une mer agitée. Il voit clairement la somme de tous les bavardages humains qui monte de la surface de la terre telle une brume. Il voit une lumière et sait, d'instinct, qu'il n'a pas d'autre choix que la suivre. Il s'élance vers elle – vite, trop vite. Elle l'aveugle et ses mains se portent à ses yeux pour les protéger. Il distingue des détails : une silhouette qui se tient à la source de la lumière. Un homme, maigre et brûlé par le soleil, les cheveux bruns emmêlés. Il est debout près d'un feu, le visage tourné vers le haut, et regarde Caffery s'approcher de lui. Il n'a l'air ni surpris ni alarmé et son visage se fend d'un sourire entendu.

Caffery est presque sur lui, il tend les bras pour l'étrangler quand il se réveille en sursaut et se redresse sur le lit, haletant.

Il faut près d'une minute à son cœur pour cesser de cogner. Pour que la réalité lui revienne, qu'il se rende compte qu'il n'y a rien dans cette pièce dont il doive se défendre, que ce qui a provoqué cette poussée d'adrénaline n'est pas une entité physique extérieure, mais quelque chose qu'il a fait apparaître du pays des rêves.

Il prend une profonde inspiration. Presse ses mains contre ses côtes et balance les jambes hors du lit, penché en avant, tête baissée. Il regarde ses pieds – encore dans ses chaussures.

Au bout d'un long moment, sa respiration se calme et il lève les yeux.

— Viens, dit-il à Ourse. On va chercher ce vieux salaud.

La Chrysler

Honig n'arrive pas à y croire. Ian le Geek est retourné nonchalamment au lit de camp, s'est laissé tomber dessus et s'est endormi. Tout habillé, il ronfle bruyamment. Incroyable, une telle autosatisfaction, une telle arrogance aveugle.

Un long moment, assis à la table, les mains posées devant lui, il regarde le Geek. S'il est capable de ce qu'il a fait à ces deux jeunes à la Pente aux Anes des années plus tôt, qu'est-ce que cela signifie pour les Anchor-Ferrers ? Honig présume qu'il forcera l'un des membres de la famille à assister au meurtre des deux autres. Pour une raison ou une autre, il pense que c'est Matilda qui sera tuée la première. Puis viendra le tour de Lucia. Il ne parvient pas à imaginer ce que Ian a prévu pour elle, mais il est sûr qu'Oliver sera contraint de tout regarder avant de mourir. C'est lui la cible principale et le Geek ne connaît aucune limite, aucun interdit. Il les forcera probablement à faire des choses l'un à l'autre avant de les assassiner. Il aura tout le loisir nécessaire.

Honig baisse la tête en silence. Il attend un moment, et comme Ian continue à ronfler, il se lève et traverse la pièce, le dos droit. Il prend son sac, qui contient son passeport et son portefeuille. Il referme la main sur les clés de la Chrysler posées sur la table de la cuisine. Se retourne pour voir si Ian l'a entendu.

Non, il dort toujours.

Aussi silencieux qu'un chat, il gagne l'entrée, hésite un instant puis s'approche à pas feutrés de la porte de devant, lève le loquet en faisant le moins de bruit possible. Entrouvre la porte. Elle émet un léger grincement qui semble résonner dans l'escalier et le hall lambrissé.

Honig prend une longue inspiration tremblée par le nez. Garde l'air dans ses poumons. Les ronflements du Geek s'interrompent mais reprennent aussitôt leur rythme régulier. Honig relâche sa respiration. Son cœur bat à une vitesse incroyable.

Sans prendre le risque d'ouvrir davantage la porte, il se coule dehors, s'approche de la Chrysler et ouvre la portière – pas avec la télécommande, avec la clé qu'il glisse dans la serrure. Par chance, la voiture n'est pas équipée d'un système d'alarme qui émet un bip pour signaler qu'on l'a débranché. Les clignotants s'activent en silence, baignant les murs des Tourelles d'une lumière orange.

Honig passe un bras à l'intérieur et éteint le plafonnier. La langue entre les dents, il se retourne et regarde la maison. Rien ne bouge, aucun bruit.

Ian le Geek continue à dormir.

La chambre vert menthe

Matilda est assise à sa place habituelle entre la cheminée et la fenêtre. Elle est épuisée ; elle a mal au cou et ses mains saignent presque. Elle a réussi à aiguiser un peu les ciseaux avec l'armature du soutien-gorge, mais ni l'une ni les autres ne lui permettront d'ouvrir les menottes. Des larmes de frustration coulent sur son visage. Elle veut Oliver. Elle le veut si fort que c'est comme un goût dans sa bouche, une douleur dans son ventre.

La porte d'entrée s'ouvre – un grincement faible mais reconnaissable. Matilda lève brusquement la tête et regarde en direction du hall. Elle n'a pas vu les deux hommes depuis l'heure du déjeuner, elle les a cependant entendus pénétrer dans la chambre d'Oliver et en ressortir, ouvrir et fermer des portes. A deux reprises, ils sont partis en voiture, mais ils sont chaque fois revenus. Ce soir, ils ont fait à manger et ont longuement parlé dans la cuisine. Ils se sont tus il y a un moment. Elle a cru qu'ils s'étaient endormis, mais il semble maintenant que ce ne soit pas le cas.

Un long silence. Le vide à peine cliquetant de l'attente, comme si la maison retenait sa respiration et que seuls de légers craquements révèlent le stratagème. Matilda tend l'oreille.

Pendant un moment, rien. Puis le très léger bruit d'un pied sur le seuil de la porte d'entrée. Une longue pause, suivie d'un crissement de pas sur le gravier, du *clic* d'une portière qu'on ouvre.

Matilda relâche sa respiration. Elle se met à genoux.

Il se passe quelque chose. C'est le commencement de quelque chose.

Moustiquaires

Honig n'est ni vaillant ni généreux. Il est intéressé et, comme la plupart des gens, il prend généralement la voie la plus facile pour se sortir d'une mauvaise situation. Jamais il n'en a été plus conscient qu'en cet instant où il se tient près de la portière ouverte de la Chrysler. Sans faire de bruit, il tend le bras par-dessus le siège et desserre le frein à main. Il met le contact mais ne démarre pas. Les mains sur le volant, il presse l'épaule contre la partie avant de l'encadrement de la portière et pousse de tout son poids.

Pendant un long moment, la voiture ne bouge pas, puis lentement, très lentement, elle commence à rouler. Les yeux de Honig font la navette entre la Chrysler et les fenêtres aux rideaux fermés de la cuisine où Ian le Geek est endormi. Les pneus font crisser le gravier, faible succession de menus bruits secs dont la fréquence augmente à mesure que la voiture prend de la vitesse.

Lorsqu'elle est suffisamment lancée, il saute sur le siège du conducteur. La direction et les freins répondent mal sans le moteur, mais Honig parvient à maintenir le véhicule dans l'allée, à lui faire prendre un virage en épingle à cheveux, puis un autre, jusqu'à ce qu'on ne puisse plus le voir de la maison. Il laisse la voiture se ranger lentement à côté de la Land Rover des Anchor-Ferrers, sur une petite aire de stationnement jouxtant l'allée et entourée de broussailles. Il appuie à fond sur la pédale de frein. Tire sur le frein à main.

Il sort de la voiture, se tourne vers la grande bâtisse. De sa cachette, il ne peut voir aucune des fenêtres de la partie basse. Seules celles des tourelles sont visibles. Le ciel s'éclaircit à l'est, l'aube approche déjà. L'image lui apparaît soudain de sa propre maison, modeste, de Silver Spring. Planches à clin et moustiquaires aux fenêtres. Une balancelle à la peinture écaillée sur le grossier gazon de devant, où des oignons sauvages poussent à chaque printemps. C'est un vestige d'un ancien locataire oublié, mais la femme de Honig insiste pour la garder. *Parce qu'un jour, peut-être*, argue-t-elle avec douceur, *un jour peut-être... si nous avons de la chance...*

Quelquefois, les soirs de printemps, quand il n'est pas en déplacement, ils s'asseyent sur la balancelle et boivent des bières Sol avec un quartier de citron vert dans le goulot de la bouteille.

Honig n'est pas un héros, mais il sait une chose : même si Havilland passe l'éponge et le laisse repartir, il ne pourra pas retourner à Silver Spring et regarder sa femme dans les yeux s'il n'a pas essayé de faire quelque chose de bien et de courageux une fois dans sa vie. Il ne peut pas laisser les Anchor-Ferrers seuls avec le Geek.

Dans sa poche, sa main se referme sur le tube *Passion Bubble-gum*. Dans cette poche, il y a aussi une clé.

Une clé qui ouvrira les menottes. Mme Anchor-Ferrers et Lucia sauront se débrouiller seules, elles peuvent courir. Oliver Anchor-Ferrers ? S'il le faut, Honig sortira le vieil homme de la maison en le portant sur son dos.

Lever de soleil

Pendant la journée, le Marcheur est invisible : de la même couleur que la terre, il avance tête baissée, traversant en ligne droite les champs gris non labourés. A l'aube et au coucher du soleil, comme les proies d'un prédateur crépusculaire, il est plus facile à repérer.

Caffery est un chasseur-né. Obstiné.

Il roule pendant deux heures et l'aurore n'est pas loin quand il le trouve. Le Marcheur a fait halte à la lisière caillouteuse d'un champ de chou frisé, près d'une haie, et il fait cuire son petit déjeuner sur un feu de camp. Caffery se gare devant la grille d'entrée de la ferme et descend de voiture.

Le Marcheur s'est préparé à la venue du policier. Il n'est pas du genre à se cacher ou à se conduire en lâche. Il affrontera Caffery de la même façon que dans le rêve, sans une once de panique, sans même une réaction défensive. Avec simplement un léger sourire.

Comme toujours, il ne réagit pas à l'arrivée de Caffery, il continue à s'occuper tranquillement de son repas, soulevant des saucisses à l'aide d'une branche prise à la haie pour vérifier leur cuisson.

Ourse est nerveuse. Elle sait qu'il va se passer quelque chose. Lorsque Caffery gravit l'échalier pour pénétrer dans le champ, elle ne le suit pas, elle reste de l'autre côté, hésitante. Il se retourne, remarque son comportement et n'en tient pas compte. Rien ne le fera revenir en arrière. Laissant là la chienne, il traverse le champ sans rester sur le sentier, se fraie un chemin en piétinant les choux pour prendre au plus court.

Il s'approche. Les feuilles craquent sous ses pieds, de la sueur se forme autour de son cou. Pressentant des ennuis, le Marcheur repose sa poêle et se redresse lentement, sans toutefois se tourner vers le policier.

Caffery n'est pas un dingue de gym, il boit, il a longtemps fumé, mais il connaît son corps, il est musclé et fait confiance à sa force dans la plupart des situations. C'est un bagarreur instinctif – dents et ongles. Il court vers le Marcheur, s'abat de tout son poids sur ses épaules, lui fait un étranglement de son bras droit en pressant ses genoux au creux des reins pour avoir un point d'appui.

Contrairement à ce qu'il attendait, le Marcheur ne s'écroule pas tel un arbre. Il résiste, son corps sec et nerveux tremble sous l'effort. Un petit grognement s'échappe de ses lèvres quand il fait un ou deux pas en avant pour garder l'équilibre, mais il refuse de tomber. La lutte s'engage, silencieuse, entre deux hommes qui semblent ne faire qu'un. Une bête monstrueuse dont la silhouette se tord sur fond de ciel gris.

Caffery tire sur les cheveux de son adversaire, fait pleuvoir une grêle de coups sur un côté de sa tête et de son cou.

— Tu l'as cherché, murmure-t-il d'une voix sifflante dans son oreille. Tu l'as bien cherché.

Finalement, sans que rien l'annonce, le Marcheur plie soudain les jambes et se laisse choir sur le sol.

Surpris, Caffery bascule en avant, atterrit sur le dos un mètre plus loin.

Il ne cherche pas à se relever et, portant ses mains à ses yeux, reste étendu sur le sol, haletant. Il sait que dans ce combat le seul qui ait perdu quelque chose, c'est lui-même. Il a perdu son calme et sa dignité. Alors que le Marcheur gardait une maîtrise totale de la situation.

Au bout d'un moment, Caffery écarte les mains de son visage, roule sur le côté pour regarder le Marcheur. Lui aussi est allongé sur le sol, les bras le long du corps. Il n'a pas bougé ni prononcé un mot. Caffery s'appuie sur un coude en se demandant s'il n'a pas tué ce salaud.

Non, le Marcheur n'est pas mort, il est vivant — tout à fait vivant. Les yeux grands ouverts, il regarde avec un sourire serein les nuages traverser le ciel.

— Vous savez, Jack, dit-il en tournant la tête vers Caffery, un grand homme a donné un jour cette définition de la folie : refaire sans cesse la même chose en espérant des résultats différents.

— Sale con, réplique Caffery, espèce de sale vieux con.

Le Cobb

Oliver dérive, il rêve qu'il est avec Matilda. Ils se tiennent sur le Cobb, à Lyme Regis, et c'est le jour où il lui demande de l'épouser. Cette jetée de grosses pierres est l'endroit le plus romantique qu'il puisse imaginer et, comme cela se passe juste avant que *La Maîtresse du lieutenant français* devienne un énorme succès international, elle n'est pas envahie de touristes. Il aime s'y promener en hiver, le vent filant de chaque côté de son visage, la lumière si limpide qu'il doit plisser les yeux.

C'est son anniversaire, le 13 décembre. Le vent, de son fouet, transforme les vagues en une mousse laiteuse, et quand Oliver passe la bague au doigt de Matilda, la peau de la jeune femme est mouillée d'eau salée et l'anneau glisse dessus sans problème, elle ne se ride pas, ne se retrousse pas. Ils vont ensuite dans un pub et s'assoient devant le feu. Matilda fait tourner sa main pour voir la bague étinceler. Sur son visage et ses cheveux, les embruns sèchent lentement et forment un fin glaçage blanc.

Ce blanc lui revient dans son rêve. Sauf qu'il est maintenant fait d'écailles, dont une partie se détache quand Matilda sourit. Elles tombent avec un bruit de verre brisé, et dessous la peau est rouge, à vif.

« Tu as déjà rencontré Molina, dit-elle lentement, mais pas à Gauntlet. Tu l'as rencontré il y a très longtemps. Tu ne l'aimais déjà pas beaucoup. »

Elle caresse le visage d'Oliver d'une main douce comme du duvet et ajoute :

« Je crois qu'au fond de toi tu as toujours su la vérité. »

Il se réveille, le cœur battant. La pièce est silencieuse, l'amorce d'une aube rose passe à travers la fenêtre. La figure de Matilda s'estompe telle une lumière fracassée. Oliver demeure immobile, aussi stupéfait que si l'une des vagues froides de Lyme Regis avait déferlé sur lui. Ce que Matilda lui a dit dans son rêve a décollé quelque chose dans sa mémoire. Dessous, il y a une vérité plus atroce que toutes celles dont il a émis l'hypothèse. Si horrible qu'il refuse d'abord même de l'envisager.

Finalement, au prix d'un effort, il se redresse et, clignant des yeux, sort le stylo de dessous la plinthe et se met à écrire.

Quelque chose que j'avais jusqu'à maintenant seulement soupçonné dans un coin cadenassé de mon esprit... quelque chose qu'il est impossible à n'importe quel homme d'affronter de face. Je ne sais pas pourquoi il m'a fallu si longtemps pour le reconnaître, parce que tout au fond de moi j'ai sans doute toujours nourri ce soupçon.

Kable, où qu'il se trouve, est innocent.

Oliver cesse d'écrire. Renverse la tête en arrière et s'efforce d'imaginer John Bancroft dans la chambre. Il le voit planté au centre de la carpette, devant le miroir. Il le voit promener les yeux autour de lui, examiner les lieux.

— Regardez-moi, murmure Oliver, Regardez. S'il vous plaît. Regardez ce que j'écris.

Lentement, l'inspecteur se tourne. Il s'approche et s'accroupit près d'Oliver. D'une main tremblante, le vieil homme lui montre la carpette.

— Lisez, je vous en prie, lisez.

Bancroft s'exécute, et quand il a terminé, Oliver se remet à écrire.

Incroyable et cependant possible, même maintenant. Je crois qu'il a été condamné à tort. Il n'a pas protesté de son innocence au tribunal, c'est peut-être pour cette raison qu'il a été si facilement condamné. Sans ses aveux, il n'y avait pas de preuves – quasiment pas d'ADN sur la scène du crime pour le relier aux meurtres. Mes soupçons sont peut-être infondés, mais vous – qui que vous soyez (John ?) –, je crois que vous lirez ces mots et en ferez une pièce du puzzle. Je n'arrive pas encore à croire à ce que je vais écrire maintenant. Pourtant je suis convaincu que c'est la vérité.

La chambre vert menthe

Matilda est assise, le dos contre le radiateur. Ses cheveux partent en tous sens et elle écarquille les yeux. Sa cheville saigne, elle l'a entaillée avec les ciseaux dans ses tentatives frénétiques et infructueuses pour ouvrir les menottes.

Un craquement dans le hall. Il y a quelqu'un. C'est l'un des deux hommes qui monte l'escalier en tâchant de le faire en silence.

Elle évalue rapidement la distance entre la porte et l'endroit où elle se trouve. Puis, en faisant le moins de bruit possible, elle change de position, fait glisser ses fesses sur le sol et se contorsionne pour que son pied entravé pointe vers la porte et que son torse soit plus proche de la cheminée. Elle soulève son genou droit et glisse son pied derrière sa jambe gauche, qui demeure tendue, attachée au radiateur. Elle fait ensuite rouler la partie supérieure de son corps contre le mur. Les ciseaux sont ouverts, cachés sous elle.

Nouveau craquement dans l'escalier. Une sueur de nervosité coule le long des bras de Matilda, mouille son chemisier. Elle espère que c'est Molina, le plus petit des deux, pas Honey, le grand chauve. Elle ne s'estime pas capable de se battre contre Honey – il est trop costaud. La porte s'ouvre. Le cœur de Matilda est comme un animal en fuite. Elle prend de longues inspirations profondes à travers sa peur.

Lorsque la lumière s'allume, Matilda fait appel à toute sa volonté pour empêcher ses paupières de battre et de la trahir. Elle entend des pas près du lit, à peine audibles, comme si l'homme marchait sur la pointe des pieds. Elle oblige sa poitrine à se soulever et à retomber régulièrement, comme si elle dormait. C'est Honey, elle en est sûre. Lui seul est assez cruel pour s'approcher ainsi en catimini. Il est derrière elle, à trente centimètres à droite de son visage.

— Madame Anchor-Ferrers, murmure-t-il. Ne bougez pas, ne dites rien.

Elle sent sa main qui tire sur son épaule pour la tourner vers lui. Elle se raidit. Un instant, tout pourrait changer, mais cet instant passe. Matilda se retourne et abat les ciseaux. Elle a le temps d'apercevoir l'expression surprise de Honey, son doigt porté devant sa bouche comme pour dire *Chhhh,* avant que la pointe d'une des lames s'enfonce dans le côté de son pied, juste au-dessus de son élégant soulier.

Il se recroqueville de stupeur et de souffrance, tombe à genoux. Elle frappe de nouveau. Cette fois, la lame pénètre dans le cou, près du col.

— Q-quoi… ? bredouille-t-il. *Quo…*

Du sang jaillit sous la lame. Coule sur les doigts de Matilda, forme un gant soyeux cramoisi autour de sa main. Elle extirpe les ciseaux. Quelque chose tombe et claque sur le sol, Honey cherche à tâtons à empêcher Matilda de frapper de nouveau. Elle ramène maladroitement sa jambe pour se retrouver agenouillée devant lui. Il ne tente pas de s'écarter d'elle mais vacille doucement sur ses genoux, une main plaquée sur son cou. Le sang passe entre ses doigts – un sang rouge vif, presque fluorescent, comme l'encre répandue par le stylo d'un écolier –, imprègne son col.

— *Quo… Quo… ?*

Il grimace comme si un bruit épouvantable retentissait dans ses oreilles, puis bascule en avant, sa tête heurte le radiateur avec un bruit sourd. Matilda brandit à nouveau les ciseaux avec raideur, les jointures bloquées, la vue brouillée par des larmes. Elle ne sait pas pourquoi, mais elle pense que c'est la nuque qu'il faut viser. L'extrémité pointue de la lame s'enfonce dans le V tendre situé en haut du cou. Honey chancelle sous la force du coup. Une gerbe de vomi jaunâtre jaillit de sa bouche, sa main remue mollement dans l'air, comme pour écarter une toile d'araignée de son visage.

Et soudain, il ne bouge plus.

Assise sur ses talons, Matilda respire bruyamment. Par la plaie du cuir chevelu, elle voit l'intérieur sanglant du crâne. Tout s'est passé si vite. Si vite et si facilement.

Les ciseaux tombent de sa main et elle se met à trembler. Comment en est-elle arrivée là ? Comment est-ce possible ?

Retour au début

La colère peut éclaircir les idées comme une bourrasque rafraîchit l'air. Caffery est hors d'haleine et sa pirouette maladroite par-dessus le Marcheur lui a laissé le dos endolori. Il est retombé sur une pierre, mais il n'est plus soûl. Il entre dans une phase d'extrême vigilance et une résolution nouvelle s'est installée dans sa tête.

Il se tient non loin de sa voiture, une main au creux des reins, là où il s'est fait mal en se battant. Par-dessus les collines qui entourent l'endroit, il contemple le soleil nouveau qui transforme les nuages en patchworks roses. Il retrouve quelque chose qui lui était familier : l'excitation dans ses veines. Longtemps il a cru avoir perdu à jamais cette capacité. Non, elle est de retour. Féroce. Il va s'en servir. Il ne sera pas battu. Il a simplement besoin d'un dernier effort.

Ourse l'attend près de la voiture, remuant la queue avec circonspection, comme si elle attendait de voir dans quelle disposition il est revenu. Caffery la regarde et repense à ce qui s'est passé depuis le début, il remet en ordre tout ce qu'il sait. Une petite chienne blessée que personne ne réclame. Retrouvée à quinze cents mètres de l'endroit où Hugo Frink et Sophie Hurst-

Lloyd ont été assassinés. Dans un secteur où une femme est portée disparue.

Un triangle se forme dans sa tête. A l'une des pointes se trouve Ourse, abandonnée avec un message mystérieux attaché à son collier. A une autre, Ginny. Disparue. La droite qui les relie a quelque chose à voir avec Minnet Kable et la façon dont Hugo et Sophie sont morts, mais Caffery n'arrive pas à la faire apparaître clairement.

Kable connaissait la Pente aux Anes – on l'y avait vu auparavant –, mais la seule trace de son ADN, on l'a retrouvée à cinquante mètres de la scène de crime, et on n'en a relevé aucune sur les corps des victimes. C'est la troisième pointe du triangle. Elle est peu nette, elle ne colle pas avec le reste.

Ourse se met à aboyer avec excitation. Caffery secoue la tête, abasourdi par la perspicacité de la chienne. Si cela ne semblait pas tout à fait insensé, il dirait qu'elle sait ce qu'il pense. Elle sait qu'ils n'ont pas encore renoncé.

Un homme de principes

A cinq mètres sous la chambre de Kiran, Ian ouvre un œil sur son lit de camp et sourit au plafond. Il a entendu Honig se déplacer furtivement dans la maison, partir avec la voiture, revenir, monter à la chambre. Qu'il soit béni, Honig, car c'est un homme de principes. Et si les oreilles de Ian ne l'ont pas trompé, il a fini comme beaucoup d'hommes de principes. Il a tenté de sauver la famille, maintenant il est mort. Quel gâchis.

Bien sûr, il aurait fini par mourir un jour d'une façon ou d'une autre. Peut-être pas tout à fait de *cette* façon, mais Ian peut mettre à profit les circonstances de sa mort. Il va rendre Honig responsable du sort terrible qui sera infligé à Oliver Anchor-Ferrers avant le matin. Lorsque Pietr Havilland entendra la version de Ian des événements, il sera si choqué, si furieux de ce que Honig a commis qu'il oubliera que la règle absolue à respecter dans cette opération – protéger l'incognito de Gauntlet – a été violée.

Ian bâille et se lève. Récupère le sweat-shirt de Honig sous la chaise où il l'a laissé tomber. Le vêtement est couvert de traces de l'ADN de Ginny Van Der Bolt. Depuis leur arrivée aux Tourelles, Ian a tissé une série complexe d'indices voilés impliquant qu'on ne peut pas faire confiance à Honig. Trois jours plus tôt, il a averti Pietr Havilland que Honig avait un comportement « déconcertant ». Quand Ian a porté dehors les boyaux de Ginny Van Der Bolt, celle qui faisait brailler Kiss FM sur sa radio, il a saisi l'occasion pour envoyer par mail à Havilland la vidéo de Honig agitant le poing dans la cuisine en montrant ses dents.

Vive le sadisme.

Il y a joint ce message : *Monsieur Havilland, je ne me sens pas du tout à l'aise en compagnie de cet homme. Je pense que ses liens avec la famille Anchor-Ferrers pourraient être plus profonds qu'il ne le prétend...*

Il met maintenant le sweat-shirt dans un fourre-tout, ajoute la lingette humide et la vidéo chargée sur une clé USB. Les choses prennent bonne tournure. Lorsque tout sera terminé, Honig apparaîtra comme celui qui a assassiné Sophie et Hugo des années plus tôt. Qui est revenu pour renouer avec son accès de folie meurtrière, en choisissant cette fois pour victimes les Anchor-Ferrers. Quand les policiers examineront son cadavre, ils trouveront de l'ADN de Ginny Van Der Bolt sur son pantalon et sous ses ongles. Et dans sa poche, la bague de fiançailles de Sophie. Disparue depuis 1999.

Ian a mis une tenue plus confortable. Il aura besoin d'être *à l'aise* dans ses mouvements pour la suite.

Le jour se lève dehors tandis que Ian monte lentement l'escalier en s'appuyant à la rampe. Il a l'intention de commencer avec Matilda.

Du seuil de la chambre, il examine la scène. Elle a tué Honig d'une manière spectaculaire : il y a du sang partout et il gît sur le ventre, l'oreille pendant au bout d'un morceau de peau décollé. A côté de lui, une boule jaunâtre ensanglantée qui pourrait être un globe oculaire ou de la graisse – impossible à dire. Matilda est assise près du cadavre, le dos contre la cheminée, en état de choc, claquant des dents. Elle tient dans ses mains une paire de ciseaux qu'elle pointe farouchement vers Ian. Il la désarme en un instant d'un coup de pied. Malgré sa férocité, elle n'est pas forte. Et elle a plus de soixante ans – elle ne fait pas le poids contre lui.

— Tu la fermes, maintenant, lui ordonne-t-il d'une voix calme. Tu bouges pas.

Il se penche vers le crâne de Honig pour vérifier qu'il est bien mort puis jette sur le corps la couette du lit. Pendant ce temps, Matilda sanglote en silence. Ian lui lance une serviette pour qu'elle se nettoie et ne lui accorde quasiment plus d'attention.

Lorsqu'il en a terminé avec Honig, il traverse la galerie, s'approche sans bruit de la chambre rose. Entrouvre la porte et regarde à l'intérieur. Lucia, assise par terre, paraît mal en point avec sa chevelure emmêlée et son œil contusionné. Plus excitante que jamais cependant dans son jean et son tee-shirt noirs. Sexy sexy sexy. Une déesse punk dépravée dans tout ce rose gnangnan : peau d'un blanc de neige et coulures de mascara.

Il reste sur le seuil, attend qu'elle parle. Lorsqu'elle humecte ses lèvres sèches, il l'observe avec attention, fixe sa langue. Elle finit par retrouver sa voix.

— Qu'est-ce qu'il s'est passé ? J'ai entendu... du bruit.

— Tu sais pas ?

Elle ne pleure pas. Entre les jambes de Ian, elle porte son regard sur la porte ouverte de la chambre où gît le cadavre.

— Je crois que je peux deviner, murmure-t-elle.

— Devine pas, viens voir. C'est mieux si tu vois par toi-même, tu crois pas ?

— Si, sûrement.

Elle parle en articulant avec raideur, telle une marionnette aux mâchoires montées sur des gonds. Elle sait ce qui s'est passé, bien sûr, simplement elle n'arrive pas encore à y croire.

Il entre dans la chambre, ouvre les menottes. Il prend soin de ne pas toucher Lucia, bien qu'il sente ses yeux sur lui. Il sait qu'elle se demande quand ça va arriver.

— Mets tes godasses, dit-il en lui passant les Doc Martens aux trolls. Faut que tu puisses marcher.

Elle hésite, finit par enfiler les chaussures. Les lace avec soin. Quand elle a terminé, il lui tend la main. Après une longue pause, elle la saisit et le laisse l'aider à se lever. Elle s'immobilise un instant pour lisser ses vêtements de la main, comme pour se préparer à un supplice public, puis elle secoue la tête, avale sa salive et fait face à la porte.

— D'accord, dit-elle. Allons-y.

Il la prend par le bras et lui fait traverser la galerie. Il a laissé la lumière allumée dans la chambre où se trouve Matilda et il se sert de son pied pour pousser la porte. Elle s'ouvre avec un grincement. Honig est allongé sur le sol, sa tête ensanglantée dépassant de la couette rayée vert et blanc qui a aspiré un demi-cercle sombre de sang du cou du mort. Matilda, toujours par terre, tord la serviette en pleurant, la bouche ouverte tel un enfant hébété dans une zone de guerre.

— Bon Dieu, marmonne Lucia, qui regarde fixement dans la pièce. Oh, nom de Dieu.

— *Lucia*, gémit Matilda en tendant une main. *Lucia.*

— Réponds pas, intervient Ian. C'est pas là qu'on va. Viens.

Lucia résiste de toutes ses forces quand il veut l'entraîner et reste clouée sur place.

— Allez, grommelle-t-il en la secouant. Avance.

— Lucia !

— Oh, mon Dieu ! murmure-t-elle en portant ses mains à son visage. Mon Dieu.

— Je comprends pas pourquoi tu fais ça. Tu sais ce qui va se passer, non ?

Un moment, elle demeure sans bouger, puis ses mains retombent et elle hoche la tête. Elle laisse Ian l'éloigner de la chambre vert menthe, un pas saccadé après l'autre, tel un cheval mené à quelque chose qu'il craint. Ils s'arrêtent devant la porte de la chambre améthyste. Elle est fermée.

Lucia respire bruyamment, Ian sent sa poitrine menue, brûlante, monter et descendre sous le tee-shirt.

— Ouvre la porte. Pousse-la.

Elle obéit et la porte pivote. Ian tient Lucia par-derrière et la laisse regarder. La pièce violette est baignée d'une lumière qui passe entre les rideaux à demi ouverts et projette les taches rouges des crânes sur le sol. Deux grandes plumes d'autruche violettes oscillent doucement dans le courant d'air. Les idoles de Lucia les observent placidement des murs violets : Marilyn Manson et Dita Von Teese. Patty Hearst. Quelque chose dans leur expression suggère qu'elles évitent soigneusement de regarder l'autre personne qui se trouve dans la pièce.

Oliver Anchor-Ferrers. Assis par terre sous la fenêtre, le pied droit attaché au radiateur.

— OK, dit Ian d'un ton léger. On s'y met, d'accord ?

Le Cottage des Roses

Il roule vite, lançant la voiture dans les virages des routes de campagne. Si vite qu'Ourse doit s'aplatir sur la banquette arrière pour éviter d'être projetée sur le plancher. A sa première visite chez les Frink, le colonel a mentionné que la femme de ménage n'était pas venue travailler. Selon Paluzzi, Ginny Van Der Bolt est femme de ménage. Caffery ne sait pas pourquoi il n'a pas fait le lien plus tôt.

Il se faufile impatiemment dans la circulation du matin. Passe devant les bois, les vieux moulins et les granges de pierre et de chaume. Le soleil s'est levé et aux arrêts de bus quelques personnes attendent pour se rendre au boulot. Déjà deux ou trois mères sortent de chez elles et se dirigent vers le Club des petits déjeuners de l'école, où elles laisseront leurs enfants avant d'aller travailler. Lorsqu'il arrive au Cottage des Roses, celui de Ginny Van Der Bolt, il le reconnaît. Quelques jours plus tôt, il a frappé à la porte et il n'a pas insisté. Cette fois, il approche son visage de la fenêtre de la pièce de devant, une main au-dessus des yeux pour se protéger du reflet du soleil, et essaie de regarder à l'intérieur. Il passe ensuite dans le jardin de derrière avec Ourse et se tient un moment immobile, les bras croisés, en se demandant quoi faire. Briser la vitre de la fenêtre de la cuisine ? Téléphoner à Paluzzi et mettre tout le bazar en branle ?

— Qu'est-ce que tu en penses ? demande-t-il à la chienne. Tu connais la personne qui habite ici ?

Ourse dresse légèrement les oreilles. Elle incline la tête de côté en tâchant de comprendre.

Caffery secoue la tête. Il ne peut rien faire de plus. Il faut qu'il reparte du début, qu'il passe au crible tout ce qu'il a vu et découvre ce qui lui a échappé.

— Viens, dit-il, on va rendre visite au colonel.

Matilda

C'est le commencement de la fin, elle en est sûre. C'est d'avoir aperçu sa fille qui lui donne cette certitude, Lucia sur le seuil de la porte, le visage blême, les vêtements chiffonnés – comme lorsque, adolescente, elle s'endormait tout habillée –, avec sur le visage une expression que Matilda ne parviendra jamais tout à fait à décrire. Presque aussitôt, Molina l'a entraînée de force, et cependant cette vision fugace a fait clairement comprendre à Matilda que la fin était proche.

Quelque chose de profond la submerge, le sentiment primitif, ancestral, de l'être humain face à une mort qui n'est peut-être pas lointaine. Il s'accompagne d'une solennité lourde, aussi vaste que l'univers. Matilda cesse de pleurer et s'accorde un moment de paix. En séchant sur elle, le sang de Honey a tendu sa peau. Molina a posé les ciseaux sur le lit, elle peut les voir luire du coin de l'œil. Ils sont largement hors de sa portée – même pas la peine d'essayer. Mais il y *aura* quelque chose… Quelque chose. Elle respire à fond et carre les épaules en faisant face à la porte.

Effectivement, Molina réapparaît quelques moments plus tard et porte cette fois des gants de latex. Il lui enlève les menottes. Jusque-là il n'a manifesté aucune colère à cause du meurtre de Honey. Il s'est au contraire montré trop calme, presque nonchalant, exprimant le sentiment que, bien qu'il trouve l'événement un rien inattendu, il est loin d'être insurmontable pour lui.

Ces gants, pourtant...

— Qu'est-ce qui va se passer, maintenant ? murmure-t-elle en levant son visage vers celui de Molina.

Elle est presque intime, cette... cette proximité physique.

— Qu'est-ce que vous allez nous faire ?

Il ne répond pas. Un store est tombé derrière ses yeux. Il n'est peut-être pas seulement un criminel, pense-t-elle, il est peut-être fou en plus. Aussi fou que Minnet Kable – guidé par des voix, même. Ou alors simplement désespéré.

Il lui saisit le coude et la fait se lever. Elle vacille légèrement, laisse son poids peser sur lui, se dit que si elle se montre soumise, il relâchera peut-être sa vigilance et lui offrira la possibilité de le frapper. Il la dirige vers la porte et elle avance d'un pas lourd et raide, tel un monstre de Frankenstein avec des chaussures de plomb. Son regard tombe sur les ciseaux et, lorsqu'ils sortent de son champ de vision, elle ressent leur perte comme celle d'un amant qui la quitterait.

Il la pousse en direction de la chambre de Lucia – la chambre améthyste. En voyant la porte se rapprocher, Matilda pense savoir ce qu'elle va découvrir de l'autre côté : Oliver et Lucia.

Molina ouvre la porte. Eclairée par les hautes croisées, la pièce ressemble, avec ses profondes banquettes de fenêtre, à une œuvre d'art dans un musée. Les rideaux aux crânes rouges flottent doucement dans le vent devant les fenêtres ouvertes. Tous les posters de Lucia sont encore là, tous ses bijoux noirs sont restés sur l'appui de fenêtre. Pourtant la chambre n'est plus la même.

Sous l'une des fenêtres, Oliver est assis par terre. Il porte les mêmes vêtements que trois jours plus tôt et une barbe grise couvre ses joues creuses. Sa chemise est sale. Levant les yeux vers Matilda, il lui adresse un sourire courageux, mais elle ne s'y trompe pas. C'est une défaite.

— Matilda, murmure-t-il. Matilda.

Lucia est assise au bout du lit à un mètre de son père – elle n'est pas attachée. Son visage est livide, ses cheveux noirs décoiffés. Elle semble avoir encore perdu du poids ces derniers jours, car ses os sont comme des ombres sous sa peau. Pourtant il y a du calme et de l'assurance dans la façon dont elle se tient. Elle porte aux pieds les chaussures multicolores qu'elle aime tant, et le couvre-lit violet qu'elle a acheté à Londres dans King's Road et apporté aux Tourelles quand elle a décoré cette pièce est immaculé et sans un pli. En d'autres circonstances, on pourrait croire qu'elle pose pour une page publicitaire dans un magazine de mode. Elle regarde fixement sa mère comme si c'était un spectre.

— Ma chérie, dit Matilda, les larmes aux yeux. Je t'aime, mon cœur. Nous t'aimons tous les deux.

Lucia déglutit avec peine. Bien que son pouls batte la chamade sur son long cou blanc, son visage demeure impassible. Elle a toujours su admirablement cacher ses sentiments, c'est un de ses talents.

— Maman. Tu es couverte de sang. Il y en a partout.

Matilda baisse les yeux. Lucia a raison : elle a eu beau se nettoyer avec la serviette, le sang a imprégné ses vêtements, il a séché sur ses bras minces. Au moment où elle s'apprête à répondre, Molina la pousse par-derrière, la fait tomber sur la chaise. L'attache à l'un des pieds du siège par la cheville droite. Lui tire brutalement le bras droit en arrière. Elle doit tordre son corps pour ne pas avoir l'épaule disloquée. Il lui attache la main au siège avec ce qui doit être un mince lien en plastique autobloquant.

Il s'éloigne et Matilda, malgré sa position douloureuse, peut estimer la situation. Oliver est à sa gauche, Lucia devant et, de l'autre côté du lit, Molina lui tourne le dos, il est en train de fermer la porte à clé. Lucia n'est pas attachée, elle est simplement assise au bout du lit. Matilda ne comprend pas pourquoi Molina ne l'a pas menottée, il l'a sous-estimée s'il la croit incapable de réagir. De leurs deux enfants, Kiran est celui qui a le mieux réussi, mais Lucia est la plus intelligente – et elle peut se transformer en chat sauvage. Derrière ses cheveux emmêlés, elle observe de ses yeux pleins de force et de détermination les moindres gestes de Molina. Elle prépare quelque chose et Matilda songe que Molina va regretter de ne pas l'avoir attachée.

Il se retourne. Tire de sa poche un cutter. Oliver prend une brusque inspiration et se raidit, tente de se lever. Molina ne semble même pas le remarquer. Il fait tourner le cutter dans ses mains, l'examine comme s'il ne l'avait jamais vu, comme s'il était curieux de savoir comment on s'en sert.

Il va à la fenêtre et regarde dehors, inspecte les arbres ; on dirait qu'il se souvient de quelque chose. Le cutter pend au bout de sa main droite. Près de

Matilda, Oliver prend une autre inspiration tremblante mais ne dit rien, et quand elle tourne la tête vers lui, elle voit qu'il pleure en silence. Au bout du lit, Lucia n'a pas bougé d'un pouce. Ses mains sont crispées sur le couvre-lit en satin.

— Je vous en prie, plaide Matilda. Je vous en prie, pour votre propre bien : arrêtez et réfléchissez.

Molina se détourne de la fenêtre.

— Pardon ?

— Réfléchissez. Vous comprenez ce que vous êtes en train de faire ? Vous le comprenez *vraiment* ?

— Si je comprends *vraiment* ? rétorque-t-il en imitant le ton de Matilda. *Vraiment vraiment vraiment ?* A ton avis ? J'ai l'air de comprendre *vraiment vraiment* ?

Elle avale sa salive et penche la tête en arrière.

— Moi, je pense que vous ne comprenez pas. Je pense que vous n'avez pas conscience de ce que vous faites. Il doit y avoir quelqu'un qui vous aime – je suis sûre qu'il y a quelqu'un. Un parent ? Une sœur, un frère, un fils ? Une femme, une petite amie ?

— *Quoi ?* lâche-t-il, comme s'il n'arrivait pas à croire qu'elle ait la témérité de poser cette question. *Qu'est-ce que tu viens de dire ?*

— Vous m'avez bien entendue. Il y a quelqu'un qui vous aime ?

Il ouvre la bouche. Cligne des yeux. Une fois, deux fois. Il ne sait pas quoi répondre, pense Matilda. Elle le tient. Elle a réussi.

— Oui, il y a quelqu'un, poursuit-elle, je le vois à votre visage. Et vous l'aimez en retour. Avant que vous fassiez... ce que vous avez l'intention de faire...

Sa voix tremble mais elle continue :

— Réfléchissez, essayez d'imaginer ce que la personne qui vous aime pensera. La personne qui vous aime – qu'est-ce qu'elle pensera ?

Il la regarde fixement. Son visage s'est empourpré et Matilda croit voir, sans en être sûre, une petite larme briller au coin d'un de ses yeux.

Il secoue la tête, se tourne vers la fenêtre, plisse les yeux comme si le soleil était trop éclatant.

— Il y a quelqu'un, admet-il.
— Et cette personne vous aime ?
— Oui, je crois. Je ne ferais rien de tout ça si ce n'était pas pour elle – j'ai tout fait pour elle.
— Alors, demandez-vous ce qu'elle pensera. De tout ça. De ce que vous faites.

Il s'écoule un long moment pendant lequel Molina reste sans bouger, parfaitement immobile. Le silence s'étire, semble envahir la pièce, chaque oreille, chaque cerveau. Matilda entend son propre cœur battre à coups sourds. Et dans l'écho de ces martèlements, elle est sûre de sentir battre les cœurs de sa fille et de son mari.

Molina quitte la fenêtre pour venir s'agenouiller près de Matilda. Si près qu'elle peut sentir son odeur : épices, tabac, vin, après-rasage et lotion solaire. Elle distingue l'épaisse ligne des cils accrochés à la paupière supérieure charnue. Elle voit les cheveux roux et les taches de rousseur sur les mains. C'est un être humain. Il est un peu comme Kiran à certains égards. Le même âge. La même taille.

— Je le sais. Je sais que vous ne voulez pas de tout ça. Je sais que c'est difficile pour vous.

Il hoche la tête en silence.

— C'est terrible pour vous, murmure-t-elle. Epouvantable, je le sais.

— Oui, confirme-t-il d'une voix rauque. Epouvantable.

Il lui tend la main gauche – comme le faisait Kiran enfant quand il voulait descendre avec elle le sentier du jardin. Ou aller à la camionnette du marchand de glaces. Elle prend la main de Molina et la presse.

— Là, là, chantonne-t-elle. Ne vous tourmentez pas. Tout ira bien.

Il hoche de nouveau la tête, lui adresse un pâle sourire. Puis, de sa main droite, il lui entaille prestement l'intérieur du bras avec le cutter. Avant qu'elle puisse comprendre ce qui se passe, il se met debout.

— Voilà, dit-il. C'est tout. C'est fini.

Matilda bée de stupeur, regarde le sang qui coule d'une longue ligne rouge sur son bras. Oliver se met à hurler. Molina prend le bras entaillé et le plie au coude, le presse avec douceur contre la poitrine de Matilda comme le feraient un médecin ou une infirmière bienveillants.

— Voilà, répète-t-il en lui tapotant la main d'un geste rassurant.

Il se penche vers elle et lui embrasse la tempe.

— Ce ne sera plus très long, maintenant, assure-t-il. Ce ne sera plus très long.

La boîte à souvenirs de Mme Frink

Caffery observe pensivement les pignons de la maison du colonel en songeant à Mme Frink dans son fauteuil à roulettes. A l'infirmière. A la peur et à la tristesse qui recouvrent ce lieu tel un suaire. Il regarde les arbres, la piste de BMX où le petit-fils des Frink a été assassiné, puis il remonte lentement des yeux le flanc de la colline jusqu'à la maison en estimant la distance. Dans le bois silencieux, on n'entend que l'occasionnel bruissement d'ailes d'un oiseau matinal. L'ail sauvage pousse en plaques cireuses entre les troncs ; le soleil passant entre les branches dessine une marelle sur le sol. Incroyable, ce qui est arrivé là, si près de la maison.

Dans l'allée des Frink, deux voitures sont garées, mais la maison semble anormalement silencieuse. D'instinct, Caffery ralentit le pas, s'efforce de faire moins crisser le gravier sous ses pieds.

Parvenu à la porte de devant, il soulève le heurtoir quand il s'aperçoit qu'Ourse s'est arrêtée et regarde quelque chose que le côté du bâtiment lui dissimule. Il abaisse le heurtoir en tâchant de ne pas faire de bruit. Va rejoindre la petite chienne.

A dix mètres de là, sur la terrasse surplombant le jardin de nœuds, il découvre la femme invalide du colonel. Son fauteuil roulant a été orienté pour qu'elle tourne le dos à la maison. Elle est tellement penchée en avant que son nez touche presque ses genoux. Ses cheveux qui tombent tels des rideaux lui couvrent le visage. Ses mains roses et gonflées reposent, impuissantes, sur la couverture gaufrée. Personne d'autre en vue.

— Madame Frink ? dit Caffery en s'approchant prudemment. Bonjour...

Lentement, très lentement, la femme tourne la tête vers lui. Son visage est boursouflé, sa peau tendue. Mais ses yeux sont brillants, et ils se portent sur Caffery.

— Ça va ? lui demande-t-il.

Il lui touche la main. Elle est froide. La couverture qui lui couvre les jambes est trop mince pour la protéger vraiment. Du pied, il débloque le frein du fauteuil et le fait rouler sur les dalles menant vers l'intérieur de la maison.

Tandis qu'ils s'en approchent, la femme se met à gémir, ses mains se soulèvent faiblement. Quand il s'arrête pour ouvrir la porte de derrière, elle lève le menton et prononce un seul mot :

— Non.

Caffery hésite.

— Madame Frink ?

— C'est bien mon nom, confirme-t-elle.

Sa voix est rauque et fêlée, mais sa façon de parler est celle d'une personne cultivée, son ton est résolu.

— Et je ne veux pas que vous me fassiez rentrer.

— Je croyais que vous ne pouviez pas dire un mot.

— Je n'en doute pas, réplique-t-elle.

Elle semble devoir faire un effort pour garder la tête droite.

— C'est ce qu'il veut vous faire croire.
— Et votre sclérose en plaques ?
— Elle ne m'empêche pas de parler. Je vous en prie, ne me ramenez pas dans la maison.
— Vous ne pouvez pas rester dehors, il fait trop froid.
— Alors, allez me chercher un manteau. Dans l'entrée.

Caffery hésite de nouveau, partagé entre son désir d'aider cette femme et le refus qu'elle lui oppose. Finalement, il la laisse là où elle est, entre dans la cuisine, où la cuisinière répand sa chaleur. La pièce est humide, il y flotte une odeur aigre ; il y a des torchons sales partout, des assiettes empilées dans l'évier. Au moment où Caffery traverse la cuisine pour gagner l'entrée, il entend un bruit au-dessus de lui. Il se fige, la main sur la poignée de la porte, lève les yeux vers le plafond. Quelque chose cogne contre un mur dans la pièce du dessus.

Un sac à main en crocodile avec un fermoir en or – il est sûr que c'est celui de l'infirmière – est posé par terre dans l'entrée. Maroquinerie de luxe.

OK, maintenant il comprend. Le colonel obtient de l'infirmière ce qu'il désire et réciproquement. Furieux, Caffery s'approche du portemanteau et décroche deux ou trois vêtements. Lorsqu'il retourne auprès de Mme Frink, elle lui adresse un regard triste, comme si elle avait honte, et pendant un long moment ni lui ni elle ne parlent. Puis elle laisse retomber sa tête comme avant, à quelques centimètres de la couverture. Il lui presse le bras. Sa peau est glacée.

— Ça doit faire des heures que vous êtes dehors, s'indigne-t-il en l'enveloppant dans les manteaux. Comment êtes-vous sortie de la maison ? Toute seule ?

— Non. Ils m'y ont conduite.

— Ça arrive souvent ?

— La plupart du temps. Toujours le matin, rarement le soir.

Caffery fait rouler le fauteuil dans l'allée jusqu'à un endroit ensoleillé où ils ne pourront pas être entendus de la maison. Parvenu à un petit banc de jardin, il met le frein du fauteuil, s'assied en face de Mme Frink et l'examine. Ses veines sont visibles sous la peau, ses yeux sont bleus. De près, elle ne semble pas si âgée – soixante-quinze ans, peut-être. En tout cas, elle n'est pas stupide et elle a encore toute sa tête. Pour le moment.

— Pourquoi votre mari ne laisse-t-il personne vous parler ? Pourquoi prétend-il que vous perdez la boule ?

— A cause de ce que je pourrais dire.

— A propos de ça ? demande-t-il en indiquant la maison du menton. De ce qui se passe avec l'infirmière ?

— Oui.

— Ça dure depuis longtemps ?

— Je ne sais pas. J'ai perdu la notion du temps. Probablement depuis que nous avons perdu Hugo. Notre fils et notre belle-fille refusent encore de nous parler. Je crois qu'ils nous rendent responsables de ce qui est arrivé. Ils pensent que nous aurions pu l'empêcher.

— Mais cela remonte à des années. Quinze ans au moins.

— Quinze ans ? répète-t-elle d'une voix tremblante. Oui, ça doit faire quinze ans, maintenant. Tant mieux. J'espère que j'oublierai bientôt tout ça.

— L'infirmière n'est pas ici depuis tout ce temps ?

— Si. Avant, elle était la nounou de Hugo. Maintenant, c'est la mienne.

Elle sourit du bout des lèvres, comme si elle avait souvent fait cette plaisanterie.

— Marina.

— Marina ?

— Elle nous a suivis partout. Partout où il était affecté, elle venait aussi. Je ne le reproche pas à Charles. Je l'aime encore.

— Vous l'*aimez* ?

— Oui. Je continue à penser que ça lui passera. Je n'ai pas été une bonne épouse pour lui, pas depuis la mort de Hugo. J'ai perdu un petit-fils, ce jour-là, et aussi un fils. Mais mon mari, lui, a en plus perdu sa femme. Les hommes prennent ce genre de choses beaucoup plus mal, n'est-ce pas ?

Elle sourit de nouveau, scrute le visage de Caffery comme si elle s'efforçait de le graver dans sa mémoire. Comme si désormais elle devait examiner longuement tout ce qu'elle a sous les yeux pour pouvoir le mettre en sûreté là où elle sait qu'elle va.

— J'ai une photo. De Hugo. Vous voulez la voir ?

Caffery marque une pause. Il connaît le visage de Hugo : il y a des photos de famille dans les épais dossiers qu'il a lus l'autre soir. Il y a aussi des prises de vues de scène de crime le montrant nu, collé à Sophie. Et des photos d'autopsie montrant ce qu'était devenu son visage. Caffery n'arrive toujours pas à imaginer la force qu'il a fallu déployer pour défigurer ainsi quelqu'un, et ce qui a conduit Minnet Kable, qui ne connaissait aucun des deux adolescents, à commettre un acte aussi barbare.

Il se rend compte que Mme Frink attend toujours sa réponse.

— Bien sûr. J'aimerais beaucoup. Où est-elle ?
— Sous le fauteuil.

Il se lève, regarde dans le panier placé sous le siège. Il contient des lingettes, des mouchoirs, une bouteille vide d'une boisson au glucose et, niché au fond, un coffret. Le tigre grossièrement peint sur le couvercle suggère que les Frink l'ont acheté pendant une affectation en Asie – en Inde ou au Népal, peut-être. Il se redresse.

— Là-dedans ? demande-t-il en lui tendant la boîte.
— Oui, merci.

Elle l'ouvre et, d'une main tremblante, commence à la vider de son contenu. Des lettres et des coupures de journaux. Un extrait de naissance et des portraits de bébé. Elle s'attarde sur la photo d'un adolescent. Vêtu d'un jean serré et d'une chemise blanche, il a les cheveux courts, une allure nette. Il se tient devant la grille d'une vaste maison et cligne des yeux dans le soleil.

— Hugo ?

Mme Frink hoche la tête.

— Avant de partir en colonie de vacances. C'est là qu'il a connu Sophie. Il en est tombé amoureux – nous aussi. Des tas de filles lui couraient après, mais c'est elle qu'il a choisie.

Elle est sur le point d'ajouter quelque chose quand les souvenirs la submergent. Caffery voit des larmes sourdre au coin de ses yeux. Il s'accroupit, tire son mouchoir de sa poche pour les tamponner.

— Désolée, mon cher, désolée. Une vieille idiote – voilà ce que je suis. Une vieille idiote de pleurer comme ça.

Il la laisse prendre le mouchoir, lui frotte doucement l'autre main pour faire à nouveau circuler le sang.

Malgré le soleil, elle demeure glacée, comme si rien ne pourrait jamais la réchauffer.

— Qui êtes-vous ? lui demande-t-elle.

Elle cesse de s'essuyer les yeux, pose sur lui un regard larmoyant.

— Pourquoi êtes-vous ici ? Vous êtes de l'hôpital ?

Non, fait-il de la tête. Il se relève et cherche sa carte dans sa poche. La lui tend.

— Je suis de la police.

— De la police ? dit-elle en prenant la carte avec précaution. Mais pourquoi êtes-vous venu ?

— Je suis venu...

Il s'interrompt puis reprend :

— Simple visite de suivi. Pour voir comment vous allez.

— Au bout de quinze ans ?

— Nous tenons à revoir les gens qui ont connu un terrible drame. Même après des années, quand tous les autres ont oublié.

— Très gentil.

— Ça vous ennuie si je jette un coup d'œil à ce qu'il y a dans votre coffret ? Je ne connaissais pas Hugo, j'aimerais me faire une idée du genre d'ado qu'il était.

Elle lui tend la boîte de ses mains tremblotantes. Il la prend et se rassied sur le banc. Commence à farfouiller.

— C'était un bon garçon. Toujours sérieux. Très fort en sport – il avait été admis à Durham, vous savez. Il devait y entrer en septembre.

— Tant de talents – pas étonnant que toute la communauté ait ressenti si douloureusement sa disparition.

Caffery a débité ce commentaire d'une voix machinale, sans vraiment penser à ce qu'il disait, parce qu'il ne concentre plus son attention sur Mme Frink mais sur ce qu'il est en train de regarder. La photocopie d'une peinture, pliée et transformée en carte.

Il l'extirpe du tas d'autres objets, l'incline pour qu'elle reçoive la lumière du jour. La peinture représente un globe terrestre flottant dans un ciel assombri. C'est une œuvre d'amateur, avec une vague impression d'image pieuse, précise cependant dans ce qu'elle montre. Un anneau, semblable à ceux de Saturne, qui entoure le globe de matière éthérée et, partant de la Terre, des rayons de lumière.

Caffery ouvre la carte. Lit les mots écrits à l'intérieur.

Nos plus sincères condoléances pour la tragédie qui vous frappe. Soyez sûrs de pouvoir compter sur toute notre affection.

Lucia et toute la famille Anchor-Ferrers
Les Tourelles, Litton

Il reste un moment immobile puis abaisse la carte et regarde Mme Frink.

— Qu'est-ce que c'est ? demande-t-elle.
— Les Anchor-Ferrers ? dit-il d'une voix lointaine. Les Anchor-Ferrers.

Cœur de cochon

Matilda est allongée par terre près d'Oliver, face à lui, ses cheveux répandus autour de sa tête. Ses pieds sont nus, lourds et chauds sur les mollets de son mari. La femme qu'il a aimée pendant quarante ans gît près de lui, là où le monstre qui se donne le nom de Molina l'a placée.

Oliver enfouit son visage dans les cheveux de Matilda. Elle sent le savon qu'ils utilisent dans la maison, ce pain de savon blanc dont le dessus porte un visage gravé. Matilda, la lumière se fractionne en un million de particules quand tu entres dans une pièce, pense-t-il. Les lois de la physique elles-mêmes sont impuissantes en ta présence.

Il ne luttera pas. Il n'y a plus rien pour quoi se battre maintenant que Matilda est morte. Elle est douce et molle contre lui, mais il ne sent pas de souffle chaud sur son visage, pas de cœur battant contre le sien. Rien qu'une immobilité pesante, l'humidité insinuante du sang et la peau qui se refroidit. Son visage, à quelques centimètres du sien, à sa place habituelle, comme s'ils étaient endormis dans leur lit, est penché de côté. Ses yeux brillent encore, mais ils ne voient rien et ne clignent pas.

Molina les a disposés de cette façon, parodie d'un couple faisant l'amour. Oliver ferme les yeux. C'est la damnation. C'est le trou noir au centre de l'univers. Des larmes coulent de ses yeux clos et mouillent la chevelure de Matilda. Il prend le bras inerte de sa femme et le pose sur sa poitrine, comme si elle l'étreignait. Les caméras n'ont pas filmé ce qui s'est passé dans cette chambre, mais John Bancroft le déduira, Oliver y croit fermement. Il ne peut rien faire d'autre. Rien rien rien.

— Je t'aime, murmure-t-il à Matilda. Je t'aime.

Elle ira au ciel – ou là où vont les bons, les attentionnés. Quel que soit le paradis auquel elle a passé sa vie à rêver, il est sûr qu'elle y sera. Alors que lui – eh bien, il ira en enfer. Il ne voit pas d'autre issue. A cause du rôle qu'a joué le métier qu'il s'est choisi, à cause des avertissements qu'il a ignorés. Il se retrouvera à l'endroit le plus froid de l'univers, là où les orages de particules font rage, et son cœur battra de peur deux cents fois par minute pour l'éternité.

Continue à battre, continue à battre...

— Hé...

Quelqu'un lui secoue l'épaule.

— Hé, regarde-moi.

Lentement, il ouvre les yeux, voit Molina agenouillé près de lui. Il a enlevé son sweat noir et ne porte plus maintenant qu'un tee-shirt. Il tient le cutter dans sa main. Ses bras ne sont pas aussi musclés qu'Oliver l'imaginait. Ils sont en fait longs et maigres, couverts de taches de rousseur. Mais cette insuffisance physique n'a plus d'importance maintenant.

Lucia est encore sur le lit. Bien qu'elle ne soit pas attachée, elle n'essaie pas de lutter. Derrière elle, Patty Hearst se dresse telle une statue.

— Tuez-moi, dit Oliver. Tuez-moi tout de suite. Enfoncez cette lame dans mon cou, dans ma poitrine.

Ignorant la supplique, Molina soulève pensivement la tête de Matilda.

— C'est ta chance, maintenant. Tu peux lui faire tout ce que tu veux, elle discutera pas. Tous les trucs dégoûtants que t'avais envie de lui faire et qu'elle voulait pas. C'est l'occasion. Sois pas gêné. On a l'esprit ouvert, ta fille et moi.

— Tuez-moi. Soyez un homme pour la première fois de votre vie.

— Non, je le ferai pas.

Oliver le regarde droit dans les yeux. Bien qu'une partie de lui ait déjà quitté cette vie, il ne peut pas mourir sans dire à ce type ce qu'il a compris. Matilda n'a pas été assassinée comme l'ont été Hugo et Sophie, mais ça ne change rien. Oliver connaît la vérité. Un moment, rien qu'un moment, ce qu'il reste de lui va se ressaisir.

— Je vous ai déjà rencontré, énonce-t-il lentement. Je ne connais pas votre vrai nom, mais vous avez grandi à Litton. Vous étiez un bagarreur et un voleur. Il y a quinze ans, vous avez franchi la porte de cette maison et vous vous êtes tenu dans le hall, en bas. Dès que je vous ai vu, j'ai su que vous étiez mauvais. J'ai compris que vous étiez tout ce qu'il y a de mal dans ce monde. J'ai peut-être même deviné, quelque part, ce que vous aviez fait et…

— Ta gueule.

— Vous n'êtes pas ce que vous vous imaginez – vous n'avez pas la carrure.

L'expression de Molina change. Il penche la tête sur le côté et lâche :

— Enculé. T'es un vrai enculé. T'as essayé de m'empêcher d'avoir la seule chose dont je me foutais pas.
— Merci. Vous avez répondu à ma question. Tuez-moi, maintenant.

Molina respire bruyamment. Il est rouge, il est furieux. Il se relève et fait plusieurs fois le tour de la pièce, comme un animal en cage. S'arrête devant Lucia, qui est assise sur le lit, silencieuse, les genoux relevés, les yeux semblables à des trous noirs réfléchissants, le visage tourné vers lui.
— Alors ? lui dit-il.
— Alors quoi ?
— Bouge, aide-moi.

Suit un long silence. Oliver ne peut pas lire ce qui se passe dans la tête de Lucia, mais il sait que c'est le moment vers lequel sa vie s'est précipitée pendant toutes ces années. Finalement, le visage figé, elle se lève du lit. Molina fait un pas en avant et lui saisit le coude. Sans brutalité. Elle ne se débat pas – elle ne lui a pas opposé la moindre résistance jusqu'ici. Elle le laisse l'entraîner vers ses parents.

Il s'arrête devant la tête de Matilda. Les pieds de Lucia sont à quelques centimètres du crâne. Oliver voit les grosses chaussures ornées de visages aux couleurs pastel. Les semelles noires qui sous cet angle semblent hautes comme des maisons.

— Bon, dit Molina à Oliver. C'est le moment, maintenant. A toi de choisir. Ou tu fais quelque chose à son corps, ou je forcerai ta fille à le faire. Qu'est-ce que tu préfères ?

Oliver fixe les chaussures. Quinze ans plus tôt, Lucia est rentrée avec ce type et a tenté de le présenter à son père. Oliver se rappelle qu'en descendant l'escalier il a vu « Molina » se tenir fièrement près d'elle dans le hall, la main tendue. Oliver était d'une extrême cruauté dans ses jugements et ne faisait pas de prisonniers avec les petits copains de Lucia. Il s'est immédiatement pris d'aversion pour cet adolescent et n'a pas cherché à cacher ses sentiments. Hochant simplement la tête, il est passé sans serrer la main tendue, sans écouter les présentations de sa fille, et est entré dans la cuisine.

Il n'a jamais su comment s'appelait ce jeune et Lucia n'a plus jamais tenté de le faire admettre aux Tourelles. Voilà pourquoi ce « Molina » hait tellement Oliver et Matilda. Il leur reproche de l'avoir tenu éloigné de Lucia.

Il prend une inspiration – ce sera la dernière – et bloque sa gorge. Le moment est venu. Si Molina ne le tue pas maintenant, Oliver devra le faire lui-même. Ses poumons gonflés sont durs et douloureux, mais il leur résiste. Il lutte contre le cœur de cochon, lui dit : *Merci, merci pour le temps que tu m'as donné, mais je ne veux plus maintenant que tu continues à battre. Je veux que tu t'arrêtes.*

Ça ne devrait pas marcher : personne ne peut se faire mourir par un effort de volonté, personne ne peut vaincre son désir stupide et obstiné de survivre. Mais les valves que les chirurgiens lui ont greffées – des valves de cochon –, on peut les vaincre. Elles ne peuvent pas lutter contre Oliver Anchor-Ferrers et sa détermination.

Lucia lève son pied droit. Après une pause, la chaussure couleur pastel s'abat sur le visage de Matilda. Le pied se soulève de nouveau et recommence. Encore et encore.

La dernière pensée d'Oliver est une prière – une prière pour que sa femme se retrouve en sécurité dans cet endroit où il y a du soleil et de la lumière.

A l'abri de Lucia.

Oliver Anchor-Ferrers

Si Mme Frink n'a jamais rencontré les Anchor-Ferrers, elle se souvient de Lucia, leur fille, qui est sortie un certain temps avec Hugo, son petit-fils, avant qu'il meure. Elle ne sait pas grand-chose sur cette famille, elle pense qu'ils vivent encore dans la région, et quand Caffery la presse de questions, elle croit se souvenir que sa femme de ménage, Ginny Van Der Bolt, travaille aussi pour les Anchor-Ferrers. Elle n'est pas venue cette semaine. Les Tourelles se trouvent... elle doit creuser sa mémoire pour se rappeler où. C'est... de l'autre côté de la colline – loin.

— Lucia était une jeune fille bien élevée, commente-t-elle. Un peu perturbée, je crois qu'elle n'a jamais pardonné à Hugo de l'avoir quittée. Je ne sais pas ce qu'elle est devenue, où elle vit maintenant.

Caffery remet le coffret dans le panier. Il desserre le frein du fauteuil et le fait rouler vers la maison.

— Je vous ramène à l'intérieur. Quoi que votre mari ait pu être en train de faire, espérons qu'il a terminé. Vous voyez ça ?

Elle regarde avec perplexité la carte de visite qu'il lui tend.

— Il y a mon numéro de téléphone dessus. Si cela devient trop pénible ici pour vous, appelez-moi, d'accord ?

Lorsqu'ils arrivent à la maison, il la pousse dans la chaleur du jardin d'hiver. De l'autre côté du hall, dans le living, l'infirmière, dos tourné à Caffery, examine son reflet dans une glace et se remet du rouge à lèvres. Elle ne les a pas entendus.

— Appelez-moi de toute façon, corrige-t-il. Pour me dire comment vous allez.

Il se penche et, sans trop savoir pourquoi, lui embrasse le dessus de la tête. Puis il tire ses clés de sa poche et redescend l'allée au trot. Ourse, qui attendait patiemment, assise sur la pelouse, se lève d'un bond et le suit. Quand ils arrivent à la voiture, ils sont tous deux hors d'haleine. Ils montent, Caffery prend le dossier resté sur le siège passager, feuillette la paperasse que Cheryl lui a fournie, parcourt rapidement les pages qu'il a lues la veille. Il a la bouche sèche, et lorsqu'il trouve ce qu'il cherchait, il est tellement excité que son pouls bat deux fois plus vite.

C'est une entreprise de New York appelée Gauntlet. Ses yeux sont passés sur ce nom sans s'arrêter hier soir, mais bien que son esprit logique lui ait ordonné de ne pas s'attarder dessus, quelque chose, dans la partie illogique de son cerveau, a dû retenir inconsciemment son attention, parce qu'il lit maintenant le même nom que sur la carte du coffret à souvenirs de Mme Frink.

Oliver Anchor-Ferrers.

Pas le genre de prénom auquel il s'attendait. Une partie de lui devait continuer à penser que ce serait James, ou Jimmy. Il lui faut un moment pour accepter « Oliver ».

Il extrait son portable de sa poche. Appelle Johnny Patel, qui pour changer a l'air parfaitement réveillé et prêt à faire la conversation.

— Oui ? Tu me téléphones pour m'annoncer que t'as posté le chèque ? Parce que ça figure sur la liste des promesses les plus improbables au monde. Avec « Je te déchargerai pas dans la bouche, promis ».

— Oliver Anchor-Ferrers, énonce Caffery. Il a épousé Matilda en 1982.

Un moment interloqué, Patel lâche :

— Quoi ?

— Oliver Anchor-Ferrers. Il fait partie du conseil d'administration d'une des compagnies que je t'ai scannées.

— Ça veut dire que je serai pas payé ?

Caffery insère l'ongle de son pouce dans la fente de ses dents de devant. Il a une radio qu'il peut utiliser s'il a besoin de renfort, il devrait rendre ses recherches officielles. Il devrait vraiment. Non. Il décide de faire encore un pas en solo. Rien qu'un pas.

— Johnny, il faut que tu me dégotes des infos sur ce type. Je n'ai pas la 3G, ici, je ne peux pas les trouver moi-même. Je veux juste les grandes lignes. Adresse, numéros de téléphone, etc.

Caffery ouvre sa boîte à gants, y prend sa radio, ses menottes et sa bombe de gaz lacrymogène. Il fourre le tout dans ses poches et démarre.

— Johnny ? Notre bonhomme a une maison dans le coin où je suis, elle s'appelle les Tourelles. J'y vais maintenant. Si je ne te rappelle pas pour t'annoncer que je suis assis dans un pub devant ma première pinte, disons dans...

Il regarde sa montre.

— ... une demi-heure, tu sais quoi faire.

— Compris, vieux. Et, Jack...
— Quoi ?
— Te mets pas dans la merde, hein ?
— Tu es en train de me dire que tu tiens à moi ?
— Non, je suis en train de te dire que tu m'as pas encore payé.

Lucia

  Ses deux parents sont morts. Son père a cessé de respirer quelques minutes plus tôt et n'a pas bougé depuis. C'est fini pour lui. Sa mère est morte depuis près de vingt minutes. Ils le méritaient, tous les deux. Ils l'ont bien cherché. Sa haine pour eux est immense et complexe. Pendant des années, Lucia a été le mouton noir de la famille, que ni lui ni elle n'ont jamais comprise. Son père s'apprêtait même à modifier son testament en faveur de Kiran. Son frère, toujours la vedette, le garçon aux cheveux d'or croulant sous les éloges, alors qu'elle dépérissait dans les coins, âme sombre, des cernes noirs sous les yeux et des mots hargneux dans la bouche. Kiran s'est envolé avec ses ailes blanches, il a voyagé loin et a rapporté des petits-enfants à la famille. Le simple fait de se reproduire fait de vous, comme chacun sait, un être supérieur et divin méritant davantage l'attention et l'argent.

  Elle éprouve pour sa famille les sentiments qu'elle a éprouvés pour Hugo le jour où il l'a plaquée et a offert à Sophie une bague de fiançailles. Son amertume est sans limites.

  — T'es contente, maintenant ?

Elle lève les yeux. Molina, ou plutôt Ian, est assis à son bureau et la regarde fixement. Elle avait presque oublié sa présence. Il a enlevé ses lunettes de ringard, il n'est pas mal du tout sans. Elle ne sait pas trop ce qu'elle ressent pour lui en ce moment. Il a fait ce qu'elle lui avait demandé, pour l'essentiel. Il a communiqué à Havilland le tuyau qu'elle lui avait refilé sur le bouquin de son père ; le service de sécurité de Gauntlet a pris le relais et Ian a simplement eu à chevaucher la vague jusqu'à la côte.

Le plan était compliqué, mais ça en valait la peine. Même l'agression initiale de Ian, qui lui a laissé des hématomes au visage, elle l'a savourée, ça valait le coup d'avoir un peu mal. Tout est allé dans le sens de son goût du drame, de ce gothique tortueux qu'elle adore, et les moindres crispations d'angoisse sur le visage de sa mère, sur celui de son père, ont été un délice pour elle. Tout particulièrement leur détresse quand leur fille était « menacée » par ces hommes.

— Alors, Lucia ? Après tout ça ? T'es contente, maintenant ?

Elle s'assied, croise les jambes. Pose le coude sur son genou et se penche en avant pour soutenir le regard de Ian.

— Ecoute, je sais pas trop, répond-elle avec douceur.

Il cesse de sourire. Les veines de ses paupières sont bleu foncé.

— Pardon ?

— Tu as tout compromis en mettant Hugo et Sophie dans le plan.

— Mais je t'ai *expliqué*. J'ai pas eu le choix et j'ai pas pu te prévenir. C'était un truc de dernière minute. Ordre de Havilland.

— C'était stupide, putain. Complètement stupide.
— Ouais, tu me l'as déjà dit cent fois.
— Et Ourse ? Qu'est-ce qu'elle est devenue ?

Il lui lance un regard noir, il lui fait penser à un petit garçon boudeur.

— Ian ? Réponds-moi, exige-t-elle d'un ton tranchant. Qu'est-ce qu'il lui est arrivé ? On était d'accord, tu devais laisser Ourse *avec moi*. Et tu as laissé Honey – ou je ne sais pas comment il s'appelle – me balancer toutes ces conneries. Alors, pour répondre à ta question, non, je ne suis pas contente. Pas contente du tout.

Ian et Lucia

Le pouls de Ian lui martèle les tempes. Il garde le silence, mais il doit faire de gros efforts – apparemment, il doit toujours en faire quand il s'agit de Lucia – pour rester calme. Elle n'a aucune idée du pouvoir qu'elle exerce sur lui, ni de la souffrance qu'il a endurée ces trois derniers jours à cause de la façon dont elle le traitait. A chaque occasion, chaque fois qu'il venait seul dans la chambre pour lui apporter à manger ou l'emmener aux toilettes, elle fustigeait par des murmures furieux sa stupidité insondable d'avoir introduit les meurtres de Hugo et Sophie dans le scénario. Elle refusait d'écouter ses excuses : il avait dû obéir aux ordres, ce n'était pas facile d'éviter d'éveiller les soupçons de Honig. Elle lui rabâchait les mêmes reproches. Et la chienne, cette saloperie de chienne, il en avait soupé, de l'entendre parler de la chienne.

— Tu aurais dû ne pas lui céder, persiste-t-elle. Lui dire qu'Ourse restait avec moi. Tu n'as pas idée de la torture que ça a été pour moi de savoir qu'on pouvait lui faire du mal.

Ian scrute le visage de Lucia. Elle ne cessera jamais de l'impressionner par son immense capacité à être cruelle. Pendant trois jours, elle a assisté sans broncher à tout ce que Honig et lui ont fait pour accroître le désespoir de ses parents. Bien que Ian ne soit pas lui-même très attaché aux siens, il a du mal à comprendre la profondeur de la haine de Lucia. Elle n'aurait manqué ça pour rien au monde. Exactement comme à la Pente aux Anes, quinze ans plus tôt. Elle lui a plus appris sur le sadisme en une nuit que Honig ou la Légion n'auraient pu le faire en toute une vie.

Il tend vers elle sa paume ouverte.

— Donne-moi la bague. On a des ennuis – je vais nous en sortir.

Elle se passe la langue sur les lèvres. Baisse les yeux vers la main de Ian.

— Quelle bague ?

— Quelle bague ! s'esclaffe-t-il. Tu sais bien, bordel.

Lucia a gardé la bague de fiançailles de Sophie et il a l'intention de la glisser dans la poche de Honig pour apporter la preuve définitive que Honig a bien été l'auteur des meurtres du Loup, des années plus tôt. Qu'il est revenu et qu'il a assassiné Ginny, Oliver et Matilda. Ian devra aussi laisser sur son « coéquipier » des traces de l'ADN des Anchor-Ferrers – il prendra du sang dans ce qu'il reste du visage de Matilda pour en asperger les chaussures de Honig, au cas où Gauntlet ne parviendrait pas à camoufler discrètement l'affaire et où la police serait amenée à intervenir.

— File-moi cette bague, ordonne-t-il d'un ton impatient. Tu me fais perdre mon temps.

Ecarlate, elle le dévisage, sans parvenir à croire qu'il a ce culot. Le cœur battant, il soutient cependant son regard, déterminé à ne pas détourner les yeux. Elle peut le faire marcher jusqu'au bout du monde, mais il cherchera toujours à lui montrer qu'il est un homme.

Une lueur étrange brille dans les yeux de Lucia tandis qu'elle lève lentement la main. Il s'attend à ce qu'elle le gifle ou qu'elle le griffe. Il est prêt à arrêter son geste si elle le fait. Au lieu de quoi, elle glisse les doigts dans son soutien-gorge, en sort la bague et la dépose dans la main de Ian. Il la fourre dans sa poche.

— Encore un truc, dit-il.
— Quoi ?

Il ferme et ouvre les poings. Il s'en veut de ce qu'il s'apprête à faire. Il devrait être plus fort, mais il ne parvient pas à chasser l'idée obsédante que sans le hasard heureux de son boulot à Gauntlet il n'aurait peut-être jamais revu Lucia ni eu de ses nouvelles. Après les meurtres du Loup, des années se sont écoulées sans qu'elle lui donne signe de vie – elle prétend qu'elle n'a pas réussi à le retrouver, mais il la soupçonne de ne pas avoir beaucoup cherché. En tout cas, pas avant de savoir qu'il pouvait l'aider.

— Dis-moi que t'es pas en train de te servir de moi. Je pourrais pas le supporter.

En réponse, elle lui caresse le visage. Elle le regarde avec des yeux si empreints d'adoration qu'il se sent ridicule d'avoir douté d'elle.

— Ian, tu m'as manqué pendant tout ce temps. On est de nouveau ensemble maintenant. D'accord ?

La pression de ses doigts chauds sur sa joue hérissée de barbe est douce et légère. Il ferme un instant les yeux.

— Là, murmure-t-elle.

Et quand il rouvre les yeux, elle a la tête inclinée sur le côté et elle sourit.

— Là, c'est mon chéri. Là.

Elle lui saisit la main et la pose sur son ventre plat, la fait descendre dans son jean, sous l'élastique de la culotte.

Les doigts de Ian sont rugueux sur la douceur du ventre de Lucia. Ils accrochent sa peau. Elle continue à faire descendre sa main jusqu'à ce qu'il sente la fourche chaude et humide entre ses jambes. Elle remue légèrement les hanches pour que ses cuisses s'écartent et que l'accès soit plus facile. Il glisse les doigts en elle et aussitôt il est perdu. Il sort sa main du jean, pousse maladroitement Lucia vers le lit. Elle s'y effondre, les cheveux dans les yeux, la tête sur l'oreiller.

Soulevant le bassin, elle déboutonne son jean. Il est couvert du sang de sa mère et laisse de longues balafres marbrées sur les draps quand elle le fait descendre le long de ses jambes. D'une ruade, elle l'expédie sur le côté, ôte sa culotte et s'allonge de nouveau, les bras au-dessus de la tête en adressant à Ian un sourire espiègle. Ses genoux sont juste assez écartés pour qu'il puisse découvrir ce qu'il a envie de voir.

Les yeux de Lucia sont d'un noir profond. Il la connaît depuis des années, il a traversé l'enfer avec elle, il l'a pénétrée des dizaines de fois – et cependant il n'a jamais su ce qui se passait dans sa tête.

— Toi aussi, lui enjoint-elle.

Il se redresse et défait son pantalon, le jette par terre. Il baisse son slip et s'allonge sur elle. C'est la fin de tous ses moments de désir inassouvi, de peur et de souffrance.

Les Tourelles

Les Tourelles se dressent au-dessus d'une vallée boisée, presque sur la crête, là où la ligne des arbres devient bleue et floue. Caffery se gare sur une aire de stationnement en bordure de la route, en bas de l'allée. Il descend et reste un moment immobile à examiner le lieu – les longues pelouses qui montent vers la bâtisse, les grands cèdres du Liban qui projettent leurs ombres austères sur le gazon. La maison est sombre, flanquée, comme son nom l'indique, de deux tourelles de pierres foncées, et couverte d'un toit d'ardoise qui semble absorber la lumière.

Il est passé devant cet endroit, il se rappelle les murs incurvés du parc de chaque côté de la grille d'entrée. Ironie du sort, il est passé devant en se rendant à Litton.

Sur la banquette arrière, Ourse est sur le qui-vive. Elle regarde la maison par la fenêtre. Caffery ouvre la portière et lui met sa laisse. Elle saute dehors et se met à tirer en direction de la maison. Il sourit : ils sont au bon endroit.

— Brave chienne.

Il la soulève et la remet dans la voiture. Descend un peu la vitre et referme la portière.

— Oui, tu es une bonne fille. Tu restes ici, maintenant, OK ? Tu n'aboies pas, tu ne bouges pas.

Elle s'agite sur la banquette, remue les pattes arrière comme pour sauter, mais il lève la main, approche un doigt de ses lèvres et elle se couche. Le regarde s'éloigner seul. Une chose de plus qu'il sait des Anchor-Ferrers sans jamais les avoir rencontrés. Ils n'ont pas mis de puce électronique à leur chienne, toutefois il admire la façon dont ils l'ont dressée.

La grille est fermée, équipée d'un système qui permet de l'ouvrir à distance. En passant par-dessus, il se demande s'il ne va pas briser un rayon infrarouge qui donnera l'alerte aux propriétaires. Il ne se passe rien et il retombe sur le gravier de l'allée. Il se tient un moment sans bouger, laisse son regard remonter le flanc de la colline. Des rhododendrons et des hortensias y poussent çà et là – ils ne sont pas encore en fleurs, mais ils lui rappellent les régions côtières –, apportant une touche d'aventure et d'exotisme dans cette vallée de l'arrière-pays.

De quoi aurait-il l'air pour qui l'observerait du haut d'une de ces tourelles ? D'un tout petit bonhomme sans importance.

Tout à coup, il hésite. Il a trouvé l'endroit où vit Ourse, pourtant ça ne suffit pas. Ce n'est plus l'injonction du Marcheur qui le motive, mais sa propre curiosité et sa boussole morale. Il a besoin de découvrir ce qui est arrivé à Oliver Anchor-Ferrers et de savoir qui a attaché le message au collier de la chienne.

Il plonge une main à l'intérieur de sa veste pour s'assurer qu'il a bien pris sa radio. Il a été entraîné, dans des situations de ce genre, à se tenir à l'écart et à demander de l'aide. Quelle est la bonne décision ? Qu'est-ce qui définit ce qui est bien, ce qui est mal ?

Jusqu'où peut-on descendre dans la liste des *Et si jamais* ? Il n'en sait rien.

Finalement, le vainqueur est Jack le dingue. Le Jack qui à l'occasion se fourre dans des bagarres de rue imbéciles alors que ce n'est pas la chose à faire et que ça ne fera de bien à personne. Il ne changera peut-être jamais.

Il se met à gravir d'un pas mesuré l'allée qui conduit à la maison.

Les yeux

Les rayons matinaux passent à travers les crânes rouges des rideaux et tombent sur les cadavres d'Oliver et de Matilda. Sur le lit, Ian remue. Il pose un bras sur la poitrine de Lucia. Elle ne réagit pas, continue à respirer régulièrement. Inspiration, expiration, les yeux clos.

Il étudie son visage endormi. Elle est si détendue. Il va devoir la réveiller – il faut qu'ils s'activent –, la faire sortir d'ici. Les flics qui recherchent Ginny ne tarderont pas à revenir poser des questions. De l'index, il soulève la paupière de l'œil droit de Lucia. Comme elle ne réagit toujours pas, il lève la tête et prend le temps d'examiner son iris. Il distingue les veinules, les différentes couches de protéine qui composent le blanc de l'œil – l'albumine, notamment. C'est bien de Lucia de rester comme ça sans bouger et de le laisser contempler son œil. Elle a un sens inné de ce qui est dangereux et de ce qui ne l'est pas. C'est comme si elle détectait une menace avec les poils de sa peau, à la manière d'un animal.

Il est son pantin. Elle a orchestré tout ce scénario, elle a tout soigneusement planifié pour que ses parents souffrent le plus possible dans leur chair et dans leur esprit. Pietr Havilland n'est pas le seul à vouloir une vidéo des affres d'Oliver, Ian a aussi filmé pour Lucia. Elle la regardera encore et encore, elle se repaîtra de chaque seconde de souffrance. Elle s'en gavera.

C'est elle qui a tout organisé, comme le soir où Hugo est mort. Elle a porté le premier coup de pic à glace, elle a pourchassé Sophie, blessée et affaiblie, toute la nuit dans le bois – Lucia, parfaitement calme, en tenue de combat, exactement comme Patty Hearst sur le poster. C'est Lucia qui a décidé de la façon dont il fallait disposer les corps à la fin. Après tout, arguait-elle, c'est pour *ça* qu'ils étaient venus. Il se souvient de son expression quand elle a écrasé les visages de Hugo et de Sophie l'un contre l'autre. Elle pleurait presque dans sa victoire et sa fureur. Les dents serrées, appuyée d'une main à un tronc d'arbre pour garder l'équilibre, elle a piétiné les deux têtes avec une telle violence qu'il n'en est rien resté. Chaque claquement de cartilage, chaque craquement d'os la parcourait tel un frisson. Chaque vaisseau éclaté qui lâchait un nouveau filet de sang sur la mousse.

Quand elle en a eu fini avec les corps, il était 9 heures du matin. Cela avait duré plus de quatorze heures et Lucia n'était pas même fatiguée. Elle paraissait sortir d'une bonne nuit de sommeil.

Il est impressionné par elle. Impressionné, effrayé et amoureux fou.

— Hé, dit-il en laissant retomber la paupière. C'est l'heure de se lever, paresseuse.

Elle a un sourire endormi. Bâille et se frotte les yeux. Semble sur le point de lui passer les bras autour du cou et de l'attirer de nouveau contre elle lorsqu'un bruit les fait tous les deux se redresser brusquement dans le lit et se regarder, les yeux écarquillés. La sonnette. Qui résonne dans l'escalier.

Ian balance les jambes hors du lit et s'approche de la fenêtre à pas feutrés. Nu. Il écarte un peu le rideau, presse son visage contre la vitre. Regarde en bas.

— Qui est-ce ? demande Lucia en s'habillant.

— Je sais pas.

— Qu'est-ce qu'on fait ? On ne répond pas ?

Il secoue la tête.

— La porte de derrière est ouverte. N'importe qui peut entrer.

— Tu crois que c'est qui ?

— Les flics, peut-être.

— Les flics ? Qu'est-ce que tu racontes ?

Il se retourne, l'examine.

— T'es dans un état ! lui lance-t-il sèchement. On dirait que tu sors d'un crêpage de chignons. Reste ici.

Ian enfile son pantalon et sa chemise, glisse les pieds dans ses chaussures.

— Fais pas de bruit, laisse-moi m'en occuper.

Les Tourelles

Le bruit de la sonnette meurt de l'autre côté de la majestueuse porte d'entrée et le silence retombe. Un long silence qui gagne le jardin, envahit les parterres, le gazon et les bois, au-delà. Caffery, les bras croisés, le dos à la porte, contemple les champs, les arbres énormes. Il fait quelques pas sur la pelouse, s'arrête, tourne sur lui-même. Lentement, en inspectant ce qui l'entoure. Une Chrysler blanche hideuse est garée plus bas dans l'allée, à côté de la Land Rover de la famille. Il sait que c'est la voiture des Anchor-Ferrers grâce aux renseignements que lui a communiqués Johnny Patel. Il y a un court de tennis – mal entretenu, le grillage qui le ceint est troué.

Soudain, derrière lui, à l'intérieur de la maison, un bruit. Des verrous qu'on ouvre. Il se retourne au moment où la porte s'ouvre.

— Bonjour.

L'homme qui se tient sur le seuil, clignant des yeux dans la lumière, est trapu, vêtu d'un tee-shirt et d'un bas de jogging. Ses cheveux roux se dressent en tous sens sur sa grosse tête. Personne dans le hall derrière lui. Caffery laisse son regard errer en tâchant de déceler quoi que ce soit qui cloche, qui sort de l'ordinaire.

Un vitrail laisse tomber la lumière du jour sur quelques paires de bottes en caoutchouc boueuses, un panier de pommes de terre qui ont commencé à germer. Des laisses accrochées à un portemanteau. Rien de bizarre. Pas non plus de trace de panique sur le visage de cet homme. Juste une vague perplexité.

— Je vous ai réveillé ? demande Caffery en scrutant son expression.

— Euh, oui, vous m'avez réveillé.

L'homme se frotte les yeux. Passe une main sur sa bouche puis dans ses cheveux.

— Mais... Pas de problème. Désolé, je suis un peu abruti.

— Constable enquêteur Caffery.

Il montre sa carte et voit le visage de l'homme changer instantanément. Il s'allonge, comme le fait toujours le visage de ceux chez qui la police surgit à l'improviste.

— Qu'est-ce qui se passe ?

— Je ne sais pas. A vous de me le dire.

— Pardon ?

— A vous de me le dire. Tout va bien ? Vous n'avez aucun problème ?

La figure du type s'allonge encore plus. Son regard inspecte nerveusement le jardin, comme s'il craignait que Caffery ne soit pas seul.

— Qu'est-ce qui se passe ? répète-t-il. C'est Emma ? Je viens de lui parler – elle va bien, n'est-ce pas ?

Caffery croise les bras.

— Votre nom ? Monsieur... ?

— Mon nom. Anchor-Ferrers. Pourquoi ? Qu'est-ce qui se passe ? Vous allez me le dire, à la fin ? Je ferme la porte si vous ne me le dites pas, parce que ça commence à m'affoler et je...

Caffery lève une main.

— Calmez-vous. Il n'est rien arrivé. J'ai juste besoin de vous poser quelques questions. D'accord ?

— Des questions ?

— Oui. Il n'y a personne avec moi, précise Caffery. Je suis seul. D'accord ?

L'homme hoche précipitamment la tête, continue à fouiller le jardin des yeux. Durant la demi-heure écoulée depuis que Caffery est parti de chez les Frink, Patel lui a fourni un tableau assez détaillé de la famille Anchor-Ferrers et il connaît maintenant les gens qu'il a cherchés toute cette semaine. Matilda et Oliver. Surtout Oliver. Il sait aussi que Lucia, la fille, vit avec eux, et que le fils habite Hongkong. Il est banquier. Il se prénomme...

— Kiran, répond l'homme.

Il essuie sa main droite à son tee-shirt et la tend à Caffery.

— Kiran Anchor-Ferrers.

Caffery hésite, l'examine soigneusement. Il s'est efforcé d'assimiler toutes les données que Patel lui a transmises, mais il y a des trous. Il tente maintenant de se rappeler ce qu'il a appris sur Kiran. Banquier, Hongkong... Quoi d'autre ?

Il serre la main de Kiran. Elle est chaude, comme si, effectivement, il était en train de dormir avant le coup de sonnette.

— C'est votre maison ?

Kiran a un rire nerveux, regarde autour de lui comme pour signifier : *J'aimerais bien.*

— Cette maison ? Oh, non, elle est à mes parents. Je la garde, simplement. Je ne vis pas ici, je vis à Hongkong.

— A vos parents ?

— Oui. A mes parents. Qu'est-ce qui...

Il s'interrompt puis, comme s'il avait lu un message dans l'expression de Caffery, ses traits se décomposent.

— Oh non. C'est mon père, n'est-ce pas ? Je lui avais dit de ne pas conduire après son opération. Je lui avais dit de ne pas sortir ce matin. Je lui ai répété cent fois...

— Non, le coupe Caffery d'un ton qu'il s'efforce de garder neutre.

Il concentre son attention au maximum pour intégrer tout ce qu'il peut de cette situation. Apparemment, ce type dit la vérité et ses propres brillantes déductions sur Ourse et ses maîtres sont complètement fausses. Quelqu'un l'a peut-être volée. Le message attaché au collier est peut-être vraiment une blague, après tout. Il ne sait plus.

— Non, c'est au sujet de la chienne. Elle est à vous ? A vos parents ?

La bouche de Kiran s'élargit.

— Ourse ? Elle va bien ? Mon père et ma mère se faisaient un sang d'encre. C'est pour ça que vous êtes ici ? S'il vous plaît, dites-moi que oui.

— Oui, on l'a retrouvée.

Le visage de l'homme se fend d'un sourire.

— Vraiment ? Vous l'avez retrouvée ? Ça alors, c'est formidable, vous n'imaginez pas à quel point c'est formidable.

Il recule d'un pas, écarte les bras, radieux.

— Entrez, entrez donc. Ma mère sera si heureuse quand elle rentrera. Vous nous sauvez tous !

Emma

La maison est plus délabrée et plus spartiate que Caffery ne l'imaginait compte tenu de la fortune que, suppose-t-il, Oliver Anchor-Ferrers a amassée. Les sols sont en dalles de pierre, adoucis çà et là par un chemin de couloir élimé. Les radiateurs sont de vieux modèles des années 1930 – non parce que quelqu'un les a récupérés chez un ferrailleur, mais parce qu'ils ont été montés à l'origine quand on a installé le premier chauffage central. Les murs sont recouverts d'un plâtre rugueux, rustique, agréable à regarder et en même temps sinistre, terriblement froid.

Kiran Anchor-Ferrers le conduit dans la cuisine, qui n'est pas aussi austère. Il y a une cuisinière Aga, quoiqu'un peu déglinguée, et des quantités de pots de confiture recouverts d'un carré de toile de Vichy. Une porte à panneaux dans un couloir obscur est à demi ouverte – un cellier, peut-être. Il flotte dans la pièce une odeur d'humidité et de pourri. Caffery essaie de s'imaginer en train d'y manger, n'y parvient pas.

L'odeur ne semble pas poser de problème à Kiran. Rassuré à présent qu'il sait que Caffery n'est pas venu lui annoncer la mort de ses parents, il s'étire devant l'évier, se gratte le ventre, ouvre et referme la bouche.

Puis il s'affaire, remplit une bouilloire, ouvre des boîtes de gâteaux.

— Alors, dit-il en se détournant de l'élément dans lequel il a pris deux assiettes, où elle est, Ourse ? Ma mère voudra le savoir – dès qu'elle sera rentrée, elle voudra le savoir.

— Au refuge local. Je vous laisserai un formulaire à remplir, il donne tous les détails pour la récupérer. Mais d'abord, vous pourriez peut-être me dire une chose.

— Oui ?

— Je ne suis qu'un flic de base – enfin, je ne porte pas l'uniforme, mais je n'ai jamais droit qu'au petit bout de l'enquête. Je pars avec des instructions et je ne sais jamais le fin mot de ce sur quoi je bosse. Par exemple, je sais qu'on a trouvé votre chienne, mais on ne m'a pas expliqué comment elle s'est perdue, pour commencer.

— Comment elle s'est perdue ?

— Oui. Vous trouverez peut-être ça dingue, mais c'est comme ça que je travaille. J'aime bien connaître le début de l'histoire. Ça m'aide à boucler la fin. Alors, comment elle s'est perdue ?

Kiran adresse à Caffery un sourire charmant.

— Personne ne vous a dit comment ?

— Non. C'est ce que je vous explique : je n'ai droit qu'à une partie de l'histoire. Et j'ai toujours envie de savoir le reste.

— Asseyez-vous, suggère Kiran en désignant deux chaises disposées pour faire face à la vaste cheminée à l'ancienne. Pas de feu en cette saison, mais c'est toujours le point central de la maison. Tout le monde – je ne sais pas pourquoi – finit par s'y retrouver.

— Merci, répond Caffery.

Il s'assied sur l'un des sièges, croise les jambes et les bras. Une pile de vieux journaux occupe un coin de la cheminée, à trente centimètres de lui. De la suie tache la pierre et on n'a pas balayé les cendres. De la vaisselle est empilée dans l'évier et un tas de linge sale jonche le sol. Dans un coin de la pièce, deux lits de camp sont appuyés contre le mur.

— C'est du thé en sachet que je prépare, dit Kiran. Rien de raffiné. Ça vous va ?

Caffery le regarde verser de l'eau et du lait dans les mugs, lui en tendre un. Puis Kiran s'assied à son tour, s'installe à son aise.

— Ourse... C'est pour elle que vous êtes venu ?
— Oui.
— Ben, il n'y a pas grand-chose à raconter. Elle a disparu d'une seconde à l'autre. Toute la famille était à la maison, personne ne s'occupait particulièrement d'elle. Vous savez ce que c'est quand il y a des petits-enfants.
— Des petits-enfants ?
— Oui, j'ai une fille. Saffy.

Caffery sait que Kiran a une fille.

— Ah oui ? Elle est où en ce moment ?
— Avec mes parents. Et ma femme. Emma. A qui il n'est rien arrivé, j'espère, dit Kiran avec un rire nerveux. Mais vous m'avez fait une de ces peurs en débarquant comme ça !
— Je suis sûr qu'ils vont tous bien. Ils sont allés où, à propos ?
— Au Horse World. Dans le Dorset. Ils rentrent cet après-midi – je ne sais pas trop si je dois appeler ma mère pour lui annoncer la nouvelle. Ce serait peut-être mieux de lui faire la surprise quand elle rentrera. Qu'est-ce que vous en pensez ?

— C'est une très bonne idée.

Une mouche bourdonne près de la fenêtre. La pièce empeste vraiment.

— Qu'est-ce qu'on fait au juste au Horse World ?

— Les foutaises habituelles pour les gosses. Ils regardent les chevaux, ils glissent sur des toboggans...

— Saffy est assez grande pour ça ?

— Oui. Sinon, Emma la mettra sur ses genoux et glissera avec elle.

— Vous n'êtes pas inquiet ?

— Inquiet ? Non, pourquoi ? C'est une petite dure, Saffy.

— Je pensais plutôt à votre femme.

— Non, répond Kiran d'un ton catégorique. Elle adore ce genre de trucs.

Caffery le regarde fixement. Kiran, Kiran, pense-t-il. Je ne connais pas ton vrai nom, et tu as été drôlement malin. Pas assez, cependant. Parce que ta « femme » est enceinte. La vraie Emma est enceinte de huit mois.

Il est impossible qu'elle fasse du toboggan au Horse World dans le Dorset.

Elle est probablement encore à Hongkong.

Une autre mouche venant de l'extérieur se pose sur le bord du mug de Kiran. Les deux hommes la regardent, puis Kiran lève les yeux et croise ceux du policier.

Caffery sourit.

Ian Molina

Depuis l'installation d'Airwave, le nouveau système de communications du service, tous les policiers sont équipés d'une radio, même les enquêteurs en civil. Ils la portent généralement dans leur poche de chemise, sous leur veste, ou dans une poche de leur pantalon. Celle de Caffery est dans sa poche de chemise et branchée. Pour envoyer un signal de détresse, il lui suffit de passer une main sous sa veste, d'appuyer sur le bouton « Situation Code Zéro ». Le micro sera ouvert pendant dix secondes, informant tout policier se trouvant dans la région qu'un collègue a besoin d'aide d'urgence et donnant sa position par GPS. Le système fonctionne même là où les portables ne captent pas.

Ce n'est cependant pas ce que Caffery va faire. Pas encore. Il ne veut pas révéler à « Kiran » qu'il s'est trahi. Il va sortir de la maison et tout réexaminer. Discuter avec Paluzzi et Patel, voir comment faire intervenir les renforts. Il se lève et tend la main en assurant :

— Ravi de vous avoir rencontré.

L'homme se lève aussi et prend la main offerte.

— Moi de même. C'est merveilleux d'avoir des nouvelles d'Ourse.

Caffery veut dégager sa main, mais le type la tient fermement.

— Merveilleux, vraiment.

— Eh bien, au revoir.

L'homme presse durement du pouce le poignet de Caffery et lui demande en souriant :

— Et le formulaire ?

— Le formulaire ?

— Pour récupérer Ourse. Vous avez oublié ?

Il s'ensuit un long silence. Caffery comprend qu'il s'est fait prendre. Sans cesser de regarder « Kiran » dans les yeux, il dresse rapidement dans son esprit la liste des objets de la pièce qui pourraient lui servir d'arme. Il procède à une répétition mentale de ses gestes : la main gauche sous sa veste pour envoyer le signal, la droite saisissant le tisonnier de la cheminée.

L'homme garde son sourire crispé.

— Flic de base, hein ? Sur votre carte, il est indiqué « inspecteur », pas « agent ». Un inspecteur qui vient annoncer aux gens qu'on a retrouvé leur chienne ? J'y crois pas.

Caffery libère brusquement sa main droite, pivote vers la cheminée dans le même mouvement, presse de sa main gauche le bouton de sa radio. Estimant ne pas avoir le temps de saisir sa bombe lacrymogène, il empoigne le tisonnier et le brandit en se retournant. Le tout a duré moins de trois secondes.

« Kiran » se tient au milieu de la pièce, les bras tendus devant lui, poignets croisés. Geste universel : je me rends.

— C'est bon, j'ai compris – la partie est finie, dit-il. Pour être franc avec vous, après ce que j'ai fait aux gens de cette maison, je suis content que ce soit terminé.

Caffery reste sur ses gardes.

— Sérieusement, insiste « Kiran » en regardant le policier dans les yeux. Ça faisait longtemps que j'attendais ça. Quand vous verrez le... euh, le bazar que j'ai laissé là-haut, vous penserez comme moi.

— C'est de là que vient l'odeur ?

— Non. Ça vient de celle que j'ai tuée il y a quatre jours. Elle est dans la cave.

Caffery l'observe avec méfiance. Regarde à nouveau les mains tendues.

— Quel est votre vrai nom ?

— Ian Molina.

Caffery n'en croit pas un mot, mais il s'occupera de ça plus tard. Il abaisse le tisonnier pour le braquer sur le visage du type.

— D'accord, *Ian Molina*, approche-toi de la cuisinière.

L'homme hésite puis, au moment où Caffery pense qu'il va détaler, il marche calmement vers la cuisinière. Caffery le suit, toujours prêt à frapper. Il tire ses menottes de sa poche et les tend à Molina.

— Passes-en une à ta main droite.

— Vous allez me mettre en détention ?

— Fais ce que je te dis.

Molina s'exécute avec un sourire patient.

— Une vraie détention ? Ou alors le genre de taule où je me ferai enculer, où on me fera tomber dans l'escalier ?

— Glisse l'autre menotte derrière la poignée du four.

— Où je m'étoufferai dans mon vomi ? Une fois qu'on aura appris ce que j'ai fait, je ne serai plus en sécurité nulle part.

— Les menottes, lui enjoint Caffery.

Molina pousse un long soupir, comme s'il tâchait de rester patient, mais il obéit et se retrouve attaché à la cuisinière. La tête en arrière, il sifflote un petit air qu'il accompagne en remuant la jambe gauche en cadence.

Caffery s'approche, tire sur les menottes pour s'assurer qu'elles sont bien fermées. Il prend ensuite dans sa poche intérieure les gants de latex qu'il porte toujours sur lui, les enfile. Estime du regard la distance qui le sépare du hall.

— Ils sont où ?

— Hmm ? fait Molina, vaguement intéressé. Qui ça, « ils » ?

— La famille.

— La famille ? répète-t-il avec un haussement d'épaules. Oh, un peu partout. Une fois que j'avais commencé, j'ai eu du mal à m'arrêter. Vous savez ce que c'est.

— En haut ?

— La plupart. Oui.

— Mes collègues seront là dans moins de dix minutes.

— Bon. J'ai hâte de les voir.

Caffery continue à observer Molina une seconde ou deux puis se retourne et gagne le hall. Le soleil passe à travers le grand vitrail, dans lequel il découvre la même image que sur la carte de condoléances envoyée à Mme Frink. Un globe terrestre d'où partent de longs rayons de lumière, une famille dans un champ, le père fait tournoyer la fille, dont les jambes volent gaiement dans l'air. Le fils et la mère, assis sur un échalier proche, les regardent en souriant. La lumière jaillit de partout – les arbres, le ciel et même les silhouettes humaines émettent des rayons. La mère, en particulier, remarque Caffery. Matilda Anchor-Ferrers. Elle est la plus lumineuse.

Il s'avance jusqu'au grand escalier, commence à monter. Il voit devant lui une sorte de galerie sur laquelle donnent plusieurs portes. Qu'y a-t-il derrière ces portes ? Il gravit les premières marches d'un pas lourd, bruyant, plus silencieusement les suivantes. S'arrête avant de parvenir en haut.

La main sur la rampe, il attend. Il compte jusqu'à dix en retenant sa respiration. Il ôte ensuite ses chaussures avec précaution et, posant les pieds au bord des marches, là où le bois ne grince pas, redescend l'escalier. Il traverse le hall, prend deux laisses au portemanteau et s'approche de la porte de la cuisine, restée entrouverte. Il se poste près des gonds et regarde.

Ian Molina a glissé au bout de la cuisinière et, hissé sur la pointe des pieds, le corps en position précaire, la langue entre les dents, il tente d'ouvrir ses menottes en utilisant, devine Caffery, le minuscule plot d'allumage d'un brûleur.

En entendant un clic, Caffery saisit sa bombe lacrymogène et, l'une des laisses dans l'autre main, se rue dans la pièce. Surpris, Molina lève la tête, mais avant qu'il puisse réagir il reçoit une giclée de la bombe en pleine figure. Caffery la tient de sa main droite, le coude levé pour protéger son propre visage du jet. De la main gauche, il cingle les genoux de Molina avec la laisse. Sous l'effet combiné du gaz et du coup, il s'écroule comme un arbre.

— Sale con ! braille-t-il en battant des jambes. Me touche pas, bordel !

Les menottes ouvertes se balancent à son poignet. Caffery s'accroupit près de lui, l'empoigne par les cheveux, le secoue.

— Arrête. Calme-toi. Allonge-toi sur le ventre.

Molina roule péniblement sur le côté. Il tousse, il a des haut-le-cœur, il peut à peine à respirer. Caffery le prend par les pieds et le traîne à travers la pièce. Sa tête rebondit sur le sol, son tee-shirt se retrousse jusqu'à ses aisselles. Caffery le projette contre le radiateur et l'y attache avec les menottes. Normalement, on doit s'occuper d'une personne qui a inhalé une bouffée de gaz lacrymogène, mais Caffery n'est pas d'humeur à jouer les infirmières. Avec l'une des laisses, il lie ensemble les pieds de Molina.

— Tu ne me croyais quand même pas bête au point de croire à ton numéro, si ?

L'homme ouvre la bouche. Il a les lèvres et les yeux gonflés.

— T'es pas obligé de faire ça.

— Mais si.

— *Non !* C'est trop, là, *connard* !

Satisfait de son ficelage, Caffery se recule et, comme il ne sert à rien de faire les choses à moitié, il se penche et gratifie son prisonnier d'une seconde dose de gaz. L'homme se tord, rejette la tête en arrière et lutte pour prendre une inspiration. Une seconde dose peut être mortelle, pense Caffery, mais cette éventualité lui fait simplement hausser les épaules.

— C'est *toi* le connard. Moi, je suis le gentil, dans cette histoire. Que ce soit bien clair dans ta tête.

Pense comme moi

Une vieille blessure revient harceler Caffery alors qu'il gravit l'escalier. Des années plus tôt, il a eu les muscles du mollet à moitié arrachés et les efforts qu'il a fournis dans la cuisine ont dû réveiller la blessure parce que la douleur le transperce à chaque pas. En plus, il a mal au dos d'être tombé sur une pierre dans le champ. Pauvre vieux con. Il perd les pédales. Il doit s'aider de la rampe pour se hisser en haut.

Quand il ne reste plus que quelques marches, il ralentit. Non à cause de la douleur, à cause du sang sur la galerie devant lui. Il dessine des rubans gélatineux sur les lames du plancher. Un tapis, autre kilim ancien, forme des plis et semble avoir été rudement piétiné. Devant Caffery, une porte est entrouverte.

— Il y a quelqu'un ?

Silence. Il s'approche de la porte, la pousse du pied. Elle pivote, révélant une pièce au plafond haut, aux fenêtres tendues de rideaux verts à rayures. Elle semblerait claire et aérée s'il n'y avait partout de longues traînées de sang d'un rouge brunâtre. Par terre, un homme gît sous une couette vert et blanc. Il est mort, Caffery n'a pas besoin de vérifier : on ne survit pas après avoir perdu autant de sang. Il a une blessure à l'arrière du crâne, en haut de la nuque. Un trou profond, tapissé de cheveux, par lequel on voit le cerveau, figé et durci là où l'air l'a séché. Ses cheveux sont blonds et, bien que ce soit difficile à estimer, il devait avoir une trentaine d'années. Le poignet de sa main tendue et inerte est orné d'une montre de luxe Tag Heuer, ce qui laisse supposer qu'il avait de la fortune ou qu'il était frimeur. Dans un cas comme dans l'autre, cela ne cadre avec aucun des portraits des membres de la famille que Caffery a mémorisés.

Un méchant, pense Caffery. C'est presque certain.

Appuyé au chambranle, il prend une photo mentale de la pièce et du corps. Puis, sans ôter sa main de l'encadrement, il tourne la tête vers la droite et inspecte la galerie. Il enregistre dans sa tête tout ce qu'il voit : une porte ouverte, une chambre aux murs décorés de fleurs rouges, roses et blanches. Une paire de menottes repose près d'un radiateur – les radiateurs sont idéaux pour menotter quelqu'un –, mais il n'y a personne dans la pièce.

Un bruit, sur sa gauche. Caffery se tourne vers l'autre bout de la galerie, découvre une porte entrouverte. Une lumière rougeâtre s'en échappe et forme un triangle sur le sol. Rien ne bouge.

Oliver Anchor-Ferrers est un homme intelligent, il a transformé sa passion pour la science en une brillante carrière. Il a sans doute constamment utilisé son cerveau dans les divers aspects de sa vie. Caffery utilise le sien pour tenter de voir le hall d'entrée avec les yeux d'Oliver. Il lève la tête vers le plafond. Les Tourelles sont un lieu retiré ; s'il était Oliver, que ferait-il pour protéger sa famille ? Des caméras. Il doit y avoir des caméras quelque part. Caffery a l'expérience des caméras dissimulées, il sait qu'on peut les rendre quasiment invisibles dans une pièce.

Il laisse son regard errer sur le plafond et en moins d'une minute il a trouvé. Un minuscule œil brillant logé dans les lambris de chêne. Tout ce qu'il fait est filmé. La plupart des gens ne s'en apercevraient pas.

Il traverse la galerie en faisant grincer le plancher sous son poids. Pousse la porte, regarde à l'intérieur et se fige. Il doit se pincer le nez et prendre de longues inspirations par la bouche en forçant ses côtes à se soulever.

Il est arrivé au cœur de l'affaire, il est exactement au centre du cercle qu'il a parcouru ces derniers jours.

La chambre est peinte en violet et des visages étranges le regardent du mur. Sur son poster, Patty Hearst braque une arme sur un ennemi invisible. Passant par la fenêtre ouverte, une légère brise soulève les rideaux. Une femme est étendue par terre, vêtue d'un pantalon de toile marron maculé de sang. Ses cheveux clairsemés sont d'un gris jaunâtre – ce doit être Matilda. Caffery ne parvient pas à imaginer ce que Molina lui a fait, mais son visage est défoncé. Un de ses bras repose mollement sur un deuxième corps. Un homme, âgé. Allongé sur le flanc, il enlace la femme. Caffery est sûr que c'est Oliver Anchor-Ferrers. L'homme qu'il cherche depuis des jours. Il n'a pas besoin de connaître ses traits pour en être certain. D'accord, il peut s'appuyer sur des indices physiques – la fourchette d'âge correspond –, mais il y a autre chose. Quelque chose d'indéfinissable.

Il s'accroupit et referme les doigts sur le poignet d'Oliver pour tâter le pouls. Il est mort. Caffery lui presse la main en murmurant :

— Désolé, vieux, j'aurais dû arriver plus tôt.

— A l'aide.

Une voix de femme. Il se retourne vivement.

— Aidez-moi. Par ici.

Il se relève, s'approche du lit et voit, de l'autre côté, une femme allongée sur le sol, attachée à l'un des pieds du lit par une paire de collants. Ses cheveux noirs sont en bataille et elle est couverte de sang. On l'a frappée : son visage est gonflé et contusionné. Elle est complètement nue, sans défense. Mais vivante. Elle le fixe en silence de ses grands yeux noirs, comme si elle le regardait de l'autre bout de l'univers. Comme si son âme s'était réfugiée dans un lieu très lointain et qu'elle reconnaisse seulement en lui un autre être humain.

Caffery passe en revue le portrait de famille qu'il a enregistré dans sa tête.

— Lucia, dit-il. Vous devez être Lucia.

Elle confirme d'un hochement de tête, les larmes aux yeux.

— Je suis de la police.

A tâtons, il tire sa carte de sa poche et la lui montre.

— Commissaire adjoint Caffery. Vous êtes blessée ?

— Où… où est-il ? bredouille-t-elle, les lèvres tremblant tellement qu'elle peut à peine articuler. Je vous ai entendus, en bas. Qu'est-ce que vous avez fait de lui ?

— Il est attaché, il n'ira nulle part. Vous êtes blessée ?

Elle se tortille, tire sur les collants qui l'entravent.

— Détachez-moi. Aidez-moi.

— Attendez. Ne bougez pas. Dites-moi d'abord – le type, en bas, il est seul ?

— Ils sont deux.

— L'autre est un grand blond ?

— Je crois qu'il...

Du menton, elle désigne la chambre de Kiran.

— Je crois qu'il... Ma mère était dans cette pièce, je ne sais pas ce qui s'est passé...

Elle se met à trembler. Il tend une main pour la toucher, la rassurer, mais se ravise. Il n'est pas un être humain, il est un flic. Une machine qui doit tenir compte de tout. Des indices et du comportement.

— L'autre ? Il est roux, petit ?

— Oui.

— Pas de troisième ?

— Rien qu'eux deux.

Il indique les corps gisant par terre.

— Ce sont vos parents ?

— Oui. Nous avons été enfermés ici pendant trois jours.

Elle se contorsionne, tente de se libérer.

— Attendez, attendez. Expliquez-moi ce qui vous est arrivé. Vous êtes sûre que vous n'êtes pas blessée ?

— Blessée, non, mais...

Elle s'interrompt. Des larmes coulent de ses yeux.

— Mais ?

— Celui d'en bas, il... il... Ce qu'il m'a fait, je ne peux même pas essayer de...

Caffery pousse un long soupir.

— D'accord, je comprends. Maintenant, Lucia, je dois vous demander encore une chose. Je sais que c'est difficile, mais il faut que vous m'écoutiez. OK ?

Elle hoche la tête.

— Je suis venu seul, mais d'autres sont en chemin. Je ne vais pas m'approcher davantage de vous, parce que si vous n'avez pas besoin de soins immédiats, je dois éviter de détruire toute preuve éventuelle. Je vais d'abord chercher quelque chose pour vous couvrir.

Il fouille la chambre, trouve un drap dans une armoire. Le déplie et l'étend sur le corps de la jeune femme.

— Voilà. Détendez-vous, maintenant. Détendez-vous.

— Ça va être long ? gémit-elle. S'il vous plaît, s'il vous plaît, *s'il vous plaît*. Je ne peux plus supporter d'être ici. Je ne peux plus.

Lucia et le policier

Le policier tire de sa poche un couteau suisse, en fait sortir les ciseaux et entreprend de couper les collants.

— Je ne défais pas le nœud, explique-t-il. Je le coupe. Les techniciens de scène de crime préfèrent ça.

Lucia sait que la meilleure façon de jouer la comédie, c'est parfois de se taire, parce que les gens interprètent le silence pour qu'il corresponde à leur analyse de la situation, alors elle ne dit pas un mot pendant qu'il s'affaire. Elle est bonne comédienne. Pendant des années, elle a fait croire au monde entier qu'elle était capable de vivre avec cette famille. Il lui suffit de respirer un peu plus fort pour mimer la peur.

Tout près d'elle, le commissaire adjoint Caffery examine les collants qu'elle a utilisés pour s'attacher au lit. Elle sent une faible odeur d'après-rasage et d'autre chose – de la fumée de feu de bois, peut-être. Elle distingue les détails de son coupe-vent et les tendons de ses poignets. Il est beau. En fait, non, il n'est pas vraiment beau, son visage est trop soucieux pour ça, il a dû passer trop de nuits blanches. Mais il émane de lui une confiance tranquille qui fascine – comme si pas grand-chose au monde ne pouvait l'ébranler.

Quand il est entré dans la maison, elle a su, en écoutant la conversation qu'il avait avec Ian, sans même parvenir à saisir les mots, que ce n'est pas un homme qui a l'habitude de devoir s'expliquer. Il est entré aux Tourelles comme s'il tenait ce droit de Dieu.

Lucia pense que les types de ce genre sont secrètement sûrs d'une chose : leur performance au lit. Elle retient une envie de sourire.

— Qui vous a attachée ? demande Caffery en cisaillant le Nylon.

— Lui. Pourquoi ?

— Ce n'est pas du très bon boulot.

Dès qu'elle est libérée, Lucia se roule en position fœtale et, tremblante, serre le drap autour d'elle.

— Mon Dieu, gémit-elle, mon Dieu.

— Ça va aller. Restez où vous êtes, ce ne sera pas long.

— Je veux me laver.

— Je sais. Dès que mes hommes seront arrivés, vous pourrez le faire. Vous avez drôlement encaissé, encore un peu de patience.

Il tire un troisième gant de sa poche et y laisse tomber le nœud des collants. Puis il s'approche de la fenêtre et regarde en bas, vers l'allée. Lucia l'observe. On trouvera son ADN à elle sur le Nylon, mais aussi celui de Ian. Quand il est allé ouvrir, elle s'est servie des collants pour essuyer les traces de leurs ébats sur ses cuisses.

Elle avait l'intention d'appeler la police du premier hôtel où Ian et elle auraient pris une chambre. Dès qu'elle aurait été seule. Elle aurait raconté qu'il l'avait enlevée. Elle n'a aucune envie de rester avec Ian : il a raison, elle se sert de lui. Encore une fois. Exactement comme elle l'a fait cette nuit-là à la Pente aux

Anes. Ian est une brute ignare. Il prétend être un génie technique, mais il n'a fait qu'utiliser ce qu'elle lui a confié. Elle lui a parlé du livre, elle a calmé ses craintes d'un dispositif secret dans le système de sécurité. Cet imbécile n'a pas mis en doute ce qu'elle disait et n'a pas songé un instant à vérifier qu'il n'y avait pas de caméras cachées dans la maison.

Les enregistrements confirmeront à la police l'histoire qu'elle a concoctée, avec Ian dans le rôle du prédateur.

— Quoi ? demande soudain Caffery. Qu'est-ce que vous avez dit ?

Il s'est retourné et la regarde en plissant le front.

— Rien. Je n'ai rien dit.

Il scrute son visage comme s'il y cherchait un signe qu'elle ment, puis il inspecte lentement la pièce avec l'expression de quelqu'un qui écoute un son lointain, qui tend l'oreille pour saisir une musique ou une voix lointaine. Après un long silence, il ramène son regard sur elle.

— Vous êtes restée tout le temps enfermée ici ? Dans cette chambre ?

— Non, j'ai été dans l'autre chambre pendant quatre jours. Il m'a amenée dans celle-ci ce matin – le type, Ian, celui qui vous a ouvert.

— Vous connaissez son nom ?

— J'ai entendu l'autre l'appeler comme ça.

— Où votre père était-il enfermé ?

— Dans cette pièce, je crois. Je ne sais pas au juste... Pourquoi ?

Caffery ne répond pas. Brusquement, il se tourne vers le radiateur et le regarde. Il s'en approche, s'accroupit et passe une main sous les tuyaux. Lucia voit des éraflures sur la plinthe. Une série d'entailles sur le tuyau de cuivre auquel son père était menotté. Le policier demeure un moment accroupi, les doigts sur le tuyau.

A une trentaine de centimètres de lui, quelque chose attire son attention. Un objet sombre, à peine visible sous la plinthe. C'est un des stylos de Lucia, il a dû tomber du bureau. Elle ne comprend pas pourquoi le policier s'y intéresse tellement. Il s'obstine jusqu'à ce qu'il parvienne à le déloger et à le faire rouler devant lui. Il le considère un moment puis, les coudes sur les genoux, il semble se concentrer et parcourt de nouveau la pièce des yeux.

Au bout d'une minute, il se met à genoux, appuie les mains par terre et regarde sous le radiateur.

— Qu'est-ce que vous faites ?
— Je ne sais pas, répond-il en se redressant.

Assis sur ses talons, il inspecte à nouveau la chambre. Une autre minute s'écoule avant qu'il se penche et soulève le bord de la carpette. Il l'examine attentivement, prend dans une poche des lunettes de lecture et les chausse. Lucia ne peut pas voir ce qu'il a remarqué sur la carpette, mais il passe un long moment à la fixer. Le visage tendu, comme s'il lisait.

— Qu'est-ce qu'il y a ? demande-t-elle.
— Votre père était un homme intelligent. Il a écrit une sorte de journal derrière cette carpette.
— De quoi il parle ?
— Il parle… il parle de Hugo Frink.

Elle hoche la tête. Se mord la lèvre.

— Oui… dit-elle d'une voix hésitante. Je suis sortie avec Hugo.
— Je sais. Sa grand-mère m'en a parlé.
— Et mon père ? Qu'est-ce qu'il en dit ?

— Il dit simplement que l'homme qui a été condamné pour les meurtres...

— Minnet Kable.

— Kable, oui. Mais votre père pensait que c'était une erreur.

— Je sais.

— Vous savez ?

Lucia passe ses bras sous elle et masse son sein gauche, qui lui fait un peu mal depuis quelques jours. La peau est légèrement entaillée là où la bague de Sophie a laissé sa marque. Elle a caché ce bijou dans son soutien-gorge des années durant. Un charbon ardent sur sa peau – un souvenir qu'elle a besoin de porter comme une épée dans son flanc. Hugo en a fait cadeau à Sophie pour signifier qu'elle était une princesse et qu'elle méritait ce qu'il y avait de plus beau. Une bague. Un joyau – ce que les hommes sont censés offrir aux femmes auxquelles ils tiennent le plus. Jamais Hugo n'a fait à Lucia un tel cadeau. Maintenant, la bague est dans une poche du jean de Ian.

— Oui, je sais que c'était une erreur. Je connais le coupable. C'est l'homme d'en bas. Ian.

Les bons et les méchants

Le X5 d'un groupe d'intervention d'urgence était garé sur une aire routière et ses occupants buvaient du café dans des gobelets en carton derrière les vitres fumées du véhicule quand le message « Situation Zéro » de Caffery a été transmis par le service Communications. Comme c'était l'unité la plus proche, son sergent a pris sur lui d'intervenir, il a immédiatement fait marcher les sirènes et les puissantes lampes stroboscopiques dissimulées dans la grille de radiateur, il a lancé le 4 × 4 à toute allure sur des routes secondaires sinueuses, direction les Tourelles.

Dans la chambre améthyste, Caffery a entendu le bruit. Celui-ci a effleuré sa conscience pendant moins d'une seconde avant que les sirènes se taisent et que le silence revienne. C'est la procédure réglementaire. Il n'entendra plus rien d'autre, aucun signal que des renforts sont en route, jusqu'à ce qu'ils apparaissent, surgissant des arbres. Le bois grouillera alors de policiers : tireurs d'élite, maîtres-chiens et groupes de soutien.

Lucia est assise, maintenant. Pressant le drap contre ses genoux de ses bras pâles, elle fixe Caffery de ses yeux sombres.

— Qu'est-ce que vous en pensez ? murmure-t-elle. Vous croyez qu'elle va bien ?

Il n'a pas vraiment saisi ce qu'elle a dit avant, il était concentré sur autre chose. Son esprit faisait la navette entre le bruit, dehors – l'approche en douceur des flics –, les longues phrases écrites sous la carpette, et cette jeune femme assise en face de lui.

— Pardon, vous pouvez répéter ?
— Ma chienne.

Elle renifle, s'essuie le nez du dos de la main.

— C'est ça le pire. Ma petite chienne, je crois qu'elle est morte.

Un grésillement quelque part dehors les fait se tourner tous les deux vers la fenêtre.

— Ce sont vos hommes ?

Il lève une main pour faire taire Lucia. Après un silence, on entend l'effet Larsen caractéristique d'un mégaphone.

— Police ! clame une voix. Approchez-vous d'une fenêtre. Montrez-vous.

Caffery se lève et va à la fenêtre.

Il jette l'étui contenant sa carte de police, qui volette et pirouette dans l'air, atterrit côté verso sur le gravier.

— Commissaire adjoint Caffery ! Criminelle ! braille-t-il. C'est moi qui ai envoyé le « Situation Zéro » !

Au terme d'un bref silence, le croassement lointain d'un corbeau survolant la cime des arbres retentit dans l'air, s'enroule autour des murs de la vieille bâtisse.

— Quelqu'un d'armé, là-dedans ?
— Négatif.
— Un danger immédiat pour la vie de quelqu'un ?
— Pas à ma connaissance, mais il vaut quand même mieux que vous fouilliez toute la maison.

— J'ai un tireur d'élite qui ne vous quitte pas des yeux. Je vais approcher pour prendre ce que vous venez de jeter.

— D'accord. Je connais la routine.

Caffery passe le buste par la fenêtre, les bras levés, les paumes tournées vers l'extérieur. Les ombres, longues lorsqu'il marchait vers la maison, raccourcissent à présent et retournent lentement à l'intérieur des troncs d'arbres. Comme si, sentant que quelque chose ne va pas, elles cherchaient à se mettre en lieu sûr. L'homme qui apparaît sur le côté du bâtiment ne projette presque aucune forme obscure sur le gravier. Comme un vampire ou un fantôme.

Bien qu'il porte un gilet pare-balles et un casque blindé, il ne s'attarde pas. Il se penche et ramasse l'étui. Retourne aux arbres. Dans le long silence qui suit, des radios crépitent.

— Qu'est-ce qui se passe ? chuchote Lucia derrière Caffery.

— Ils vérifient mon identité.

Nouveau grésillement de radio, puis l'homme crie :

— On peut entrer sans risque, commissaire ?

— Vous pouvez.

— Combien de personnes dans la maison ?

— Six, en me comptant.

Caffery scinde le chiffre en deux syllabes, comme on apprend aux policiers à le faire sur la radio : SIX-EUH.

— Des blessés ?

— Trois morts. Un suspect détenu dans la cuisine – menotté – sans armes. Il lui faudra des soins médicaux, il a reçu une giclée de lacrymogène. Un autre avec moi dans la chambre, sous bonne garde.

— Pardon, commissaire : un suspect ou un témoin ?

— Un suspect. Je confirme : deux suspects. Dont un avec moi, sous ma surveillance.

Un craquement derrière lui le fait se retourner. Lucia a surgi de l'obscurité à moins de trente centimètres de lui. Nue, les bras levés. Il réagit juste à temps en lui saisissant les poignets et en les maintenant au-dessus de sa tête. Elle se tord, crache et lui décoche des coups de ses pieds nus.

— Je suis la victime – *la victime*. Rectifiez ce que vous venez de dire. Rectifiez *tout de suite*.

Il enfonce durement les doigts dans les poignets de Lucia. Elle est féroce mais menue, et il prend plaisir à faire un usage excessif de la force. Il met ce qu'il faut. Les derniers mots écrits par Oliver Anchor-Ferrers sont gravés dans sa tête telle une brûlure :

Je pense que vous lirez ceci et que vous l'utiliserez comme une pièce du puzzle. Je n'arrive pas à croire à ce que je m'apprête à écrire et cependant je suis convaincu que c'est la vérité...

Oliver savait. Dans les dernières heures de sa vie, il a découvert ce que sa propre file avait fait.

Minnet Kable était ambidextre, c'est pourquoi on l'a condamné aussi facilement. C'était la pièce à conviction essentielle sur laquelle l'accusation s'appuyait. En fait, Hugo et Sophie ont été tués par deux personnes agissant ensemble. Comment un homme seul aurait-il pu se rendre maître d'eux aisément dans le bois ? Il y avait deux personnes qui les surveillaient, attendant que la vie s'écoule lentement d'eux. L'homme qui se fait appeler « Molina » et ma fille, Lucia.

Caffery secoue Lucia, maintenant. Il est furieux. Elle tombe par terre, continue à se tordre et à cracher, mais il ne la lâche pas. Le gaucher, c'était « Molina » – Oliver a noté sur la carpette ce détail qu'il a remarqué. Et c'est le tueur droitier qui a porté les coups les plus violents à Hugo et Sophie. Peut-être que les derniers mots de Sophie, interrompus par le couteau, avaient identifié Lucia.

Un coup sourd, un bruit de bois qui éclate montent du rez-de-chaussée. Lucia cesse de lutter. Elle ramène vivement la tête en arrière et fixe la porte de la chambre. Toute la maison semble trembler.

— C'est l'équipe d'accès aux espaces clos, explique Caffery. Elle a quelquefois la main un peu lourde.

Lucia comprend que son temps est compté. Sortant de sa rage, elle baisse le menton, lève ses yeux noirs et luisants vers Caffery, le considère. Evalue la situation.

— Qui êtes-vous ? marmonne-t-elle. Pas un vrai flic. Un malade mental. Une merde malfaisante. Vous ne vous en tirerez pas comme ça.

— Quelqu'un m'a dit un jour que le sort de la chèvre, c'est de regarder dans les yeux des autres et de s'y voir reflétée.

— Qu'est-ce que vous racontez, putain ?

— Vous avez raison. Je suis une merde malfaisante, un menteur, un truqueur, et pas du tout un être humain compatissant. J'ai enfreint la loi et j'ai brisé des quantités de gens en chemin. Mais tout ça fait de moi un veinard, Lucia. Parce que je peux regarder quelqu'un comme toi, je peux scruter ton visage et y voir mon reflet. Je sais quand je suis en présence du mal, Lucia. Je le sais. J'ai ce don.

TROISIÈME PARTIE

Amy

Dans la Chew Valley, le soleil s'est couché. Quelques maisons ne sont plus éclairées que par des lampes de jardin et, parfois, la lueur d'une émission de télévision de fin de soirée. L'une des fenêtres obscures est celle de la chambre d'Amy. Une fillette de cinq ans.

Couchée sur le dos, elle tient Buttons, son ours en peluche, au creux de son bras. Les yeux grands ouverts, elle regarde les ombres au plafond. Il y a déjà longtemps que maman est venue la border, mais elle n'arrive pas à dormir. Tant de choses la tracassent : les leçons d'arithmétique et Mme Redhill qui l'a grondée parce qu'elle a continué à courir après le coup de sifflet, à la récré, et papa qui lui a répété cent fois qu'il faut écouter la maîtresse.

Amy se tracasse aussi pour ce qui se passe de l'autre côté de la fenêtre. Quand elle est descendue tout à l'heure, maman et papa regardaient la télé, et lorsqu'ils l'ont vue sur le pas de la porte, ils ont tout de suite changé de chaîne, comme ils font toujours quand ils regardent des choses pour les grands. Des choses que les enfants doivent pas voir.

Sauf qu'Amy se tenait sur le seuil depuis un moment avant que maman et papa la voient, et elle a entendu plein de trucs que le monsieur disait à la télé. Il parlait de quelque chose d'horrible arrivé à une famille. Des méchants sont entrés dans une maison et ont fait du mal à tout le monde. Le monsieur de la télé a dit « meurtre », un mot terrible pour quand quelqu'un prend un couteau et l'enfonce dans le ventre d'une autre personne. Amy frissonne en y repensant. Elle serre Buttons très fort contre elle en retenant ses larmes. Elle ne comprend pas qu'on puisse être méchant au point de vouloir mettre un couteau dans quelqu'un d'autre. Tout un couteau.

Le bon Dieu laissera pas le méchant qui a fait ça aller au ciel. Il prendra sa longue fourche et dira : « Non, méchant homme, va-t'en. » Et ce sera pas seulement ça, pasque le méchant aura été en prison, avant. La police lui aura mis des chaînes, elle l'aura fait monter dans une voiture spéciale pour le conduire dans un endroit qui fait peur, comme à Londres avec les grands oiseaux noirs et les hommes en rouge.

Amy repousse les couvertures et glisse hors du lit. Etreignant toujours son ours en peluche, elle va à la fenêtre, écarte le rideau. Dehors, tout est calme et silencieux, personne ne marche sur la route. Rien ne bouge dans le jardin. Des fois, un renard vient la nùit. Ou des lapins, ce qui fait crier papa pasqu'ils mangent ses fleurs.

Mais ce soir, rien. Juste la lune sur l'herbe, et pas une ride dans l'eau de la vasque pour les oiseaux. Amy se dit que ça devait être quelqu'un d'horrible pour faire des choses aussi méchantes aux autres. Elle espère qu'il est pas dans le coin, qu'il essaie pas de se glisser dans son jardin comme font les lapins.

Au-dessus des arbres, de l'autre côté de la vallée, monte une colonne de fumée. Comme quand papa fait un feu dans le jardin. Une ligne qui va droit vers le ciel, comme pour montrer où est le bon Dieu. Elle sourit parce qu'elle pense que c'est le feu de l'homme à la barbe, celui qui a pris le petit chien. Il sentait la fumée.

Le père Noël à l'envers est un gentil. Il est venu au bout du jardin hier après-midi, maman et papa l'ont pas su, et il a parlé longtemps, longtemps à Amy. Il a dit que les hommes qui font des choses méchantes comme aux informations, ils sont les plus malheureux du monde à cause de ce qu'ils sentent dans leur tête. Il a dit qu'ils ont très mal, comme quand on tombe, sauf que c'est dans leur tête. Amy pense qu'il a voulu dire ce qu'elle sent dans sa tête quand papa crie ou que Mme Redhill lui fait des remontrances en arithmétique.

Le père Noël à l'envers a dit que le petit chien, c'est pas du tout un petit chien, qu'il est grand et qu'il a trouvé son maître. C'est un policier, il s'appelle Jack, et Amy est toute contente pasque, tout le monde le sait, y a pas plus gentil ni plus fort au monde qu'un policier.

Tout à coup, en regardant la ligne de fumée, Amy a une idée. Elle pense qu'elle sait ce qu'elle dira quand les garçons à l'école raconteront que lorsqu'ils seront grands ils conduiront un tracteur, qu'ils seront soldats et qu'ils tireront sur les ennemis. Elle dira : « Moi pas. Je serai policière comme la dame qui est venue à l'école parler de la circulation et expliquer comment on doit traverser la rue. Je serai une femme de la police et je mettrai tous les méchants en prison. »

Et aussitôt qu'Amy a cette pensée, elle est envahie d'un sentiment agréable. Une impression de douceur, de chaleur et de confort, comme quand on entre chez quelqu'un pour une fête d'anniversaire et qu'on sent une odeur de chocolat.

Elle embrasse la tête de Buttons et retourne au lit, tire les couvertures sur elle et ferme les yeux. Elle sait qu'elle va s'endormir tout de suite, maintenant : elle n'est plus inquiète. Tout ira bien, pense Amy.

Très bien.

La vérité

La campagne est sombre et silencieuse – on ne distingue que les formes fantomatiques des vaches dans les prés. Caffery gare la voiture au bout de l'allée qui mène au Bosquet de la Méditation, coupe le contact et, penché en avant sur son siège, scrute l'obscurité.

Il est 10 heures du soir. Le débriefing a duré six heures. Six heures éprouvantes à faire des déclarations, à remplir les formalités pour l'arrestation de Lucia Anchor-Ferrers. Ses collègues ont procédé à des prélèvements sur toute sa personne et lui ont fait dessiner des plans détaillés de la scène de crime afin qu'ils sachent où concentrer leurs recherches. Il a dû expliquer plusieurs fois les événements de la journée à une succession d'inspecteurs, il a dû affronter l'ire du divisionnaire, il a fait un virement sur le compte de Patel, il a envoyé un mail à la municipalité pour l'alerter sur le sort de Mme Frink. Il a franchi tous les obstacles pour qu'il ne reste plus qu'une chose devant lui. La vérité finale.

Son cœur bat à grands coups dans le silence. Il ne sait pas ce qui a conduit ses pas dans cet endroit particulier, si ce n'est peut-être son instinct et sa foi dans le sens de l'ironie du Marcheur. Comme de juste, il discerne maintenant la lueur rougeâtre d'un feu, le roncier chétif qu'elle éclaire. Le Marcheur a laissé Caffery le trouver. Ce qui signifie qu'il sait que la partie touche à sa fin. S'il sait quoi que ce soit sur ce qui est arrivé à Ewan des années plus tôt, il va le révéler maintenant.

Les techniciens de scène de crime ont gardé les vêtements de Caffery, l'obligeant à emprunter l'uniforme de l'un d'entre eux : pantalon et chemise de serge bleue, blouson bleu marine. Il met sa cigarette électronique dans une poche du blouson, remonte la fermeture à glissière et sort de la voiture, la peur au ventre. Ourse saute derrière lui et le suit. Cinq jours se sont écoulés depuis la dernière fois qu'il s'est trouvé à cet endroit et une partie de lui-même voudrait qu'il redevienne ce qu'il était ce matin-là sous la pluie. Une partie de lui n'a vraiment pas envie d'être là, pas envie de savoir.

En s'approchant, il voit que le Marcheur a allumé son feu près de la pagode en branches de saule et que les reflets orange des flammes dansent sur le dessous de son toit tressé. On a recouvert des rondins de sacs de couchage pour en faire un siège. L'endroit est un monument à une fille morte. Un lieu où parler d'enfants qui ont disparu et qu'on n'a jamais retrouvés.

Caffery pénètre dans le cercle de lumière projeté par le feu et s'arrête, la chaleur sur son visage. Il observe le Marcheur, qui soutient son regard. Sous la crasse de son visage, le vagabond a une lèvre fendue et des bleus là où Caffery l'a frappé l'autre soir.

Le Marcheur fouille dans son sac à dos, en tire un sachet en plastique rempli de restes de repas.

— Viens, lance-t-il à la chienne. Viens manger.

Pendant tout le temps qu'elle a passé avec Caffery, Ourse s'est montrée réticente avec les autres personnes. Amicale quand on la sollicitait, mais plutôt réservée dans l'ensemble. Cette fois, cependant, elle n'hésite pas. Elle trottine jusqu'au Marcheur, s'arrête à ses pieds et lève vers lui des yeux chargés d'attente. Il s'assied, ouvre le sachet et lui jette des petits bouts de nourriture.

— Elle est à moi, maintenant, déclare Caffery.

— Oui, vous assurez les services sociaux pour chiens. Elle vient d'une famille brisée.

— Oui. J'ai trouvé où elle habitait. Elle n'y retournera pas, mais j'ai retrouvé l'endroit.

— Je sais. J'ai remarqué les allées et venues.

— Bien sûr. Vous savez tout.

Le Marcheur hoche la tête.

— Je sais beaucoup de choses. Quelquefois plus que je ne le voudrais.

Caffery s'assied sur les rondins, pose les coudes sur ses genoux. Sentant son humeur sombre, Ourse abandonne la nourriture pour revenir près de lui. Elle saute sur un rondin proche et lui pousse le bras de son museau. Il est si content qu'elle soit là. Il ne parvient pas à empêcher ses mains de trembler. Le Marcheur se penche et ouvre une grande bouteille en plastique de cidre brut. Remplit deux mugs. Caffery en prend un. Essaie de boire et s'aperçoit qu'il ne peut avaler que de petites gorgées. Il voudrait tant que le cidre fasse rapidement effet.

— OK, attaque-t-il. Racontez-moi.

Le Marcheur soupire. Secoue la tête et laisse ses yeux parcourir le visage du policier.

— Jack Caffery, se lamente-t-il d'une voix triste, Jack Caffery...

Tout est dans ces mots – tout. Soudain l'adrénaline emplit la bouche de Caffery de salive, ses poils se hérissent sur ses bras. Quoi que le Marcheur ait pu découvrir, ce sera terrible. Il se force à boire une autre gorgée de cidre. Il va en avoir besoin.

— Allez. Dites-moi.

— J'ignore où est son corps, je ne le saurai probablement jamais.

Caffery garde un moment le silence, puis il part d'un rire bas et mauvais.

— Amusant. Très amusant. J'en ai assez de vous. Maintenant, dites-moi ce que vous avez trouvé.

— C'est la vérité, croyez-le ou non. Je ne sais pas où est le corps de votre frère. Je vous l'ai annoncé aussi clairement que possible et c'est la vérité.

Caffery cligne des yeux comme un idiot. Oui, c'est la vérité. Il le sait à l'expression du Marcheur.

— Alors, vous n'avez pas tenu votre part du marché, vieux salaud. Moi, j'ai pataugé dans la merde pour tenir la mienne et vous ne m'apportez rien de nouveau, vous…

Le Marcheur lève une main pour le faire taire.

— Jack, vous pouvez me menacer, me frapper, m'arrêter, ça n'y changera rien : je ne sais pas où est le corps. Il a été enterré, on s'est en débarrassé pour protéger des gens. Vraiment, vous devez me croire, je ne sais pas. Mais j'ai longuement causé avec Derek Yates et j'ai découvert sur la mort d'Ewan quelque chose que vous n'avez jamais soupçonné.

Caffery referme la bouche. Une onde glacée d'appréhension le parcourt.

— Les circonstances de la mort de votre frère ne sont pas celles que vous croyez. Ivan Penderecki ne l'a pas tué. Votre frère a été violé – plusieurs fois. Je suis désolé. Il a toutefois survécu à l'épisode Penderecki.

Caffery demeure parfaitement immobile.

— Du moins, si l'on peut appeler survivre le simple fait de respirer, de manger, de chier et de dormir, poursuit le Marcheur. Il a survécu des années, Jack, il a atteint l'âge adulte. Alors que votre famille portait son deuil, il vivait encore.

Il baisse la tête et murmure :

— Je suis désolé. C'est la vérité.

Caffery s'affaisse sous le poids de l'incrédulité, de la stupeur. Il n'arrive pas à desserrer les mâchoires. Ewan n'est pas mort enfant. *L'âge adulte*. Il a atteint l'âge adulte.

— Il est mort il y a dix ans. Tracey Lamb était en prison. Il y a huit ans, elle a chargé quelqu'un d'enterrer le corps – réduit alors à l'état de squelette, on ne peut que le supposer. M. Yates, de la prison de Long Lartin, ne sait pas à qui elle a confié cette tâche, ni où on a enterré votre frère. Il sait seulement comment il est mort.

La terreur qui s'empare de Caffery est si paralysante qu'il a l'impression que ses poumons sont devenus de pierre. Chaque inspiration s'accompagne de craquements de molécules et d'atomes.

— Comment... comment est-il mort ?

— Je crois savoir que vous avez produit des pièces à conviction au procès. Vous avez soumis des vidéos au ministère public, n'est-ce pas ? Pour vous assurer que Tracey Lamb ne puisse pas être libérée sous caution. Elle est effectivement restée en prison. C'était elle qui s'occupait de votre frère – la seule personne qui s'occupait de lui, quel que soit le sens que ce verbe pouvait avoir dans son vocabulaire. Lorsqu'on l'a emprisonnée, votre frère, enfermé quelque part, n'a plus eu personne pour « s'occuper » de lui...

Le Marcheur laisse sa voix mourir et pour la première fois Caffery voit de la tristesse dans ses yeux. De la tristesse pour une autre personne.

— Vous comprenez ce que je suis en train de vous dire, Jack. Il est mort de faim, ou de déshydratation – la façon dont on meurt dans de telles circonstances. Ce n'est pas Penderecki qui l'a tué. C'est vous, Jack. C'est vous.

Caffery repose maladroitement son mug et se lève. Il s'éloigne du feu en titubant et s'arrête près d'un arbre, s'y appuie, respire à grands coups. Sa main cherche sa cigarette électronique dans la poche de son blouson mais n'arrive pas à la trouver, et de toute façon il serait incapable de vapoter maintenant. Il a envie de cracher. Il a envie de vomir. Il se concentre sur sa respiration, il fait tout ce qu'il peut pour empêcher le cidre de ressortir en une gerbe amère.

Au-dessus de sa tête, un oiseau apparaît soudain, teint en orange par la lumière du feu. Une chouette, aux ailes déployées, tel un éventail de dentelle. Elle plane en silence, apparemment déterminée à atteindre un lieu situé loin au-delà du boquetcau. Mais alors qu'elle survole les arbres, une bourrasque violente l'assaille, la projette en arrière. La chouette bat frénétiquement des ailes, comme si une balle l'avait touchée, et tombe brièvement avant de recouvrer l'équilibre. Puis elle se redresse, présente résolument sa poitrine au vent et lutte en battant des ailes. C'est une guerrière. Et cependant, elle n'avance pas, elle semble bloquée, condamnée à demeurer éternellement suspendue, luttant de toutes ses forces pour rester simplement au même endroit.

Voir la chouette donne à Caffery envie de pleurer. Frissonnant, il presse sa tête contre le tronc d'arbre et laisse ses larmes couler, tomber sur le sol.

S'il était né différent, le monde aurait-il fait moins mal que ça ?

Lorsque la vague meurt en lui, il se tourne, le visage décomposé, regarde le feu par-dessus son épaule. Le Marcheur l'observe attentivement. Pour une fois, son visage n'exprime ni antipathie ni rouerie, rien que de la compassion.

— Monsieur Jack Caffery, dit-il lentement. C'est la vérité, mais n'en ayez pas peur. A partir de ce jour, votre vie sera différente et cependant vous survivrez. Vous continuerez.

— Comment le savez-vous ?

— Je le sais parce que vous et moi... nous sommes la même personne.

Remerciements

Je tiens à remercier tous ceux qui m'ont aidée dans les domaines techniques de ce livre. Tony Agar, l'inspecteur principal Gareth Bevan (brigade criminelle de l'Avon et du Somerset), Kirsten Gunn (sergent dans le Royal Corps of Signals), Anne O'Brien (correctrice), Dave Welch (médecin à Ramora, Royaume-Uni) et Hugh White (médecin légiste des services de police).

Pour m'avoir généreusement prêté son prénom et s'être laissé assassiner, toute ma gratitude à Ginny Martin.

Je suis également reconnaissante, pour leur soutien sans faille, à toute l'équipe de ma maison d'édition, Transworld (trop nombreux pour que je les mentionne tous), et à tout le personnel de mon agence littéraire, en particulier Jane Gregory, agent sans pareil.

Comme toujours, que mes amis et ma famille, tout spécialement Bob Randall (qui s'est chargé de la plus grande partie des recherches), Lotte G. Quinn, Susan Hollins et Mairi Kerr, soient assurés de mon immense gratitude.

Composition et mise en pages
Nord Compo à Villeneuve-d'Ascq

Imprimé en Espagne par
Liberdúplex
à Sant Llorenç d'Hortons (Barcelone)
en février 2016

POCKET – 12, avenue d'Italie – 75627 Paris cedex 13

Dépôt légal : janvier 2016
S26469/02